法国侦探小说女王
弗雷德·瓦尔加斯

Fred Vargas
L'ARMÉE FURIEUSE

狂怒天军

钱培鑫 译

上海文艺出版社
Shanghai Literature & Art Publishing House

1

　　细小的面包屑窜出厨房，跑进卧室，一直来到干净的床单上，老妇人躺在那儿，死了，嘴巴张着。亚当斯贝格警长默默打量面包屑，跟着它们从厨房缓步走到卧室，又从卧室回到厨房，心想究竟是哪个小拇指，或者按当下情况来看哪个食人魔，把它们洒在了这儿。这是一间又小又暗的三居室底楼公寓，坐落在巴黎十八区。

　　卧室里，老妇人直挺挺躺着。她丈夫在饭厅。他耐心地等在那儿，也不激动，只是埋头盯着折到填字游戏版面的报纸，警察在场，他没好意思继续玩下去。他已经讲了他的故事，很简单：他和妻子在一家保险公司相遇，妻子是公司的秘书，他是会计师，两人高高兴兴地结了婚，没想到这场婚姻会持续五十九年。接下来就是这个女人昨天夜里死了。死于心脏骤停，十八区的警长在电话里交代说。他病卧在床，所以打电话请亚当斯贝格代劳。劳驾你跑一趟，花不了一小时，就当早上例行公事。

　　亚当斯贝格又顺着面包屑走了一圈。精心操持的公寓挑不出一丝毛病，扶手椅有头枕靠背，塑料台面擦得锃亮，玻璃窗纤尘不染，餐具也洗得干干净净。他一直走到面包筐跟前，只见里面放着半根棍子面包，一块干净的抹布裹着挺大一个面包头，心子却掏空了。

他转身走到丈夫边上,拖过一把椅子,挨着他的扶手椅坐下。

"今天早上没有好消息。"老人说着把目光从报纸上移开,"天气这么热,晒死人了。不过这儿是底楼,还能保持凉爽。所以我让护窗板关着。还有就是要多喝水,他们这么说。"

"您没有发现什么不对劲的地方?"

"我上床的时候,她挺正常的。她有心脏病,所以我每天睡觉前都会看一下。今天早上才发现她过世了。"

"她的床上有面包屑。"

"她喜欢这样,躺着吃东西。睡前吃一小块面包或者饼干。"

"我倒是觉得她吃完了会把面包屑收拾干净的。"

"那是肯定的。她从早到晚,整天擦这擦那,好像活着就是为了忙活。起初没啥大问题,可是年头长了变成一种执念,几乎到了为打扫而把东西弄脏的程度。您肯定也看出点儿苗头了。不过话要说回来,整天忙活让她的日子过得充实,可怜的女人。"

"那面包怎么回事?昨天晚上她没有收拾?"

"当然没有,面包是我拿给她的。她浑身不得劲,起不了床,于是郑重其事地吩咐我把面包屑清理干净,而我呢,什么面包屑,我毫不在乎。到了明天她自己会清理的。她每天抖床单。问她抖床单有什么好处啊,不知道。"

"所以你拿来面包放在她的床头,然后再放回到筐里。"

"没有,面包太硬,她没法吃,被我扔进了垃圾桶。我给了她一块饼干。"

"可是面包在面包筐里,不在垃圾桶。"

"是的,我知道。"

"里面的心子没有了。她都吃掉了?"

"没有,警长,见鬼了。她干嘛吃那么多面包心?又干又硬的?您真的是警长吗?"

"我是警长,让-巴蒂斯特·亚当斯贝格,刑警大队。"

"为什么不派片警来?"

"你们的警长得了夏季流感,躺在床上,手下团队也来不了。"

"全都流感啦?"

"没有,昨晚有人打群架。死了两个,四人受伤。一辆轻便摩托车被偷引起的。"

"作孽。天气又这么热,脑袋烧晕乎了。我叫图伊洛·朱利安,ALLB公司退休会计。"

"对的,我知道。"

"她老是怪我姓图伊洛,不如她娘家的姓漂亮,她娘家姓考斯盖。不过她也没说错。看到您刚才追问面包屑的样子,我就猜想您是警长。片警不是这样的。"

"您觉得我把面包屑看得太重了?"

"您别在意,您怎么想就怎么做。您这么做是为了写报告,报告里总得要写点东西。这个我懂,我这一辈子在ALLB公司不做别的,就是做账啊,写报告啊,何况还要在报告里做手脚。您想想。老板有自己的座右铭,整天挂在嘴上:哪怕理应赔付,保险公司也不赔。这样作弊了五十年,脑子不出问题才怪呢。我老是跟妻子说,你要是把洗窗帘的功夫用来替我洗脑瓜,那才叫有用呢。"

图伊洛·朱利安微微一笑,为自己的俏皮话而得意。

"我只是不明白面包头这件事儿。"

"想弄明白，得讲究逻辑，警长，讲究逻辑和计谋。我图伊洛·朱利安就是这样的人。三十二年来夺得十六个顶级填字游戏锦标赛冠军，平均两年赢一次，全凭我的大脑。讲逻辑，讲计谋，到了这个级别，填字游戏也能挣钱。这个嘛，"他指着报纸说，"是给幼儿园小孩准备的玩意。不过您得经常削铅笔，这就会有点铅笔屑。为了这点铅笔屑她没少跟我闹，真受不了。说到面包头，您有什么想不通的？"

"它不在垃圾桶里，也不那么干硬，我也不明白面包心子为什么不见了。"

"这是家里的秘密。"图伊洛显然觉得好玩，"因为我们这儿有两个小房客，托尼和玛丽，一对很好的小夫妻，热情似火，彼此真心相爱。但我妻子就是看不顺眼，此话当真，请您相信我。我们不说死者的坏话，可是她的确想方设法要除掉它们。三年来耍了多少花招啊，都被我一一挫败！关键在于讲逻辑讲计谋。我这么跟她说的，卢塞特啊，想把填字比赛冠军将死，还轮不到你呢。我和那两位，我们是铁三角，大家互相信赖，知道对方靠得住。每天晚上碰个头。它们聪明又有分寸，卢塞特不上床，它们也不露面。它们心里明白，知道我在等它们。每次都是托尼先到，它块头大，力气也大。"

"面包心让他们给吃了？那可是扔在垃圾桶里的面包啊？"

"它们特喜欢吃那个。"

亚当斯贝格朝填字游戏扫了一眼，发现游戏不那么简单，随手推开报纸。

"他们是谁啊，图伊洛先生？"

"这个我不想说,因为别人不赞成。那些人很狭隘闭塞的。"

"难道是动物?是狗?是猫?"

"是老鼠,褐色的老鼠,托尼的皮色比玛丽更深一点。它俩十分相爱,进食的时候,往往吃到一半会停下来,伸出爪子抚摸对方的脑袋。人们的脑子不如此闭塞的话,就能看到这样的场景。玛丽更活泼,吃完了会爬到我肩上,用爪子挠我的头发,就像在给我梳头。它以这种方式感谢我?或者是爱我?谁知道呢,总之很温馨。大家说一大堆悄悄话,之后道别,第二天晚上再碰头。它们钻过落水管后面的洞返回地窖。不料有一天给卢塞特用水泥封死了。可怜的卢塞特。她干不来水泥活。"

"我懂了。"亚当斯贝格说。

眼前的老人让他想到了费利克斯,那个在八百八十公里开外修剪葡萄藤的费利克斯,用牛奶驯服过一条蛇。一天,有个家伙杀死了他的蛇。费利克斯把那个家伙给杀了。亚当斯贝格回到卧室,贾斯汀警司守在死者边上,等主治医生上门。

"你看一下她的嘴里有什么东西,"他吩咐道,"是否有白色残留物,比如面包心子什么的。"

"我不太想干这件事儿。"

"不想干也得干啊。我怀疑老头往她嘴里塞面包心,把她闷死了,然后再把面包心掏出来,扔到别的地方。"

"是面包头里面的心子?"

"是的。"

亚当斯贝格推开卧室的窗户和护窗板。他仔细观察那个小院,只见到处散落着鸟的羽毛,半个院子改成了储藏室。院子中央,一

5

块格栅板将污水口盖住。没下过雨,格栅板却是湿漉漉的。

"你去把格栅板掀起来。我觉得他把面包心扔在里面,然后往上面冲了一桶水。"

"真傻。"贾斯汀低声应道,说着将手电筒对准了老妇人的嘴,"他既然这么做了,干嘛还不把掏空的面包头扔掉?干嘛不清理面包屑?"

"要扔的话,他就得一直走到垃圾箱那里,就得夜里在人行道上露面。旁边正好是一家咖啡厅的露天座,炎热的夏夜,客人肯定很多,会被人看见。于是他为面包头和面包屑想出一个绝妙的说法,他的解释别出心裁,令人信以为真。填字游戏冠军有办法把自己的想法说圆了。"

亚当斯贝格感到遗憾,又有些钦佩,回到图伊洛跟前。

"玛丽和托尼到来之前,您已经从垃圾桶里把面包捡回来了?"

"我没有,它们自己有办法,而且乐此不疲。托尼往垃圾桶踏板上一坐,盖子就会打开,然后玛丽把它们感兴趣的东西都从里面掏出来。厉害吧,嗯?那么机灵的家伙,没什么可说的,佩服。"

"这么说,玛丽负责掏面包,然后它们俩一起把面包心子吃了?情意绵绵地吃了?"

"是的。"

"把面包心子都吃了?"

"老鼠个头很大,警长,它们很能吃。"

"那面包屑呢?它们怎么没吃啊?"

"警长,您关心的是卢塞特还是老鼠啊?"

"我不明白,面包头被老鼠吃空了,您为什么还要裹上抹布收起来,而此前您已经把它扔进垃圾桶了。"

老人往填字游戏的格子里填了几个字母。

"警长,您肯定不是填字游戏的高手。我把掏空的面包扔进垃圾桶的话,卢塞特就会知道托尼、玛丽来过了。"

"您可以扔到外面去啊。"

"这扇门吱嘎作响,就像猪被抹脖子似的。您没有发觉吗?"

"发觉了。"

"所以我无奈只能用抹布把面包头包好。省得早上夫妻吵架。因为我们天天吵架,没完没了。我的天啊,五十年啦,她成天唠唠叨叨,拿抹布在我杯子下面、我的脚底下、我的屁股底下到处擦。我简直被剥夺了走路或者坐下的权利。换了您,您也会把面包头藏起来的。"

"难道放在面包筐里,她就看不见了?"

"当然看不见。她每天早上吃葡萄干饼干。肯定是故意的,因为吃饼干会有成千上万的碎末飞溅,足以让她早餐后忙活两个小时。您看出其中的逻辑了吗?"

贾斯汀走进饭厅,向亚当斯贝格略微点头确认。

"可是昨天,"亚当斯贝格略带沮丧地说,"事情的经过并非如此。您挖出面包心子,捏成两团,拳头那么大,硬塞进她的嘴里。等她断了气,您再把面包心子掏出来,扔到院子的排水口里。没料到您会选这种方式杀害她。用面包心子把人闷死,我从来没见过。"

"有创意。"图伊洛不紧不慢地予以认可。

"图伊洛先生,您肯定料到我们会在面包心子上发现您妻子的唾液。既然您讲逻辑又有计谋,我们还会在面包上找到老鼠的牙痕。

您让它们把面包心吃干净,好让我们相信您编的故事。"

"它们喜欢往面包里面钻,看到它们是一件开心的事。昨天晚上我们过得很愉快,确实很愉快。玛丽给我挠头时,我还喝了两杯。然后把酒杯洗干净放好,省得被她训斥。其实那阵子她已经死了。"

"其实您刚杀了她。"

"是的。"老人漫不经心地叹了口气,往游戏格子里填了几个字。"医生前一天来看过,说她还能撑好几个月,让我放心。也就是说还要过几十个忏悔星期二,吃千层酥,听数百次抱怨,抹布没完没了地擦拭。一个人到了八十六岁的年纪,有权开始自己的人生了。有些夜晚就是如此,有人站起来投入行动。"

图伊洛说着便站起来,推开饭厅的护窗板,一股热浪涌进室内,8月初暑热逼人。

"她也不肯开窗。不过,警长,这些我都不会说的。我会说,我杀了她,是为了不让她受罪。我用面包心子,因为她喜欢吃这个,最后给她一个小惊喜。"他敲着额头说,"我里面全都考虑好了。没有证据表明我不是出于慈善。明白吗?嗯?出于慈善?我将被无罪释放,两个月后我又会回来,杯子直接放在桌子上,不铺什么桌布,托尼、玛丽,还有我,咱们仨在这儿会很快活。"

"是的,这个我相信。"亚当斯贝格慢慢地站起来说,"不过要是这样的话,图伊洛先生,说不定到时候您不敢把杯子直接放在桌子上。也许您会铺上这块桌布,然后把面包屑扫干净。"

"为什么我要这么做呢?"图伊洛耸了耸肩。

"我个人观察而已。事情的实际过程往往是这样。"

"好了,您别替我担心。我这个人足智多谋。"

"此话不假,图伊洛先生。"

外面,骄阳似火,人们都贴着墙根,在阴凉地里行走,张着嘴喘气。亚当斯贝格决定走暴露在阳光下的人行道,空荡荡的。他随意地朝南边走去。他要走上一段时间,才能忘掉填字游戏冠军那张喜滋滋——果然狡猾——的脸。说不定将来某个星期二,那家伙会买一份奶油千层酥在晚餐时犒劳自己呢。

2

一个半小时后，他回到警署，大汗淋漓，黑 T 恤湿透，思绪也平复了。外界的印象，无论好坏，很少会久久萦绕在亚当斯贝格的脑海。况且他有没有脑子还是个问题呢——他母亲以前常常这样说。他给患流感在家休息的警长口授了一份报告，然后到前台收取留言。只见接听总机的戈尔登警员侧着脑袋，好从放在地上的小风扇那里吹到点风，细细的头发随着凉爽的气流舞动，就像坐在理发店的盔式吹风机下面那样。

"维朗克警司在咖啡店等你，警长。"他继续歪着脑袋说。

"咖啡餐厅还是啤酒餐馆？"

"咖啡餐厅，'骰子摇杯'。"

"维朗克不是警司了，戈尔登。他是否退役，要到今天晚上才知道。"

亚当斯贝格定睛看了看警员，心想戈尔登是否有脑子，假如有脑子的话，里面到底塞了些什么的东西。

他来到维朗克的桌边坐下，两个男子汉咧嘴微笑着，久久握住对方的手打招呼。回想起维朗克现身塞尔维亚的情形，亚当斯贝格有时还会感觉背后有丝丝凉意。他要了一份沙拉，慢慢地吃着，一五一十地讲起图伊洛·卢塞特女士、图伊洛·朱利安先生、托尼、玛丽的故事，它们的爱情、棍子面包、垃圾桶踏板、紧闭的护窗板、星期二的奶油千层酥。他时不时地朝窗外看一眼，咖啡馆玻璃窗显然没有图伊洛·卢塞特擦得那么干净。

维朗克要了两杯咖啡。老板是个胖子，一副动辄训人的脾气，遇到大热天，情绪就更糟糕。他的妻子是科西嘉人，个子小小的，默不出声，像黑仙女似的端菜走过。

"有朝一日，"亚当斯贝格悄悄指着她说，"她会拿两团面包心子闷死他。"

"极有可能。"维朗克表示赞同。

"她还等在人行道上。"亚当斯贝格又朝窗外看了一眼，"头上火辣辣的太阳，差不多站了一个小时。她不知道如何是好，拿不定主意。"

维朗克顺着亚当斯贝格的视线望去，只见一个瘦小的女人，穿着花色工作罩袍，显得很利落，巴黎的商店里买不到这样的罩袍。

"你怎么能肯定她在等你。她没有站在警署的对面，而是在十米开外走来走去。有人爽约了。"

"她在等我，路易，明摆着的。谁会在这条街上约会？她害怕。这正是我担心的地方。"

"因为她不是巴黎人。"

"说不定还是第一次来巴黎。所以说她遇到难题了。这并不解决你的问题，维朗克。你两脚泡在老家的河水里逍遥自在地想了几个月，还是没做任何决定。"

"你可以宽限几天。"

"已经宽限过了。"

"今晚六点,你得把字签了或者不签。你或者回来当警察,或者不当。你还有四个半小时。"亚当斯贝格看了看手表,不紧不慢地说。他腕上其实有两块表,没人知道他为什么戴两块。

"时间绰绰有余。"维朗克慢慢地搅动咖啡。

亚当斯贝格警长和路易·维朗克·德·比尔赫克前警司是同乡,来自比利牛斯山脉两个相邻的村子,两人都给人某种气定神闲、难以捉摸的超脱感。亚当斯贝格身上可以看到令人惊讶的疏忽和冷漠的种种迹象,而在维朗克那里,这种超脱造成无缘无故的疏远、固执己见,有时候不声不响、又臭又硬,偶尔发个脾气也有可能。"那是古老的大山造成的。"亚当斯贝格常常这样说,懒得找别的理由。古老的大山不像草浪起伏的大草原,长不出人见人爱、喜笑颜开的花草。

"咱们出去吧,"亚当斯贝格忽然结了账,"那个女的马上要走了。你瞧,她泄气了,犹豫起来。"

"我也犹豫啊,"维朗克一口气喝完咖啡,"可你却不帮我。"

"没错。"

"好极了。中心怛怛,踽踽独行,/茫茫歧路,孤影零零。"

"早在做决定之前,自己想做什么,每个人心里都清楚,一贯如此。其实从一开始就知道了。因此用不着别人提什么建议、忠告。不过还是再劝你一句,当格拉尔警督讨厌你的诗作。他不喜欢别人糟蹋诗歌艺术。"

亚当斯贝格挥挥手,跟店老板告辞。不用开口,胖老板不喜欢开口,更确切地说,他不喜欢给别人留下好感。这家小餐厅就是他本人风格的延伸，谢了顶，半老不老，故意走平民风格，对顾客几乎抱有敌意。寒酸傲气的小餐厅与对面那家阔绰的啤酒餐馆展开激烈较量。"哲人啤酒餐馆"越装腔作势，摆出资产阶级老富婆的派头，"骰子摇杯"就搞得越寒酸，这是一场无情的阶级斗争。"总有一天会死一个。"当格拉尔警督曾喃喃说道。这还不算会往丈夫喉咙里塞面包心子的小个子科西嘉女人呢。

走出餐厅，灼热的空气扑面而来，亚当斯贝格呼了口气，小心翼翼地朝瘦小的女人走过去。她还待在原地，离警署几步之遥。一只鸽子蹲在警署大门前，他觉得要是自己把鸽子吓飞了，那个女人也会跟着飞走。她轻盈，飘逸，会像干草那样随风消失得无影无踪。走到近处细看，警长猜她年纪在六十五岁左右。上首都巴黎之前，她特意去发廊做了头发，花白头发上的黄颜色小波浪还没有走样。听到亚当斯贝格说话，鸽子没动窝，女人闻声扭头，一脸惊恐样子。亚当斯贝格放缓语速，问她是否需要帮助。

"我不需要，谢谢。"女人说着把目光挪开。

"您不想进去吗？"亚当斯贝格指着刑警队那栋老楼说，"您想找某个警察，或者您有别的事？因为这条街上，除了找他们，没别的什么事情可做的。"

"但要是警察听不进您的话去那儿又有什么用。"她说着往后退了几步，"您知道，他们不会相信您的话的，那些警察。"

"这么说，您的确要去那儿？去刑警大队？"

女人垂下稀疏的双眉。

"您第一次来巴黎？"

"天啊，是的。我今晚必须回去，不能惊动他们。"

"您来找某个警察？"

"对。嗯，可能吧。"

"我是警察，在里面上班。"

女人看了亚当斯贝格一眼，见他衣着随便，显得有些失望或者说怀疑。

"那里面的人您一定都认识？"

"是的。"

"全都认识？"

"是的。"

女人打开褐色大拎包，两侧都磨旧了，从里面掏出一张纸，小心翼翼地展开。

"亚当斯贝格警长先生，"她认真地念着，"您认识吗？"

"认识。您老远赶来找他吗？"

"从奥尔德贝克过来。"她答道，仿佛对这个回答很不情愿似的。

"没什么印象。"

"这么说吧，离利西厄不远。"

诺曼底，亚当斯贝格心想，怪不得她的话不多。他认识一些诺曼底人，花好长时间才把这些"沉默寡言的家伙"调教过来。要他们开口说几句话就好像要他们把金路易无缘无故送人似的。亚当斯贝格迈开脚步，邀她同行。

"利西厄有警察。"他边走边说，"说不定奥尔德贝克也有。你们那儿是宪兵吧？"

"他们不会听我陈述的。不过利西厄堂区的助理司铎，他认识梅尼尔-博尚的神父，说这儿的警长会听。来一趟要花好多钱呢。"

"事情要紧吗？"

"当然，当然很要紧。"

"谋杀？"亚当斯贝格追问道。

"也许是吧。也说不上。一些人死到临头，这我得告诉警察，对吧？"

"一些人死到临头？他们受到威胁了？"

眼前这位男子让她稍稍镇定下来。巴黎吓坏了她，她自己的决定更是如此。不声不响地离开，对孩子们撒谎。如果火车不能按时把她送回去怎么办？错过公共汽车怎么办？这个警察说话轻声轻气，像在唱歌似的。肯定不是诺曼底老乡。不，矮个子，黝黑的皮肤，脸上皱纹挺深的，更像是南方人。说实话，她乐意把事情告诉他，不过助理司铎说得很清楚：除了亚当斯贝格警长，不能告诉其他任何人。助理司铎不是等闲之辈，他是鲁昂原来那个检察长的堂兄，检察长对警察圈子知根知底。助理司铎其实不建议她说出去，十分勉强地把亚当斯贝格的名字给了她，而且确信她不会成行。可是眼看着事情益发严重，她不能藏着掖着。要是孩子们有个三长两短，那可怎么办呢？

"我只能跟那位警长说。"

"我就是。"

她似乎怒不可遏，完全不顾自己是个弱女子。

"您一开始怎么不说呢？"

"可是我也不知道您是谁啊。"

"说出来也没用。名字说出来，就会一传十，十传百。"

"那又怎样呢？"

"有麻烦。不能让任何人知道。"

搅局女人,亚当斯贝格心想,最后说不定哪天,会被两团面包心子堵住喉咙。不过搅局女人被一件事儿吓成这样,仍旧让他放心不下。"一些人死到临头"。

他们回身,顺原路朝警署走去。

"我只想帮您一把。我观察您有一阵子了。"

"站在那边的那个人呢?你们是一起吗?他也在观察我?"

"哪个人?"

"那边,头发有点怪,有几簇橘红色的,你们是一起的吗?"

亚当斯贝格抬眼望去,维朗克倚在二十米开外大门的门框上。他没有进入大楼,等在鸽子附近,鸽子也没有挪地方。

"他小时候受过伤,被刀子弄的。"亚当斯贝格说,"后来结疤的地方又长出头发,成了现在这个样子,红的。我劝您别提这事儿。"

"我没有别的意思,怪我嘴笨,不会说话。平时在奥尔德贝克,我差不多从来不说话。"

"那不要紧。"

"可是我的孩子话挺多。"

"明白。"

鸽子到底怎么啦?亚当斯贝格嘀咕道,怎么不飞呢?

厌倦了女人的优柔寡断,警长丢下她朝一动不动的鸽子走去,与走过来的维朗克擦肩而过。他脚步很沉。很好,让他去管吧,只要值得这么做。他会把事情办妥的。维朗克的脸庞轮廓紧致,加上一抹罕见的微笑令嘴角美妙地上扬,一股令人折服的感染力油然而生。亚当斯贝格一度仇视这种明显的优势，那曾经把他们引向毁灭性的对决。现在两人已经放下过去的恩恩怨怨，言归于好。他刚刚捧起一动不动的鸽子，维朗克已经不慌不忙地走了回来，后面跟着不起眼的小个子女人，气有点喘。说实话，她把自己搞得太低调，如果没有花布罩袍勾勒，亚当斯贝格也许不会注意到她。可能没有这条罩袍，别人都看不见她。

他仔细看了看那只脏兮兮的鸽子，对维朗克说："哪个坏小子干的，把它的腿绑住了。"

"您也管鸽子吗？"女人问道，没有讽刺的意思，"这儿鸽子好多，一群群的，不干净。"

"可是这只鸽子，"亚当斯贝格打断她说，"它不是一群，而是一只鸽子，一只单独的鸽子。不是一回事儿。"

"那当然。"女人说。

善解人意，说到底，没什么主见。也许自己误解了，或许她最终不会被面包心子堵住喉咙。也许她不是一个搅局女人。也许她真的遇到麻烦了。

"您喜欢鸽子？"女人问。

亚当斯贝格用无神的目光看着她。

"不，"他说，"可是我不喜欢把它们的腿绑起来的混小子。"

"那当然。"

"不知道你们那儿是否有这种恶作剧，在巴黎有：抓住鸽子，用三厘米长的绳子把它的两条腿绑住，鸽子只能小步走，飞不起来，会慢慢渴死、饿死。就是这么个玩法。恨死这种恶作剧了，我会逮住那个以此为乐的那个家伙。"

亚当斯贝格穿过警署大门,把女人和维朗克扔在人行道上。她盯着警司深褐色的头发,看着一道道令人诧异的红色发丝。

"他真的要去管这事?"她困惑地问道,"可我跟您说已经太晚了。您那位警长的胳膊上爬满了跳蚤,说明鸽子连照顾自己的力气都没了。"

亚当斯贝格把鸽子托付给队里的女巨人维奥莱特·雷坦库尔警司,不假思索地相信她有照料动物的能力。要是雷坦库尔救不活鸽子,其他人就更没招了。又高又壮的警司面露难色,不是好兆头。鸽子的状况不妙,因为它使劲挣扎过,绳子勒破了脚上的皮肤,嵌到肉里。鸽子太虚弱而且脱水,咱们想想办法吧,雷坦库尔最后说了一句。亚当斯贝格点点头,抿了抿嘴唇,他每次看到残忍行径都会抿嘴唇,这一小段绳子属于此列。

矮个子女人跟在维朗克身后,从身材高大的警司面前经过,本能地恭敬起来。壮女人用湿布裹住鸽子,告诉维朗克,自己过一会儿会处理鸽子的腿,设法解开绳子。鸽子被维奥莱特·雷坦库尔一双大手抓住,并不挣扎,乖乖听她摆布,换了别人也一样,都会既忐忑又钦佩。

女人坐到亚当斯贝格办公室里,心情平复了些。她体格太瘦小,落座之后,椅子倒有一半是空的。维朗克站在墙角,打量自己熟悉的老地方。他还剩三个半小时来做出决定。按亚当斯贝格的说法,是已经做好的决定,只不过自己不知道罢了。刚才穿过宽敞的公共办公室时,当格拉尔警督正在翻文件柜,眼神里充满敌意。当格拉尔不仅不喜欢他的诗,而且恨他这个人。

3

女人终于同意说出自己的名字,亚当斯贝格随手拿了一张纸记下,漫不经心的样子让她感到担心,说不定警长根本不想过问她的事情。

"瓦朗蒂娜·温德莫特,温—德—莫—特。"他重复道,写生词对他来说很难,专有名词更加难,"来自阿尔德贝克。"

"奥尔德贝克。属于卡尔瓦多斯省。"

"您刚才说到孩子?"

"四个孩子。三个男孩,一个女孩。我是寡妇。"

"出什么事了,温德莫特夫人?"

女人再次请出她的大拎包,从里面拿出一份当地的报纸,微微颤抖地把报纸展开,放在桌子上。

"这个男人。他失踪了。"

"叫什么名字?"

"米歇尔·埃尔比耶。"

"是您的朋友?还是亲戚?"

"哦不。恰恰相反。"

"您的意思是?"

亚当斯贝格耐心等着,她似乎找不到恰当的词来回答。

"我讨厌他。"

"原来如此。"他边说边拿起报纸。

文章不长,亚当斯贝格全神贯注地读着,与此同时,女人不安地瞅着墙壁,左边看看,右边看看,亚当斯贝格很纳闷,干嘛这样来回扫视呢?又有什么事吓着她了。什么都怕。怕城市,怕其他人,怕流言蜚语,怕他。亚当斯贝格也想不通,她既然恨这个米歇尔·埃尔比耶,为什么还老远地赶来说他的事儿呢。米歇尔·埃尔比耶,已退休,喜欢打猎,骑轻便摩托离开家,然后就不见了。过了一个星期,宪兵进入他家进行安全检查。他的两个冰柜原来塞满了各种各样的野味,全被扒拉了出来,撒了一地。就这些。

"这件事我插不了手。"亚当斯贝格把报纸还给她,表示歉意,"这个人如果失踪了,您知道,案子肯定归当地的宪兵队负责。假如您知道什么情况,您必须跟他们去说。"

"这不行啊,警长先生。"

"您跟当地宪兵队相处得不好?"

"是的。所以助理司铎才把您的名字给了我。所以我才动身来这儿。"

"您想跟我说什么呢,温德莫特夫人?"

女人整了整花布罩袍,低下头。没人盯着她看的话,她开口容易些。

"告诉您他遇到的事儿。或者说他即将遇到的事儿。他已经死了,或许马上就会死,假如我们不想点办法的话。"

"他的轻便摩托不在家里,看来他只是外出而已啊。他带行李了吗?"

"一件都没带,只带了一支猎枪。他有好多猎枪。"

"那他会回来的,过不了多久,温德莫特夫人。您也知道,我们不能因为某个成年人几天没露面就进行追查,我们没有这样的权力。"

"他不会回来了,警长。轻便摩托不能算。轻便摩托不在,目的是不让人去找他。"

"您这么说,是因为有人在威胁他?"

"是的。"

"他有仇敌吗?"

"圣母啊,最可怕的仇敌,警长。"

"您知道他的名字?"

"天啊,我们无权直呼其名。"

亚当斯贝格叹了口气,为自己、更为她感到遗憾。

"照您的说法,这个米歇尔·埃尔比耶逃跑了?"

"不,他不会逃跑。他肯定已经死了。他被勾走了,您懂的。"

亚当斯贝格顿时站了起来,在屋里来回走了几步,双手插在口袋里。

"温德莫特夫人,我很愿意听您诉说,甚至愿意给奥尔德贝克宪兵队发警报。但是如果连我自己都没弄明白,那就啥也做不了。您稍等,我马上回来。"

他走出办公室,找到当格拉尔警督,只见他眉头紧锁,还在翻文件柜。当格拉尔脑子里储存的数十亿条信息中,包括法国几乎所有宪兵队和警察局一二把手的名字。

"奥尔德贝克的宪兵队长,您有印象吗,当格拉尔?"

"卡尔瓦多斯?"

"对。"

"埃梅里,路易·尼古拉·埃梅里。'路易·尼古拉'的名字是为了纪念他的祖先路易·尼古拉·达武,他是达武的庶支后代。达武是第一帝国元帅、拿破仑大军第三军司令。打过乌尔姆战役、奥斯特里茨战役、埃劳战役、瓦格拉姆战役,还因为奥尔施塔特会战、埃格穆尔战役大捷,被封为奥尔施塔特公爵、埃克米尔亲王。"

"当格拉尔,我只对如今在奥尔德贝克当宪兵那个人感兴趣。"

"就是说呢。他非常看重家族渊源,老是挂在嘴上,生怕别人忘记,这样就能摆出一副高傲、自豪、尚武的模样。他喜欢显摆这份拿破仑时代的遗产,不过除此之外,他为人相当随和,是个思维缜密、办事谨慎,或许过于谨慎的宪兵。年纪四十来岁。在之前任职的岗位上表现平平,我记得他那时被派到里昂郊区。他现在在奥尔德贝克无人问津。那边风平浪静。"

亚当斯贝格回到自己的办公室,女人又在盯着墙面仔细观察。

"这事不容易,我明白,警长。因为通常是不能泄漏的,您说是吧。不然会造成大麻烦。唉,您瞧,您这些靠墙的书架至少经过固定吧?您把重的文档放在上面,轻的放在下面,万一倒下来会砸到人的。重的东西通常要放在下面。"

怕警察,怕书架倒塌。

"这个米歇尔·埃尔比耶,您干嘛讨厌他?"

"人人都讨厌他,警长。他粗鲁得很,由来已久。没有人跟他搭话。"

"这也许可以解释他为什么离开奥尔德贝克。"

亚当斯贝格重新拿起报纸。

"单身汉，"他说，"退休，六十四岁。为什么不去别的地方换一种活法呢？他在别的地方有家人吗？"

"他有过一段婚姻。现在是鳏夫。"

"离婚几年啦？"

"哦，十五六年了。"

"您偶尔碰见他吗？"

"我从来看不到他。他住在奥尔德贝克的外围，有点偏，所以躲开他还是挺容易。大家觉得这样挺好。"

"不过邻居们还是为他担心了。"

"是的，埃布拉尔一家。老实巴交的一家人，看到他傍晚六点钟左右离开。他们就住在小路对面，您明白吗？他住的地方离小路五十米，在比加尔树林深处，靠近废弃的垃圾堆放场。那儿潮湿得不得了。"

"他们看到他开着轻便摩托离开，那担的什么心？"

"因为出远门之前，他通常会把邮箱钥匙交给他们。但是这一次却没有给。他们也没有听见他回来的动静。而且有邮件露在邮箱外面。那就是说，埃尔比耶原先没打算离开多久，一定有什么事情阻碍他回来。宪兵们说去医院找过，没有找到。"

"他们来检查房屋的时候，冰柜里的东西已经撒了一地了吗？"

"是的。"

"他为什么存这么多的肉？他养狗？"

"他是猎人，把猎物放在冰柜里。他捕杀的动物很多，可是不跟别人分享。"

女人浑身激灵了一下。

"布莱里奥下士，他对我挺和气，跟埃梅里队长不一样，他跟我说了现场的情况。太可怕了，他说。地上扔着半头雌野猪，猪头是全的，雌鹿腿、雌野兔、野猪崽、山鹑。扔得一片狼藉，警长。来宪兵的时候，已经烂了好几天，天那么热，这样烂下去很危险。"

怕书架，还怕细菌感染。亚当斯贝格瞥了一眼两支仍然放在办公室地上的大鹿角，上面满是灰尘。巧了，那也是诺曼底人送的一份厚礼。

"雌野兔、雌鹿？下士观察得很仔细啊。他也打猎吗？"

"哦，不。换了别人也会说'雌鹿'或'雌野兔'的，因为我们都知道埃尔比耶是什么坏子。他是个令人恶心的猎人，是条恶棍。他专门盯着雌性动物和幼崽杀，而且一窝一窝地杀，甚至朝怀崽的猎物开枪。"

"您怎么知道的？"

"家喻户晓啊。埃尔比耶被判过一次，因为他杀了一头母野猪和一窝嗷嗷待哺的幼崽。他还杀幼鹿。作孽啊。但是他惯于夜里打猎，埃梅里没有抓到过现行。有一点是可以肯定的，那就是猎人们早就不愿意跟他一起打猎了。连喜欢野味的人都不待见他。他被奥尔德贝克的狩猎协会除了名。"

"所以他有几十个仇敌，温德莫特夫人。"

"关键是没有人跟他来往。"

"您觉得猎人想杀他？是吗？或者是反对捕猎的人想把他干掉？"

"哦不，不，警长。把他勾走的是别的。"

两人你来我往说得挺顺畅，可是转眼之间，女子说话又犹豫起来。两边的书架似乎不再让她惴惴不安，但是她心里依然害怕。这是一种挥之不去的深深恐惧，让亚当斯贝格仍然十分在意，因为其实不必为了埃尔比耶这件事从诺曼底老远赶来。

"如果您一无所知，"他有点气馁地说，"或者有人不许您说出来，我是没有办法帮到您的。"

当格拉尔警督站在门口，频频向他示意有急事。有消息了，那个把果汁瓶砸在她大伯脑袋上，随后逃进凡尔赛森林的八岁小姑娘。大伯总算在昏倒之前拨了电话报警。亚当斯贝格向当格拉尔和女人示意他马上就完。暑假即将开始，三天后，刑警队人手会减少三分之一，所以大家都忙着把手头的案子结掉。女人意识到留给自己的时间不多了。即便这位小个子警长对她很友善而且有耐心，但是在巴黎做事不能慢吞吞的，助理司铎提醒过她。

"丽娜，我闺女，"她赶紧说，"丽娜看见了埃尔比耶。在他失踪前两周零两天看见的。她跟老板说了这件事，结果奥尔德贝克的人全都知道了。"

当格拉尔继续整理案卷，宽脑门上眉头紧锁，不胜烦恼的样子。他在亚当斯贝格的办公室里看到了维朗克。维朗克来这儿搞什么名堂？准备签字？重新归队？今天晚上必须决定啊。当格拉尔在复印机边上驻足，抚摸那只慵懒地趴在复印机上的肥猫，在柔软的毛皮中寻找安慰。他反感维朗克，但是反感的动机不能说，挺丢脸的。那是一种难以言说的强烈嫉妒，几乎带有女性特征的嫉妒，一种把维朗克和亚当斯贝格分开的迫切需求。

"我们得抓紧时间了，温德莫特夫人。您女儿看见他，有什征兆让她觉得他会被杀吗？"

"有的。他在喊叫。旁边还有三个人。天已经黑了。"

"他们在吵架？涉及母鹿和幼鹿？聚会的时候？猎人的晚餐？"

"哦，不是。"

"那您明天再来，或者以后吧，"亚当斯贝格说罢朝门口走去，"等哪天能把事情说明白了，您再来找我。"

当格拉尔靠在办公室转角，面色阴沉地等着警长。

"小姑娘找到了吗？"亚当斯贝格问。

"伙计们从树上把她救了下来。她像小美洲豹那样蹿到树上，爬得很高。手里抓着一只沙鼠，不肯撒手。沙鼠看上去还好。"

"一只沙鼠，您说什么，当格拉尔？"

"一种小老鼠。小孩们喜欢得要命。"

"那小姑娘呢？她什么状态？"

"状态跟您的鸽子差不多。又饿、又渴、又累。送医院了。沙鼠躲在床底下，所以有个护士不肯进病房。"

"她说了为什么砸大伯脑袋吗？"

"没有。"

当格拉尔勉强答道，他在想自己的烦心事。今天不是聊天的好日子。

"她知道大伯脱险了？"

"知道了，她好像松了口气，又有些失望。不知道她从何时起一个人跟大伯过日子，没有进过学校的门。那个人是不是她的大伯我们根本不清楚。"

"好吧，把案子交给凡尔赛那边，后续让他们来处理。不过要跟负责此案的警司说,别把小姑娘的沙鼠弄死了。关进笼子,好好喂养。"

"这么要紧?"

"那当然,当格拉尔,沙鼠也许是她唯一拥有的东西。稍等。"

亚当斯贝格快步朝雷坦库尔的办公桌走去,她正准备给鸽子泡腿。

"警司,您给它消毒了吗?"

"您别着急,"雷坦库尔回答,"先得给它补水。"

"很好,别把绳子扔了,我要取样。贾斯汀通知技术员了,他马上过来。"

"它往我身上拉屎。"雷坦库尔不慌不忙地说,"那个小老太太,她怎么回事?"她问道,冲着办公室比画了一个手势。

"说一件她不愿意说的事。吞吞吐吐,犹豫不决。这样下去,不是她自己离开,就是我们下班时把她撵走。"

雷坦库尔耸耸肩,有点不屑一顾的样子,犹豫不决是一种跟她的办事风格不沾边的现象。所以说她身上有一股冲劲,远远超过警队其余的二十七名成员。

"维朗克呢,他也犹豫不决?"

"维朗克早就拿定主意了。当警察或者当老师,换成您的话,您会怎么选呢?教书是一种会使人变得尖刻的美德,严密监视则是一种令人引以为豪的恶习。既然抛弃美德要比摈弃恶习容易得多,他就没有选择的余地。我现在去一趟凡尔赛的医院,看看那个所谓的大伯。"

"鸽子怎么处理啊?不能放在我家,我弟弟对羽毛过敏。"

"您弟弟在您那儿?"

"暂时住几天。他偷了车行里的一箱螺栓和几壶机油，丢了饭碗。"

"您今晚能把它送到我家吗？我说的是鸽子，您能送吗？"

"可以吧。"雷坦库尔嘟哝道。

"您要留神，花园里有几只猫在转悠。"

小老太太把手搭在他肩膀上，怯生生地。亚当斯贝格转过身来。

"那天晚上，"她慢慢说道，"丽娜看见狂怒天军路过。"

"谁？"

"狂怒天军，"女人低声重复，"埃尔比耶和他们在一起。他大喊大叫，另外三个人也大喊大叫。"

"那是个协会？跟打猎相关的？"

温德莫特夫人看着亚当斯贝格，目瞪口呆。

"狂怒天军，"她低声重复道，"大围捕。您不知道吗？"

"不知道。"亚当斯贝格看着她惊愕的目光答道，"请您改日再来说给我听听。"

"您连这都不知道？埃勒甘'梅尼'？"她小声问道。

"很遗憾。"亚当斯贝格重复道，把她带回到办公室，"维朗克，狂乱天兵，你听说过那帮人吗？"他问道，随手把钥匙和手机放进口袋里。

"狂怒天军。"女子纠正说。

"对。温德莫特夫人的女儿看到失踪的那个人跟他们在一起。"

"还有别的人，"女子强调说，"有让·格莱约和米歇尔·莫尔坦博。不过我闺女没有认出第四个人。"

一丝强烈的惊讶掠过维朗克的脸颊，然后他扬起唇角笑了笑，像是收到了一件非常意外的礼物。

"您女儿真的看到啦?"他问。

"当然了。"

"在哪儿?"

"经过我们那里的那段。阿朗斯森林里的博纳瓦勒小道。一直都走那边。"

"她家对面吗?"

"不,我们离那儿还有三四公里地。"

"她特意赶过去看的?"

"没有,躲都来不及呢。丽娜是个很听话、很守规矩的女孩。碰巧罢了。"

"夜里头?"

"他们总是夜里头经过。"

亚当斯贝格拽着小老太太离开办公室,让她第二天再来,或者等她下次把事情都想清楚了再给他打电话。维朗克嘴里咬着笔,悄悄拉住他。

"让-巴蒂斯特,"他问道,"你真的没听说过吗?狂怒天军?"

亚当斯贝格摇摇头,快速地用手捋了捋头发。

"那你问一下当格拉尔吧,"维朗克正色说,"他会很感兴趣的。"

"为什么?"

"因为据我所知,这预示着一场动荡即将来临。也许是一场剧烈的动荡。"

维朗克又笑了笑,突如其来的"狂怒天军"似乎让他顿时下了决心,果断签字。

4

亚当斯贝格到家的时间比往常晚了点,那个"大伯"给他添了不少麻烦。住在隔壁的西班牙老头卢西奥正对着小花园里的那棵树哗哗地撒尿,夏夜依旧溽热难熬。

"嗨,老兄。"老头招呼道,继续撒尿,"有个警司在等你。很壮很壮的女人,又高又大,像铁塔似的。你孩子给她开门了。"

"她不是壮女人,卢西奥,她是个女神,多才多艺的女神。"

"哦,原来是她?"卢西奥边说边整理裤子,"老是挂在你嘴边上的那个?"

"是的,女神就是她。所以嘛,她不可能长得像普通人。你知道什么是'狂乱天兵'吗?听到过这个名字吗?"

"不知道,老兄。"

雷坦库尔警司和亚当斯贝格的儿子泽尔克——他的真名叫阿梅尔,警长七个礼拜前才知道这个名字,所以还没有习惯——都在厨房里,两人叼着烟,俯身看着一个垫着棉花的篮子。听到亚当斯贝格进屋他们也不回头。

"你学会了没有?"雷坦库尔直截了当地跟年轻人说,"你把小块的碎饼干浸软,别拿大块的,轻轻放到它的嘴里。然后用吸管喂几滴水,开始别太快。加一滴这个小瓶子里的药水,起滋补作用。"

"还活着吗?"亚当斯贝格问道。看到自己的厨房被大个子女人和二十八岁的陌生儿子占据,不知怎的,一种局外人的感觉油然而生。

雷坦库尔直起身子,双手扶在臀上。

"今天晚上能不能挺过去,不好说。小结一下,我花了一个多小时取下绑在它脚上的绳子。绳子勒出的口子很深,看到骨头了,它肯定挣扎了好多天,但是没有把绳子扯断。已经消过毒了,每天早上要换纱布。这儿是纱布。"她拍着桌子上的一个小盒子说道,"给它用了驱蚤药,应该会好受些。"

"谢谢你,雷坦库尔。那家伙把绳子拿走了?"

"是的,没少费力气,因为实验室没有义务化验绑鸽子的绳子。对了,这是一只雄鸽。瓦兹内说的。"

由于父亲不由分说硬把他塞进警察局,听从父命的瓦兹内警司没能实现成为动物学家的夙愿。瓦兹内专攻鱼类、海洋生物,尤其是淡水鱼,办公桌上铺满了鱼类学方面的杂志。不过他对很多别的野生动物领域也很精通,昆虫啦、牛羚啦、蝙蝠啦,什么都懂,但是这些学问在某种程度上妨碍他专注于本职工作。分局长发现他不务正业,已经对他发出了警告,就像他警告过患有嗜睡症的梅卡代警司那样。不过亚当斯贝格寻思,这个警队里哪个人一点没有不务正业?只是表现方式不同罢了。雷坦库尔也许不在此列,但是她的工作能力和充沛精力也偏离了正轨。

警司离开后,泽尔克站在原地,耷拉着手臂,呆呆地望着家门。

"她把你镇住了吧?"亚当斯贝格说,"初次见到她,大家都有这种感觉。以后每次见到也是如此。"

"她很美。"泽尔克说。

亚当斯贝格惊讶地看着儿子,因为美丽肯定不是维奥莱特·雷坦库尔的主要特征;优雅、细腻、和气也不是。她的名字给人妩媚而脆弱的娇嫩之感,实际上恰恰相反,无论从哪方面看。她五官的线条精致细腻,但是脸颊宽阔、颌骨结实,脖子粗得像公牛。

"就听你的。"亚当斯贝格附和道,他还不熟悉这个年轻人,不想对他的品味提意见。

至于儿子的智力如何,他还吃不准。儿子有智力?没智力?还是稍微有一点?有一件事让警长稍稍安心。因为大多数人都不知道他有没有智力,包括他本人。既然自己对这种智力不闻不问,又何必去关心泽尔克的智力呢?维朗克口口声声说这个孩子有天赋,可是亚当斯贝格尚未看到是哪方面的天赋。

"狂乱天兵,你听说过吗?"亚当斯贝格小心翼翼地把装着鸽子的篮子放在餐具柜上,问道。

"什么?"泽尔克问。他正在布置餐桌,像他父亲一样,叉子放右边,餐刀放左边。

"哦,算了。咱们还是问当格拉尔吧。你弟弟刚满七个月,我就这么教他的。要是我在那个年龄认识你,我也会教给你的。泽尔克,你要记住三条原则,有了这三条原则,你就得救了:做事无法收尾的时候,去找维朗克。做不了某事的时候,去找雷坦库尔。不懂某件事的时候,去找当格拉尔。你要好好领会这三条原则。不过今天晚上当格拉尔心情格外不好，不知道是否能问出些什么东西。维朗克归队，他高兴不起来。当格拉尔是一朵奢华的花，因此跟稀有物品一样，是脆弱的。"

亚当斯贝格给自己最资深的助手拨电话，泽尔克忙着上菜：清蒸金枪鱼配西葫芦和西红柿，米饭、水果。泽尔克自己提出来的，要到自己新的父亲家里住一段时间，说好了他负责做晚餐。一份轻松的约定，因为亚当斯贝格对吃的几乎没有什么要求，他可以每顿吞食同样的面条，就像他不管天气如何，老是穿黑色帆布外套和裤子一样。

"当格拉尔真的什么都懂吗？"年轻人皱着眉头问道，他的眉毛跟父亲一样浓密，如同一座粗犷的掩体，罩住他茫然的目光。

"不，很多事情他不知道。他不知道如何找老婆，不过他新交了一个女朋友，两人来往两个月了，绝无仅有的事情。他不知道上哪儿买水，但是哪儿有白葡萄酒，他一找一个准，他控制不住自己的恐惧或忘记脑子里堆积如山的问题，翻来覆去想问题，不敢松懈，就像在洞里不停奔跑的老鼠。他不会奔跑，不懂得观看下雨和流水，他不知道放下生活的烦恼，反而提前制造烦恼，以免自己措手不及。但凡是乍看无用的东西，他无所不知。世界上所有的图书馆都存在当格拉尔的脑子里，而且还有很多富余空间。了不起，闻所未闻，没法跟你描述。"

"如果乍看没有用的话……"

"但是第二次或者第五次看，就肯定有用处了。"

"这倒不错。"泽尔克显然对这个答案感到满意，"我不知道自己知道什么。你觉得我知道什么呢？"

"跟我知道的一样。"

"你的意思是?"

"我不知道,泽尔克。"

亚当斯贝格举手向他示意当格拉尔终于接电话了。

"当格拉尔?你们全家都睡了?能来我这儿一趟吗?"

"如果要我来照顾鸽子,没门。它身上都是跳蚤,跳蚤给我的印象差极了。而且我不喜欢它们在显微镜下的长相。"

泽尔克瞅了瞅父亲的两块手表。九点。维奥莱特要求每小时喂一次鸽子,给它喝水。于是,他将碎饼干泡软,吸管里吸满水,又吸了一滴营养液,然后喂起鸽子来。鸽子闭着眼睛,但是接受年轻人塞进它嘴里的食物。泽尔克照维奥莱特示范的那样,轻轻抬起鸽子的身体。这个女人着实让他震惊,没想到世界上居然有这样的女子。他的眼前又浮现出那双大手,熟练地摆弄着鸽子,短短的金发垂向桌面,小波浪披在宽厚的颈背上,细看有一层淡淡的白色茸毛。

"泽尔克负责照顾鸽子,而且鸽子没跳蚤了。这个问题被雷坦库尔解决了。"

"那又是什么事?"

"有件事情让我闹心,当格拉尔。那个穿花布罩袍的小个子女人,刚才在我们那儿,您注意到了吗?"

"就算是吧。左右摇摆、飘浮不定的特别案例啊。一口气能把她吹走,像蒲公英的瘦果那样。"

"瘦果,当格拉尔?"

"瘦果就是蒲公英的果实,借助毛茸茸的小伞飘移。您小时候没有吹过瘦果?"

"当然吹过。大家都朝蒲公英吹气。可是我哪晓得它的名字是瘦果。"

"瘦果是它的名字。"

"可是除了毛茸茸的小伞,当格拉尔,这个小老太太还吓得瑟瑟发抖。"

"没注意到。"

"她感到恐惧,当格拉尔。纯粹的恐惧,来自井底深处的恐惧。"

"她跟您说原因了吗?"

"似乎有人不许她说。不然会被处死,我猜。但是她小声给了我一条线索。她女儿看见狂乱天兵路过。您知道她企图传达什么意思吗?"

"不知道。"

亚当斯贝格非常失望,几乎觉得耻辱,就像当着儿子的面把实验做砸了、自己说话不算数那样。他看到泽尔克担忧的目光,示意孩子别着急,论证还没有结束呐。

"维朗克似乎知道到底发生了什么,"亚当斯贝格继续说道,"他建议我向您请教。"

"是吗?"当格拉尔的语气有些冲动,维朗克的名字似乎像一个飞来的大胡蜂,让他惴惴不安,"他听到了什么?说具体点。"

"她的女儿看见狂乱天兵经过,是在夜里。她女儿名字叫丽娜,她在这群人里面还看见一个猎人和另外三个家伙。猎人目前失踪,已经一个多星期了,小个子女人认为他已经死了。"

"在哪儿?她在哪儿看见的?"

"离他们家不远的路上。通往奥尔德贝克的那条路。"

"啊，"当格拉尔真的兴奋起来，就像每当他的知识被激活，每当他能沉浸于自己渊博的知识，自如地徜徉其中那样，"啊，狂怒天军，不是狂乱天兵。"

"对不起。狂怒。"

"她说的是这个吗？埃勒甘'梅尼'？"

"是的，她念了差不多的名字。"

"大围捕？"

"也说了。"亚当斯贝格朝泽尔克抛去一个胜利的眼神，就像刚钓到大剑鱼那样得意。

"这个丽娜看见猎人跟天军在一起吗？"

"对的。他似乎在叫喊。另外几个人也在叫喊。那群人显然很惊慌，背毛茸茸小伞的小老太太似乎认为那些人处境危险。"

"惊慌？"当格拉尔打趣道，"用词不当，警长。"

"维朗克也这么说的。这帮人可能给我们带来一场剧烈动荡。"

亚当斯贝格又提到维朗克的名字，他故意这么做，不是想伤害当格拉尔，而是让他重新习惯带着几绺红头发的警司出现在他们跟前，通过零敲碎打、反复唠叨警司的名字来冲淡他的反感。

"内心动荡而已。"当格拉尔用词细腻，压低了声音，"没啥要紧的。"

"维朗克也说不清楚。过来喝一杯吧。泽尔克给您准备好了。"

当格拉尔不喜欢立马答应亚当斯贝格的请求，原因很简单，他对亚当斯贝格总是有求必应，觉得自己意志上的这种缺陷很丢人。于是他还要磨磨唧唧地嘟囔几分钟，亚当斯贝格则一再坚持，因为他对警督言不由衷的推辞习以为常。

"儿子,你快去。"亚当斯贝格挂了电话说道,"去街角商店搞点白葡萄酒回来。别犹豫,拣最好的买,不能让当格拉尔喝炖肉的料酒。"

"我能跟你们一块喝吗?"泽尔克问。亚当斯贝格看着儿子,不知如何回答是好。泽尔克认识他没几天,但他已经二十八岁,不用征求任何人批准,更不用听他的意见。

"那当然,"亚当斯贝格不由自主地回答,"假如你不像当格拉尔那样灌酒的话。"他补充道,对自己父亲般的叮嘱颇感意外。"钱在碗柜上,自己拿吧。"

他们的目光不约而同地投向那只篮子。那是一只装草莓的大号篮子,泽尔克清理干净后铺了一层棉花,给鸽子当睡铺。

"你觉得它的状况怎么样?"亚当斯贝格问。

"它在发抖,不过呼吸还正常。"儿子谨慎地答道。

出门前,年轻人用手指轻轻捋了一下鸽子的羽毛。至少在这方面有点天赋,亚当斯贝格看着儿子远去的身影,默默想道,有抚摸羽毛的天赋,哪怕抚摸这样一只如此普通、肮脏和难看的鸽子。

5

"几句话就完了。"当格拉尔说，亚当斯贝格一时间不知道他是指狂怒军团还是指葡萄酒，因为儿子只买了一瓶葡萄酒回家。

亚当斯贝格从泽尔克的烟盒里抽出一支烟，这个动作不禁让他想起他俩堪称屠杀的初次见面。从那以后他又抽起烟来，多半抽泽尔克的香烟。当格拉尔开始喝第一杯酒。

"我猜，这位蒲公英女郎不愿意跟奥尔德贝克的宪兵队长说这件事？"

"她拒绝予以考虑。"

"这很正常，因为队长可能不喜欢别人说这件事。您也如此，警长，您事后会忘了这一切。我们对这个失踪的猎人有什么了解吗？"

"他是个冷酷杀手，比冷酷还可恶，因为他主要杀雌性动物和它们的幼崽。当地的狩猎协会把他开除了，没人愿意跟他一起打猎。"

"那么可以说是个歹徒？暴力分子？无情杀手？"当格拉尔咽了一口酒问道。

"显然是的。"

"合乎逻辑。这个丽娜住在奥尔德贝克本地，对吗？"

"我想是的。"

"没有听说过奥尔德贝克小镇吗？有位大作曲家在那里住过一段时间。"

"那不是重点，警督。"

"但那是一个积极因素。其余的就比较让人担心了。这支军团，它走了博纳瓦勒小道吗？"

"正是那个女人说的地名。"亚当斯贝格惊讶地答道，"您听见她说起这条小道？"

"没有，不过那可是一条著名的格里姆威尔德小道，穿越阿朗斯森林。可以断定，奥尔德贝克的居民没有不知道的，虽然他们巴不得忘掉这个故事，但是依然津津乐道。"

"格里姆威尔德，这个词我不认识啊，当格拉尔。"

"这就是人们给埃勒甘'梅尼'，您也可以称之为狂怒天军，或者大围捕经过的那条路起的名字。很少有人亲眼看到过。有个人相当出名，他和这个丽娜一样，也看见狂怒天军经过博纳瓦勒小道。他的名字叫戈舍兰，是个神甫。"

当格拉尔接连喝了两口酒，微微一笑。亚当斯贝格把烟灰弹进冰冷的壁炉，等着听下文。这个在警督松弛的脸上挤出几道皱纹的微笑，带着一丝挑衅的味道，除了表明当格拉尔终于轻松自如起来了之外，在亚当斯贝格看来不是个好兆头。

"事情发生在1091年1月初。阿梅尔，你酒选得很好。可是不够咱们喝的。"

"哪一年？"泽尔克问道，他已经把凳子挪到壁炉旁，手肘支在膝盖上，专心地听警督说话，一只手里拿着酒杯。

"十一世纪末。首次十字军东征开始前五年。"

"妈的。"亚当斯贝格低声说，忽然心头一紧，觉得自己被奥尔德贝克的小老太太骗了，尽管她像一棵弱不禁风的蒲公英。

"是的。"当格拉尔附和道，"徒劳无功啊，警长。不过您还是想弄明白，那个女人为何恐惧，对吗？"

"也许吧。"

"那就得了解戈舍兰的故事。再拿一瓶酒来，"他重复道，"我们有三个人喝呢。"

泽尔克立刻站起来。

"我再跑一趟。"他说。

出门之前，亚当斯贝格又见他用手指轻抚鸽子。亚当斯贝格像个父亲那样随口说道：钱在碗柜上。

七分钟之后，看到第二瓶酒，当格拉尔放心了，给自己斟了一杯，开始讲戈舍兰的故事，没说几句忽然打住，抬头望着低矮的天花板。

"说不定十三世纪初，埃利南·德·弗瓦蒙写的编年史描绘得更清晰。给我一点时间，让我回忆一下，因为那不是我每天查阅的文献。"

"您请便。"亚当斯贝格不知所措地答道。

他意识到他们正走向中世纪深处，丢下米歇尔·埃尔比耶听天由命，小老太太的故事以及她的恐惧有了一种新的意义，令他无从入手。

他站起来，给自己浅浅地斟了一杯酒，瞥了鸽子一眼。狂怒天军跟他没有关系了，他错看了弱不禁风的温德莫特太太。温德莫特太太用不着他。她是一个神经错乱但不会伤人的女子，神经错乱到担心书架会塌下来压到自己,甚至还会砸到十一世纪的人。

"这件事是他的叔叔埃勒博叙述的。"当格拉尔故意用叔叔二字,现在只剩了小伙子在听他讲述。

"埃利南·德·弗瓦蒙的叔叔?"泽尔克问道,神情非常专注。

"对,他的叔叔。他这样说:正午时分,我和仆人两人走近这片森林,为了让人给我安排处,仆人策马奔在前面,他忽然听到林中一片喧哗,仿佛无数战马嘶鸣、兵器撞击和陷阵士兵的呐喊。他连人带马吓得逃回我身边。我问他为什么半路返回,他说:不管是用鞭子抽还是用靴刺踢,这匹马死活不肯往前走,我自己也吓得不敢继续赶路。因为我听见,我看见了一些骇人的东西。"

当格拉尔把酒杯伸向年轻人。

"阿梅尔,"当格拉尔断然拒绝用"泽尔克"这个战斗呼号来称呼小伙子,他严厉批评警长这么做,"给我满上,你就会知道丽娜姑娘看到了什么,她夜里怕什么。"

泽尔克生怕故事戛然而止,赶紧给警督斟酒,然后在当格拉尔身边坐下。他从小没有父亲,母亲夜里去鱼类加工厂做清洁工,从来没人跟他讲故事。

"谢谢,阿梅尔。仆人继续说:森林里到处都是死人和鬼魂。我听见他们说话叫喊:'我们抓住阿尔克修会会长了,现在去抓兰斯大主教。'我回答道:在咱们额头上画十字,保佑我们前进。"

"现在是埃勒博叔叔在说话。"

"对的。埃勒博说道:我们走近森林时亡灵已经散去,尽管如此,我仍然听见嘈杂的人声、兵器撞击和马嘶声,但是看不见亡灵,也听不懂那些声音。我们回到家,发现大主教奄奄一息。我们听到那些声音后不出半个月,他便一命呜呼。人们推测他被那些鬼魂带走了,之前已经有风声说他们要把他勾走。"

"这跟丽娜妈妈讲的不一样。"亚当斯贝格低声插话,"她没有说女儿听见说话声或马嘶,也没有说她看见亡灵。她只看到米歇尔·埃尔比耶和另外三个人,跟这彪人马在一起。"

"那是因为母亲不敢和盘托出,因为在奥尔德贝克用不着说细节。那边只消说'我看见狂怒天军经过',大家都知道是怎么回事。丽娜目击的这支队伍,我稍微多讲几句,你们就会明白她夜晚不安宁。警长,如果说有件事情是确凿的,那就是她在奥尔德贝克的日子不好过。别人肯定躲着她,像提防瘟疫那样提防她。我觉得她母亲来见您,是为了保护女儿,那是她的主要目的。"

"她看见什么了?"泽尔克问,香烟挂在嘴唇上。

"阿梅尔,这支人马来势汹汹,但破败不堪。战马和骑手瘦骨嶙峋,缺胳膊断腿。这是一支已经死掉、糟朽腐烂的军队,凶神恶煞般地吼叫,却找不到上天之路。你想象一下吧。"

"这样啊。"泽尔克一边给警督倒酒,一边说,"警督,您能等一下吗?现在是十点,我得照顾一下鸽子。这是命令。"

"谁的命令?"

"维奥莱特·雷坦库尔的。"

"那就执行吧。"

泽尔克拿出碎饼干、药水瓶、滴管,认真地忙碌起来。他开始摸到诀窍了。一会儿他回来落座,一脸不安的样子。

"鸽子的情况不好。"他伤心地对父亲说,"真是混蛋。"

"我会逮住他,相信我。"亚当斯贝格轻声安慰道。

"您打算查出谁是折磨鸽子的凶手,当真?"当格拉尔问道,他觉得相当意外。

"当然,当格拉尔。"亚当斯贝格回答,"为什么不查?"

当格拉尔等着泽尔克的目光回到自己身上再往下讲这支阴兵的故事。这父子俩如此相似,让他不胜惊讶。他们的目光相似,深邃,不闪亮也不明确,眼眸朦胧,难以捉摸,除非当一束火花突然在亚当斯贝格眼中闪亮,如同退潮时的阳光有时在褐藻上熠熠生辉那样。

"狂怒天军出动时总是拖着几个活人,他们在痛苦和火焰中嚎叫和哭泣。目击者会认出这些人,就像丽娜认出猎人和另外三个人一样。这些活着的人乞求善良的灵魂补救他们的恶行,拯救他们于苦痛之中。戈舍兰就是这么说的。"

"好了,当格拉尔,"亚当斯贝格恳求道,"不用再提戈舍兰了。我们大致清楚了。"

"是您请我来介绍狂怒天军的。"当格拉尔有点不高兴。

亚当斯贝格耸耸肩。这些故事往往使他昏昏欲睡,其实当格拉尔概括一下就行了。但是他知道,警督多么喜欢娓娓道来,就像沉浸在一个装满了世界上最上等的白葡萄酒的湖泊中,特别是在泽尔克充满惊奇而钦佩的目光之下。当格拉尔侃侃而谈,至少抹去了压在胸口的郁闷,他现在似乎对生活满意些了。

"戈舍兰告诉我们:"当格拉尔意识到亚当斯贝格觉得无聊,微笑着继续说,"于是一大群步行者开始经过这儿。他们肩扛背驮,带着家畜、衣服、各种杂物,以及强盗通常随身携带的各种器具。一篇很好的文字,对不对?"他故意笑着问亚当斯贝格。

"很优美。"亚当斯贝格言不由衷地承认道。

"简约、优雅，要什么有什么。维朗克的诗完全是两回事，笨重得像铁砧。"

"那不是他的错，他祖母喜欢拉辛，小时候天天听祖母念拉辛，不念别的。因为她从寄宿学校的一次火灾中抢出了几本拉辛的书。"

"说实话，她还不如抢出些礼仪读本来教孙子，那才有用呢。"

亚当斯贝格保持沉默，仍然看着当格拉尔。这两人的适应过程会很长。就目前而言是两个人之间的决斗，更确切地说，是刑警队两位重量级知识分子——这是原因之一——之间的决斗。

"算了，不说他了。"当格拉尔接着说，"戈舍兰说：每个人都在哀叹，互相催促得快些。神甫在队伍中认出了好几个邻居，不久前死去的，听到他们抱怨说，由于生前行为不端而遭了大罪。他还看见——我们离您的丽娜越来越近了——他还看见朗德里。朗德里办案和庭审的时候随心所欲，根据礼品多少改动判决。他更多地为满足贪欲和欺骗讹诈效力，而不是匡扶正义。因此，奥尔德贝克子爵朗德里被狂怒天军带走了。在那时候，司法不公与血腥杀人的性质同样严重，如今人们对此毫不在乎。"

"是的。"泽尔克表示同意，他对警督的话连连称是，似乎没有形成任何批判性思维。

"但是，"当格拉尔继续说，"目击这个恐怖场景之后，神甫回到家里，无论他如何努力，无论主持多少场弥撒，他在阴兵手里看到的人都在天军出现后一周内死去。最多不超过三周。警长，在小老太太的故事里千万记住一点：那些被天军'勾走'的人都是无赖、恶棍、剥削者、受贿的法官或杀人凶手。他们的罪行一般不为同时代的人所知，没有受到惩罚。因此狂怒天军要过问他们的事儿。丽娜究竟是什么时候看到天军的?"

"三个多星期以前。"

"那就毫无疑问了。"当格拉尔看着酒杯,平静地说道,"是的,这个人死了。跟着埃勒甘'梅尼'走了。"

"'梅尼'?什么意思,警督?"泽尔克问。

"也可以说'徒众',如果你愿意的话。埃勒甘是他们的领主。"

亚当斯贝格踱回壁炉边,他又有点好奇起来,靠在砖柱上。天军指认那些未受惩罚的凶手,这件事让他产生了兴趣。他忽然意识到,丽娜透露姓名的那些家伙,他们在奥尔德贝克的日子不会好过,别人肯定会盯着他们,刨根究底,琢磨他们究竟犯了什么罪。嘴上告诫自己别轻信,可到头来还是信了。有害的想法不胫而走。在人们无法言说的心灵空间无声无息地推进,东张西望,到处转悠。把它推开,它消停几天又回来。

"被'勾走'的人怎么个死法?"他问道。

"看情况。有突发高烧或者死于谋杀的。如果不是突发疾病或者出意外,那就是某个凡夫俗子干的,他把自己当作天军无情意志的执行者。所以是谋杀,不过,那是埃勒甘领主要求的谋杀。明白吗?"

刚才喝下去的两杯酒——亚当斯贝格很少这样喝酒——帮他消除了心头的一些不快。他现在反而觉得,遇见一个能够看到这支可怕天军的女人是一种难得的有趣经历,而这种目击的实际后果可能是令人恐惧的。他又给自己倒了半杯酒,随手从儿子的烟盒里抽出一支烟。

"这是奥尔德贝克特有的传说吗?"他问道。当格拉尔摇摇头。

"不是。埃勒甘徒众穿越整个北欧地区。他们经过斯堪的纳维亚、佛兰德斯,然后横穿法国北部和英格兰。总是走相同的路径。在博纳瓦勒小道上奔走一千多年了。"

亚当斯贝格拖过一把椅子坐下,伸开两条腿,三个人在壁炉跟前围坐成一个三角形。

"不过……"他刚开头,句子就卡住了,思路不够清晰,说不下去了,他常常这样。

当格拉尔一直没能适应警长这种云里雾里、优柔寡断的思路,缺乏条理,东一榔头西一棒的。

"不过,"当格拉尔接过他的话头,"这只是一个不幸的年轻女子心烦意乱、产生幻觉的故事。一个母亲吓得信以为真,向警察求助的故事。"

"不过,这也是一位女子预告多起命案的事件。要是米歇尔·埃尔比耶没有出走,假如有人找到他的尸体呢?"

"要是那样的话,您那位丽娜的处境就不妙了。谁说埃尔比耶不是她杀的?谁能肯定她不是用这个故事来混淆视听?"

"什么?混淆视听?"亚当斯贝格微笑着问道,"您真认为警察会信以为真,把狂怒天军视为嫌疑人吗?您认为丽娜会傻到把在这一带转悠了上千年的家伙说成罪犯吗?我们抓谁呢?抓埃内甘大王吗?"

"他叫埃勒甘,而且是领主。也许是奥丁的后裔。"

当格拉尔稳稳地把自己的杯子斟满。

"您就别操心了,警长。让缺胳膊断腿的骑士们折腾去,这个丽娜,随她去吧。"

亚当斯贝格点头同意,当格拉尔一口把酒喝了。他离开后,亚当斯贝格在屋里转了几圈,眼神呆滞。

"你第一次来这里的时候,天花板上的灯坏了,你记得吗?"他问泽尔克。

"灯泡现在还是坏的……"

"咱们换个灯泡怎么样?"

"你不是说灯泡亮不亮无所谓嘛。"

"没错,我说过。但是总有需要迈出一步的时候。总有一天我们会对自己说,该换灯泡了,总有一天我们会说,我明天给奥尔德贝克宪兵队打电话。既然如此,想干就干吧。"

"不过,当格拉尔警督没说错。那个女人脑子肯定不正常。她的狂怒天军,你准备怎么处置呢?"

"困扰我的不是她的天军,泽尔克,而是我不喜欢别人向我报告说有人暴死,以这种方式或者别的方式暴死。"

"我懂了。我来负责换灯泡吧。"

"你等到十一点给它喂食吗?"

"我今晚睡下面,每小时给它喂食。我就在椅子上打盹儿。"

泽尔克用指背轻轻碰了一下鸽子。

"体温不太高,尽管天很热。"

6

清晨六点十五分,亚当斯贝格感到有只手在摇晃他的身体。

"它睁眼了!快来看,快点。"

泽尔克仍然不知道该怎么称呼亚当斯贝格。叫"父亲"?太一本正经了。叫"爸爸"?一个人在这个年龄不会养成这种习惯。叫"让-巴蒂斯特"?亲切但不合适。于是泽尔克就避而不叫,这种缺失有时候会在他的句子中造成令人尴尬的空隙。一些空白。这些空白是那二十八年缺位的完美写照。

两人走下楼梯,低头看着草莓篮子。情况无疑在好转。泽尔克小心翼翼地解开鸽子腿上的绷带进行消毒,亚当斯贝格端来咖啡。

"我们给它起个什么名字?"泽尔克问道,一边往鸽子腿上缠了一层干净的薄纱布,"它要是能活下去,我们得给它起个名字,不能老是叫它'鸽子'。叫维奥莱特怎么样,就像你的漂亮警司?"

"那不行。没人抓得住雷坦库尔,并且捆住她的腿。"

"那我们就叫它埃勒博吧,就像警督故事中的那个人。你觉得警督事先复习过他讲的那些事儿吗?"

"是的,肯定看过一遍。"

"就算看过,他怎么能记得住呢?"

"别刨根问底了,泽尔克。因为咱们如果真能看到当格拉尔脑袋里面的情况,在里面溜达的话,我想,它给我们带来的恐惧,可能远远超过狂怒天军的任何暴行。"

一到警队,亚当斯贝格立刻查电话簿,给奥尔德贝克宪兵队长路易·尼古拉·埃梅里打电话。亚当斯贝格先自报姓名,他在电话那头感觉到一些犹豫不决,听到窸窸窣窣的询问、劝告、埋怨、拖椅子的声音。亚当斯贝格突如其来打给宪兵队的电话,经常令对方手忙脚乱,每个人都会寻思是接电话还是找借口不接。路易·尼古拉·埃梅里最后还是接了电话。

"您请说,警长。"他略带狐疑地说。

"埃梅里队长,想问一下那个失踪男人的情况,冰柜被清空的那个。"

"埃尔比耶吗?"

"是的,有什么消息吗?"

"一点都没有。我们搜查了他的房子和杂物棚,没有发现此人的任何踪迹。"

他的声音悦耳,稍微有些刻板,语气坚定而不失礼貌。

"您也关注此案?"队长又问道,"一桩如此普通的失踪案,由您负责查办,让我不胜惊讶。"

"我不负责本案。我只是想知道您的打算。"

"我打算依法办事,警长。到目前为止无人报案,所以此人不算失踪。他骑轻便摩托车出门,我没有任何权力追查。那是属于他的人身自由。"他有点高调地强调说,"按照程序该查的都查了,没有交通事故,也没有任何地方报告发现他的车辆。"

"您如何看待他的出走,队长?"

"总的来说,不是很令人惊讶。埃尔比耶在本地不受欢迎,很多人甚至完全就是憎恶他。这起冰柜案也许证明某人的威胁起作用了,因为他在狩猎中的野蛮行径。您知道这些事儿吗?"

"知道。捕杀雌性动物和它们的幼崽。"

"埃尔比耶可能受到威胁,心里害怕就不顾一切地逃之夭夭。要不然就是精神崩溃,后悔莫及,他自己清空了冰柜,一走了之。"

"没错,这也说得过去。"

"不管怎么说,他在本地不再跟别人来往。还不如换个地方重新开始。这栋房子不是他的,是租的。退休以后,按时交房租有点困难。除非房东投诉,否则我也束手无策。他欠了房租卷铺盖逃跑了,我觉得情况就是这样的。"

就像当格拉尔说的那样,埃梅里心态开放,而且愿意配合,与此同时,他似乎怀着一种站在远处看热闹的心情看待亚当斯贝格的来电。

"这一切都很在理,队长。您那儿有条博纳瓦勒小道吗?"

"有啊。怎么啦?"

"从哪里到哪里?"

"从一个名叫伊利耶的地方开始,距离这儿约三公里,然后穿过阿朗斯森林。过木十字架后路名换了,不再叫博纳瓦勒。"

"这条路上人多吗?"

"白天可以走。但是晚上没人去。有些古老的传说,您懂的。"

"您没有去看一下吗?"

"假如这是您的猜想的话,亚当斯贝格警长,我也给您一个猜测。我猜有位奥尔德贝克的居民找过您，还是我猜错了？"

"确有其事，队长。"

"那人是谁？"

"我不能告诉您。那人担心出事儿。"

"我完全可以想象他跟您说了什么。跟您说丽娜·温德莫特看见的那帮子幽灵，如果可以称之为'看见'的话。她看见埃尔比耶跟他们在一起。"

"是的。"亚当斯贝格承认。

"您不打算掺和进去吧，警长？丽娜看见埃尔比耶跟那该死的天军在一起，您知道为什么吗？"

"不知道。"

"因为她恨埃尔比耶。埃尔比耶是丽娜父亲生前的朋友，也许是她父亲唯一的朋友。听我一句忠告吧，警长，忘掉这一切。这个女孩从小就疯疯癫癫，这里家喻户晓。人人知道她和她全家人的脑子都坏了，提防着他们。那不是他们的错。他们其实挺可怜的。"

"大家都知道她看到了狂怒天军？"

"那当然。丽娜跟家里人和她的老板说了。"

"她的老板是谁？"

"她是德尚-普兰事务所的合伙律师。"

"谁说出去的？"

"大家都在说啊。三个星期以来，这儿的人成天说着这件事儿。精神健全的一笑了之，可是心理脆弱的人就害怕。说实话，我们真希望丽娜别以恐吓民众为乐。我敢闭着眼睛跟您发誓，从那以后没有人去过博纳瓦勒小道。神经坚强的人都不去。我更不敢逞能了。"

"为什么呢，队长？"

"您别以为我会怕什么东西，"——面对这样的自信，亚当斯贝格恍惚觉得听到了当年的帝国元帅——"但我不希望有人到处扬言说，埃梅里队长相信狂怒天军的存在。对您来说也一样，如果您听我劝的话。这件事儿必须保密，束之高阁。不过，如果有一天您办案子踏上奥尔德贝克之途，我依然会高兴地欢迎您光临。"

一场模棱两可、有点尴尬的交谈，挂断电话，亚当斯贝格心里暗想。埃梅里带着善意把自己奚落了一番。埃梅里知道奥尔德贝克居民找过他，故意不点穿。他谨慎克制是可以理解的。自己的辖区出现一个通灵者不是上天赐予的福气。

队里的人渐渐多了起来，亚当斯贝格经常比别人早到。雷坦库尔厚实的身板一时间遮住了门口的光线，亚当斯贝格看着她大大咧咧地朝自己的办公桌走去。

"鸽子早上睁开眼睛了。泽尔克整夜给它喂食。"亚当斯贝格对她说道。

"好消息。"雷坦库尔的话不多，遇事不冲动。

"鸽子活下来的话，就取名叫埃勒博。"

"挨了绑？不该这么叫啊。"

"不是挨了绑，是埃勒博。古人用的名字，某人叔叔或侄子的名字。"

"好吧。"警司随手打开电脑，"贾斯汀和诺埃尔想见您一面。'短绺穆穆'好像重操旧业了，不过这次祸闯大了。车子像往常一样烧成了灰烬，可是里面睡着人啊。初步分析是个老人。过失杀人罪，这次肯定不止判六个月。调查已经开始，但他们想——怎么说呢——请您指一个方向。"

雷坦库尔似乎略带讽刺地强调"方向"这个词。因为一方面她觉得亚当斯贝格没有方向；另一方面，她总体上不赞成亚当斯贝格随风摇摆的办案方式。这种工作方式的冲突从一开始就以一种潜在的状态存在，她和亚当斯贝格都没有设法解决它。这并不妨碍亚当斯贝格对雷坦库尔怀有一种本能的爱，就像异教徒本能地喜欢森林中最高的那棵树。只有它才是真正遮风挡雨的避难所。

警长走到贾斯汀和诺埃尔的桌子边上坐下，他们在登记那台焚毁汽车的最新数据，"短绺穆穆"刚烧了第十一辆车，里面有人。

"我们派梅卡代和拉马尔守在穆穆躲藏的楼栋，在山岗新城。"诺埃尔解释说，"汽车在第五区亨利-巴比塞街被烧。像往常一样，是一辆昂贵的梅赛德斯。"

"那个死者，我们知道是谁吗？"

"还不知道。他的证件和车牌都烧毁了。咱们的人在查看发动机。专门攻击上层社会的有钱人，显然是'短绺穆穆'干的。他没有在其他地方烧过车。"

"不对。"亚当斯贝格连连摇头说，"不是穆穆干的。我们在浪费时间。"

浪费时间本身不让亚当斯贝格为难。他是个慢性子，不乐意随着部下们一惊一乍的节奏办案，部下们也不知道如何陪着他晃悠。亚当斯贝格没有将其作为一种方法，更不用说当作一种理论了，但是在他看来，罕见的珍珠有时候栖息在案件侦查过程中几乎静止的时间缝隙中。小小的贝壳滑入岩石的裂缝，远离汹涌的海浪。不管怎么说，他就是在这些裂缝里觅得珍珠的。

"显然是穆穆干的。"诺埃尔坚持道,"老人想必在车里等人。天黑了,老人犯困打盹睡着了。说得轻一点是'短绺穆穆'没看见老人在车里。说得重的话,他连人带车一把火给烧了。"

"不是穆穆干的。"

亚当斯贝格眼前又浮现出这个年轻人的脸,他固执,聪明,一头浓密的黑卷发,身体纤细修长。他不知道自己为什么没有忘记穆穆,为什么挺喜欢他的。他听着部下们说话,随手打电话问白天去奥尔德贝克的火车班次,因为他的车子送去维修了。那个小老太太一直没有露面,究其原因,警长猜想她一定是使命未成,于是连夜回诺曼底去了。警长对狂怒天军的一无所知打消了她仅存的一点勇气,老远赶来跟警察说一群千年恶魔的事儿是需要勇气的。

"警长,他已经烧了十辆汽车,小有名气了。他那个街区的人都敬佩他。他变本加厉,愈闹愈大。对他来说,梅赛德斯、他的敌人和开那些车的人是一路货,他们之间只有一步之遥。"

"那是巨人的一步,诺埃尔,他不会跨出这一步的。他两次被拘留,我了解他。穆穆绝不会不看车子就贸然点火。"

奥尔德贝克没有火车站,要在塞雷内下车,换公共汽车。下午五点左右才能抵达目的地,对于一场小小的散步来说,可谓远途跋涉。夏天日头长,他有充裕的时间走完五公里长的博纳瓦勒小道。如果凶手想利用这个精神错乱的丽娜,他也许会在那里留下一具尸体。那样,这场森林漫步就不再只是一项没有明示但他隐隐觉得对小老太太应尽的义务,而是一次有益的出走。他想象林间小径的清新气息、树荫、脚踏在厚厚的落叶上柔软舒适的感觉。他完全可以派一个探员,或者说服埃梅里队长去的。但是亲临现场探访的念头在上午慢慢地占了上风，说不出任何理由，只是隐约感到奥尔德贝克某些居民处境很险恶。他关上手机，目光转向两名警司。

"你们要盯住被烧死的老人不放。"他说道，"以穆穆在第五区纵火的名气，模仿他的手法，把杀人的罪名扣在他头上是很容易做到的。穆穆的手法不复杂，凶手像他一样弄点汽油，加上一绺短短的引线就够了。他让老人在车里等候，在夜色掩护下回来放火。你们要查清死者身份，眼睛是否看得清，听力如何。还要查出开车的人，查出那个让老人觉得安全的人。你们查一下，花不了多少时间。"

"也要核实穆穆的不在场证据吗？"

"核实。但是你们把汽油残留物送到实验室，分析辛烷值等。穆穆用轻便摩托燃料，里面掺好多润滑油。你们查一下燃料的成分，案卷里有记载。今天下午你们别找我。"他说着站起来，"我晚上回来。"

去哪儿？瘦瘦的贾斯汀眨巴着眼睛，无声地问道。

"我去林子里会一些老骑士。要不了多少时间。你们在警队里说一下。当格拉尔在哪儿？"

"咖啡机那边。"贾斯汀指了指楼上，"今天轮到他把猫抱到猫碗跟前，让它进食。"

"维朗克呢？"

"在楼层另一头，到底。"诺埃尔坏笑着说。

亚当斯贝格在公共办公室尽头的办公桌找到维朗克，他背靠墙壁坐着。

"我在消化材料。"他指着一大堆卷宗说，"我在看你趁我不在搞了哪些名堂。我发现猫长胖了,当格拉尔也胖了。状态好了些。"

"它怎么会不胖呢?整天趴在复印机上,守在雷坦库尔身边。"

"你在说猫吧。假如没人抱它去进食,它可能会决定自己去。"

"我们尝试过,路易,它立马不吃东西了,四天后我们只好作罢。它自己会走。只要雷坦库尔一离开,它就会从复印机上跳下来,霸占她的椅子。当格拉尔嘛,他去伦敦开会的时候新交了一个女朋友。"

"原来如此。可是今天早上碰到我,他一脸烦恼,浑身不快的样子。天军的事,你问过他了?"

"是的,很老的传说啊。"

"非常老。"维朗克微笑着点头,"古老的褶皱中沉睡着死去的东西,/你不要叫醒它们,你不要碰触/那扇将它们围住的门。"

"我不碰触,我去博纳瓦勒小道走走。"

"格里姆威尔德小道?"

"奥尔德贝克的。"

"你这次小小的出行,跟当格拉尔说过吗?"

维朗克问道,一边在电脑键盘上打字。

"跟他说过,很不乐意的样子。他喜欢给我讲天军的故事,但他不喜欢我跟进。"

"他跟你提到过被'勾走'的人吗?"

"提到过。"

"那好,如果你确实想找被'勾走'的人,那么你要知道,他们的尸体很少被扔在格里姆威尔德小道上,而是在他们家里、决斗场、井里,或者废弃的宗教场所之类的地方。你知道废弃的教堂会引来魔鬼。稍有疏忽，邪恶势力就会到那儿落脚。被天军勾走的人由恶魔处理，简单得很。"

"有道理。"

"你看，"维朗克指着电脑屏幕说，"这是阿朗斯森林的地图。"

"在这儿。"亚当斯贝格的手指沿着一条线移动，"这大概就是小道。"

"那边是阿朗斯的圣安东尼小教堂，教堂正南是耶稣受难像。你都可以去看看。随身带上一个十字架，保佑自己。"

"我口袋里有一块河里的鹅卵石。"

"绰绰有余了。"

7

诺曼底的气温比巴黎大约低 6 度。在几乎空无一人的长途汽车站广场一下车,亚当斯贝格马上扭动脑袋,让凉风吹着脖子和后脑勺,动作看上去有点野,就像马驱赶虻虫那样。他从北边沿着奥尔德贝克绕行,半小时后来到博纳瓦勒小道,路边竖着一块手工上漆的木制指示牌,有年份了。小道狭窄,跟他想象的相反,可能是想到几百号人手持兵器打这儿经过,自然会觉得应该是一条宽阔、气派的走马道,两旁高大的山毛榉仿佛搭起密不透风的拱顶。这条路其实很窄,路面上有两道车辙,中间隔着长满草的土垄。沿路有一些长满荆棘、榆树和榛子树苗的排水沟。天气热得邪乎,好多桑果提前熟了。亚当斯贝格走上小道,随手摘了一些桑果。他缓缓地走着,环顾小道两侧,慢慢地吃着手中的果子。成群的苍蝇飞到他脸上吸汗水。

每隔三分钟,他停下来补充些桑果,已经穿旧的黑衬衫不时被荆棘勾住、扯破。走到半路,忽然想起自己没有给泽尔克留言,于是停下来。他独来独往惯了,外出时一般想不到通知别人。他拨通了泽尔克的电话。

"埃勒博能站起来了。"年轻人告诉他,"会自己吃东西了。问题是吃了之后在桌子上拉屎。"

"身体就是这样恢复的。你先在桌子上铺块塑料布吧，阁楼上有。我要到晚上才能回来，泽尔克，我在博纳瓦勒小道上。"

"你看见他们了？"

"没有，天还大亮着呢。我看看是否能找到猎人的尸体。这儿得有三个礼拜没人来过了，到处是桑果，熟得比往年早。要是维奥莱特来电话，别告诉她我在哪儿，她不喜欢我这样做。"

"我当然不说。"泽尔克回答道。亚当斯贝格心想，儿子看起来木讷，其实很机灵。他就这样一点一滴地增加对儿子的了解。

"厨房的灯泡换好了，"泽尔克补充道，"楼梯灯泡也不亮了。我也把它换了吧？"

"好的，但支数不要太大。我不喜欢一览无余的感觉。"

"你要是遇到天军，给我打电话。"

"电话可能打不了，泽尔克。天军通过的时候，电话网肯定会受到干扰，那是两个不同时代的碰撞。"

"没错。"年轻人表示认可，挂了电话。

亚当斯贝格又往前走了八百米，仔细查看两边的路肩。埃尔比耶死了，他对此很确定，这是他与温德莫特寡妇的唯一共识，别人一口气就能把她吹走的小老太太。亚当斯贝格这时发现自己已经忘记了蒲公英种子的叫法。

前方出现一个人影，亚当斯贝格眯起眼睛，放慢脚步。一个细长的身影坐在一根倒下的树干上，佝偻着，看上去很苍老。他生怕吓到对方。

"哈罗。"老妇人见他走到自己面前便打招呼。

"哈罗。"亚当斯贝格回应道,不胜惊讶。

他英文大字不识几个,只会说"哈罗",还有"耶斯"和"耨"。

"从车站到这儿,您走得够慢的。"她说道。

"我采了桑果。"亚当斯贝格解释道,心里想,身体如此瘦弱,说话的声音怎么会这么有底气。瘦弱但有力量。"您知道我是谁?"

"不太知道。莱昂内尔看见您从巴黎的火车上下来,然后上了汽车。贝尔纳告诉我的。有一有二必有三,您这就到了。如今这年头,又出了那些事,只有城里的警察才会来这儿。眼下的气氛不好。不过话说回来,丢一个米歇尔·埃尔比耶不算什么损失。"

老妇人使劲抽着鼻子,手背伸到高鼻子底下,接住一滴鼻涕。

"您在等我?"

"才不是,年轻人,我在等我的狗。它喜欢上了隆热农场的母狗,就在后面。不隔三岔五地带它去交配,它就会发脾气。隆热农场的主人雷努很生气,说不想看见自家院子里全是小杂种。可又能怎么办呢?毫无办法。我得了热伤风,十来天没有带它出来了。"

"一个人在这条小道上,您不害怕吗?"

"怕什么?"

"狂怒天军。"亚当斯贝格试探道。

"您想多了。"老妇人摇摇头说,"首先,天还没有黑,即使天黑了,我也看不见它。不是人人都有机会的。"

亚当斯贝格看到高个子老妇头上悬着一大串桑果,但是不敢打扰她。他自己也觉得奇怪,在森林里只走了二十步,采摘的意识就本能地恢复了。他喜欢史前文化的朋友马蒂亚斯知道了肯定很高兴。因为如果细细想来,令人着迷的是采摘这个行为,桑果本身并不是一种引人入胜的果子。

"我叫莱奥娜。"老妇说着又擦去鼻子下面的一滴鼻涕,"不过别人都叫我莱奥。"

"我是巴黎刑警大队的让-巴蒂斯特·亚当斯贝格警长。很高兴认识您。"他礼貌地补充道,"那我继续赶路了。"

"如果您在找埃尔比耶的话,朝那儿走是找不到他的。他满身血污,倒在离圣安东尼小教堂一步之遥的地方。"

"他死了?"

"是啊,死了好久了。没人会为他哭,但是场面确实不好看。干这事儿的人下手够狠的,脑袋都不见了。"

"是宪兵发现的吗?"

"不是宪兵发现的,小伙子,是我发现的。我常去小教堂供花,不想让圣安东尼被人遗忘。圣安东尼保佑动物。您养宠物吗?"

"我有一只病怏怏的鸽子。"

"您看,无巧不成书。您要是路过那里就去敬敬他吧。他还能帮助我们找回失物。我年纪大了,经常丢三落四的。"

"没有吓着您吗?那边的死尸?"

"心里有准备就不一样。我知道他被杀了。"

"狂怒天军的缘故?"

"我年龄的缘故,年轻人。这儿哪个鸟下蛋,没有我不知道、不嗅到的。比方说,昨天夜里肯定有狐狸吃了德文诺农场的母鸡。只剩三条腿和半截尾巴的家伙。"

"农场主?"

"狐狸,我看到了它拉的屎。不过请相信我,这只狐狸混得不错。去年,一只大山雀喜欢上了它。我也是头一回看到这种事儿。山雀老是在狐狸背上栖息,狐狸从来不咬它。只是不咬它,不是不咬别的山雀,您别误解。这个世界上细节很多,您注意到了吗?每个细节从来不以同样的形式再现,而且会牵连到其他细节,所以越走越远,越走越远。埃尔比耶要是还活着,总有一天会杀了狐狸,那也就置山雀于死地了。会在市政选举中引起一场厮杀。但我不知道山雀今年是否回来了。运气不好。"

"宪兵到现场了吗?您报警了?"

"我怎么可能报警?我得等我的狗。要是您赶时间,您给他们打电话就行了。"

"我不认为这是一个好主意,"亚当斯贝格过了一会儿说,"宪兵讨厌巴黎人插手他们的案子。"

"那您为什么来这儿呢?"

"因为这儿有个女人来找我。所以我就来了。"

"敢情是温德莫特大妈?不用说,她怕自己的几个孩子出事儿。其实她最好还是闭嘴别声张。可是这件事儿实在让她担心,忍不住去求助。"

一条米色大狗突然低叫着从灌木丛窜出来,长长的耳朵耷拉着,把头靠在女主人又瘦又长的腿上,闭上眼睛,一副感恩的样子。

"哈罗,弗莱姆。"她擦着鼻子说,狗则在她的灰裙子上蹭着鼻子,"您看它那副高兴劲儿。"

莱奥从口袋里掏出一块糖,塞进狗的嘴里。然后弗莱姆十分好奇地围着亚当斯贝格转圈。

"行了,弗莱姆。"亚当斯贝格轻拍着它的脖子说。

"它全名叫弗莱玛尔。从小就是个懒鬼。总是有人说它除了到处睡觉,别的什么都不会。而我说睡觉总比到处咬人强。"

老妇人佝偻的躯体慢慢站起来,拄着两根拐杖。

"如果您是回家给他们打电话,"亚当斯贝格问道,"能允许我陪您回去吗?"

"什么允许不允许,我贰喜欢有人陪我。不过我走不快,穿树林的话,要走半个小时吧。欧内斯特还活着的时候,我把农庄改成客栈。夜宿加早餐。那时候一天到晚有客人,而且都是年轻人。人来人往的,气氛很欢乐。十二年前,我被迫歇业,现在冷清多了。所以有人作伴,我是不会拒绝的。没人说话的日子一钱不值。"

"听说诺曼底人不喜欢多说话。"亚当斯贝格突兀地说道,他跟着老妇人往前走,她身上有一股淡淡的柴火味。

"他们不是不喜欢说话,而是不喜欢回答。那不是一回事儿。"

"那么如何提问题呢?"

"自己想办法咯。您一直跟我到客栈吗?狗现在肚子饿了。"

"我陪您到客栈。晚上的火车几点经过啊?"

"晚上的火车一刻钟前已经驶过了,年轻人。还剩下过利西厄的那班车,可是去那里的最后一班长途汽车十分钟后就发车了,您肯定赶不上的。"

亚当斯贝格没有计划在诺曼底过夜;除了几张钞票、自己的身份证和钥匙,没有带任何东西。狂怒天军把他困在现场。老妇人一点不担心,她拄着双拐,轻快地穿行在树林里,活像一只在树根间跳跃的蚂蚱。

"奥尔德贝克想必有旅馆吧?"

"那不是旅馆，是兔子窝。"老妇人声音很大，"不过目前在整修。我想您总归有熟人能让您住一宿吧。"

亚当斯贝格忽然想到诺曼底人不愿意直截了当地发问，他在哈隆库尔那次就遇到过不少麻烦。哈隆库尔的人跟莱奥娜一样，用陈述事实来代替提问，以此促使对方回应。

"您打算在某个地方睡觉，我猜。"莱奥还在自说自话，"往前走啊，弗莱姆。它看见树非撒尿不可。"

"我有个邻居也这样。"亚当斯贝格不由想到卢西奥，"不，我在这儿不认识人。"

"您当然可以睡干草堆。这几天热得邪乎，不过清晨还是有点露水。您是外省人，我猜。"

"贝阿恩人。"

"那就是东边的咯。"

"西南部，靠近西班牙。"

"我觉得您以前来过这儿。"

"我在哈隆库尔的咖啡馆有些朋友。"

"哈隆库尔，在厄尔省吗？市场附近的那家咖啡馆？"

"对。我在那边有些朋友，尤其是罗贝尔。"

莱奥顿时收住脚步，弗莱姆趁机又选了一棵树撒尿。她又接着往前走，走了五十来米还在喃喃自语。

"我的表侄子，罗贝尔。"她终于说道，还没有从惊讶中缓过神来，"一个好孩子。"

"他送给我两个鹿角，一直摆在我的办公室里。"

"嗯，他这么做，说明他很敬重您。我们可不会随便给哪个外乡人送鹿角。"

"但愿如此。"

"我们说的是罗贝尔·比内没错吧?"

"没错。"

亚当斯贝格又跟着老妇人走了一百多米。现在透过一排排树干可以看清道路了。

"如果您是罗贝尔的朋友,那就另当别论了。如果跟您原先打算的相差不大,您可以入住莱奥之家。莱奥之家就是我家,是我客栈的名字。"

亚当斯贝格听到了百无聊赖的老妇人明白无误的呼请,还不清楚自己会做出怎样的决定。但是正如他常常告诉维朗克的那样,决定早在说出之前就做出了。他没有歇脚的地方,对这位有点生硬的老妇人也挺有好感的,哪怕有些中圈套的感觉,似乎一切都在莱奥的安排之中。

五分钟之后,莱奥之家进入他的视线,那是一长排旧平房,天知道如何靠柱子撑了两百多年。而里面的东西似乎几十年来没有动过。

"您坐长凳吧,"莱奥说,"我们马上给埃梅里打电话。他为人不坏,恰恰相反。他常常摆架子,因为他祖上在拿破仑手下当过元帅。不过总的来说,大家都挺喜欢他。问题是他的性格被职业扭曲了。一个人老是怀疑别人,老是惩处,就不能不断地自我完善。您也遇到这种情况吧,我猜。"

"大概吧。"

莱奥把一张凳子拖到笨重的电话机边上。

"话说回来,"她叹了口气,一边拨着电话号码,"警察是一种必要的恶。二战的时候,不用多说,警察就是邪恶。其中肯定有人跟着狂怒天军走了。我们烧点火,天凉了。您会生火吧,我猜。您从左边出去,可以看到柴堆。哈罗,路易,我是莱奥。"

亚当斯贝格抱着一大捆木柴回来时,莱奥还在通话。很明显,埃梅里处在劣势。莱奥果断地把备用听筒递给警长。

"因为我老是去小教堂给圣安东尼供花,你毕竟是知道的。行了,路易,我发现了他的尸体,你不会为这事烦我吧?要是你勤快点,不用别人,你自己就能发现尸体,还用得着我趟这浑水。"

"别动气,莱奥,我信你的话。"

"还有他的轻便摩托,卡在榛子林里。我觉得有人跟他约好见面,他把车子塞在树林里不让人偷走。"

"我去一下你说的地方,莱奥,然后我再去找你。你不会八点钟就上床休息吧?"

"八点钟,我晚饭还没吃完呢。我不喜欢吃饭的时候有人来打扰我。"

"八点半。"

"也不合适,哈隆库尔有个表亲今天来做客,当天晚上就看到宪兵,这样不礼貌。我今天累了,年龄不饶人,不能在森林里满地儿跑了。"

"所以我才纳闷,你怎么会一路颠簸地去小教堂。"

"我跟你说了,我是供花去的。"

"你说话总是遮遮掩掩,知道的事情只说四分之一。"

"其余的跟你没啥关系。你最好赶紧去那边,趁野兽还没有吃掉尸体。想见我的话，就明天吧。"

亚当斯贝格放下听筒，开始生火。

"路易·尼古拉拿我没有办法。"莱奥娜解释道，"他小时候，我救过他的命。这个野孩子一头扎进让兰的池塘，被我抓住裤衩拽了上来。在我面前，他没法拿帝国元帅跟我摆谱。"

"他是本地人？"

"他生在这儿。"

"那他怎么可能被派到这儿呢？警察一般不得在原籍任职。"

"这个规定我知道，年轻人。可是他十一岁就离开奥尔德贝克了，父母在本地也没有真正的亲戚。他在土伦那边住了好多年，然后去里昂，再获得特批来这儿。其实他不认识这儿的人。可是有伯爵保护他，于是一帆风顺。"

"这儿还有伯爵。"

"雷米，奥尔德贝克伯爵。您喝汤吧，我猜。"

"谢谢。"亚当斯贝格伸出盘子。

"这是胡萝卜汤。然后是奶油烩菜。"

"埃梅里说丽娜神经错乱。"

"胡说。"莱奥娜把一大匙汤送进小嘴里，"她是个非常活泼、老实的孩子。更何况她没有说错。埃尔比耶确实死了。于是路易·尼古拉一股脑儿地把气出在她身上，明摆着的。"

亚当斯贝格像莱奥一样，拿面包将汤盘蘸得干净，然后端上烩菜。小牛肉配青豆，一股柴火的香味。

"由于她不太受别人待见，包括她的几个弟弟，所以情况就变糟了。"莱奥娜接着说，动作略微生硬地给自己切肉，"您别以为他们待人不好，问题在于人们遇到自己理解不了的东西总会感到害怕。于是她的天赋、她不太合群的弟弟，拖累了他们的名声。"

"狂怒天军造成的。"

"狂怒天军是一方面，还有别的原因。有人说他们的屋子里有魔鬼。这儿跟别的地方一样，很多人的脑子是空的，能一下子被任何东西填满，哪怕是最坏的东西。大家就喜欢最坏的东西，闲得太无聊了。"

莱奥娜扬起下巴认可自己的说法，顺势吞下一大口肉。

"您对狂怒天军有自己的看法，我猜。"亚当斯贝格用莱奥娜的口吻向她提问。

"这取决于我们如何看待它。在奥尔德贝克，有些人认为埃勒甘领主为恶魔效力。我不太相信这种说法。但是既然有些人因为圣洁而活下来，就像圣安东尼那样，那么为什么坏人不能因为坏而活下去呢？因为'梅尼'里面的都是坏人。这个您知道吧？"

"我知道。"

"所以他们被勾走了。另外一些人以为可怜的丽娜出现幻觉，觉得她脑子有问题。她去看过病，可是医生啥都没找到。还有人说她弟弟在蘑菇炒鸡蛋里面放了撒旦牛肝菌，牛肝菌使她出现幻觉。您知道撒旦牛肝菌的，我猜。红颜色的菌柄。"

"知道。"

"噢。"莱奥有点失望地说。

"吃了只是肚子疼得厉害而已。"

莱奥娜把餐盘拿到黑黝黝的小厨房，专注地洗着，一声不吭。亚当斯贝格把盘子逐一擦干。

"对我来说，我不在乎这些。"莱奥娜擦了擦她的大手又说，"只有丽娜一个人看见天军，这是确凿的。至于天军是真是假，我不作评判。不过现在埃尔比耶死了，别的人会威胁她。其实，您就是为了这事儿跑来的。"

老妇人又拿过拐杖，回到餐桌边上。她从抽屉里取出一盒大雪茄，拿起一支放在鼻子底下闻了闻，舔一下雪茄的末端，小心翼翼地点燃，把打开的盒子递到亚当斯贝格跟前。

"朋友寄给我的，在古巴那边搞到的。我在古巴待过两年，苏格兰待了四年，阿根廷三年，马达加斯加五年。跟欧内斯特一起，我们在不少地方开餐馆，跑遍了那些地方。奶油烹饪是我们的特色。劳驾您把苹果烧酒拿出来，壁橱下面，给咱俩每人斟上一小杯。您愿意跟我一起喝的，我猜。"

亚当斯贝格欣然从命。他在这间昏暗的小厅里感觉自如起来，看着眼前的雪茄、酒杯、这堆火和皮肤皱得像一团老抹布那样的高个子莱奥，狗躺在地上打呼噜。

"我为什么会在这儿，莱奥？可以叫您莱奥吗？"

"为了保护丽娜和她的弟弟们啊。我没有孩子，差不多把她当作自己的女儿。如果还会有人死去，我的意思是，如果她在天军中看到那些人也会死，那就糟了。大革命前夕，奥尔德贝克发生过同样的事情。有个叫弗朗索瓦-本杰明的，看到天军掳走四个坏蛋。但是他只说得出三个名字，跟丽娜一样。过了十一天，其中的两个死了。人们害怕极了，因为不知道第四个人是谁，于是就想杀掉目击者，阻止天军继续害人。结果弗朗索瓦-本杰明死于长柄叉之下，尸体在广场上当众焚烧。"

"第三个人没有死?"

"第三个人死了,然后第四个人也死了,跟他说的顺序一样。由此可见,叉死弗朗索瓦-本杰明毫无用处。"

莱奥喝一口烧酒,漱了漱喉咙,咕噜一声咽下去,心满意足,然后深吸一口雪茄。

"我不希望同样的事情发生在丽娜身上。所谓时代变了,不过是说人们做事更加隐蔽,也就是说人们不再借助长柄叉和烈火,但会用另一种方式达到目的。这儿每个干过坏事的人都已经很害怕了,这一点您不用怀疑。害怕被抓走,害怕恶行被人知道。"

"严重的恶行?谋杀?"

"那不一定。也可能是掠夺财产、造谣诽谤或司法不公之类。他们巴不得毁掉丽娜,堵住她的嘴,才会心情平复一些,因为这样就切断了跟天军的干系,您瞧瞧。他们心里就是这样想的。跟以前一样。人性没有变,警长。"

"弗朗索瓦-本杰明之后,丽娜是重见狂怒天军的第一个人吗?"

"当然不是,警长。"烟云缭绕,她的声音嘶哑,仿佛在训斥一个不争气的学生,"这儿是奥尔德贝克。一代人当中至少出一个摆渡人。所谓摆渡人,就是那个看到狂怒天军、在活人和天军之间牵线搭桥的人。丽娜出生之前的摆渡人是吉尔贝。听说他在丽娜受洗的时候,把手放在小姑娘的头上,似乎以这种方式向她传递命运。一个人得到命运之后,再挣扎也没用,因为天军总会把你带回到格林威尔德,或者照东边那一带人的说法,带回到格里姆威尔德。"

"但是人们没有杀掉这个吉尔贝,也杀了?"

"没有。"莱奥吐出一个又大又圆的烟圈,"不过差别在于,丽娜这次跟弗朗索瓦-本杰明一样,她看到四个人,但只说得出三个名字:埃尔比耶、格莱约和莫尔坦博。第四个人的名字,她没有说。所以呢,如果格莱约和莫尔坦博也死了,整个城市必将陷入恐慌。因为谁都不知道下一个轮到谁,所以没人会有安全感。把格莱约和莫尔坦博的名字说出来,已经引发了轩然大波。"

"为什么?"

"因为关于他们的传闻流传已久。他们是坏人。"

"他们是干什么的?"

"格莱约做彩色玻璃窗,供应这一带所有的教堂,他心灵手巧,但是待人不友好。他看不起泥腿子,觉得自己高人一等,还毫无忌惮地说出来。其实他父亲是沙墨伊-奥东的铁匠。泥腿子不去做弥撒,他哪儿会接到彩色玻璃窗的订单。莫尔坦博经营利瓦罗路边上的苗圃,沉默寡言。流言不胫而走,他们陷入麻烦也在情理之中。苗圃顾客的数量日益减少,人人躲避他们。要是大家知道埃尔比耶死了,情况会更加糟糕。所以我说丽娜还是保持沉默为好。但是摆渡人的问题依然存在。他们觉得自己必须发声,给那些被勾走的人一个机会。您知道什么是被'勾走'的人,我猜。"

"是的。"

"摆渡人开口之后,有时候被'勾走'的人能够改邪归正。所以丽娜处境危险,而您呢,您能保护她。"

"我啥也做不了,莱奥,这是埃梅里负责调查的案子。"

"可是埃梅里不替丽娜担心啊。他压根讨厌狂怒天军的故事,很恼火。他认为人们改变了,认为人们讲究理性了。"

"我们先找杀害埃尔比耶的凶手。另外两个人都还活着。所以丽娜目前没有受到威胁。"

"这有可能。"莱奥说着朝雪茄烟头吹了口气。

去卧室得先从这儿出去,每个房间都有一扇吱嘎作响的门直接通向室外,他不禁想起图伊洛·朱利安的那扇门,那扇门原本能使图伊洛·朱利安免受指控,要是他有胆量跨出去的话。莱奥拿起拐杖指着他的卧室。

"把门板抬高点,别让它蹭得太响。晚安。"

"我还不知道您的尊姓,莱奥。"

"警察老是问别人姓名。您自己叫什么名字?"莱奥反问道,吐掉沾在舌头上的烟丝。

"让-巴蒂斯特·亚当斯贝格。"

"您别生气啊,您的房间里有一套藏书,是十九世纪的色情书。一位朋友留给我的,因为他家里人不允许藏这样的书。书您当然可以看,不过翻页的时候请小心一点,书有些年头了,纸有些脆了。"

8

早晨,亚当斯贝格套上裤子,悄悄地走出来,赤脚踩着湿漉漉的草地。早上六点半,露水还没有蒸发。他在旧羊毛床垫上睡得很香,床垫中间凹下去,身体陷在里面就像鸟儿躲在巢里。他在草地上徘徊了几分钟才找到想找的东西:一根柔软的小树枝,一端压成小的扫帚状,就能当牙刷用。莱奥从窗口探出脑袋时,他正在剥树枝的头。

"哈罗,埃梅里队长来过电话,非要跟您说话,他看上去不高兴。来吧,有热咖啡。赤脚站在外面会生病的。"

"他怎么会知道我在这儿?"他回屋便问莱奥。

"他也许联想到昨天下车的巴黎人,所以没有轻信表弟的故事。他说自己不喜欢背后有警察盯着,也不乐意我替警察打马虎眼。他那副样子,就好像是什么战争,我们在搞阴谋似的。您知道,他会找您麻烦。"

"我会跟他说真话。我来这儿是想看看格里姆威尔德什么样。"亚当斯贝格切了厚厚的一片面包。

"就是嘛。而且这儿没有旅馆。"

"一点没错。"

"您去宪兵队的话，就赶不上早上八点五十分利西厄的那班火车了。去巴黎的下一班是下午二点三十五分，在塞雷内上车。不过请注意，坐长途车过去需要半小时。您出门后右拐，然后再往右拐，朝市中心方向走八百米。宪兵队就在广场后面。碗放在桌上吧，我来收拾。"

亚当斯贝格穿过田野，走了将近一公里，来到宪兵队的前台，宪兵队的外墙出人意料地刷成鲜亮的黄颜色，看上去像一栋度假房。

"我是让-巴蒂斯特·亚当斯贝格警长，"他向胖胖的下士通报姓名，"你们队长在等我。"

"很好。"下士扫了他一眼，眼神有点惊慌，看得出他不愿意处在来者的位置上。"您沿着走廊走，到底那间办公室就是。门开着。"

亚当斯贝格在门口停了几秒钟，观察在办公室里来回踱步的埃梅里队长，只见他神情紧张不安，不过着装合身，风度翩翩。这是一位四十岁开外的美男子，面部线条匀称，一头依然金黄的浓发，军用衬衫带有肩章，腹部没有赘肉。

"什么事啊？"埃梅里转身看见亚当斯贝格，"谁让您进来的？"

"您啊，队长。您今天一大早召见我的。"

"亚当斯贝格？"埃梅里迅速把警长上下打量一番：不仅衣服皱巴巴的，连刮脸梳头都没搞。

"对不起，胡子没有刮。"亚当斯贝格握着对方的手说，"我没打算在奥尔德贝克过夜。"

"请坐，警长。"埃梅里的眼睛仍然盯着亚当斯贝格。

他无法把这个如雷贯耳、毁誉不一的名字，与一个如此矮小、如此不起眼的男人对上号，无论是棕色的脸，还是黑色的衣服，都让他觉得此人松松垮垮，不好归类，至少不入流。他寻找对方的目光，但是没有真正找到，只能停在他脸上浮出的既和蔼又疏远的笑容。原先准备的那番咄咄逼人的话，已经大半消失在他的困惑之中，仿佛他迎面撞上的不是墙一般的障碍，而是绝对没有障碍。他不知道如何在缺乏障碍的情况下展开攻击，或者说如何把握障碍的缺失。结果还是亚当斯贝格先开口。

"莱奥娜告诉我，说您有所不满，队长。"他用词很小心，"您误会了。昨天巴黎的气温高达36度，我逮住一个用面包心子弄死妻子的老头。"

"面包心子？"

"用两大团硬邦邦的面包心子堵住她的喉咙。于是我就想到格里姆威尔德凉爽的树荫底下走走。您明白我的意思，我猜。"

"也许吧。"

"我采了好多桑果，也吃了好多。"亚当斯贝格看到自己手掌上还留着桑果的黑汁，"我没料到会遇见莱奥娜，她在小道上等她的狗。她也没料到会在小教堂发现埃尔比耶的尸体。我尊重您的职权，所以没有去犯罪现场。当时没有火车了，她留我住宿。我没想到会在火炉前抽正宗的哈瓦那雪茄，喝顶级的苹果烧酒，可我们做到了。一个非常正派的女人，就像她自己说的那样，而且远远不止如此。"

"您知道为什么这个非常正派的女人抽地道的古巴雪茄吗？"埃梅里终于有了笑容，"您知道她是谁吗？"

"她没有告诉我她姓什么。"

"我不觉得惊讶。莱奥的全名是莱奥娜·玛丽·德·瓦勒雷，奥尔德贝克伯爵夫人。来杯咖啡吧，警长？"

"好的,多谢。"

住着一家破败的老农场,靠开客栈过日子,用大汤匙喝汤,吐掉舌头上的烟丝的莱奥,居然是奥尔德贝克伯爵夫人?埃梅里队长端着两个杯子回来,这次坦然地微笑着,流露出莱奥所描述的"善良本性",直接而热情。

"吃了一惊?"

"相当吃惊。她处境贫寒。莱奥跟我说奥尔德贝克伯爵很富有。"

"她是伯爵的第一任妻子,不过是在六十年前啦。年轻人疯狂热恋。在伯爵家里掀起轩然大波,他们迫于压力,两年后宣布离婚。据说他们事后还继续彼此见面,持续了很长一段时间。不过后来两人恢复理智,分道扬镳。咱们不谈莱奥了。"埃梅里收起笑容说道,"您昨天来这儿时啥都不知道吗?我的意思是,您那天早上从巴黎给我打电话的时候,您不知道埃尔比耶已经死了,死在小教堂附近吗?"

"我不知道。"

"好吧。您是否常常随便找个借口,离开刑警队去逛树林?"

"经常这么做。"

埃梅里喝了一大口咖啡,又抬起头。

"真的?"

"真的。昨天早上净忙面包心子了。"

"您手下的人怎么说呢?"

"队长,我的助手五花八门,有一声不吭就会倒下的嗜睡症患者,有专门研究鱼类、尤其是淡水鱼的动物学家,有偷偷跑出去买食物的暴食症女人，有精通神话传说的老鹭鸶，有对白葡萄酒了如指掌的知识狂魔，大伙都半斤八两，没办法拘泥小节。"

"那你们居然还能干活？"

"有啊，干很多活呢。"

"您遇到莱奥的时候，她跟您说些什么？"

"她跟我打招呼，她已经知道我是警察，从巴黎来的。"

"这不奇怪，她的嗅觉比她的狗灵一千倍。我称之为嗅觉，她也许不高兴。她对各种细节之间的叠加效应有自己的一套理论。蝴蝶在纽约扑扇翅膀、曼谷发生爆炸之类的问题。我记不清这种说法的来历了。"

亚当斯贝格摇了摇头，他也不清楚。

"莱奥一再强调蝴蝶的翅膀。"埃梅里接着说，"她说关键是在翅膀扑扇的当口找到蝴蝶，而不是在大爆炸之后再找。她在这方面很有天赋，这一点我们必须承认。丽娜看到狂怒天军路过。那就是蝴蝶的翅膀。她的老板告诉别人，莱奥听说此事，母亲害怕起来，助理司铎把您的名字告诉她——我没说错吧？——她坐上火车，她的故事吸引了您，巴黎气温36度，那个女人被面包心子闷死，格里姆威尔德凉爽的树荫吸引着您，莱奥在路边守候，然后您就到了这儿。"

"这可算不上什么爆炸。"

"但埃尔比耶之死算得上。丽娜的梦想爆炸成真。仿佛这个梦放出了一头野兽。"

"也许吧。"

"埃勒甘领主指定受害者，而有个人觉得自己有理由杀死他们。

您是这么想的吗？您认为丽娜的幻觉导致凶手突然出现？"

"那不是简单的幻觉，而是一则在奥尔德贝克流传千年的传奇。可以打赌，四分之三以上的居民私下都害怕阴兵的到来。被埃勒甘点到名字，谁都会吓得发抖。但是嘴上不说。我可以向您保证，每个人夜里都避开格里姆威尔德小道，除了少数几个年轻人去那边逞能。在博纳瓦勒小道过夜，是这儿的一种入会仪式，证明你是个男人了。中世纪版的'捉弄新生'，您也可以这么理解。但因此就有人信以为真，成为埃勒甘意志的执行者，这绝无可能。不过有一点我承认：埃尔比耶死于对天军的恐惧。我说'死于'，没有说'被害'。"

"莱奥说是枪杀。"

埃梅里点点头。他的应对计划此时几乎烟消云散，姿态和表情随之松弛下来。前后变化判若两人，不禁让亚当斯贝格想起蒲公英。天黑以后，蒲公英闭合成一根僵硬而令人生畏的浅黄色细枝；白天打开时则丰满而诱人。但是队长不同于温德莫特寡妇，他身材魁梧，一点儿不像脆弱的花朵。他一直在找随风飘洒的蒲公英种子的名字，结果没有听清埃梅里回答的第一句话。

"……的确是他的猎枪，一支锯短枪管的达恩牌猎枪。这个粗野的家伙喜欢采用霰弹射击，一枪就能击中雌性动物和它们的幼崽。弹着点的距离很近，他很可能把枪口对准自己的额头，然后扣动扳机。"

"为什么呢？"

"就是刚才说的原因啊。因为出现了狂怒天军。我们可以猜到环环相扣的过程。埃尔比耶自知在劫难逃。他自知内心邪恶。他害怕起来，于是一发不可收拾。他自己掏空冰柜，似乎想一笔勾销以前的猎杀行径，然后饮弹自尽。因为据说自行正法的人不会堕入埃勒甘天军的地狱。"

"您为什么说他用枪口对准前额？枪管没有碰到额头吗？"

"没有。枪口离额头隔着十几厘米。"

"枪口顶在额头上，才更合逻辑。"

"不一定。取决于他开枪前想看到什么。说不定想看到猎枪的枪口对准自己。到目前为止，枪托上只找到他的指纹。"

"因此我们也可以假设，某人利用丽娜的预言，制造自杀假象来除掉埃尔比耶。"

"但是很难想象凶手会去掏空他的冰柜。在这一带，动物之友不如猎人那么多，特别是因为野猪泛滥，造成严重损失。不，亚当斯贝格，这个动作是对自己罪行的否定，是赎罪的表现。"

"那他的轻便摩托呢？为什么把它藏在榛子林里面？"

"他没有藏啊，只不过塞在那儿，遮风挡雨而已。是个习惯性动作，我猜。"

"为什么他跑到小教堂去自杀呢？"

"那就对啦。传说中，人们经常在废弃的宗教场所附近发现那些被勾走的人。您知道什么是被'勾走'的人吗？"

"我知道。"亚当斯贝格重复道。

"因此他们就在那些魔鬼出没的场所附近，也就是在埃勒甘出没的场所。埃尔比耶抢在天意显灵之前在那儿自尽，用自己的痛悔躲避惩罚。"

亚当斯贝格在椅子上坐得太久，两条腿都不耐烦了。

"可以在您办公室走走吗？我不习惯久坐。"

队长终于放松下来,脸上露出不加掩饰的同情。

"我也不习惯。"他说道,话语里传达出看到别人跟自己一样受折磨的强烈满足感,"时间长了,肚子里会打结一样难受,神经一阵阵放电,就像有一大堆小球在我的胃里面转悠。听说我的祖先达武元帅就有神经过敏的毛病。我每天要走一两个小时的路,才能释放压力。咱们上街边走边聊怎么样?街道很漂亮,您会看到的。"

队长带着同事穿行在窄巷里,两边是古老的土墙、横梁陈旧的矮屋、废弃的谷仓,以及长歪了的苹果树。

"莱奥不这么认为,"亚当斯贝格说,"她认为埃尔比耶是他杀。"

"她说理由了吗?"

亚当斯贝格耸了耸肩。

"没有。因为她知道,所以她这么认为,没什么好解释的。"

"跟她打交道,麻烦就在这儿。她很聪明,上了年纪,觉得自己总是对的。如果我们砍掉她的脑瓜子,奥尔德贝克会失魂落魄的。但是她年纪越大,就越不作解释。她名声在外,沾沾自喜,而且刻意营造。她真的一个细节都没说吗?"

"没有。她说埃尔比耶消失不是什么损失。发现他的尸体,她也不吃惊,因为她知道他死了。她聊得更多的是那只狐狸和它的山雀,而不是在小教堂看到的场景。"

"那只看中三条腿狐狸的大山雀吗?"

"对,是的。她还聊到她的狗、隔壁农庄的母鸡、圣安东尼、她的客栈、丽娜和她的家人,还聊到您,说她从池塘里把您救起。"

"没错。"埃梅里笑着说,"我的命是她给的,那是我人生的最初记忆。大伙称她是我的'水妈妈',因为她像维纳斯一样,把我拉出让兰的池塘，给了我第二次生命。从那天起，我的父母把莱奥奉为偶像，不许我动她一根头发。那时正值隆冬，莱奥带我走出池塘，骨头都冻住了。据说她花了三天时间才缓过来，然后得了胸膜炎，大家都以为她挺不过去。"

"挨冻的事儿她没有跟我说，也没说她嫁给了伯爵。"

"她从来不自吹自擂，满足于默默地让别人接受她的信念，做到这点已经很了不起了。本地没有一个人敢动她那只三条腿的狐狸，除了埃尔比耶。狐狸的一条腿和尾巴，就是掉进他的一个要命的陷阱后失去的。不过他没来得及结果它的性命。"

"因为他还没有动手就被莱奥杀死了。"

"她完全能做到。"埃梅里相当高兴地说。

"您打算监视下一个被'勾走'的人吗？那个玻璃匠？"

"他不是玻璃匠，是彩色玻璃创意人。"

"好吧。莱奥说他天分很高。"

"格莱约是个天不怕地不怕的坏蛋。不把狂怒天军放在眼里。万一他运气不好害怕起来，我们帮不了任何忙。一个人硬要找死的话，谁都挡不住的。"

"如果您看走眼了呢，队长？如果是有人杀了埃尔比耶呢？那么格莱约也可能被人杀死。我是这个意思。"

"您很固执，亚当斯贝格。"

"您也一样，队长。因为您现在没别的办法。说自杀省事些。"

埃梅里放慢脚步，最后停下来，掏出香烟。

"请您说得详细些，警长。"

"埃尔比耶失踪一个多星期了。除了不了了之的住所搜查之外，您啥都没干。"

"那是法律规定啊,亚当斯贝格。如果埃尔比耶外出不想通知任何人,我无权骚扰他。"

"狂怒天军路过之后还这样吗?"

"无稽之谈在宪兵队的案件调查中没有一席之地的。"

"有啊,您承认一切都起源于狂怒天军。不管埃尔比耶是他杀还是自杀。您明明知道丽娜指的是他,可是您啥都没做。发现尸体后,再想收集线索已经太晚了。"

"您觉得这些事儿都要我来承担吗,嗯?"

"是的。"

埃梅里深深吸了一口烟,慢慢吐出来,像唉声叹气似的,然后身子靠在巷子边的老土墙上。

"好吧,"他认了,"我来承担。也许不承担。自杀的责任不应该由我们来负啊。"

"所以您一再坚持说是自杀。自杀的责任不那么重。如果是谋杀的话,您就掉进泥潭,只剩下脑袋露在外面。"

"没有任何谋杀的证据。"

"那您为什么啥都不干,为什么不去找埃尔比耶呢?"

"因为温德莫特一家子的缘故,还有丽娜和她的傻兄弟。我们关系处得不好,我不想跟他们搅在一起。我代表社会秩序,而他们无法无天。我们走不到一块儿。马丁夜间偷猎,好几次被我拘捕。老大伊波利特也一个样。他拿枪指着一群猎人,逼他们脱衣服,然后捡起他们的猎枪,一股脑儿全扔进河里。缴不起罚款,被关了二十天。他们巴不得看到我被撤职。所以我这次按兵不动。休想让我掉进他们的陷阱。"

"什么陷阱?"

"说起来很简单。丽娜·温德莫特称自己目击狂怒天军,接着埃尔比耶失踪。他们串通一气。我寻找埃尔比耶,他们立刻起诉我滥用职权、侵犯人身自由。丽娜上过法学院,懂法律。假如我固执己见,继续寻找埃尔比耶,他们会把我告到总署。然后有一天,埃尔比耶重新露面,安然无恙,跟别人一起嚷嚷,起诉我。我受到纪律处分或被调职。"

"既然如此,另外两个被狂怒天军'勾走'的人,那丽娜干嘛说出他们的名字呢?"

"为了增加可信度啊。别看她举手投足像个和和气气的胖女人,其实狡猾得像只黄鼠狼。狂怒天军通常一下子抓好几个人,这个她心里很明白。说出几个被'勾走'的人的名字,可以迷惑对手。我想到的就是这些,而且深信不疑。"

"但实际上不是这么回事儿。"

"确实不是。"

埃梅里把半截香烟在墙上掐灭,用力把烟蒂塞进石缝。

"没事儿。"他说道,"他自杀了。"

"我不这么认为。"

"他妈的,"埃梅里抬高嗓门,"你想怎么着?你对案子一无所知,对这儿的人也一无所知,事先不打招呼,从你的首都过来,还发号施令。"

"那不是我的首都。我是贝阿恩人。"

"关我什么事儿?"

"而且我没有发号施令。"

"亚当斯贝格,我来告诉你接下来会发生什么。你坐上你的火车回家,我来处理这桩自杀案,要不了三天,一切都丢到脑后了。当然啦,除非你想用你的疑似谋杀把我打趴下。纯粹是空穴来风。"

他脑袋里全是风,一个耳朵进一个耳朵出的穿堂风,母亲老是跟他这么说。没有一个想法能够在风中扎根,哪怕停留片刻。在水里也是如此。一切都扭来扭去,弯弯曲曲。亚当斯贝格心里明白,时时提防着自己。

"我不想把你打趴下,埃梅里。我只是说,如果换成我的话,我会保护下一个家伙的。那个玻璃匠。"

"彩色玻璃创意人。"

"对。你得派人保护他。"

"我这么做的话,亚当斯贝格,就是自己往火坑里跳。你不明白吗?这意味着我不相信埃尔比耶是自杀。可我认为他是自杀。照我的看法,丽娜有充分的理由迫使这个人自杀,而且说不定蓄意这么做了。在这一点上,是的,我理应调查一番。涉嫌煽动他人自杀。温德莫特的几个子女有大把的理由送埃尔比耶去见魔鬼。他们的父亲跟埃尔比耶是一路货,两人到了互相比拼谁更残暴的地步。"

埃梅里继续走路,双手插在口袋里,制服有点走样。

"他们是朋友?"

"非常要好。据说老温德莫特脑袋里有颗子弹,阿尔及利亚打仗时留下的,大伙认为他因此脾气暴躁,常常发作。可是认识埃尔比耶这个虐待狂后,他们两个沆瀣一气,这一点是毫无疑问的。因此,对丽娜来说,恐吓埃尔比耶、迫使他自杀,就是绝妙的复仇。

我告诉过你,这个女孩子很聪明。而且她的兄弟们也很聪明,但是脑子都坏了。"

他们来到奥尔德贝克的制高点,脚下是小镇和田野。队长伸手指向东边的一点。

"温德莫特家的房子。"他解释道,"护窗板开着,他们起床了。莱奥作证不着急,我去跟他们打个招呼。丽娜不在家的时候,她的兄弟比较容易开口。特别是那个黏土弟弟。"

"黏土弟弟?"

"你没听错。易碎的黏土。请相信我,去坐火车吧,把他们忘了。如果关于博纳瓦勒小道的传说里有一句是真的,那就是它会让人发疯。"

9

亚当斯贝格在奥尔德贝克的制高点找了一堵阳光下的矮墙,盘腿而坐。他脱去鞋袜,凝视着高低起伏的浅绿色丘陵,牛群似雕像点缀着草场,仿佛是一些地标。埃梅里的想法很可能是对的,埃尔比耶极有可能被死亡骑士的到来吓坏了,对准自己的前额开了枪。但是,枪口离着自己几厘米,这一点都不自然啊。把枪管塞进嘴里才更可靠、更可信。除非,照埃梅里的分析,埃尔比耶想用这种方式赎罪,像迎面瞄准动物那样来结束自己的性命。这个家伙真的能良心回归、幡然悔悟吗?更为关键的是,他对狂怒天军的惩罚,会恐惧到这种程度吗?是的,这群缺胳膊少腿、臭气熏天的黑色骑士,蚕食奥尔德贝克的土地长达千年,挖了一个个深坑,再有理智的人都可能突然掉进去,困在里面。

泽尔克的一则短信告诉他埃勒博独自饮水了。亚当斯贝格花了几秒钟,才想起那是鸽子的名字。随后收到队里的几条消息,尸检证明,受害者图伊洛·卢塞特喉咙里有面包心子,但是胃里面没有。无可争议的谋杀。小姑娘和她的沙鼠在一起,在凡尔赛医院接受治疗,冒牌大伯被查实并且拘留。雷坦库尔发的消息比较紧急,全用大写字母:讯问短绺穆穆中,指控足以定罪,烧死老人身份确定,大乱，速回电。

亚当斯贝格感到后颈一阵刺痛，非常难受，也许就是埃梅里说的那种放电魔球在作怪。他揉着脖子给当格拉尔拨电话。上午十一点，警督理应到岗了。进入工作状态还太早，但人应该在了。

"您怎么还在那边？"当格拉尔问道，他上午的语气总是闷闷不乐的。

"他们昨天找到了那个猎人的尸体。"

"我看到了。那不是咱们的案子。快离开该死的格里姆威尔德小道吧，趁它还没有缠住您。这儿有新情况。埃梅里自己能应付，不用我们帮忙。"

"他巴不得这么做。他人不错，乐意合作，不过他撵我坐下一班火车回家。他认为是自杀案。"

"对他来说是个好消息。想必对他有利。"

"那当然。可是莱奥老太太一口咬定是谋杀，我在她家里过夜。她在奥尔德贝克就像一块泡在水里的海绵。见什么就吸收什么，而且有八十八个年头了。"

"您手揿下去的时候她说的吗？"

"揿什么？"

"揿在莱奥身上啊。就像挤压海绵那样。"

"不，她说话谨慎，不喜欢嚼舌头，当格拉尔。她根据纽约的蝴蝶扑扇翅膀、曼谷发生爆炸的法则运作。"

"这话是她说的？"

"不是，是埃梅里说的。"

"好吧，他搞错了。蝴蝶在巴西扑扇一下翅膀，得克萨斯便刮龙卷风。"

"那不是一回事吗,当格拉尔?"

"不是一回事。用词出现偏差,久而久之,最纯粹的理论都会变成无稽之谈,弄得大家真假莫辨。从失之毫厘到谬以千里,真理就这样消解,愚昧取而代之。"

当格拉尔的心情稍稍好转,就像他每次有机会阐述一条法则,哪怕运用自己的知识进行反驳那样。警督不是那种成天夸夸其谈的人,可是沉默不语对他来说不是什么好事,无异于提供一个太容易滋生忧郁的空间。有时只需寥寥数语就可以让当格拉尔摆脱暮气沉沉的状态。亚当斯贝格迟迟不提短绌穆穆的话题,当格拉尔也避而不谈,这不是好兆头。

"这个蝴蝶的故事肯定有不少版本。"

"不。"当格拉尔回答很干脆,"这不是一则寓言,而是涉及预测的一门科学理论,爱德华·洛伦兹1972年的原话是这么说的:蝴蝶在巴西振翅,得克萨斯刮龙卷风,没什么其他版本。"

"很好,当格拉尔,不谈这个了。讯问穆穆是怎么回事?"

"今天早上拘捕的。肇事的汽油和他惯用的能对上号。"

"完全一样吗?"

"不,润滑油不够多。但是确实是轻便摩托车用的汽油。穆穆没有焚车那天晚上的不在场证明,没有人看到他。他声称有人把他约到一个堆场谈他兄弟的事儿。穆穆干等两个小时之后就回家了。"

"这些材料不足以拘捕他,当格拉尔。谁做的决定?"

"雷坦库尔。"

"没有经过您批准?"

"我批准了。汽车周围发现一些沾有汽油的运动鞋鞋印。我们今天早上在穆穆家里找出了这些运动鞋,用塑料袋包着。这一点确凿无疑,警长。穆穆反复说那不是他的鞋。他辩解得太糟糕,简直是一场灾难。"

"塑料袋和鞋子上有他的指纹吗?"

"还在等检验结果。穆穆说会有指纹的,因为他接触过,说什么他在衣橱里看到这个袋子,打开看过里面是什么东西。"

"鞋子尺码是他的吗?"

"是的,43 码。"

"说明不了什么。那是男性的平均尺码。"

亚当斯贝格又伸手摸了一下后颈,想抓住在里面溜达的放电魔球。

"更糟的是,"当格拉尔接着说,"老人在车上打盹时没有躺倒。起火时他在座位上坐着。纵火犯肯定看得见他。我们离过失杀人越来越远了。"

"新的吗?"亚当斯贝格问。

"什么新的?"

"运动鞋是新的吗?"

"确实是新的,为什么问这个?"

"您说,警督,穆穆烧车子何必糟蹋一双新鞋呢?如果他这么做了,事后为什么不把它处理掉?还有他的手?是否有汽油残留物,你们查过没有?"

"技术人员一会儿就到。我们被命令采取紧急措施。一个名字就足以告诉您我们现在的处境。被烧死的老头名叫安东尼·克莱蒙-

布拉瑟。"

"够我们喝一壶的。"亚当斯贝格沉默片刻后说道。

"是的。"当格拉尔严肃地说。

"而穆穆碰巧就撞上了他?"

"怎么会是碰巧?他烧死克莱蒙-布拉瑟,等于在资本主义的胸口捅刀。也许那就是穆穆的抱负。"

亚当斯贝格费劲地用一只手穿上鞋袜,听由当格拉尔一个人发挥了一阵。

"还没有通知法官?"

"我们在等手上残留物分析的结果。"

"当格拉尔,不管分析的结果如何,您先别申请逮捕令。等我回来。"

"我不知道能怎么做。案子涉及克莱蒙-布拉瑟这样的名人,假如法官得知我们拖延时间,不出一小时,部长就会盯上我们。局长助理已经来过电话,初步问了一下,要求今天就逮捕凶手。"

"如今谁是克莱蒙集团的掌门人?"

"简单来说,父亲仍然拥有三分之二的股份。剩下的归两个儿子。实际上,建筑和冶金部门三分之二为父亲拥有。一个儿子在信息部门拥有半数以上股权,另一个儿子则是房地产分公司的大股东。但是总体而言,老爸占主导地位,没有让儿子们独立操控的打算。最近一年流言四起,称老家伙开始捅娄子,而且数量不小,为了拯救集团,长子克里斯蒂安考虑申请法定监护。老头一气之下,决定下个月娶女佣为妻,一个比他年轻四十岁的科特迪瓦女人,十年来对他精心照顾,而且同床共眠。她有一对儿女,老安东尼打算婚后收养他们。也许是故意挑衅，但是一个老人的决心会比青年的冲动坚定一百倍。"

"两个儿子有不在场证明？您查过吗？"

"禁止调查。"当格拉尔咬着牙说，"他们深受打击，无法接待警察，请我们耐心等待。"

"当格拉尔，实验室派来的检验员是谁？"

"恩佐·拉隆德。很出色。您别这样，警长。地毯已经两头着火了。"

"这样什么？"

"没什么。"

亚当斯贝格收起手机，揉了揉脖子，抡起膀子，把放电魔球抛向景色如画的山丘。此举似乎奏效了。他迅速冲下奥尔德贝克的小巷，直奔他从莱奥客栈一路走来时看到的电话亭。电话亭在高大的野胡萝卜绿荫掩映下，很不显眼。他拨通实验室电话，找恩佐·拉隆德。

"您别担心，警长。"拉隆德立刻抱歉道，"我最晚三刻钟内到达您的办公室。现在就走。"

"恰恰相反，您不用着急。实验室有事，您一时走不开，然后您费尽周折，才把汽车发动起来，最后您陷入交通堵塞，如果可能的话，最好是遇到交通事故。如果您能在隔离墩上撞坏大灯，那就完美了。撞弯保险杠也行。您即兴发挥吧，听说您是一把好手。"

"出什么事了吗，警长？"

"我需要时间。您取样越晚越好，然后您宣布检验出现偏差，导致分析无效，得明天从头开始做。"

"警长，"拉隆德沉默片刻后说，"您意识到您在要求我干什么吗？"

"拖延几个小时，仅此而已。奉上级命令，为侦破服务。不管拖不拖时间，被告总归要进监狱的。您给他宽限一天总可以吧？"

"我不知道可不可以，警长。"

"没关系，不伤和气，拉隆德。把电话转给罗曼医生，把这个任务忘了吧。罗曼会处理好这事，不会惊慌失措。"

"很好，警长，还是我来干吧。"拉隆德再次沉默后说道，"咱们互相行个方便，鸽子腿上那根绳子，化验的事正巧落在我头上。您也得给我一点时间，我眼下忙得不可开交。"

"该多久就多久。不过得查出点东西来。"

"绳子纤维上沾着一些皮肤碎片。那家伙的手指在绳子上挫了一下，说不定破了皮。您要找的是一个食指关节有一道细小划痕的人。绳子本身也可能透露更多的东西。这根绳子不常见。"

"很好。"亚当斯贝格赞赏道，他感到年轻的恩佐·拉隆德试图打消给人留下的谨小慎微的印象，"记住，千万别往队里或者我的手机上打电话。"

"我明白，警长。还有一件事得说一下：我可以等到明天公布结论，但是分析的结果，我绝不会做手脚。您别叫我那么做。如果那个家伙黄了，我也没办法的。"

"谈不上造假。不管怎么样，您会在他的手指上找到汽油痕迹。跟鞋子上的汽油一样，因为他动过鞋子，当然也跟火灾现场的汽油一样。他会进监狱，这一点您不用怀疑。"

"人人皆大欢喜。"亚当斯贝格挂断电话时心里暗想。然后撩起衬衫下摆,擦去他在听筒上留下的指纹。短绺穆穆的生命将驶向它的归宿,那是已经写就、已经注定的宿命。

莱奥娜的农庄出现在远处,亚当斯贝格忽然停下脚步,警觉地张望。空气晴朗,一道长长的哀号传入耳鼓,那是一条身处绝境的狗发出的尖锐呻吟。亚当斯贝格沿路撒腿飞奔。

10

饭厅的门敞开着,亚当斯贝格满头大汗,冲进黑黝黝的小屋子,蓦然止步。莱奥娜瘦长的身体倒在地砖上,头部浸在血泊中。弗莱姆趴在她身旁呻吟,一只大爪子搭在老妇人的腰上。亚当斯贝格觉得自己像一堵墙似的,从脖子开始塌陷,蔓延到肚子,然后压在大腿上。

他跪在莱奥娜身边,将手放在她喉咙、手腕上,摸不到一丝脉搏。莱奥娜不是自己摔倒的,有人杀害她,拿她的脑袋残忍地往地砖上撞。他觉得自己跟那条狗一样呻吟起来,攥紧拳头砸地面。身体还有温度,袭击发生在几分钟之前。说不定是他刚才跑来,踩在石头路的脚步声吓走了凶手。他打开后门,朝四周扫了一眼,空无一人,然后跑到邻居家里,索取宪兵队的电话号码。

亚当斯贝格盘腿坐在莱奥身边,等着宪兵赶来。他跟那条狗一样,把手放在她身上。

"埃梅里在哪儿?"他问走进屋子的下士,一名女士跟在后面,想必是医生。

"他在疯子家里。马上就到。"

"叫救护车。"医生命令道,语速很快,"她还活着。也许还能撑一会。昏过去了。"

亚当斯贝格抬起头。

"我没摸到她的脉搏。"他说。

"脉搏很弱。"医生证实。这是一个四十来岁的女人，有魅力，有主见。

"什么时候发生的?"下士问道，一边留意上司是否来了。

"几分钟之前。"医生说，"不会超过五分钟。摔倒时撞在了地面上。"

"不，"亚当斯贝格说，"有人抓住她的头往地上撞。"

"您碰过她吗?"女医生问道，"您是谁?"

"我没有碰她，我是警察。医生，这条狗站不起来了，麻烦您检查一下。它当时保护莱奥，被凶手打了。"

"我检查过了，它没什么问题。我了解弗莱姆。它不想站起来，谁都拿它没办法。不把女主人送回来，它是不会挪地方的。这还算客气的。"

"她大概是身体不适，"胖下士徒劳地假设道，"或者被椅子绊了一下，所以摔倒了。"

亚当斯贝格摇摇头，懒得跟他讨论。莱奥娜是因为看到了巴西蝴蝶舞动翅膀而受到袭击的。哪只蝴蝶？在哪儿？单单一个奥尔德贝克小镇，每天都会冒出成千上万条信息，有成千上万只蝴蝶振翅。以及同样多的连锁反应，其中包括米歇尔·埃尔比耶的谋杀案。在如此众多的蝴蝶翅膀中，有一片翅膀在莱奥娜的眼皮底下舞动，被她看到或听到了。但究竟是哪一片翅膀呢？想在一个人口两千的村镇找到一片蝴蝶翅膀，就像在干草堆中找绣花针，简直是异想天开。不过亚当斯贝格从来不觉得那是克服不了的难题。只要把草堆烧掉，绣花针便到手了。

救护车在门外停下,车门乓乓作响,亚当斯贝格起身走了出去。他等着护士把担架慢慢推入救护车,用手背轻抚着老妇人的头发。

"我会回来的,莱奥。"他对她说,"我会在这里。下士,请埃梅里队长派人昼夜守卫她。"

"好的,警长。"

"不许任何人进入房间。"

"好的,警长。"

"没这个必要。"医生坐进救护车,冷冷地说道,"她活不到今天晚上。"

亚当斯贝格迈着比往常还慢的步子,回到胖下士看守的饭厅。他用水冲手,洗去莱奥娜的血迹,拿起昨晚擦碗碟的抹布擦了擦手,然后郑重地搭在椅子的靠背上。那是一块蓝白相间、印有蜜蜂图案的抹布。

尽管女主人已经离开,那条狗依然待在原地不动。它随着呼吸的节奏呻吟,声音弱了些。

"把它抱走。"亚当斯贝格吩咐下士,"给它吃块糖。别让这条狗留在这儿。"

火车上,巴在鞋底的污泥和落叶干了,黑乎乎掉了一地,坐在对面的女子看在眼里,一脸不悦。亚当斯贝格捡起一小片带着鞋底沟纹轮廓的泥块,轻轻放入衬衫口袋。他心想,这女的绝想不到她邂逅的是一些神圣的残片,这可是博纳瓦勒小道上狂怒天军的马蹄踏过的东西啊。埃勒甘领主还会向奥尔德贝克发起攻击的,他还有三个活人要勾走。

11

亚当斯贝格有两年没见到短绺穆穆了。他眼下应该二十三岁，已经过了玩火柴的年纪，但是放弃战斗还为时过早。现在他脸上留着络腮胡子，不过这点新出现的男性特征镇不住什么人。

年轻人被带进审讯室坐下，这儿没有自然光，也没有风扇。亚当斯贝格隔着玻璃观察他，只见他拱着背，目光低垂。诺埃尔和莫雷尔警司负责审问。诺埃尔在年轻人身边转来转去，漫不经心地玩着从他手里夺来的溜溜球。穆穆曾经在不少溜溜球锦标赛中夺冠。

"谁派诺埃尔审他的？"亚当斯贝格问道。

"他刚刚接班。"当格拉尔有点尴尬地解释道。

审讯从上午开始持续到现在，当格拉尔警督还没准备让它停下。几小时下来，穆穆依然没有改口：他一个人等在弗莱内工业区的露天堆场，他在衣橱里看到这双新的运动鞋，把它们从塑料袋中取出来。他手上有汽油，也是来自那双鞋子。他不认识安东尼·克莱蒙-布拉瑟，根本不认识。

"给他拿吃的东西了吗？"亚当斯贝格问。

"拿了。"

"有喝的吗？"

"两罐可乐。真他妈的,您以为我们是什么人,警长?我们可没折磨他。"

"局长亲自打来电话。"当格拉尔打断牢骚,"今晚必须让穆穆全招了。内政部长的命令。"

"那双大名鼎鼎的运动鞋在哪儿?"

"在这儿。"当格拉尔指着桌子说,"汽油味儿还很重。"

亚当斯贝格仔细检查一遍,没有碰它们,然后点了点头。

"连鞋带头上都浸满了汽油。"他说。

埃斯塔雷探员急匆匆赶来跟他们会合,梅卡代拿着电话紧随其后。如果亚当斯贝格当年没有给予原因不明的保护,年轻的埃斯塔雷早已离开刑警队,到外省某个不起眼的警局供职了。当时,同事们或多或少都觉得埃斯塔雷不靠谱,甚至认为他纯粹白痴。他睁开那对绿色的大眼睛看周围的世界,一副啥都不想漏过的样子,可是却一再错过最明显的证据。警长把他视为成长中的嫩芽,确信他的潜力总有一天会释放出来。小伙子很用功,天天都在认真学习、领会。可是两年过去,谁都没看到新芽茁壮成长。埃斯塔雷跟随亚当斯贝格,亦步亦趋,就像旅行者盯着指南针,没有丝毫批判意识,但同时他还把雷坦库尔警司视为偶像。他们两人言行举止截然相反,使他陷入极大困惑,亚当斯贝格喜欢走蜿蜒曲折的路,雷坦库尔则遵循水牛径直走向水塘的朴实理念,直奔目标。因此年轻的探员常常在岔路口驻足,不知道该走哪条路,举棋不定。每当眼前一片迷茫,他就会去给大伙准备咖啡。这件事他做得完美无缺,因为每个人的喜好,不管多么细微,他都记住了。

"警长,"埃斯塔雷气喘吁吁地喊道,"实验室闯祸了。"

年轻人停下来查看笔记。

"穆穆身上拿到的采样不能使用。存放处出现次生污染。"

"换句话说,"梅卡代目前十分清醒,"有个技术员把他的咖啡打翻在了检测物上。"

"他的茶。"埃斯塔雷纠正道,"恩佐·拉隆德只好重新来采样,明天才能出检验结果。"

"意外事故。"亚当斯贝格喃喃地说。

"不过,由于最后的一点汽油痕迹可能会消失,所以局长下令绑住穆穆的手,不让他再触碰任何东西。"

"局长已经知道样本被污染了?"

"他每隔一小时就给实验室打电话。"梅卡代说,"那个打翻咖啡的家伙挨了一顿尅。"

"茶,那个打翻茶杯的家伙。"

"结果都一样,埃斯塔雷。"亚当斯贝格说,"当格拉尔,您给局长打个电话,告诉他没必要冲着技术员发火,今晚十点之前,我们会拿到穆穆的口供。"

亚当斯贝格拎着运动鞋走进审讯室,示意诺埃尔离开。

穆穆认出来人,舒了一口气,脸上露出微笑,可是警长摇了摇头。

"别高兴,穆穆,你当小老大的辉煌战绩到此为止了。知道你这次放火烧了谁吗?你知道是谁吗?"

"他们跟我说了。一个造房子和搞金属的家伙。克莱蒙。"

"他还把它们卖出去,穆穆。卖到全世界。"

"是的,他卖那些东西。"

"换一种说法，你烧垮了国家的一根经济支柱。这话一点都不夸大。你明白吗？"

"不是我干的，警长。"

"我没有问你谁干的。我问你是否明白。"

"我明白。"

"你明白什么？"

"他是国家的经济支柱。"穆穆的声音里带着一丝抽噎。

"换句话说，你放火烧了国家，咱们不兜圈子。此时此刻，克莱蒙-布拉瑟集团失去了方向，欧洲股市感到担忧。你听得懂吗？不，别跟我提你的那些神秘约会啊、堆场啊、陌生运动鞋的事儿。我想知道，你是意外杀了他，还是就是冲着克莱蒙-布拉瑟来的。过失杀人和蓄意杀人，会有很大的不同。"

"求求您，警长。"

"你手别动。你的目标就是他？你想名垂青史？如果是这样话，你如愿以偿了。把这副手套戴上，穿上运动鞋。穿一只脚就够了。"

"这不是我的鞋子。"

"叫你穿一个。"亚当斯贝格抬高嗓门。待在玻璃后面监听的诺埃尔耸了耸肩，满脸不高兴。

"他凶神恶煞，把那家伙搞得眼泪汪汪。临了我倒成了队里的恶人。"

"放心，诺埃尔。"梅卡代劝道，"我们接到命令。穆穆那把火蔓延到内政部了，现在要他招供。"

"警长服从命令这么快，从啥时候开始的？"

"从他受到质疑以后。一个人想自保，你觉得不正常吗？"

"对我来说当然很正常。但是对他而言,不正常。"诺埃尔边说边往外走,"我甚至感到失望。"

亚当斯贝格走出审讯室,把鞋子递给埃斯塔雷。他看到部下们模棱两可的目光,当格拉尔警督的目光更让人难以参透。

"您接着审,梅卡代,诺曼底有点事儿我得处理。穆穆现在对我失去了信心,用不了多久就会崩溃。放一个风扇,让他的手少出点汗。技术员完成第二次检验后,让他立刻来见我。"

"我还以为您反对起诉呐。"当格拉尔有点酸溜溜地说。

"可是我现在看到了他的眼神。这件事是他干的,当格拉尔。说起来令人伤心,但他确实干了那件事。有意还是无意的,这个我们还不知道。"

亚当斯贝格身上最令当格拉尔反感的,就是他这种把感觉当成事实的做法。亚当斯贝格反驳说,感觉就是事实,是与实验室分析具有同样价值的材料。还说什么人的大脑是最为庞大的实验室,完全能够整理、分析收到的数据,比如从一个眼神中,可以得到几乎确凿的结果。当格拉尔忍受不了这种错误逻辑。

"关键不在于看到或者不看到,警长,而是在于知道。"

"我们当然知道,当格拉尔。穆穆有自己的信念,他把老头送上他信念的祭坛。今天在奥尔德贝克,有个男子像往地上砸玻璃那样,猛击一位老太太。对杀人凶手,我不会心慈手软。"

"今天早上您认为穆穆掉入陷阱。今天早上您说过,他肯定会把鞋子扔掉,而不是把它们留在衣橱里,控方拿来就能用。"

"穆穆以为自己更聪明。聪明到弄来新的运动鞋,牵着我们的鼻子走,让我们相信有人嫁祸于他。其实祸明明是他自己闯的,当格拉尔。"

"因为他的眼神吗?"

"可以这么说。"

"您从他的眼神中收集了什么证据?"

"傲慢、残酷和此时的极度恐惧。"

"这些东西,您都测量过?分析过吗?"

"当格拉尔,我跟您说过,"亚当斯贝格语气温和但略带威胁地说,"我没有心情展开讨论。"

"可恶。"当格拉尔嗫嚅道。

亚当斯贝格拿出手机,拨打奥尔德贝克医院的电话。他朝当格拉尔挥了挥手,一副满不在乎撵人的样子。

"警督,您回家吧,这是您现在最该做的事儿。"

七个部下围在四周,看着他们俩争执。埃斯塔雷满脸沮丧。

"还有你们,都回家吧,假如你们担心这么下去会令你们不爽的话。我这儿只需要两个人看住穆穆。梅卡代、埃斯塔雷留下。"

得到命令,众人默默地四下散开,有人目瞪口呆,有人愤愤不平。当格拉尔气得发抖,大步往外走。他的步态很特别,两条长腿像两根部分融化的蜡烛那样令人提心吊胆。他沿着螺旋楼梯下去,来到他的"酒窖",掏出一瓶藏在大锅炉后面的白葡萄酒,咕嘟咕嘟灌了几大口。可惜啊,他心里想,难得好不容易撑到晚上七点没有喝酒。他坐在地下室权充坐凳的板条箱上,尽量放慢呼吸,压制心中的愤怒,尤其是失望带来的痛苦。他几乎陷入一种惊恐的状态。他曾经如此地喜欢亚当斯贝格,依赖他引人入胜的思路、他的超脱,是的,还有他略微率真但几乎始终如一的温和态度。可是时过境迁,接二连三的成功腐蚀了亚当斯贝格的天性。自以为是、固执自信的情绪慢慢潜入他的意识，带来以前没有的现象，他变得野心勃勃、傲慢、死板。亚当斯贝格出了名的洒脱开始转向，露出阴暗的一面。

当格拉尔闷闷不乐，把瓶子放回到原来的藏匿处。他听到刑警队大门乓乓作响，警员们听从指示，怀着对美好明天的期待，陆续离开大楼。老实听话的埃斯塔雷守着穆穆，梅卡代警司估计在边上睡着了。梅卡代清醒与睡眠的周期大约为三个半小时。这个弱点让警司深感自卑，所以没有办法挑战警长。

当格拉尔站起来，浑身没劲，把凌乱的思绪投射到将跟五个孩子一起吃的晚餐上，以此排解刚才一番口角带来的烦恼。他的五个孩子，他使劲抓住扶手上楼梯时格外想念他们。那才是他的生活，跟亚当斯贝格一起不叫生活。辞职吧，为什么不去伦敦呢，他的女友住在那儿，两人见面的次数太少了。这种近似完美的解决方案给他带来一种自豪感，为忧郁迷茫的内心注入些许活力。

亚当斯贝格把自己反锁在办公室，外面传来咣当咣当的关门声，不知所措的部下先后离开了弥漫着不安和怨恨的大楼。该做的事他都做了，问心无愧，对自己没有一丝自责。自己的做法有些粗鲁，但是情况迫在眉睫，没有选择的余地。当格拉尔突然发脾气，让他十分意外。这位老朋友没有像以往那样支持他、跟从他，令人费解，更何况当格拉尔本就坚信穆穆有罪。他敏锐的聪明才智不见了。警督强烈的焦虑冲动经常扭曲一切，不让他接触到真相，使得他看不清浅显的道理。但是持续的时间绝对不会很久。

大约晚上八点，他听到梅卡代慢吞吞带着穆穆走来的脚步声。

再过一个小时，年轻纵火犯的事情就会解决掉，他明天将面对同事的各种反应。他唯一担心的是雷坦库尔的反应。但是没什么好犹豫的。不管雷坦库尔或者当格拉尔怎么看，他真真切切地看了穆穆的眼神，这眼神指向一条不可避免的出路。他起身把门打开，把手机放回口袋。那里，在奥尔德贝克，莱奥还活着。

"坐吧。"他对穆穆说道，穆穆低着头不让别人看到眼睛。亚当斯贝格听见他在哭泣，防线正在松动。

"他啥也没说。"梅卡代报告道，声音里毫无表情。

"马上会说的。"亚当斯贝格说着按住年轻人的肩膀，让他坐下。"梅卡代，给他戴上手铐，你去上面休息吧。"

也就是让他去那间有自动售货机和放着猫碗的小房间。梅卡代在地上铺了几块靠垫，用来打盹儿。他会顺便把猫抱到猫碗那里，再跟它一起睡觉。照雷坦库尔的说法，和那只猫作伴以来，梅卡代的睡眠有了显著改善，打盹的时间也缩短了。

12

埃梅里队长在家里吃晚饭,电话铃响了。他拿起电话,有点恼火。晚餐对他来说是难得的、有益身心的休息时间。在他相对简朴的生活中,他几乎强迫症般地保护晚餐时间不被打搅。他住三居室的公务房,最大一间留给饭厅,餐桌上必须铺洁白的桌布。上面摆着两件闪亮的银器,一个糖果盒和一个果盘,都是从达武元帅遗产中抢救下来的,带有帝国鹰和祖先名字缩写的印戳。为了节省洗衣粉,埃梅里的女佣人悄悄地将桌布翻过去再用,她对埃克米尔老亲王没有丝毫的敬意。

埃梅里不是傻瓜。他知道自己对祖先的敬意,是对他自觉平庸的人生以及缺乏元帅那种大无畏的性格的一种弥补。他胆小害怕,逃避了父亲的戎马生涯,选择到国家宪兵部队效力,在女人身上攻城略地。他平时对自己很严苛,只有在晚餐这段时间稍微放松一下。在这张桌子上,他意识到自己的存在和权威,而这种每日份的自恋令他重焕活力。大家知道,除非出现紧急情况,可不能在晚餐的时候打扰他。所以布莱里奥下士的声音有点虚。

"实在抱歉,队长,我觉得应该通知您。"

"莱奥有情况?"

"不，是她的狗，队长。眼下我在管这条狗。夏齐医生断言说它没什么问题，不过最后还是让亚当斯贝格警长说中了。"

"有话就说，下士，"埃梅里不耐烦地说道，"菜要凉了。"

"弗莱姆还是站不起来，今天晚上吐血了。我带它去看兽医，兽医发现几处内伤。据他说弗莱姆腹部受伤，可能是被人踢的。从目前情况来看，亚当斯贝格说得对，莱奥的确被人袭击了。"

"别拿亚当斯贝格烦我，我们自己能得出结论。"

"抱歉，队长，因为他当时立马就说了。"

"兽医对诊断结果有把握吗？"

"有把握。他准备签一份证词。"

"让他明天一早来见我。您有莱奥的消息吗？"

"她还在昏迷中。梅兰医生指望体内血肿可以被吸收。"

"他真的指望吗？"

"不，队长。真的不指望。"

"您吃了吗，布莱里奥？"

"吃了，队长。"

"行，半小时以后来见我。"

埃梅里把电话扔在白桌布上，一脸沮丧地坐回到餐盘前。布莱里奥下士比他年长几岁，两人的关系很矛盾。埃梅里鄙视他，对他的见解毫无兴趣。布莱里奥只是个头脑简单的胖下士，听话，没文化。他脾气随和，埃梅里觉得他老实巴交的，耐心得近乎愚蠢，不过口风紧，因此是个有用的、没什么风险的倾诉对象。埃梅里时而把他当狗使，时而把他当成朋友对待，一个专门负责听他说话、安慰他、鼓励他的朋友。他俩共事已经六年。

"情况不妙,布莱里奥。"他开门让下士进来。

"您指莱奥娜?"布莱里奥在帝国风格的椅子上坐下,他坐惯了这把椅子。

"指我们。指我。这次调查一上来就全给我弄砸了。"

达武元帅以言语粗俗闻名,据说是大革命年代的遗传,所以埃梅里说话也不注意用词。

"如果莱奥遭到了袭击,布莱里奥,那么埃尔比耶也是他杀。"

"您为什么把两件事联系起来,队长?"

"大家都会这么做。你再想想。"

"大家说什么呢?"

"说她知道不少与埃尔比耶之死相关的情况,莱奥消息灵通,不管什么事、什么人,她都知道一些。"

"莱奥娜不是搬弄是非的长舌妇。"

"可是她很聪明,记性又好。可惜她私下啥都没跟我说。不然的话,说不定能救她一命。"

埃梅里打开盛着甘草糖的糖果盒,推到布莱里奥面前。

"咱们要倒霉了,下士。对一个把老太太摔死在地上的家伙,我们不能掉以轻心。换句话说,我这些天来让一个残忍的家伙、一个恶魔逍遥法外。城里还说些什么?"

"我跟您说了,队长。我不知道。"

"不对,布莱里奥。别人在背后怎么说我的?说我干活不地道,对吧?"

"别往心里去。大家说说而已,说过就忘了。"

"不对,布莱里奥,因为他们说得在理。埃尔比耶失踪已经十一天了,我九天前接到报告。我当时决定不予理会,因为我以为温德莫特一家子在给我下套儿。你知道的,我要自我保护。找到尸体以后,我认定他是自杀,这样对我有利。我一口咬定,像公牛那样固执,没有松过口。如果他们说我要对莱奥的死负责,他们没错。埃尔比耶被杀的当口,我们是有机会查线索的。"

"当时想不到是他杀。"

"你想不到,我应该想到。可是现在一点痕迹都觅不到了。总是这样的。自我保护过了头,反而越搞越糟。你要记住这一点。"

埃梅里给下士递了根烟,两人默默地抽起来。

"问题严重在哪儿,队长?有什么后果呢?"

"后果很简单,惊动宪兵监察总署。"

"针对您?"

"那当然。你不用害怕,你不是负责人。"

"您得寻求帮助,队长。孤掌难鸣。"

"去找谁?"

"伯爵。他胳膊长,够得着首都。还有监察总署。"

"你把纸牌拿过来,布莱里奥,咱们玩他两局,放松放松。"

布莱里奥发牌手势迟钝,他做事都这么慢吞吞的,埃梅里有点振作起来。

"伯爵十分依恋莱奥。"埃梅里捻开手中的牌反驳道。

"据说他没别的爱人。"

"他有权认为我要对她的遭遇负责,所以他有权让我见鬼去。"

"别说这个字啊,队长。"

"为什么?"埃梅里淡淡地笑着问道,"你觉得魔鬼在奥尔德贝克?"

"无风不起浪。埃勒甘领主可是来了。"

"你还真信,可怜的布莱里奥。"

"小心为妙,队长。"

埃梅里微笑着出了一张牌。布莱里奥盖上一张8。

"你走神了。"

"是的,队长。"

13

"警长。"穆穆再次央求。

"住嘴。"亚当斯贝格打断他,"绞索已经套在你脖子上,你的时间不多了。"

"我没杀人,我啥都没杀。最多在家里灭蟑螂。"

"闭嘴,该死的。"亚当斯贝格重复道,做了个严厉的手势。

穆穆闭上嘴,满脸诧异。警长那边情况有变。

"这样好一些。"亚当斯贝格说,"你刚才听见了,我不想让凶手们逃之夭夭。"

他眼前掠过莱奥的形象,脖子后面一阵刺痛。他摸一下脖子,把魔球扔到地上。穆穆看着他的动作,就像抓住一只隐形的金龟子似的。他也本能地摸一下脖子。

"你也有球?"亚当斯贝格问。

"什么球?"

"放电魔球。换了别人也会有。"

穆穆摇了摇头,莫名其妙。

"穆穆,你这个案子里,我们面对一个肆无忌惮、善于策划的超强杀手,完全不同于在奥尔德贝克行凶的那个野蛮冲动的疯子。"

"我不知情。"穆穆低声说。

"无关紧要。有人干净利落地把安东尼·克莱蒙-布拉瑟除掉了。我不跟你解释老金融家怎么会变得碍手碍脚,咱们没时间了,那也不是你的事儿。你要知道的是,罪名会安在你的头上。一开始就策划好的。如果你不在牢房里纵火,二十二年后会因为狱中表现良好而获释。"

"二十二年?"

"因为死者叫克莱蒙-布拉瑟,而不是小酒馆的老板。司法的眼睛可不瞎。"

"可是如果您知道不是我干的,您跟他们说啊,我就不会蹲监狱了。"

"把这个想法留在你的梦里吧。克莱蒙-布拉瑟家族绝不会让别人怀疑他们中的任何人。我们甚至接触不到他们,连问几句话都不成。无论发生什么事,领导这个国家的人都会庇护这一家。说你我不够分量还算客气的。你啥都不是,他们什么都是。可以这么说吧,他们选中了你。"

"没有证据。"穆穆小声说,"不能没有证据就给我定罪。"

"当然可以,穆穆。咱们别浪费时间了。我给你提个建议,把二十二年监禁换成两年。你接受吗?"

"怎么回事儿?"

"你从这儿逃走,然后躲起来。不过你知道,假如他们明天发现你跑了,我就得说明原因。"

"是的。"

"我会说梅卡代——就是那位留着小分头、手很小的警司——

在审讯室睡着了,你趁机拿了他的枪和手机。他经常睡不醒。"

"可是他没有睡着啊,警长。"

"你别啰嗦。他睡着了,你拿了他的武器和电话,藏在裤子里,别在后腰。梅卡代一点都没有察觉。"

"如果他一口咬定,说枪还在身上怎么办?"

"他不该这么说,因为我这就去把他的枪和手机拿走。我会说你借助这部手机让同伙在外面接应。你拿枪顶住我的脖子,迫使我打开手铐,铐住自己的手腕。然后逼我打开警署的后门。你听仔细了:出了门到了马路上,门口两边有站岗的,一边一个。你使劲用枪顶住我的脸往外走。要使劲,让他们不敢上前。你做得到吗?"

"也许吧。"

"很好。我会叫这两个家伙别动。你得摆出下定决心、不顾一切的样子。意思明白吗?"

"要是我看上去不够坚定怎么办?"

"那你就是在拿自己的命冒险。想办法做得像点。马路拐角竖着一块交通标志,禁止停车。你在这个地方向右拐,猛击我的下巴,我倒在地上。然后你笔直往前跑。三十米外有一家肉铺,前面停着一辆车,你会看见车灯闪亮。你把枪扔掉,跳进去。"

"手机怎么办?"

"你把手机留在这儿。我来销毁它。"

穆穆抬起耷拉的眼皮,看着亚当斯贝格,傻眼了。

"您为什么这么做?别人会说您连街区的小混混都对付不了。"

"别人怎么说我不关你的事儿。"

"他们会怀疑您。"

"你演好自己的角色,别人就不会怀疑我。"

"不会是陷阱吧?"

"两年监禁,如果你表现好,可以减到八个月。就算我找到了真正的凶手,你依然要承担持枪袭击警长和越狱逃跑的责任。两年监禁。我拿不出更好的条件了。你接受吗?"

"接受。"穆穆低声回答。

"注意。他们也许会筑起一堵不可逾越的防御墙,让我永远抓不到凶手。这种情况下,你必须越洋过海,躲到更远的地方去。"

亚当斯贝格看了看手表。要是梅卡代恪守睡眠周期的话,此时肯定睡着了。亚当斯贝格打开门,叫来埃斯塔雷。

"你看着这个家伙,我马上回来。"

"他招了吗?"

"差不多。拜托,睁开眼睛盯住他。"

埃斯塔雷露出微笑。他很喜欢亚当斯贝格提到他的眼睛。警长曾有一次真诚地对他说他的眼睛很好,什么都看得见。

亚当斯贝格轻轻移步上楼,提醒自己,第九级台阶会绊脚,要抬脚跨过去。拉马尔和莫雷尔在前台值班,当然不能惊动他们。放着自动售货机的屋子里,梅卡代在老地方,他躺在靠垫上睡着了,猫趴在他的小腿上。警司善解人意似的,已经解开枪套,伸手就能取枪。亚当斯贝格抚摸着猫的脑袋,轻轻拿起左轮手枪。又加倍小心地从警司裤子前面的口袋里取出电话。两分钟后,他支开埃斯塔雷,又把自己和穆穆关在屋里。

"我躲到哪儿去呢?"穆穆问。

"躲到警察绝不会去找你的地方。也就是躲到警察的家里。"

"哪个警察的家啊?"

"我的家。"

"见鬼。"穆穆说。

"只能这样了,走一步算一步。我来不及安排。"

亚当斯贝格匆匆给泽尔克发了一条短信,泽尔克回答说埃勒博已经能展开翅膀,马上可以飞了。

"是时候了。"亚当斯贝格说着站了起来。

双手被铐,脖子被贴在身后的穆穆用手枪顶住,亚当斯贝格打开通向大院的两扇铁栅栏门,院子里停着刑警队的车。走近大门的时候,穆穆忽然把手放在亚当斯贝格的肩膀上。

"警长,"他说,"我不知道该怎么感谢您。"

"以后再说吧,注意力集中。"

"我以后生了儿子就给他取你的名字,我向上帝起誓。"

"往前走啊,快点。别磨蹭。"

"警长,还有一件事儿。"

"你的溜溜球?"

"不是,我妈那边。"

"她会接到通知的。"

14

当格拉尔洗完晚饭的餐具，躺在棕色旧沙发上，旁边放着一杯白葡萄酒，伸手可及。孩子们在写作业。五个孩子在长大，五个孩子会离开，今晚最好别去想这些。最小的孩子不是亲生的，老是用另一个男人赋予的谜一般的蓝眼睛看着自己，五个孩子中只有他稚气未泯，当格拉尔把他维持在这个阶段。今晚当格拉尔难以掩饰心头沮丧，引来双胞胎儿子中的老大反复盘问。经不起追问，他就讲了和警长发生争执的情形、亚当斯贝格刺耳的语气，以及后者如何从台阶滚下来，堕入平庸。儿子抿了抿嘴唇，将信将疑的样子，弟弟也学哥哥的样。两个孩子的抿嘴动作在警督忧伤的脑海里久久徘徊。

他听到一个双胞胎女儿在复习有关伏尔泰的课文，伏尔泰嘲笑那些被错觉和谎言蒙蔽的人。他忽然用一只胳膊支起身子。那是一出戏，对了，他看到的其实是一出戏。全是谎言、错觉。他觉得自己的脑子加快运转，也就是又回到了精确思维的轨道上。他站起来，推开酒杯。如果没搞错的话，此时此刻，亚当斯贝格需要他。

二十分钟后，他气喘吁吁地赶到队里。没有一丝异常，值夜班的警员正在打盹，头顶上的电风扇仍然在转动。他迅速走进亚当斯贝格的办公室，发现铁栅栏门敞开着，立刻尽其所能一直跑到后门。只见黑黝黝的马路上，两名岗哨扶着警长过来。亚当斯贝格似乎惊魂未定，搂着两名警员的肩膀往前走。当格拉尔赶紧替下他们。

"你们给我抓住那个混蛋。"亚当斯贝格命令两名警员，"我觉得他是开车逃走的。我派人支援你们。"

当格拉尔一言不发地把亚当斯贝格扶到办公室，随手关上两扇铁栅栏。警长拒绝落座，一屁股坐在地上，坐在两个鹿角之间，头靠着墙。

"叫医生吗？"当格拉尔冷冷地问道。

亚当斯贝格摇摇头。

"那么喝点水。受伤需要喝水。"

当格拉尔呼叫增援，发出最高警报，要求严密监视道路、车站、机场。然后拿着一杯水、一个空酒杯和他的白葡萄酒回到亚当斯贝格的办公室。

"他怎么得手的？"他把杯子递给亚当斯贝格，拔出酒瓶的软木塞，问道。

"他拿了梅卡代的枪。根本来不及反应。"亚当斯贝格一口气喝完水，又伸出杯子，这次冲着当格拉尔的酒瓶。

"不建议您现在喝酒。"

"您也不适宜喝酒，当格拉尔。"

"总之一句话，您像生瓜蛋子那样栽了？"

"可以这么说。"

一个站岗的敲门，径直闯进来。他拿着一把左轮枪，小指卡在扳机后头，递给警长。

"阴沟里捡到的。"

"没发现手机？"

"没有，警长。肉铺老板当时在算账，据他说有辆车在门前停了五分钟，然后迅速开走。好像有人跳上了车。"

"是穆穆。"当格拉尔叹了口气。

"是他。"哨兵同意，"描述一致。"

"没看到车牌号？"亚当斯贝格问道，脸上看不到丝毫的紧张。

"没看到。他没有走出肉铺。我们怎么办？"

"写一份报告。我们写一份报告。写报告永远是正确的做法。"

办公室的门重新关上，当格拉尔倒了半杯白葡萄酒，递给警长。

"您受惊不浅，"他故意肉麻地说，"不能给您多倒了。"

亚当斯贝格摸了摸衬衫口袋，掏出一支香烟，从泽尔克那儿偷来的，已经变形。他慢慢地点燃香烟，尽量避开当格拉尔的目光，它仿佛一根又细又长的螺钉，企图钻进他的脑袋。这个时候当格拉尔来这儿搞什么名堂？穆穆下手很重，打得真疼，他揉着下巴，不但疼，而且可能肿了。很好。他的手指摸到一处伤痕，出了一点血。完美，一切顺利。除了当格拉尔和他长螺钉似的目光之外，那是最令他忐忑的，因为警督不明就里的状态从来不会持久。

"把事情经过告诉我。"当格拉尔说。

"没什么。他狂性大发，用手枪顶住我的脖子，我动弹不得。他跑上横马路跑了。"

"他怎么通知同伙的呢？"

"用梅卡代的电话。他当着我的面发了一条信息。这份报告叫我们怎么写啊？总不能写梅卡代在打盹吧？"

"那当然，这份报告咱们怎么写？"当格拉尔一字一顿重复道。

"咱们把时间改一下。就说穆穆晚上九点还在审讯室。一个警员加班时困得打盹儿，这么写就不会有什么后果。我想同事们会抱团的。"

"和谁抱团？"当格拉尔问，"梅卡代还是您？"

"您叫我咋办，当格拉尔？眼睁睁看着子弹给自己开个洞？"

"得了，真那么危险？"

"真的。穆穆疯了。"

"真不错。"当格拉尔说着喝了一口酒。

亚当斯贝格在助手异常敏锐的目光中看到了自己的失败。

"行。"他说。

"行。"当格拉尔首肯。

"可是为时已晚。您来得太晚了，闹剧已经收场。我真怕您一开始就看出来。您姗姗来迟。"他失望地补充道。

"此话不假。您把我晾了三个小时。"

"这点时间对我正好。"

"您疯了，亚当斯贝格。"

亚当斯贝格端起半杯酒，喝了一口，含在嘴里，酒液在脸颊之间来回滚动。

"我无所谓。"他说着把酒咽下去。

"可是您把我拖下水了。"

"不，您本来就用不着把事情弄明白。您甚至还有机会装糊涂。是您自己选的，警督。您离开，或者留下。"

"除了他的眼神之外，如果您还能给我一个有利于他的说法，我就留下。"

"那不行。如果您留下，那得是无条件的。"

"否则呢？"

"否则，生活没有太大的意义。"

当格拉尔紧紧地攥住酒杯，压住一股叛逆冲动。现在的愤怒，远没有先前感到亚当斯贝格从云端坠落时的愤怒难受。他慢慢地默默地思考着。摆摆样子而已，他知道。

"好吧。"他说道。

这是他找到的表示自己投降的最短的词。

"您还记得那双球鞋吗？"亚当斯贝格问，"还有鞋带？"

"球鞋是穆穆穿的尺码。怎么啦？"

"我说的是鞋带，当格拉尔。汽油浸透了鞋带的末梢，至少有几厘米长。"

"那又怎么样呢？"

"那是专为年轻人设计的球鞋，鞋带特别长。"

"我知道，我家几个小的也穿同样的球鞋。"

"那您的孩子怎么系鞋带呢？您仔细想想，当格拉尔。"

"鞋带在脚踝上绕一圈，然后在脚踝前面系紧。"

"是啊。以前流行过松着鞋带不系，而现在时兴很长的鞋带，在脚跟后面绕一圈，然后在前面系紧。所以说鞋带的末梢不会拖地。除非是一个落伍的老帮子穿球鞋，不知道别人现在怎么系鞋带。"

"见鬼。"

"是的。这个落伍的老帮子，年龄在五六十岁之间吧，比如说克莱蒙-布拉瑟的一个儿子，买了年轻人的球鞋。他只会像当年那样,把鞋带系在前面。鞋带两端沾上了汽油。我叫穆穆穿过鞋子,您还记得吗?"

"记得。"

"他照自己的方式系鞋带,先在脚踝后面绕一圈,然后在前面打结。如果是穆穆纵的火,他的鞋底会沾上汽油,是的。但是鞋带末端不会有汽油。"

当格拉尔又把刚喝过的那杯酒斟满。

"这就是您的证据吗?"

"是的,黄金一样宝贵。"

"没错。可是您此前已经开始给我们演戏了。您早就知道。"

"穆穆不是杀人犯。我从来没有打算把他扔进大牢。"

"您怀疑克莱蒙的哪个儿子呢?"

"克里斯蒂安。二十岁起就是一个冷血恶棍。"

"他们不会束手就擒的。不管穆穆跑到哪儿,他们都会抓住他。穆穆是他们唯一的机会。谁开车接他的?"

亚当斯贝格举杯一饮而尽,没有回答。

"有其父必有其子。"当格拉尔慢慢站起来,得出结论。

"我们已经有一只病鸽,再养一只也没问题。"

"您不能老是把鸽子关在家里。"

"没这个打算。"

"很好,咱们接下来干什么?"

"跟平时一样,"亚当斯贝格从鹿角中爬起来说,"写报告,咱们写一份报告。您最擅长了,当格拉尔。"

此时他的手机响了,一个未知号码。亚当斯贝格看了一下手表,晚上十点零五分,眉头皱了皱。当格拉尔的思绪已经飘到了假报告上,为自己不顾一切地支持警长而担心,他们已经没有退路了。

"我是亚当斯贝格。"警长谨慎地说。

"我是路易·尼古拉·埃梅里。"队长声音低沉地回答,"吵醒你了吧?"

"没有,我有一个犯罪嫌疑人刚逃走。"

"完美。"埃梅里没明白对方的意思,随口应道。

"莱奥死了?"

"没有死,她还撑得住。可是我撑不住了。我的案子移交了,亚当斯贝格。"

"正式决定吗?"

"还没有。国家宪兵监察总署一位同事提前给我的消息。明天公布。国家宪兵监察总署,婊子养的。"

"有人给他们通风报信,埃梅里。停职还是调动?"

"暂时停职,等候报告。"

"是啊,报告。"

"国家宪兵监察总署,婊子养的。"队长重复道。

"为什么给我打电话?"

"我宁可去死,也不想看到利西厄的宪兵队长接手我的调查。换成圣女特雷莎,她也会毫不犹豫地把他扔给狂怒天军的。"

"稍等,埃梅里。"

亚当斯贝格捂住电话。

"当格拉尔,利西厄的宪兵队长是谁?"

"多米尼克·巴雷丰,十足的坏蛋。"

"你打算怎么办,埃梅里?"亚当斯贝格恢复通话,问道。

"我希望你来接手。毕竟是你的案子啊。"

"我的案子?"

"一开始就是你的案子,甚至早在立案之前。在你来到博纳瓦勒小道、对这个案子还一无所知的时候。"

"我是去那里散心的,还吃了桑果。"

"骗别人去吧。这就是你的案子。"埃梅里重复道,"而且,如果你负责办案,我可以在后面帮你,你不会踩到我的地盘,而利西厄的那些狗杂种会把我碾成肉泥。"

"就为了这个原因?"

"为了这个原因,而且还因为这个案子是你的,不是别人的。你跟狂怒天军的命运之战。"

"别给我讲高大上的东西,埃梅里。"

"我实事求是,他冲你而来。"

"谁啊?"

"埃勒甘领主。"

"你根本不信这套,你想保住自己。"

"是的。"

"对不起,埃梅里,你知道我拿不到调查权。我提不出任何理由。"

"我不跟你说理由,我跟你说的是走后门。奥尔德贝克伯爵是我的一个后门。你那边,也得设法自己找一个。"

"我干嘛那么做?让利西厄的宪兵找我麻烦?埃梅里,我在这儿的麻烦已经够多了。"

"可是你没有被罚下场。"

"你怎么知道?我刚才告诉你,我有个犯罪嫌疑人逃走了。从我办公室逃走的,手里还拿着我部下的一把枪。"

"那你就更应该在别的地方做出成绩。"

这话说得在理,亚当斯贝格心想。但谁能对抗狂怒天军的领主呢?

"你那个在逃的嫌疑犯,与克莱蒙-布拉瑟的案子有牵连吧?"埃梅里又问道。

"着啊。你瞧瞧,我这艘船进水了,赶紧舀水还来不及呢。"

"克莱蒙的继承人,你感兴趣吗?"

"很感兴趣。不过很难接近他们。"

"对奥尔德贝克伯爵来说轻而易举。他把自己的 VLT 钢厂卖给了安东尼老头。五十年代,他们还一起在非洲闯荡。伯爵跟我关系很铁。莱奥在池塘边抓住我的裤衩的时候,还跟他在一块儿。"

"你别提克莱蒙家了。我们知道谁放的火。"

"那敢情好。我们有时候只不过想把周围清理干净,看得更加清楚一些。一种健康的职业习惯而已,不会有什么后遗症。"

亚当斯贝格把电话从耳边移开,双臂交叉放在胸前。手指碰到衬衫口袋里的小土块。土块是他放进口袋的。中午刚放进去。

"让我考虑一下。"他说。

"不过要快点。"

"我动脑子从来不快,埃梅里。"

甚至一点都不快,当格拉尔默默地补充道,没有说出来。穆穆出逃绝对是疯狂之举。

"奥尔德贝克，是吗？"当格拉尔说，"天一亮，整个政府就会围攻您，您还嫌不够，还要把狂怒天军拖进来？"

"达武元帅的曾曾孙子刚刚缴械。位子还空在那儿，很有气派，不是吗？"

"您从什么时候开始关心气派了？"

亚当斯贝格默默地收拾东西。

"自从我答应莱奥说我会回去。"

"她还在昏迷，根本无所谓，连您是谁都不记得了。"

"可我是记得的。"

不过说到底，埃梅里的话可能是对的，走回家的时候亚当斯贝格心想，也就是说这件案子是他的。他绕到塞纳河边，把梅卡代的手机扔进河里。

15

凌晨两点,当格拉尔写完了报告。六点三十分,亚当斯贝格接到巴黎警察总局局长主任秘书的电话,随后是局长本人的电话,再接下来是内政部部长秘书的电话,最后是九点十五分内政部长亲自来电。与此同时,年轻的穆穆穿着泽尔克借给他的T恤,尺寸有点大,怯生生走进厨房,找东西填肚子。泽尔克起来热咖啡,那只鸽子稳稳地站在他的胳膊上。朝马路一侧的护窗板都关着,泽尔克在落地玻璃窗前面钉了一块相当难看的花布,他跟卢西奥解释说是为了挡住炙热的暑气。穆穆不得靠近楼上的任何窗户。亚当斯贝格做了两个手势,示意两个年轻人别出声,先回避一下,去其他房间待会儿。

"不,部长先生,他休想逃脱,绝对没有希望,是的,截至昨天晚上九点四十分,所有宪兵队都接到了通报。是的,边境哨所也是如此。我不认为有此必要,部长先生,梅卡代警司是无辜的。"

"有人会被撤职,而且必须撤职,亚当斯贝格警长,这个您懂的,对吗?您的下属玩忽职守,弄得克莱蒙-布拉瑟家族非常恼怒。而且我深有同感,警长。有人说您在刑警队收养了一个病人?刑警队难道不该是群英荟萃的地方吗?"

"我收养病人，部长先生？"

"嗜睡症患者。被人抢走手枪的窝囊废。拘留嫌疑人的时候睡觉，您觉得正常吗？我说那是过错，亚当斯贝格警长，重大过错。"

"别人给您传达的消息有误，部长先生。梅卡代警司吃苦耐劳，在警队是数一数二的。他头天晚上只睡了两个小时，昨天又是加班。审讯室的温度接近34度。"

"谁跟他一起看守嫌疑人？"

"埃斯塔雷探员。"

"是块好料吗？"

"很出色。"

"那他为什么不在场？报告对此没有做任何解释。"

"他去拿清凉饮料了。"

"过错，重大过错，必须撤职。让嫌疑人穆罕默德·伊萨姆·贝纳特曼喝清凉饮料，肯定不是让他开口的最好方式。"

"饮料是给警员们喝的，部长先生。"

"那得叫同事代劳啊。过错，大错特错。不能单独跟嫌疑人待在一起啊。您也有问题，警长，在没有助手的情况下，您让他进入您的办公室，而您连解除一个二十岁坏蛋的武装都做不到。难以估量的过错。"

"无言以对，部长先生。"

蘸着咖啡，亚当斯贝格在埃勒博留在塑料台布上的粪便间画出曲折蜿蜒的图形。他一时间想到鸟粪怎么也洗不干净，那是一个当格拉尔也解答不了的化学之谜，他对理科一窍不通。

"克里斯蒂安·克莱蒙-布拉瑟要求把您立刻撤职，还有您那两个窝囊废，我很想照他的意思办。但是呢，大家认为这儿还需要您。给您一周时间，亚当斯贝格，一天都不多给。"

亚当斯贝格召集手下所有人到大会议室开会。大会议室又称"主教会议厅"，是博学的当格拉尔给起的名字。出门前，他用洗碗钢丝球在下巴上划出几道红印，让伤势看上去更严重些。泽尔克给他涂了点红药水，衬得乌青格外显眼。"齐活。"他说。

明明知道穆穆坐在家里的餐桌边上，却要派部下进行徒劳的追捕，亚当斯贝格想到这儿觉得很不爽，但是迫于情势，他只能这么办。他把任务分配完毕，大伙开始默默地研究各自的行动路线图。他的目光从在场的十九名部下的脸上一一扫过，形势突变，他们还没有缓过神来。只有雷坦库尔似乎在暗中发笑，这让他有点担心。梅卡代满脸惊愕的表情又引起他脖子上的刺痛感。他在跟埃梅里队长的交往中染上了放电魔球，或迟或早要回敬给他。

"一周？"拉马尔探员重复道，"靠谱吗？假如他藏在树林深处，可能要花几个星期才能大致确定方位。"

"给我的期限是一周。"亚当斯贝格解释道，没有提梅卡代、埃斯塔雷岌岌可危的命运，"如果我完不成任务，刑警队很可能由当格拉尔警督接手，工作继续进行。"

"我不记得自己在审讯室睡着了。"梅卡代愧疚得直嘟哝，"都是我的错。可是我记不得了。假如我开始不知不觉地睡着，我在队里就毫无价值了。"

"过失是多方面的，梅卡代。您睡着了，埃斯塔雷离开审讯室，我们没有对穆穆进行搜身，还有我单独把他带到办公室。"

"即使我们一周内找到他,他们也会查办您,杀一儆百。"诺埃尔说。

"有这种可能,诺埃尔。不过我们仍然有一条退路。再不济,我可以回山里去。所以大家用不着担心。眼前最紧迫的,是今天可能会对我们刑警队进行突击检查。因此,有必要采取最高级别的形象改观措施。梅卡代,您现在去休息,他们来的时候,您不能有丝毫的睡意。另外,把垫子全部撤下去。瓦兹内,把您的鱼类学刊物拿走,弗瓦西,橱柜里面不得留下食物的痕迹,还有您的水彩画也要理一下。当格拉尔,把您藏酒的地方腾空,雷坦库尔,您负责把猫和它的碗具放到车里。还有别的吗?任何细节都不容忽视。"

"绳子呢?"莫雷尔问。

"什么绳子?"

"缠在鸽子腿上的那根绳子。实验室还给咱们了,放在样品桌上,跟检验报告放在一起。假如他们盘问的话,可不是跟他们提鸽子的时候。"

"绳子我拿走。"亚当斯贝格注意到弗瓦西一脸苦相,想到要与自己的食品储备分手,弗瓦西惶恐起来。"话说回来,乱局之中也有好消息,布雷齐永分局长这次站在我们一边。这方面我们没有后顾之忧。"

"什么原因?"莫尔登问。

"克莱蒙-布拉瑟毁了他父亲的生意,他父亲进口玻利维亚矿石。一次弱肉强食的卑劣操作,他不能原谅。他只想做一件事,就是'把这群狗杂种送上被告席',那是他的原话。"

"不会有被告席,"雷坦库尔说,"克莱蒙家族与此无关。"

"我只是让你们了解一下分局长的精神状态。"

除非他看走眼了,雷坦库尔的目光又露出一丝讽刺。

"大家行动吧。"亚当斯贝格说着站起身,甩手把放电魔球扔到地上,"清扫场所。梅卡代,您留一下,您陪我一会儿。"

梅卡代在亚当斯贝格对面坐下,不安地捏着一双小手。他是个老实人,处事谨慎,也比较脆弱,现在被亚当斯贝格推到了沮丧、厌恶自我的边缘。

"我情愿被除名。"梅卡代不失尊严地揉着黑眼圈说道,"幸亏那家伙没有对您下毒手。如果我到了不知不觉就会睡着的地步,我希望离开警队。我的能力原来就不太靠谱,现在更成了无法控制的危险因素。"

"警司,"亚当斯贝格俯在桌上说道,"我说您睡着了,可是您没有睡着。穆穆没有拿走您的枪。"

"警长,您还这样帮我,我很感激。可是我在楼上醒过来的时候,手枪和手机都不见了,都在穆穆的手里。"

"那是我给他的。我之所以能给他,因为是我从您那儿拿的。在楼上自动售货机那儿。您听懂故事了吗?"

"听不懂。"梅卡代答道,一脸茫然的样子。

"是我拿的,梅卡代。必须赶在穆穆被批捕前,把他放走。穆穆从来没有杀人。我当时没有别的办法,才把您牵扯进来的。"

"穆穆没有威胁您?"

"没有。"

"铁栅栏是您打开的?"

"是的。"

"见鬼。"

亚当斯贝格连忙往后靠去,让梅卡代把消息消化了,通常他做得相当快。

"行。"梅卡代抬起头说,"与其在办公室沉沦,我更喜欢现在的处境。假如穆穆没有杀老头,那逃跑是必须的。"

"还必须守口如瓶,梅卡代。只有当格拉尔看懂了。但是您、埃斯塔雷还有我,我们一周后可能被撤职。我没有征求过您的意见。"

"当时只能那么办。"梅卡代反复说,"我打盹儿至少有点用处。"

"那当然。这儿没您的话,我真不知道还能有什么招。"

蝴蝶的翅膀。梅卡代在巴西眨眼,穆穆在得克萨斯逃之夭夭。

"所以昨天晚上您拖住我加班?"

"是的。"

"太棒了。我完全蒙在鼓里。"

"但是我们要被撤职了,警司。"

"除非您逮住克莱蒙的一个儿子。"

"您是这么看的吗?"亚当斯贝格问。

"也许吧。穆穆这样的年轻人系鞋带,会在脚脖子上绕一圈,然后在前面打结系紧。所以我不明白鞋带两头怎么会沾到汽油的。"

"说得好。"

"您注意到了吗?"

"是的。您为什么首先想到他的儿子?"

"您想象一下,如果老克莱蒙娶女佣为妻,还收养她的几个孩子,儿子们的损失有多大。据说老安东尼是个鬼才,两个儿子没有父亲的那种天分，做了一些考虑不周的项目，尤其是克里斯蒂安。神经不正常，出手阔绰，一天的挥霍常常等于一口油井一天采油的收入。"

梅卡代叹了口气，连连摇头。

"我们甚至不知道是不是他在开车。"他说完站了起来。

"警司，"亚当斯贝格提醒道，"我们需要保持绝对的静默，一种永无止境的静默。"

"我一个人住，警长。"

梅卡代离开后，亚当斯贝格在办公室徘徊一阵，把两个鹿角靠墙摆好。布雷齐永以及他对克莱蒙-布拉瑟那帮狗杂种的仇恨。通过奥尔德贝克伯爵来接近他们，分局长可能会被这个设想所吸引。这样一来，他就有机会拿到诺曼底的案子。这样一来，他将迎战狂怒天军。这种前景有一种说不清道不明的力量，这种力量似乎来自最古远的历史深处，吸引着他。他想起一个年轻人，一天晚上倚在桥栏杆上，目不转睛地看着脚下湍急的河水。他手里拿着一顶帽子，他的问题——他向亚当斯贝格解释说——是情不自禁地想把帽子扔入水中，而其实他很珍视这顶帽子。小伙子试图理解自己为何如此希望做这个自己不想做的动作。最后，他手里攥着帽子跑开了，就像奋力摆脱磁场那样。亚当斯贝格现在总算明白了这个莫名其妙的桥上的帽子的故事。亡灵们的战马驰过他的脑际，在他耳边低声絮语，不依不饶地发出深奥莫测的邀请，以至于他对辛辣现实中克莱蒙-布拉瑟家族那些政治-金融案件感到厌烦。只有穆穆，这根巨人脚下的小草，他的那张脸，才给了他继续办案的力量。克莱蒙家族的那些秘密不会有什么惊喜，务实得令人生厌，老实业家的惨死因而更加令人沮丧。奥尔德贝克的秘密则是一段费解的不和谐之音，一部神奇幻觉之作，就像桥下湍急的河水那样，深深吸引着他。

今天是个不平静的日子，他离开刑警队的时间不能太长，于是开车去见布雷齐永。遇到第二个红灯的时候，他忽然发现自己开的是雷坦库尔的车，里面藏着猫和它的碗具。他于是放慢车速，生怕打翻那碗水。要是猫脱水了，警司永远不会原谅他。

布雷齐永见到他，脸上露出不耐烦的笑容，会心地拍了拍他的肩膀。难得的气氛没有阻止他用习以为常的口吻对警长说话。

"您知道我不太赞成您的方法，亚当斯贝格。不规范，缺乏前瞻性，对您的上级和助手来说都是如此，没有标明办案路径所必需的事实根据。不过在我们这桩案子里，您的方法有可取之处，因为我们这次需要找到一条隐秘途径。"

亚当斯贝格耐心听完他的开场白，对纵火犯系错鞋带这个有力证据做了陈述。分局长又开始长篇独白，滔滔不绝，不容易插上话。

"我很欣赏。"布雷齐永评论道，用一个拇指将烟蒂碾碎，很有气势，这是他的习惯动作，"我们接着谈，您最好先关了手机。嫌疑人出逃后，加上您对抓捕这个穆罕默德归案又显得如此漫不经心，您的电话就被监听了。"亚当斯贝格关掉手机，他继续解释，"穆罕默德其实被选中充当祭坛上的羔羊。咱们对此看法一致，对吗？我一开始就不信这个不起眼的年轻人放的火会那么巧地烧死我们的一位金融大亨。我知道他们给了您一周时间，时间这么短，我看您是完成不了任务的。一方面因为您做事慢吞吞，另一方面因为路给堵死了。不过我准备以一切适当的、合法的方式撑您一把，打击那两兄弟。当然啦，亚当斯贝格，我和大伙一样，绝对认为这个阿拉伯人是有罪的，而且不管克莱蒙家族出了什么事儿，我都不能容忍纵火这种伤天害理的行为。破案之路，您自己找吧。"

16

下午五点，亚当斯贝格回到警队，猫缩成一团，趴在他手臂上，像块抹布似的，他把猫轻轻地放在复印机上，那是它的暖窝。督察组两小时前来过了，仔细搜查了现场，不留情面，也不作评论，没发现任何值得注意的东西。与此同时，先后接到宪兵队和警察哨所的报告，依然没有发现穆穆的踪迹。很多警员还在外面，在警方掌握的与穆穆有来往的那些人家里搜查。计划在晚上进行更大规模的行动，彻查穆穆的老窝山岗新城的全部住宅，那里每年的汽车焚烧率自然超过平均水平。大家等待巴黎另三个警局的驰援，这样才能包围山岗新城。

亚当斯贝格向维朗克、莫雷尔、诺埃尔打了个手势，然后横坐在雷坦库尔的桌子上。

"这是克莱蒙两个儿子的住址，克里斯蒂安（Christian）和克里斯托夫（Christophe）。人们习惯叫他们'两基督（Christ）'。"

"名声跟救世主没法比。"雷坦库尔说。

"父亲对他们的期望太高了。"

"他流泪眼看孩子遭唾弃，/为被自己葬送的美德而后悔。"维朗克又做起诗来，"您期望克莱蒙一家敞开大门迎接我们吗？"

"不。我要你们日夜跟踪他们。他们住在同一套豪宅里，由两栋主体建筑构成。你们必须不停地换车子和行头，维朗克，你去把头发染一下。"

"论盯梢，诺埃尔不是我们中的最佳人选。"莫雷尔指出，"打老远就能认出他。"

"不过我们需要他。诺埃尔盯梢不好，脾气倔强，不管什么线索，都揪住不放。这个我们也需要。"

"谢谢。"诺埃尔诚心说道，他并不低估自己的缺点。

"这是他们两人的相片。"亚当斯贝格让几个部下传看几张照片，"他们长得很像，一个胖点，一个稍微瘦一点。分别是六十岁和五十八岁。瘦的是哥哥克里斯蒂安，我们就叫他救世主一号吧。一头漂亮的银发，总是修得有点长。举止高雅，聪明机智，衣着昂贵。弟弟有点发福，性格内向，比较朴实，几乎没有头发。他叫克里斯托夫，就叫他救世主二号。烧毁的奔驰车是他的。一个出入上流社会，另一个埋头实干。没有孰优孰劣的意思在里面。目前还不清楚那天晚上他们在干什么，也不知道谁在开车。"

"怎么了？"雷坦库尔问，"咱们不管穆穆啦？"

亚当斯贝格瞥了雷坦库尔一眼，发现她还是那副满腹狐疑、调侃嘲弄的样子，看不透她。

"我们继续找穆穆，警司，此时此刻还在找，今天晚上还有援兵加入。但是鞋带末梢给我们出了一道难题。"

"您是什么时候想到的？"听亚当斯贝格讲完这个问题后，诺埃尔问道。

"昨天夜里。"亚当斯贝格面不改色地撒了个谎。

"那为什么昨天白天您要他穿一只球鞋呢?"

"核查他的尺码。"

"很好。"雷坦库尔说,往这个词里注入了她的全部怀疑。

"那并不证明穆穆无罪。"亚当斯贝格又说,"但会招来麻烦。"

"很多麻烦。"诺埃尔附和道,"如果两兄弟中有人放火烧死父亲嫁祸给穆穆,那咱们的船就等着大浪吧。"

"咱们的船已经漏了。"维朗克评论道,"我们刚踏上甲板/暗礁便戳破船舷。"

最近归队以来,维朗克警司已经朗诵了几十首歪诗。但已不再有人注意,仿佛那是一种普通的声响,就跟梅卡代打呼噜或者猫叫一样,无一例外地成了刑警队背景声的一部分。

"如果某个'基督'这样做了,不过我们没有说情况属实,也不这么想,"亚当斯贝格补充道,"他衣服上会有汽油挥发留下的痕迹。"

"汽油比空气重。"维朗克表示赞同。

"他换鞋子用的提包或拎包也是一样。"莫雷尔说。

"他回家以后,那个门把手不也一样?"诺埃尔补充了一句。

"或者他的钥匙。"

"如果他全都清洗过,那就没有了。"维朗克予以反驳。

"必须查一下,他们俩是否有人扔掉过上装,或者送去干洗。"

"总体来说而且就细节而言,警长,"雷坦库尔说,"您要求我们把两兄弟当作杀人凶手来监视,同时又请我们不要把他们视为杀人犯。"

"是这样。"亚当斯贝格微笑着表示同意,"穆穆有罪,我们在抓他。但是你们得像蜱虫那样,咬住'基督'兄弟。"

"花拳绣腿。"雷坦库尔说。

"我们常常需要一点花拳绣腿。今天晚上搜查山岗新城,没有任何艺术性可言,来点花拳绣腿弥补一下。雷坦库尔和诺埃尔负责监视长子克里斯蒂安'救世主一号'。莫雷尔和维朗克负责克里斯托夫'救世主二号'。你们记好代码,我的电话有人监听。"

"夜里需要两个小组轮换。"

"弗瓦西、拉马尔、莫尔登和贾斯汀第二队,弗瓦西负责多指向性麦克风。豪宅有保安,你们的车子要停得远些。"

"被发现怎么办?"

亚当斯贝格思考片刻,然后无奈地摇了摇头。

"那就别被发现。"维朗克总结道。

17

亚当斯贝格穿过小花园往家里走的时候,被邻居卢西奥叫住了。

"你好,老兄。"老头跟他打招呼。

"你好,卢西奥。"

"喝杯啤酒吧,对你有好处。天气这么热。"

"我现在不喝,卢西奥。"

"你烦心的事儿那么多,喝点啤酒也有好处啊。"

"你觉得我有烦心的事儿吗?"

"当然有啦,老兄。"

亚当斯贝格从不忽视卢西奥的忠告,他在花园里等着西班牙老头拿来两瓶冰镇啤酒。卢西奥老是对着山毛榉撒尿,亚当斯贝格觉得树干周围的小草枯萎了。也许是被酷暑烤蔫的。

老头打开两瓶啤酒,他从来不喝罐装的,递给亚当斯贝格一瓶。

"看到两个贼头贼脑的家伙。"卢西奥边喝边说。

"在这儿?"

"是的。若无其事的样子。看上去像两个行人。可是,你看起来越若无其事,你就越是心里有事。刺探别人的隐私嘛。这帮探子跟常人不一样,从来不抬头或者低头走路。他们到处张望,就像游客逛街。可是咱们这里又不是观光街,是吧,老兄?"

"不是。"

"他们是探子,对你的房子感兴趣。"

"来踩点的。"

"你儿子进去出来,一一记录,大概想知道你家里何时没人。"

"密探。"亚当斯贝格嗫嚅道,"这些家伙有朝一日会被面包心子闷死。"

"你为什么想用面包心子闷死他们?"

亚当斯贝格双手一摊。

"所以我告诉你,"卢西奥继续说,"如果探子试图进入你家,那就意味着你遇到麻烦了。"

亚当斯贝格朝瓶口吹气,发出轻微的啸声——易拉罐是吹不响的,卢西奥说得对——然后往邻居放在山毛榉脚下的旧木箱上一坐。

"你干了傻事,老兄?"

"没有啊。"

"你惹上谁了?"

"闯入了禁区。"

"很不明智啊,朋友。假如有必要,假如你藏些东西或者个把人,我的备用钥匙在哪儿,你是知道的。"

"是的。压在碎石桶底下,在棚子后面。"

"最好还是放在口袋里。你自己看着办,老兄。"卢西奥说着走开了。

桌子已经摆好,铺着被埃勒博弄脏的塑料台布,泽尔克和穆穆等着亚当斯贝格回家吃晚饭。泽尔克做了一道金枪鱼番茄酱意大利面，他几天前做过金枪鱼番茄饭，大同小异。亚当斯贝格曾考虑要他稍微改动一下菜单，但立刻打消了念头，儿子跟自己不熟悉，不值得为了一点金枪鱼批评他，更何况当着穆穆的面，也是个陌生人。泽尔克将金枪鱼末子拨到自己餐盘边上，埃勒博迫不及待地低头啄食。

"它身体大大好转了。"亚当斯贝格说。

"是的。"泽尔克确认。

亚当斯贝格从来不为群体沉默所困扰，没有非填补空白不可的本能冲动。有人说，这种沉默令人尴尬，但是它一会儿来，一会儿去，不用去操心，儿子与他显然是一个模子刻出来的，穆穆胆怯，不敢抛个话题出来，但是他惴惴不安，属于那种受不了冷场的性格。

"您玩空竹吗？"他怯生生地问警长。

亚当斯贝格费力地嚼着嘴里的食物，一脸茫然地看着年轻人。清蒸金枪鱼的肉简直比什么都紧、都硬，穆穆提问的时候，他正在想这个。

"你说什么？穆穆。"

"您喜欢玩扯铃吗？"

亚当斯贝格又往意面上浇了点番茄酱，心想"玩空竹"或者"玩扯铃"，对穆穆所在的那一带的年轻人来说，差不多应该是"编瞎话胡扯淡"的意思。

"我们有时候不得不这么做。"他回答说。

"但您应该不是职业玩家吧？"

亚当斯贝格停下咀嚼，喝了一口水。

"我想咱们谈的不是同一件事。你说'玩扯铃'指什么？"

"一种游戏。"穆穆脸红了,"一个双碗型橡皮轮,用系在棍子上的线绳扯动。"他边说边模仿扯铃的手势。

"抖空竹,我明白了。"亚当斯贝格说道,"不,我不玩扯铃。也不玩溜溜球。"

尝试受到挫折,穆穆不免有点失望,又低下头吃饭,再想找一个可以聊的话题。

"对您来说真的很重要吗?我是说鸽子?"

"你也很重要,穆穆,他们绑住了你的腿。"

"'他们'是谁?"穆穆问。

"社会上那些有权有势的人,他们盯着你。"亚当斯贝格站起身,用手略微撩开钉在玻璃门上的布帘,向天色渐暗的花园张望,卢西奥靠在椅子上看报纸。

"我们得稍微考虑一下。"他绕着餐桌边走边说,"今天有两个探子在我们附近转悠。你别担心,穆穆,我们还有时间,那帮家伙不是冲你来的。"

"他们是警探?"

"可能是内政部警卫队的人。他们想摸清楚我对克莱蒙-布拉瑟的看法。鞋带的事儿让他们感到不安。我过一会儿跟你解释,穆穆。这是他们唯一的弱点。你失踪后,他们害怕起来。"

"他们在这儿想干什么呢?"泽尔克问。

"想搞清楚我手头是否有材料,证明存在对克莱蒙-布拉瑟的非正式侦查。这意味着他们会趁我们不在的时候进来。这儿穆穆不能再待了。"

"今晚就把他带走?"

"路上到处有检查,泽尔克。我们要考虑一下。"他重复道。

泽尔克皱着眉头使劲抽烟。

"如果他们守在街上,我们就没办法让穆穆上车。"

亚当斯贝格继续围着桌子走动,发现儿子有快速行动乃至随机应变的潜能。

"我们穿过卢西奥的房子,然后进入后面那条街。"

亚当斯贝格忽然站住,外面草地窸窸窣窣作响。紧接着有人敲门。穆穆已经拿着盘子站起来,退到楼梯口。

"我是雷坦库尔。"警司自报家门,声音洪亮,"可以进来吗,警长?"

亚当斯贝格向穆穆伸出拇指,指了指酒窖,然后把门打开。这是一间老宅,警司低头进来,不然会撞到门框。雷坦库尔走进厨房,这儿显得更加狭窄。

"有要事汇报。"雷坦库尔说。

"您吃晚饭了吗,维奥莱特?"泽尔克问道,看到警司,他脸上神采奕奕的。

"吃饭不重要。"

"我把饭菜热一下。"泽尔克立刻在炉子前忙开了。

鸽子在桌子上跳跃着,走到离雷坦库尔手臂不到十厘米的地方。

"它还有点认识我,不是吗?看起来已经恢复好了。"

"是的,可是它不会飞。"

"不知道是身体还是心理上的原因,"泽尔克非常认真地说道,"我在花园里试过一次,它只待在原地啄食,好像忘了自己可以飞。"

"言归正传。"雷坦库尔在最结实的那把椅子上坐下,"您跟踪克莱蒙兄弟的计划,我改了一下。"

"您不满意这个计划?"

"不满意。太老派,太长,有风险,成功希望渺茫。"

"有可能。"亚当斯贝格知道,从昨天开始,自己的每个决定都做得十分仓促甚至欠考虑。雷坦库尔的批评绝不会让他感到难受。

"您有别的想法?"他补充说。

"打入内部做卧底。我看只有这样才行。"

"也是老套路。"亚当斯贝格回答,"但是行不通。他们的宅子无懈可击。"

泽尔克把一盘热腾腾的金枪鱼意面放在雷坦库尔面前。亚当斯贝格心想,估计等维奥莱特一盘鱼下肚她都意识不到吃了什么。

"你有酒吗?"她问道,"你别动,我知道酒在哪儿,我下酒窖去取。"

"别动,我去拿。"泽尔克急忙阻拦。

"几乎无懈可击,说得对,所以我决定孤注一掷。"

亚当斯贝格心里微微一震。

"警司,您得征求一下我的意见。"他说道。

"您说过有人窃听您的电话。"雷坦库尔说着把一大块鱼顺畅地塞进嘴里,"顺便说一句,我给您带来一部新手机和备用号卡。手机的主人是白鸽城一个收赃的窝主,绰号叫'高手',不用管他,他已经死了。我还有一封给您的私人信件,今天晚上有人送到队里的。来自分局长。"

"您都做了什么,雷坦库尔?"

"没什么特别的。我去了一趟克莱蒙家,告诉门房,听说这儿正招人。我也不知道为什么,也许门房被我镇住了,他没把我立刻撵走。"

"有可能。"亚当斯贝格承认道,"不过他肯定会问您是从哪儿得到的消息。"

"当然问了。我说是克拉拉·德·维蒂耶告诉我的,我说她是克里斯托夫·克莱蒙女儿的一个朋友。"

"他们会派人核查的,雷坦库尔。"

"也许吧。"警司拿起酒瓶自斟自饮,泽尔克已经打开了瓶塞,"你的晚餐很好吃,泽尔克。随便他们怎么查,因为我的信息是真的。他们的确有一个岗位在招人。这些豪门大宅里面,员工不计其数,总有某个不起眼的岗位缺人手,尤其克里斯蒂安'救世主一号'对待手下员工出了名的苛刻。人员流动跟走马灯似的。这个克拉拉以前是我兄弟布鲁诺的朋友,在一件持械抢劫案中,我帮过她的忙。我给她打了电话,必要时她会替我打马虎眼的。"

"当然。"亚当斯贝格说道,脑子有点晕。

雷坦库尔具有异乎寻常的行动和决策能力,任何任务、任何目标、任何场合,都能应付裕如,亚当斯贝格早就钦佩不已,不过每次碰到这种情况,他总是有点晕乎。

"因此,"雷坦库尔用面包蘸着酱汁说道,"如果您不介意的话,我明天就开始。"

"说具体点,警司。门房让您进去了?"

"当然进去了。克里斯蒂安'救世主一号'的大秘接待了我,一个自以为是的家伙,一开始不准备给我这份工作。"

"什么工作?"

"用电脑管理家庭账目。总之,我强调了自己的能力,说得有点激动。经过一番琢磨,那家伙最后同意用我了。"

"他也许别无选择。"亚当斯贝格轻声说道。

"我想也是。"

雷坦库尔一饮而尽,然后把杯子重重地放在桌子上。

"不是很干净,这块台布。"她特意说了一句。

"都怪鸽子。泽尔克使劲擦了,可是鸽粪会腐蚀塑料。我真想知道鸟粪里究竟有什么东西。"

"有酸性物质之类。咱们怎么说?我要不要去干这份工作?"

亚当斯贝格半夜醒来,下到厨房。他忘了拿雷坦库尔捎来的分局长的信,那封信还躺在桌子上。读完以后,他微笑着把信扔进壁炉里烧了。布雷齐永把奥尔德贝克的案子交给他办理。

他将与狂怒天军面对面较量。

早晨六点三十分,他叫醒泽尔克和穆穆。

"埃勒甘领主在帮我们。"他说道,泽尔克觉得这句话听起来有点教堂布道的味道。

"维奥莱特也在帮我们。"泽尔克说。

"她也帮,但她一贯帮我们。奥尔德贝克的案子现在由我接管。你们做好今天就离开的准备。动身之前把房子彻底打扫一遍,浴室得用消毒水清洗,把穆穆的床单洗干净,擦去他可能留下的任何指纹。把他藏在我的警车里带到那儿藏起来。泽尔克,你去车行把我的车开回来,再给埃勒博买一个笼子。钱在碗柜上。"

"鸽子的羽毛上也会留下指纹吗?埃勒博不喜欢我用抹布擦它的身体。"

"不会留指纹的,鸽子别擦了。"

"鸽子也带走吗?"

"你走它也走,假如你同意的话。我需要你去那儿,负责穆穆的补给。"

泽尔克点点头。

"我还不知道,你跟我走还是跟我的车走。"

"你需要考虑一下吗?"

"是的,我得赶快想好。"

"不容易。"泽尔克充分理解此举的难度。

18

全队成员又聚在主教会议厅开会，风扇在头顶上全速运转。今天星期天，但是内政部的紧急命令将休息日和休假一概取消，直到穆罕默德的案子结束为止。当格拉尔这次总算一清早就来到局里，愁眉苦脸的，活像一个被生活压垮、甚至不打算反抗的家伙。大伙都知道，他的脸到了中午才会舒展开来。亚当斯贝格有时间佯装阅读山岗新城的搜查报告，此次搜查持续到凌晨二点二十分，一无所获。

"维奥莱特在哪儿？"埃斯塔雷问道，他开始给大伙上第一轮咖啡。

"泡在克莱蒙-布拉瑟家里，她被录用了。"

诺埃尔打了一个长长的口哨，表示钦佩。

"我们这儿谁都不许说，也不许联系她。统一说法，她在土伦参加为期两周的计算机速成培训。"

"她是怎么进去的？"诺埃尔问。

"她这样想着，结果就实现了。"

"令人振奋的榜样。"瓦兹内无精打采地插了一句，"要是咱们都能心想事成该多好啊。"

"您别当真，瓦兹内，"亚当斯贝格说，"雷坦库尔不能成为任何人的榜样，她的能力是不可复制的。"

"毫无疑问。"莫尔登一本正经地附和道。

"因此，取消所有的监视措施。咱们做别的事儿。"

"不过搜捕穆穆的行动继续，对不对？"莫雷尔问。

"那当然，搜捕穆穆仍然是重点。但是有些人得做好准备。我们要去诺曼底。奥尔德贝克的案子现在归我们了。"

当格拉尔顿时抬起头，脸上堆满不悦的皱纹。

"这是您要来的，警长？"他问道。

"不是我要来的。埃梅里队长走投无路。他把两起谋杀归结为自杀和意外事故，于是案子不让他办了。"

"为什么落在我们头上？"贾斯汀问。

"因为发现第一具尸体、第二个受害者遭到袭击的时候，我就在那边。因为埃梅里队长大力举荐我。因为从那儿，咱们可能有机会潜入克莱蒙-布拉瑟的堡垒。"

亚当斯贝格在撒谎。他并不相信奥尔德贝克伯爵的能耐。埃梅里用这种雕虫小技迷惑他，给他提供一种借口。亚当斯贝格之所以去那里，其实是因为自己几乎情不自禁地被挑战狂怒天军所吸引。而且对穆穆来说，那儿是个很棒的藏身之所。

"我看不到与克莱蒙家族的关联。"莫尔登说。

"那边有一位老伯爵，也许可以给我们打开克莱蒙家族的门。他以前跟安东尼·克莱蒙有生意来往。"

"就算这样吧。"莫雷尔说。"案子看起来如何？什么案子啊？"

"发生了一起谋杀——一名男子——和针对一名老年妇女的未

遂谋杀。医生不认为她能活下去。另外预计还会有三名死者。"

"预计？"

"对。因为这些罪行与一帮臭家伙直接有关联，那是一个很老的故事。"

"一帮什么？"

"一帮拿着兵器的死人。他们在那一带徘徊了千百年，卷走活在人间的罪人。"

"好极了。"诺埃尔说，"他们在某种程度上干着我们的活。"

"比我们多干一些，因为他们杀死这些人。当格拉尔，您给大伙讲一下狂怒天军的事儿，说得扼要点。"

"我不同意咱们搅和进去。"警督嘟哝道，"您肯定做了手脚，才拿到这个案子的。我不赞成，绝对不赞成。"

当格拉尔举起胳膊表示拒绝，不由地思忖自己为何如此厌恶奥尔德贝克的案子。自从兴致勃勃地跟泽尔克和亚当斯贝格描述狂怒天军以来，他已经两度梦见埃勒甘率领的天军，可是在梦中隐约感到自己在自寻死路，他拼命摆脱这种念头，心里很不喜欢。

"您还是讲讲吧。"亚当斯贝格仔细观察自己的助手，从他的退缩里面看出一些恐惧。当格拉尔是真正的无神论者，不受神秘主义的影响，尽管如此，迷信思想可以借助他动辄焦虑的性格，找到一些相当宽敞的前进道路。

警督耸了耸肩，摆出自信满满的样子，跟往常一样站起来，给刑警们讲起中世纪的情形。

"请快一点，当格拉尔。"亚当斯贝格恳求道，"您不必引经据典。"

亚当斯贝格的建议不起任何作用，当格拉尔的演讲用去四十分钟，引人入胜，分散了警员们对压力重重的克莱蒙案件的注意力。只有弗瓦西开了一会儿小差，溜到外面吃饼干、吃肉酱。有几个人会意地点点头。大家知道她最近给自己囤积的食物添了一批美味的肉酱，比如菌菇野兔肉酱，不少人垂涎欲滴。等弗瓦西回到会议桌边上坐下，当格拉尔还在口若悬河，队员们听得全神贯注，尤其说到埃勒甘天军异乎寻常的阵容，警督强调说那是严格意义上的"异乎寻常"，即能够散播恐怖。

"猎人是丽娜杀的吗？"拉马尔问道，"她看到的那些人都会被她杀掉吗？"

"某种程度上她听命行事？"贾斯汀也问了一句。

"也许吧。"亚当斯贝格插话说，"奥尔德贝克的人说，温德莫特一家人全是疯子。但是那儿居民都受到狂怒天军的影响。狂怒天军在那一带出没已久，以前也有过受害者。这个传说让每个人都无法泰然处之，而且很多人真的怕狂怒天军。假如又有一个被指认的受害者死去，会在城里引起动荡。第四个受害者的情况更糟，因为我们不知其名。"

"以至于很多人会假设自己是第四个人。"莫尔登说，不停地做记录。

"那些认为自己干过坏事的人？"

"不，是那些真的干过坏事的人。"亚当斯贝格强调。"那些骗子、坏蛋、没人怀疑也没受惩罚的凶手，与警方搜查相比，他们更怕埃勒甘天军来临。因为那边的人确信埃勒甘无所不知，埃勒甘明察秋毫。"

"和人们对警察的看法恰恰相反。"诺埃尔说

"就算某人担心成为这个埃勒甘所指定的第四个受害人,"贾斯汀始终关注细节,"也就是您说的第四个被'勾走'的人,可他杀死其他几个被'勾走'的人有什么用。"

"有用的,"当格拉尔解释道,"因为有一种非主流的传统声称,谁执行埃勒甘的旨意,谁就能摆脱自己的宿命。大家对此看法不一。"

"作为对此人尽力效劳的回报。"莫尔登评论道,他喜欢收藏故事和传奇,这个故事他不知道,所以还在记笔记。

"对合作者的奖励,在某种程度上。"诺埃尔说。

"没错,八九不离十。"当格拉尔肯定道,"但这种观点出现的时间不长,十九世纪初开始的。还有一种危险的假设,即一个不知自己被'勾走'的人,相信埃勒甘的指控,希望实现埃勒甘的意愿。真正地替天行道。"

"这个莱奥知道些什么呢?"

"猜不透。她看到埃尔比耶的尸体时,旁边没人,就她一个。"

"计划呢?"贾斯汀问,"咱们如何分组?"

"没有计划。我好久没时间制订计划了,不管什么计划。"

"从来就没有计划。"当格拉尔心里默默地纠正道,对奥尔德贝克行动的排斥,使他变得好斗起来。

"我和当格拉尔过去,如果他接受的话。必要时,我会求助于你们中的一些人。"

"这么说,我们的关注点仍然是穆穆。"

"是的。把这个家伙给我找出来。要随时与全国各地的哨卡保持联系。"

散会后，亚当斯贝格把当格拉尔拉到身边。

"您跟我去看一下莱奥，看看她现在是怎么个状态。"他对当格拉尔说，"足以让您产生拦住狂怒天军的愿望。拦住那个执行埃勒甘旨意的疯子。"

"不妥，"当格拉尔连连摇头，"这儿需要一个人负责刑警队的运作。"

"您怕什么呢，当格拉尔？"

"我不害怕。"

"我不信。"

"好吧。"当格拉尔承认了，"我觉得会把命丢在奥尔德贝克。就这么简单。我怕那将是此生最后一个案子。"

"岂有此理，当格拉尔，为什么这么说？"

"我做过两次梦。特别梦到一匹马，只剩三条腿。"

当格拉尔全身一颤，差点吐出来。

"来来来，您坐下。"亚当斯贝格轻轻地拉着他的袖子说。

"一个黑衣人骑在上面，"当格拉尔继续说，"他打我，我倒下，死了，然后就没了。我知道，警长，咱们不信梦。"

"那您怎么……"

"一切都是我引起的，从我给你们讲狂怒天军的传说开始。不然的话，您会停留在狂乱天兵的程度，一切到此为止。可是我出于好奇，出于求知，打开了这个禁盒。我向它挑战。所以说埃勒甘会在那儿要我的命。他不喜欢别人跟他开玩笑。"

"我想也是。我想他不喜欢插科打诨的人。"

"您别取笑，警长。"

"您太过分,当格拉尔。说个笑话也忌讳?"

当格拉尔无可奈何地摇摇肩膀。

"当然不是。但是我从早上起来到晚上入睡,老是这么想。"

"您不但怕自己,而且还怕别的东西,这倒是破天荒的第一次啊。这样一来,您腹背受敌,那怎么行,当格拉尔。"

"您有什么建议吗?"

"咱们下午就动身。晚上去餐厅吃饭,喝点好酒,怎么样?"

"万一我死在那边该怎么办?"

"算您活该。"

当格拉尔微微一笑,抬起异样的目光看着警长。"算您活该",他回答得恰到好处,突然堵住他的抱怨,就像按下了停格键一般,切断了他的恐惧源头。

"几点走?"他问道。

亚当斯贝格看了看手表。

"两小时后到我家会合。让弗瓦西给您准备两部新手机,另外,您找一家好餐馆。"

警长回到家,屋里锃亮,已经打扫过了,埃勒博的笼子准备就绪,行李差不多收拾完了。泽尔克正在往穆穆的包里面塞香烟、书本、铅笔、填字游戏。穆穆在边上看着泽尔克忙碌,好像他戴着的橡胶手套让他动不了似的。亚当斯贝格知道,通缉犯的身份、四面围剿的处境,几天后就会导致正常的肢体运动机能受阻。一个月后,走路蹑手蹑脚,生怕发出声音,三个月后,连气都不敢喘。

"我还给他新买了一个溜溜球。"泽尔克解释说,"质量没有他的好，我没有时间精挑细选，在外面的时间不能太久。卢西奥拿着收音机来到厨房，替我看家。他的收音机总是放着杂音，你知道为什么吗？根本听不清播音内容。"

"他喜欢听人说话，但是不喜欢听他们说的东西。"

"我去哪里？"穆穆胆怯地问道。

"去一间土木小屋，在镇子的外边，房客刚刚被人杀了，房子上有宪兵队的封印，这种地方最适合藏身了。"

"可是封印怎么处理啊？"泽尔克问。

"砸掉封印，然后再盖上封印，我会教你的。按理说，宪兵不会再返回那里。"

"那个家伙为什么被杀？"穆穆问。

"他碰到了埃勒甘，是当地一个名声很臭的大恶棍。别担心，他跟你无仇无怨，不会把你怎样。你干嘛买彩色铅笔，泽尔克？"

"说不定他想画画。"

"行。穆穆，你想画画吗？"

"不，我不觉得。"

"行。"亚当斯贝格重复道，"穆穆跟我坐公务车走，钻到后备箱里面。路上大约要花两个小时，后备箱里很闷热。你有水喝。撑得住吗？"

"撑得住。"

"你会听到另一个男人说话的声音，那是当格拉尔警督。你别担心，他知道你跑了。说得准确点，是他自己猜到的，我也没办法。但是他还不知道我带着你走。他一会儿就会知道，当格拉尔才华横溢，几乎啥都能猜中，包括埃勒甘险恶的意图。我先把你放到空房子里，再进入奥尔德贝克。泽尔克，你坐另一辆车过来，带上其余的行李。既然你会用照相机，我们就说你去参加一次非正式的摄影实习，同时，你作为自由职业者，接到一份订单，需要在附近频繁走动。咱们就说是一份瑞典杂志的订单吧。你人不在，总得有个说法。你有更好的想法吗？"

"没有。"泽尔克一口答道。

"你去拍什么呢？"

"拍风景？教堂？"

"拍的人太多了。找些别的东西。要找到一个能解释你出现在田间或树林的拍摄题材，假如别人看见你在那儿的话。你要穿过田间、树林跟穆穆会合。"

"拍花呢？"穆穆说。

"拍腐叶怎么样？"泽尔克提议。

亚当斯贝格将旅行袋放在门边。

"为什么你想拍腐叶？"

"是你要我拍点东西的。"

"可是你为什么说'腐叶'？"

"因为值得拍。你知道腐叶底下的名堂吗？不过十平方厘米左右的腐叶？有昆虫、蠕虫、虫卵、气体、蘑菇孢子、鸟粪、根须、微生物、种子，你知道吗？我在写一篇报道，题为'腐叶里的生命'，是《瑞典日闻》的约稿。"

"瑞典啥啥？"

"一份瑞典的报纸。不符合你的要求吗？"

"符合。"亚当斯贝格看着手表回答道，"你和穆穆去卢西奥家，带上行李。我把车停在他屋后，当格拉尔跟我会合后，我立刻通知你们出发。"

"去那儿好开心啊。"泽尔克说话时常常流露出幼稚的语气。

"那敢情好，这句话要对当格拉尔说。他一肚子的不高兴。"

二十分钟后，亚当斯贝格从西部高速公路离开巴黎，警督坐在右边，不停地拿着法国地图扇动。穆穆枕着软垫，蜷缩在后备箱里。

行驶三刻钟之后，警长拨通了埃梅里的电话。

"我这才动身。"他对埃梅里说，"两小时以后才能到。"

"欢迎你大驾光临。利西厄的这个混蛋简直怒不可遏。"

"我打算回莱奥客栈住。你觉得有什么不妥吗？"

"没有。"

"那很好，我这就通知她。"

"她听不见你讲话。"

"不管怎么样，我还是要通知她的。"

亚当斯贝格把手机放进口袋，用力踩油门。

"有必要开这么快吗？"当格拉尔问，"我们也不抢这半小时。"

"我们开得快点，天气热。"

"您为什么对埃梅里撒谎，说我们两小时以后才到达？"

"别问那么多，警督。"

19

离奥尔德贝克还剩五公里,亚当斯贝格降低车速,穿过夏尔尼老村。

"当格拉尔,我要在这儿买点东西,然后直接进入奥尔德贝克。建议您在这儿等我,半小时后我来接您。"

当格拉尔点点头。

"这样我毫不知情,这样我不会受牵连。"

"有点这种意思。"

"您出于好意,想保护我。不过您叫我写假报告的时候,已经把我拖下了水,都淹到脖子啦。"

"没人叫您到处乱伸鼻子。"

"在您的过道上装保险杠是我的工作。"

"您没回答我,当格拉尔。我把您搁在这儿?"

"不,我跟您一起去。"

"接下来的情况,您可能不会喜欢的。"

"我已经不喜欢奥尔德贝克了。"

"您错了,奥尔德贝克很可爱。我们到达小镇的时候,会看到独立山巅的大教堂,围绕教堂的小城,木梁和土墙房屋,您会喜欢的。周围的田野一片绿色，色调细腻，富于变化，上面有许多牛，一动不动的。看不到一头牛走动，我真想不明白。"

"您得长时间观察。"

"说得对。"

亚当斯贝格看到了温德莫特寡妇描述过的地方：邻居埃伯拉家、毕加尔树林、废弃的垃圾堆放场。汽车从埃尔比耶的信报箱前驶过，继续走了一百米，左转进入一条颠簸的乡间小路。

"咱们穿过小树林，从后面进去。"

"去哪儿啊？"

"去第一个死者，就是那个猎人的屋子。咱们行动要快，不要出声。"

亚当斯贝格继续走在一条几乎走不了车的小路上，在树木遮蔽的地方停车。他迅速绕过汽车，打开后备箱。

"没事的，穆穆，屋里凉快多了。屋子在树林后面，离这儿三十米。"

当格拉尔看着年轻人钻出后备箱，默默地摇了摇头。从亚当斯贝格办事的架势来看，他以为穆穆被疏散到比利牛斯山脉，或者已经拿着假证件出境了。谁知情况比他想的更糟糕。在他看来，他们拖着穆穆实在太冒失。

亚当斯贝格砸去封印，把穆穆的行李放下，在屋子里迅速看了一圈。一间明亮的大房间，卧室小点，还算干净，还有一个厨房，能看到绿色田野、六七头牛。

"蛮漂亮的。"穆穆说，他以前只见过一次田野，而且时间很短，他没见过大海。"我可以看到树木、天空和田野。该死。"他突然说道,"那是牛?那边?"他凑到窗户跟前补充道。

"往后退点,穆穆,别靠近窗户。是的,那是牛。"

"妈的。"

"你以前没见过牛吗?"

"没见过真的。"

"你这下子有时间看了,甚至能看到它们走动。不过要跟窗户保持一米的距离。晚上当然别开灯。吸烟时要坐在地上,因为点燃的烟头老远就能被看见。你可以吃热的东西,从窗户那边看不到炉子。你可以洗澡,屋里没有断水。泽尔克马上会送吃的东西过来。"

穆穆在自己的新地盘踱步,不断地朝窗口望去,显然他不太担心自己离群索居。

"我没有遇到过泽尔克这么好的人,"他说,"我没有见过谁给我买彩色铅笔,除了我妈。不过,他是警长您抚养长大的,所以他这样待人很正常。"

亚当斯贝格觉得现在不是告诉穆穆自己几周前才知道有这个儿子的时机,用不着这么快就打破他的幻觉,说自己毫无顾忌地冷落孩子的母亲。女孩子给他写过信,他几乎没有读,什么都不知道。

"很有教养。"当格拉尔证实道,他不拿父亲的身份开玩笑,认为亚当斯贝格在这方面比谁都差劲。

"我一会儿把封条贴回去,你待在这儿。除非有紧急情况,别打手机。即使你无聊得跟耗子一样,也别给任何人打电话,要挺住,你认识的人都被监听了。"

"一切都会很顺利的,警长。好多东西可以看。还有这些牛。我数了一下,至少有十二头。要是坐牢的话,我得跟十来个人挤在一起，而且没有窗户。一个人看着母牛和公牛，已经是个奇迹了。"

"这儿没有公牛，穆穆，除了配种，公牛和母牛从来不混养。这些都是母牛。"

"这样啊。"

亚当斯贝格见树林里没人，便跟穆穆道别，轻轻开门出来。他从包里拿出火漆，平静地盖上封印。当格拉尔神色不安地扫视周围。

"我一点都不喜欢这样。"他嘀咕着。

"以后再说，当格拉尔。"

进入主干道之后，亚当斯贝格给埃梅里队长打电话，告诉他自己快到奥尔德贝克了。

"我先去一趟医院。"他说。

"她认不出你的，亚当斯贝格。我能请你们吃晚饭吗？"

亚当斯贝格瞅一眼连连摇头的当格拉尔。当格拉尔近来心情沮丧，目前肯定也是如此，更何况这种失落感莫名其妙，让人更加受不了。为了振作精神，警督每天给自己定下些适当的、期待实现的小目标，比如挑一件新衣服、淘一本旧书，或去餐厅享用一顿精致的饭菜，他的预算就这样被每个阶段的抑郁情绪挖出一个个危险的窟窿。当格拉尔精心策划了在"奔跑野猪"餐厅的晚餐，撤销这顿晚餐，无异于吹灭他这天为自己点燃的那根小蜡烛。

"我答应过儿子，带他去'奔跑野猪'吃晚饭。你一起来吃吧，埃梅里。"

"非常好的饭店，可是很抱歉，"埃梅里冷冷地回答说，"我希望在家里请你们吃饭。"

"下次吧，埃梅里。"

"我想咱们触痛了一根敏感神经。"亚当斯贝格挂上电话,略带惊讶地评论道,因为他还不知道有根挑剔的脐带,将队长和他的帝国风格饭厅神经质般地连在一起。

亚当斯贝格与泽尔克照计划在医院前面会合。小伙子办完了采购,亚当斯贝格拥抱他,顺手把火漆、印章和埃尔比耶家的方位图放进他的包。

"房子怎么样?"他问道。

"蛮干净。宪兵出清了冰箱里的猎物。"

"鸽子怎么办?"

"已经安顿好了,他在等你。"

"我指的不是穆穆,而是埃勒博。它在车里待了几个小时,它不喜欢。"

"你带它一起走。"亚当斯贝格沉吟了一下说,"把它交给穆穆,让他有个伴儿,可以说说话。他要看牛,但这儿的牛不动窝。"

"你放下鸽子的时候,警督跟你在一起吗?"

"在的。"

"他的反应如何?"

"相当不好。他还是觉得这是不法行为,是疯狂的举动。"

"是吗?其实恰恰相反,非常理智。"泽尔克拎起购物袋说。

20

"她人缩回去了,嗯?"亚当斯贝格惊讶地看到脸挨着枕头的莱奥娜,低声对当格拉尔说,"其实她个子很高。肯定比我高,假如她站直的话。"

他坐在床沿,双手摸着她的脸颊。

"莱奥,我回来了。我是巴黎的警长。我们一起吃过晚饭。有浓汤和小牛肉,然后我们在火炉前喝苹果烧酒,抽哈瓦那雪茄。"

"她不会动了。"刚进病房的医生说。

"谁来探望她?"亚当斯贝格问。

"温德莫特家的姑娘和埃梅里队长。她一动不动的,就像一块木板。从临床角度而言,她应该显示出生命体征。可是却没有。她不再处于昏迷状态,体内血肿吸收得相当好,心跳也令人满意,尽管雪茄烟加重了心脏负担。就身体状态而言,她可以睁开眼睛,跟我们说话。但她却毫无动静,更糟糕的是,她体温太低,整个机器似乎进入休眠状态。我也找不出原因。"

"她会长时间这样下去吗?"

"不会。以她的年龄,不动弹不进食是扛不住的。撑不了几天。"

医生严厉地看着亚当斯贝格放在老人脸上的手。

"您别晃她的脑袋。"他说。

"莱奥,"亚当斯贝格又说,"是我啊。我在这儿,我留在这儿。我打算跟几个助手住您的客栈。您允许吗?我们很守规矩的。"

亚当斯贝格拿起床头柜上的一把梳子,给她梳头,另一只手仍然贴在她脸上。当格拉尔坐在病房里唯一的椅子上,做好长时间等待的准备。亚当斯贝格不会轻易放弃这位老太太。医生耸耸肩离开病房,过了一个半小时又回来,这个警察如此执着地要唤醒莱奥娜,让他觉得好奇。当格拉尔也在注意亚当斯贝格。他还在不停地说话,脸上洋溢一种当格拉尔在某些罕见的全神贯注的状态下见过的光芒,就像把一盏灯吞进了肚子,灯光透过棕色的皮肤漫射开来似的。

亚当斯贝格没有转身,伸手拦住医生,示意他别干预。莱奥娜的脸摸上去还是冷冰冰的,但是嘴唇动过几下。他示意当格拉尔靠近。莱奥娜的嘴唇又动了一下,有点声音。

"当格拉尔,您听见'哈罗'了吗?她说'哈罗',不是吗?"

"有点像。"

"这是她的问候方式。哈罗,莱奥,是我啊。"

"哈罗,"女人重复道,声音稍微清楚些。亚当斯贝格握住她的手指,轻轻摇她。

"哈罗。我听见您说话了,莱奥。"

"弗莱姆。"

"弗莱姆很好,它寄养在布莱里奥下士家里。"

"弗莱姆。"

"它情况很好,它等着您。"

"糖。"

"是的，下士每天给它吃糖。"亚当斯贝格让她放心，其实他并不清楚，"它的待遇很好，受到细心照料。"

"哈罗。"老妇又说道。

然后戛然而止。她的嘴唇又合上，亚当斯贝格明白她尽了最大努力。

"了不起。"医生说。

"不客气。"亚当斯贝格不假思索地应道，"如果她有任何交流的意愿，您可以给我打电话吗？"

"您把名片留给我，不要有太高的期望。刚才也许是她的回光返照。"

"医生，她的时辰未到，您就老是想让她入土，"亚当斯贝格说着朝门口走去，"您着什么急呢，对吗？"

"我是老年科的，这是我的专业。"医生绷着脸答道。

亚当斯贝格记住他胸卡上的名字，雅克·梅兰，然后离开病房，默默地走到汽车前，把司机位置让给当格拉尔。

"咱们去哪儿？"当格拉尔扭动点火开关。

"我不喜欢这个医生。"

"情有可原。梅兰（Merlan），跟鳕鱼（merlan）一个词，这个姓不好玩。"

"对他很适合。冷血动物，不比一群鱼好到哪里。"

"您还没告诉我去哪儿呢。"当格拉尔说，车子随意走在镇子的小路上。

"您看见她了，当格拉尔，就像砸在地上的一枚鸡蛋，全扁了。"

"对的，您跟我说过。"

"咱们去她家,去那间老客栈。往右拐。"

"她用'哈罗'打招呼,很奇怪。"

"那是英文。"

"我知道。"当格拉尔不再多说。

奥尔德贝克的宪兵办事迅速,莱奥的房子经过勘查已经恢复原状。房间的地面打扫完毕,血迹即使没擦干净,也被暗红色地砖吸收了。亚当斯贝格回到原先睡过的房间,当格拉尔则在客栈另一端找一间屋子住下。警督没几件行李,拿出放好,透过窗户观察亚当斯贝格。只见他盘腿坐在院子中间,头上有一棵倾斜的苹果树,手肘支在大腿上,低着头,似乎不打算动窝。后脖子上似乎有什么东西在刺激他,时不时伸手抓一下。

快到晚上八点,太阳已经西下,当格拉尔走过去,夕阳把他的身影投到警长的脚下。

"到点了。"他说。

"去'蓝野猪'。"亚当斯贝格抬头说。

"不是'蓝野猪'。它叫'奔跑野猪'。"

"野猪奔跑吗?"亚当斯贝格问,伸手让警督拉他站起来。

"时速可达三十五公里,我想。我不太了解野猪,只知道野猪不出汗。"

"那它们怎么办?"亚当斯贝格拍着裤子问道,对答案并不感兴趣。

"它们泡在泥水中解暑。"

"我们也可以这么看凶手。一头二百来公斤重的肮脏畜生,不出汗。动起手来眼皮都不眨一下。"

21

当格拉尔预定了一张圆桌，他满意地入座。这是一家老餐馆，矮矮的房梁，在这儿吃来到奥尔德贝克之后的第一顿饭，暂时平息了他的担心。泽尔克准时与他们会合，冲着他们眨了眨眼，表明树林那边的屋子里一切顺利。亚当斯贝格再次请埃梅里过来，队长终于答应了。

"穆穆很喜欢鸽子。"泽尔克自然地对亚当斯贝格轻声说，"我走的时候，他们谈得很热烈。埃勒博喜欢看穆穆玩溜溜球。小球落在地上，它会用力啄它。"

"我觉得埃勒博正在偏离它的天性之路。我们等等埃梅里队长。金发大高个，笔挺的制服，一副军人风度。你叫他'队长'吧。"

"好的。"

"他是达武的后裔，达武是拿破仑麾下的一个元帅，从来没有打过败仗，队长很看重这一点。你别在这上面犯傻。"

"不会的。"

"他们到了。陪他一起来的那个棕发胖子，是布莱里奥下士。"

"我叫他'下士'。"

"没错。"

开胃菜上桌，别人还没动叉，泽尔克立刻开吃，就像当格拉尔传授待人接物常识之前，亚当斯贝格习以为常的那样。泽尔克咀嚼的声音也太大，必须提醒他。在巴黎的时候没有注意到这一点。但是夜幕初垂，在略带矜持的氛围中，他觉得只听到儿子的咀嚼声。

"弗莱姆情况怎么样？"亚当斯贝格问布莱里奥下士，"莱奥今天终于和我说了话了。她惦记这条狗。"

"说了话？"埃梅里惊讶道。

"是的。我在她身边待了近两个小时，她说了话。那个名字跟比目鱼差不多的医生还不满足。想必他不喜欢我的做法。"

"鳕鱼。"当格拉尔悄悄提醒道。

"过了那么长时间才告诉我？"埃梅里说，"她说了什么？嗯？"

"没说什么。她说了好几次你好。然后是'弗莱姆'和'糖'。仅此而已。我向她保证，下士每天给狗吃一块糖。"

"情况属实。"布莱里奥确认道，"尽管我不赞成。但是每天晚上六点，弗莱姆就守在糖罐子跟前。它的生物钟跟瘾君子一样准时。"

"那就好。我不想对莱奥撒谎。鉴于她开始说话了，"亚当斯贝格转身看着埃梅里，"我觉得谨慎起见，应该派人守护她的病房。"

"天啊，亚当斯贝格，您看到我手里还剩几号人吗？他一个，还有半个人，在奥尔德贝克和圣-维农两边执勤。无论从哪个角度来看，都是半个人。一半聪明，一半愚蠢，一半听话，一半暴躁，一半肮脏，一半干净。人手就这么些，您要我怎么办？"

"我们可以在她的病房里装一个监控摄像头。"下士提议。

"装两个。"当格拉尔说，"一个拍进来的人，另一个靠近莱奥的床。"

"很好。"埃梅里表示赞同。"但是技术人员得从利西厄过来,您别指望明天下午三点之前投入使用。"

"对另外两个被'勾走'的人的保护,"亚当斯贝格补充说,"也就是玻璃匠和苗圃的花匠,可以从巴黎派两个人过来。首先保护玻璃匠。"

"我跟格莱约说过。"埃梅里摇了摇头,"他不接受任何监视。我了解这个家伙,如果让人以为温德莫特家女儿的胡言乱语把他吓住了,他会觉得那是莫大的侮辱。他不是低头屈服的孬种。"

"他勇敢吗?"当格拉尔问。

"应该说是性格暴躁、好斗、受过良好教育、有灵感、肆无忌惮。创作彩绘玻璃很有才华,没什么可挑剔的。他待人不太友善,我跟您说过,您以后自己判断吧。我不是因为他是同性恋才这么说,可他的确是同性恋。"

"奥尔德贝克的人知道他同性恋吗?"

"他没藏着掖着,男友住在这里,在报社工作。性格跟格莱约完全相反,待人很和气,很受好评。"

"他们一起住?"当格拉尔追问道。

"啊不。格莱约与莫尔坦博一起住,苗圃的花匠。"

"狂怒天军未来的两个受害者住在同一屋檐下?"

"好多年了,他们是表兄弟,从小形影不离。但莫尔坦博不是同性恋。"

"埃尔比耶也是同性恋吗?"当格拉尔问。

"您认为是恐同屠杀?"

"这不是没可能。"

"埃尔比耶不是同性恋，肯定不是，更像有强奸倾向的野蛮的异性恋。而且您别忘了，被'勾走'的人是丽娜指认的。我没有任何理由认为她对同性恋有什么仇恨。丽娜在性生活方面，怎么说呢，是相当随性的。"

"胸脯好漂亮，"下士说，"真想咬一口。"

"知道了，布莱里奥，"埃梅里说，"这种评论对我们没有任何帮助。"

"任何细节都有用的。"亚当斯贝格此时跟儿子一样，忘了恪守餐桌上的礼仪，拿着面包蘸酱汁吃，"埃梅里，既然狂怒天军指定的受害者都是坏人，玻璃匠和他的表弟对得上号吗？"

"不仅对得上号，而且妇孺皆知。"

"大伙指责他们什么呢？"

"有两件依然不清不楚的事。我查过几次，一次都没有成功，快把我气疯了。咱们喝杯咖啡吧？他们这儿有一个小客厅，我可以在里面吸烟。"

队长站起来，又朝泽尔克看了一眼，看着他身上那件长长的、很不得体的旧T恤，似乎在纳闷亚当斯贝格的儿子来这儿干嘛。

"你孩子跟着你干活？"他一边朝小客厅走去一边问，"难道他想当警察不成？"

"不是，他要写一篇关于烂叶子的报道，正好顺便。给一份瑞典报纸写。"

"烂叶子？你指新闻杂志？报纸？"

"不，别的，就是树林里的烂叶子。"

"有关植物分解的微环境。"当格拉尔赶紧插话，帮警长解围。

"哦。"埃梅里说着选了一把靠背笔直的椅子坐下,其余四人坐到沙发上。

泽尔克发了一圈香烟,当格拉尔又叫来一瓶酒。饭桌上五个人喝两瓶酒让他难受死了。

"格莱约和莫尔坦博身边发生过两起暴死。"埃梅里一边给大伙倒酒,一边解释道,"七年前,跟格莱约一起干活的同事从卢浮兰教堂的脚手架上摔下来。他们俩当时都站在二十米的脚手架上修教堂中殿的彩绘玻璃窗。四年前,莫尔坦博的母亲死在店铺的储藏室。她从梯凳上滑下来,伸手拉住铁货架,谁知货架塌了,压在她身上,货架上堆放着花盆和一些装了几公斤泥土的筐子。两起无懈可击的事故。而且有些共同的地方,都是高坠。我对两个案子发起了调查。"

"根据呢?"当格拉尔舒坦地咽下一口酒,问道。

"其实就是因为格莱约、莫尔坦博是婊子养的东西,尽管各有各的特色。两只阴沟洞里的老鼠,一眼就能看出来。"

"阴沟洞里的老鼠也有讨人喜欢的,"亚当斯贝格说,"比如托尼和玛丽。"

"是谁?"

"两只多情的老鼠,别管它们了。"亚当斯贝格摇头答道。

"可是他们俩不讨人喜欢,亚当斯贝格。为了金钱和成功,他们会出卖自己的灵魂,而且他们肯定这么做了。"

"出卖给埃勒甘领主。"当格拉尔说。

"为什么不呢,警督。持这种观点的人不止我一个。布伊松的农庄烧毁后,他们没有捐一分钱帮助那家人。他们就是那副德性,把奥尔德贝克的居民看成乡巴佬,不屑一顾。"

"您发起第一项调查的理由是什么?"

"理由是格莱约绝对有必要把同事除掉。小科斗——死者就姓这个——比格莱约小很多,但他逐渐成为一把好手,甚至可以说手艺精湛。周边一些市镇开始委托他做项目,冷落了格莱约。年轻人显然很快会取代格莱约。就在他从脚手架上摔下来的前一个月,库唐斯市——您知道库唐斯市大教堂吗?"

"知道。"当格拉尔无所不知。

"库唐斯市选中了科斗,请他修复耳堂的一块彩绘玻璃窗。那不是一件小事。如果年轻人把活干好了,他就一炮打响。那样格莱约几乎就没戏了,而且很丢脸。但是科斗摔死了。库唐斯市回头又来找格莱约。"

"没错。"亚当斯贝格喃喃说,"脚手架查出什么名堂吗?"

"不符合规范,脚手板与钢管连接不牢,接头有间隙。格莱约和科斗在修不同的彩绘玻璃窗,站的不是同一块脚手板。施工期间,教堂钥匙在格莱约手里,他只要在夜里松开几根吊绳,把一块脚手板挪到钢管的边缘,让它处在不稳定状态,就大功告成了。"

"而且死无对证。"

"是的。"埃梅里愤然说道。"甚至不能以职业过错起诉格莱约,因为脚手架是科斗负责搭建的,他叫了一个堂兄帮忙。莫尔坦博这边也没有证据。他母亲摔下来的时候,他在铺子里整理进货,不在储藏室。可是远距离弄倒一个梯凳不是什么难事,只要把一根绳子系在凳子脚上,然后在远处一拉就行了。听到倒地的声音,莫尔坦博马上冲过去,一个员工紧跟其后。可是现场没看到绳子。"

埃梅里的目光落在亚当斯贝格身上,似乎在等他解这道题。

"绳子没有打结。"亚当斯贝格说,"他只是把绳子绕在梯子脚上。然后只要在自己的位子上握住绳子末端,使劲一拉,把整根绳子拉过来就行了。绳索滑动利索的话,用不了几秒钟。"

"说得对,而且不留痕迹。"

"不是人人都会留下面包屑的。"

埃梅里给自己续了一杯咖啡,他心里明白,亚当斯贝格说的许多话,最好别搭腔。他相信这个警察不是浪得虚名,尽管以后怎么样还说不准,但是很明显,亚当斯贝格走的不是一条完全正常的路线。或者说他与众不同。不管怎么说,一个笃悠悠的家伙,而且像自己所期待的那样,这次调查没有让他靠边站。

"莫尔坦博跟母亲处得不好?"

"据我所知没有。他还相当听母亲的话。除了一点,那就是母亲恨儿子跟表哥住在一起,因为格莱约是同性恋,她觉得丢脸。她不停地数落他,要他住回来,不然就不许他继承属于他的那份遗产。为了求太平,莫尔坦博点头答应,可是生活上没有任何改变,依然我行我素。于是又开始吵架。他想要的是钱、店铺、自由。他肯定以为她来日无多,我想格莱约在给他打气。她是那种一心扑在店铺上,可以活到一百十的女人。她拘泥于各种小细节,但是她没有错啊。据说她死了以后,花草质量下降了。莫尔坦博卖的吊钟海棠活不过一个冬天。要把吊钟海棠养死还真得有些本事呢。他草草扦插了事,别人是这么说的。"

"哦,是吗?"亚当斯贝格随口应道,他没干过扦插的活。

"我想尽办法逼他们招供,拘留,不让他们睡觉,各种手段都用上了。格莱约只是轻蔑地冷笑,等着这一切过去。莫尔坦博连最起码的哀悼母亲的样子都不做。苗圃和店面全归了他一个人，生意规模很大。他性格沉稳，憨厚，能承受任何挑衅、威胁。我无能为力。但是我认为他俩都是凶手，最贪心、最无耻的那种。如果确有埃勒甘领主其人的话，那么是的，他会选这种人，把他们带走。"

"他们怎么看待狂怒天军的威胁？"

"跟对待警方调查一样，满不在乎，觉得丽娜是个歇斯底里的疯女人，甚至把她看成杀手。"

"他们也许没有看错。"当格拉尔眯着眼睛说。

"您以后会看到那家人的。您别太吃惊，三个兄弟也都神经不正常。我跟你说过，亚当斯贝格，他们的借口多的是。准确地说，是父亲害了他们。但是如果你希望一切平平安安，那就千万别贸然接近安托南。"

"他危险吗？"

"恰恰相反。每次你靠近他，他就会害怕，全家人抱成一团，围着他转。他深信自己身体有一半是泥巴做的。"

"你跟我说过。"

"一捏就碎的黏土。安托南认为自己一碰就会散架，经不起太剧烈的冲击。一派胡言。除此之外，他看上去是个正常人。"

"他有工作吗？"

"他整天待在家里弄电脑。另外，如果老大伊波利特说的话你不能全部听懂，也别感到惊讶，大伙管他叫伊波（Hippo），结果把他和河马（hippopotame）联系上了，对他倒是挺合适的，他体格魁梧，体重也有得一比。他喜欢的时候，会把句子倒过来说。"

"音节颠倒的切口？"

"不，他把每个拼读倒过来。"

埃梅里停下来想了想，然后，一副不抱希望的样子，从挎包里拿出纸和铅笔。

"假设他想说'警长，您好吗？'，结果会是这样。"埃梅里费力地在纸上一笔一画地写道：英肌印止，盈讷媪呵阿姆？

他把纸递给亚当斯贝格，亚当斯贝格细看了一下，惊呆了。当格拉尔睁大了眼睛，突如其来的智力新体验让他怦然心动。

"不过能做到这点绝对是天才。"亚当斯贝格皱着眉头说道。

"他是个天才。他们一家人都是天才，另类的天才。所以说这儿的人都尊重他们，也不和他们走得太近。就像对待灵异生物似的。有人觉得要剔除他们，也有人说触犯他们会很危险的。伊波利特那么有才，却从来不找工作。他打理家务、菜田、果园、家禽。那里边有点自给自足的味道。"

"老三呢？"

"马丁其貌不扬，但你不要被外表迷惑。他身体长得像褐虾一样瘦长，两条大长腿。他在草地、树林里抓各种各样的虫子吃，蚂蚱啦、毛毛虫啦、蛾子啦、蚂蚁啦，等等等等。真恶心。"

"生吃？"

"不是，做成菜吃，当作主菜或者调味品。真不是人干的事情。但是他在这一带有自己的一小群客户，特别喜欢他的蚂蚁果酱，据说有治疗的功效。"

"他们全家人都吃虫子？"

"安托南吃得最厉害。马丁起初是为了他才开始抓虫子，用来强壮他的泥土之身。照伊波利特的语汇，'泥土'说成'移讷五忒'。"

"女孩呢？除了是她看到的狂怒天军？"

"弟弟伊波说的逆转句，她一听就懂，除此之外，一切正常。当然，听没有说那么难，不过脑袋瓜也得非常灵才行。"

"他们接受别人造访吗？"

"他们对那些愿意去他们家的人很热情。他们爽朗大方，甚至挺高兴的，包括安托南。害怕他们的人说，这种亲热是装的，目的在于引人入室，进去就完蛋了。他们不喜欢我，原因我说过，因为我把他们看成疯子，不过只要你不提起我，一切都会很顺当。"

"这聪明哪来的？父亲还是母亲？"

"父母亲都不聪明。我没弄错的话，你在巴黎已经见过他们的母亲了。她是个很普通的女子，一声不吭地打理家务。如果你想让她开心，就给她送鲜花。她喜欢鲜花，因为那个粗暴的打手，也就是她的丈夫，从来不给她送花。然后她会把花儿倒挂起来晾干。"

"你为什么说'打手'？"

埃梅里挤出个鬼脸站起来。

"你先去看看他们。不过在此之前，"他笑了笑，"你到博纳瓦勒小道走一趟，捡块泥巴放在口袋里。当地人说这可以抵御丽娜的法力。你别忘了，这个女孩是阴阳两界隔离墙上的旋转门。这块泥巴能保佑你。不过世事无常，你靠近她的话，至少跟她隔着一米的距离，据说她能感到——我的意思是她能用鼻子闻到——你身上是否带着小道的泥巴。她不喜欢这个。"

亚当斯贝格和当格拉尔并肩朝汽车走去，亚当斯贝格摸着裤子口袋，心想究竟是何方神灵，竟然早就让他想到在博纳瓦勒小道上捡了块泥巴。为什么会随身带着这块泥巴，他自己也闹不明白。

22

亚当斯贝格等在德尚-普兰律师事务所外面。这儿地处奥尔德贝克镇高处的一条小巷。无论站在小镇的哪个高地上,似乎都能看到苹果树树荫下一动不动的牛。丽娜随时会出来跟他会合,所以他等不到牛走动了。从这个角度来看,也许盯着一头牛看能比扫视全景更有收获。

他不想急于求成把丽娜·温德莫特传唤到宪兵队,所以把她约去"蓝野猪",可以在那里低矮的木梁下悄悄地说话。在电话里,她的声音很温暖,没有恐惧或者尴尬。亚当斯贝格紧紧盯着一头母牛看,尽量赶走目睹丽娜胸脯的欲望,自从听到布莱里奥下士情不自禁的赞美之后,就有了这个念头。也是为了驱赶轻易跟她上床的想法,如果她的性生活像埃梅里说的那么随便的话。奥尔德贝克清一色的男性团队让他有些失望。但没人会赞成他跟黑名单上的头号嫌疑人上床。他的2号手机跳出一条短信,他背过身去,挡住光线读信息。雷坦库尔发来的,总算有消息了。头天晚上他还在担心雷坦库尔孤身潜入克莱蒙-布拉瑟家族的事儿,后来窝在羊毛床垫上睡着了。这些深不可测的海底有很多角鲨。雷坦库尔玩过一阵子潜水,不动声色地触碰过一些角鲨的粗糙皮肤。但是人间角鲨比海底角鲨可怕得多，他此时想不起角鲨的俗称叫"鲨鱼"。"事发夜：救世主一+救世二+父亲现身钢铁产业联合会晚会。喝酒很多，打听消息。救世二驾驶梅赛德斯，电话报警。救世一开自己车一人先回。后来获悉。救世一和救世二的衣服没有干洗。检查过：整洁，无汽油味。救世一的一件外套洗过，不是当晚所穿。附晚会服装照片+两兄弟照片。对手下员工很凶。"

亚当斯贝格打开照片，只见克里斯蒂安"救世主一号"穿着细条纹蓝色西装，克里斯托夫"救世主二号"穿着水手风格的外套，一副游艇主人的派头。这两条角鲨的确拥有游艇，他们在海上漫游徜徉，吃过一两个鱿鱼后，便在游艇上休息。然后是克里斯蒂安的侧面照，这次是短发，非常优雅，还有弟弟的一张照片，粗壮，俗气。

德尚律师在他的女助手之前走出办公室，左右来回张望一番之后，穿过那条狭窄的小路，径直朝亚当斯贝格走来，步子急促、略带做作，跟他早上在电话里听到的声音一个模样。

"亚当斯贝格警长，"德尚握着他的手说，"您这是来帮助我们。我放心了，是的，松了一大口气。我很担心卡罗琳。"

"卡罗琳？"

"就是丽娜，如果您喜欢这个名字的话。事务所里我们叫她卡罗琳。"

"丽娜，"亚当斯贝格问道，"她心神不定吗？"

"就算心神不定，她也不愿意流露。当然啦，这件事让她感到不自在，但我觉得她没有意识这一切对她和她的家人可能造成的严重后果。全镇人的唾弃、复仇，天晓得还有什么。听说您昨天奇迹般地让莱奥娜开口说话了。"

"是的。"

"她说了什么？您介意告诉我吗？"

"不介意，先生。她说了'哈罗'、'弗莱姆'和'糖'。"

"这对您有什么帮助吗？"

"没有任何帮助。"

亚当斯贝格感到矮个子德尚松了一口气，也许因为莱奥没有提到丽娜的名字。

"您觉得她会继续开口说话吗？"

"不会的，医生把话说死了。那是丽娜吗？"亚当斯贝格看到事务所的门开了，便问道。

"是的。别给她添乱，我求您了。生活很艰难，您知道的，一份半的薪水要养活五口人，还要给母亲贴一点退休金。他们生活艰难，拽着魔鬼的尾巴，使劲地拽。对不起，"他继续说，"我不是那个意思，我什么都没影射。"律师又说了一句，然后匆匆离开了他，就像逃跑似的。

亚当斯贝格与丽娜握手。

"谢谢您答应见我。"他很专业地说道。

丽娜不是一个完美的尤物，远非如此。她的胸围太大，腿很细，有点小肚腩，背比较厚，牙齿略微向前突出。不过是的，下士没说错，谁都巴不得把她的胸脯吞下去，其余部分也生吞活吃了。紧致的皮肤，圆润的手臂，清秀的脸庞有点宽，高高的颧骨上泛着红晕，很有诺曼底人气质，长满雀斑，如同点缀着一个个金色的小圆点。

"我不知道'蓝野猪'。"丽娜说。

"在花市对面，离这儿很近，菜不太贵，但是很好吃。"

"花市对面是'奔跑野猪'。"

"就是那儿，奔跑。"

"但不是蓝色。"

"对，不是蓝色。"

亚当斯贝格陪着她走过小巷，意识到自己将她吞噬的欲望比跟她上床更强烈。这个女人令他胃口大开，忽然让他想起小时候吃的大块的库格洛夫蛋糕，弹性十足，暖暖的，涂着蜂蜜。那是在阿尔萨斯的姑妈家。他选了一张靠近窗户的桌子，寻思着该怎样才能像模像样地盘问一片热乎乎的库格洛夫蜂蜜蛋糕，丽娜头发的颜色跟蛋糕一模一样，波浪卷垂到她的肩头。警长看不清她的双肩，因为丽娜披了一条蓝色丝质长披肩，时值盛夏，这种穿法有点怪。亚当斯贝格事先没有打腹稿，他宁愿看到丽娜本人后再即兴发挥。而眼前的丽娜满头金发，光彩照人，跟狂怒天军的死魂灵实在对不上号，没法跟那个目击、传递恐怖的女子联系在一起。其实就是她。他们点了菜，然后默默地等了一会儿，吃着轻轻撕开的面包。亚当斯贝格瞥了丽娜一眼。她的脸色依然清秀、神情专注，但是她没有在帮他。他是警察，她在奥尔德贝克掀起一场风波，他怀疑她，她知道别人以为她疯了，此时的实际情况就是如此。他侧开身子，朝木头吧台望去。

"可能会下雨。"他终于说。

"是啊，西边的云越来越密。也许夜里会下雨。"

"或者晚上就会下。一切都始于您,温德莫特小姐。"

"叫我丽娜吧。"

"一切都始于您,丽娜。我说的不是雨,而是席卷奥尔德贝克的这场风暴。而这场风暴,谁都不知道它将在哪里止步,会杀死多少人,也不知道它会不会掉头,朝您扑来。"

"我没引起任何事情。"丽娜拉了一下披肩说,"一切始于埃勒甘'梅尼'。狂怒天军路过这儿,被我看见了。您让我怎么办?四个人被'勾走',会死四个人。"

"但您把这件事说出来了。"

"凡是看到天军,都必须说出来,不得不说。您理解不了。您是哪里人?"

"贝阿恩人。"

"那就真的不行了,您理解不了。这是北方平原的一支军队,那些被看见的人可以设法保护自己。"

"被'勾走'的人吗?"

"是的。所以才要把事情说出来。被勾走的人很少能够摆脱命运,但这样的事发生过。格莱约和莫尔坦博该死,可是他们还有一线生机。他们有权获得死里逃生的机会。"

"您恨他们,里面有个人原因吗?"

服务生端来饭菜。丽娜没有立刻回答。她显然饿了,或者说是想吃东西,目光迫切地看着食物。在亚当斯贝格看来,一位如此秀色可餐的女人食欲旺盛是合乎逻辑的。

"个人原因,没有,"她边说边吃了起来,"我们知道他俩都是杀手。尽量不和他们扯上关系,他们落到埃勒甘'梅尼'的手里,我并不觉得意外。"

"就像埃尔比耶?"

"埃尔比耶是条恶棍,不朝什么东西开枪就浑身不舒服。可是他失去了理智,而格莱约和莫尔坦博没有疯,有利可图他们才杀人。也许比埃尔比耶更坏。"

亚当斯贝格强迫自己吃得比平时快一些,以跟上眼前年轻女子的节奏。他不想在她吃完的时候自己盘子里还剩一半食物。

"但是要见到狂怒天军,听说也得疯狂,或者撒谎。"

"您可以这么想。我看到天军了,不能怪我。我在路上看到的,就在那条路上,我家离那儿三公里。"

丽娜用叉子的尖端叉住土豆块,在奶油酱汁中来回滚动,令人惊讶的投入和专注。一种有点令人尴尬的贪婪。

"也可以说那是一种幻象。"亚当斯贝格继续说,"您把自己讨厌的人放在里面。埃尔比耶、格莱约、莫尔坦博。"

"您要知道,我看过不少医生。"丽娜说着,津津有味地品尝着嘴里的土豆,"两年间,利西厄的医院给我做了一连串生理和心理测试。他们对这种现象很感兴趣,当然是因为圣女特蕾莎的缘故。您在找一个可信的解释,我也在找。但是这种解释找不到。他们没有发现我身上缺乏锂元素或其他物质,缺乏这种物质会使您在某处看到圣母或者听到天上的声音。他们认为我是个平衡、稳定甚至很有理性的人。他们没有作出任何结论,我只能听天由命了。"

"那么结论应该是什么呢,丽娜?狂怒天军的确存在,它确实从博纳瓦勒小道经过,您真的看到了,对吗?"

"我不能保证它的确存在,警长。但我肯定看到了它。据说历来有人看到狂怒天军经过奥尔德贝克。也许那边有一朵古老的云、一缕青烟、一种错乱、一段停滞的回忆。也许我就像人们穿越迷雾那样经历了这件事。"

"这位埃勒甘领主,他什么样?"

"很英俊。"丽娜马上回应道,"面容严肃、灿烂,金色的脏头发垂到肩头,披在盔甲上。挺吓人的。因为,"她犹豫了一下,声音低了很多,"他的皮肤不正常。"

丽娜收住自己的话,匆匆地把盘子里的东西吃完,领先亚当斯贝格一大截。然后靠在椅子上,吃得尽兴,整个人显得神采奕奕,轻松起来。

"好吃吗?"亚当斯贝格问道。

"太好吃了。"她率真地说,"我没有来过这儿。我们吃不起。"

"我们再要点奶酪和甜点。"亚当斯贝格补充道,他希望年轻女子能彻底放松自己。

"您先把菜吃完。"她关切地说,"您吃得不快啊。听说警察做事必须风风火火的。"

"我干什么都快不起来。哪怕奔跑,我也是慢慢的。"

"证据就是,"丽娜打断他,"我头一次见到狂怒天军的时候,从来没听说过他们。"

"可是有人说奥尔德贝克的人不用教,谁都知道这件事。似乎从一个人生下来,从他吸第一口气、咽下第一口奶起就知道了。"

"我家不是这样。我父母跟别人来往一直很少。肯定有人对您说了,说我父亲不可交往。"

"听说了。"

"此话的确不假。我把自己看到的情景告诉母亲的时候,我哭得很厉害,大喊大叫,母亲以为我生病了,得了一种'神经疾病',那时候的人常常这么说。她没有听说过埃勒甘·梅尼',我父亲也没有听说过。而且他打猎时回家晚,经常走博纳瓦勒小道。知道这个故事的人,天黑后都不会走那条路的。即使不相信这个传说的人也会避开那条小道。"

"这第一次发生在什么时候呢?"

"那年我十一岁。就在我父亲脑袋被一把斧头劈成两半后的两天。我要一份'漂浮岛',"她对女服务生说,"多放点杏仁片。"

"一把斧头?"亚当斯贝格问道,有点惊愕,"您父亲是这么死的?"

"就像一头猪被劈成两半,一模一样。"丽娜冷静地模仿着这个动作,举掌往下劈,砸在桌子上,"脑袋上挨了一斧头,另一斧头砍在胸骨上。"

亚当斯贝格把这种冷漠看在眼里,立刻想到他的库格洛夫蜂蜜蛋糕也许不那么柔软。

"后来我做了很久的噩梦,医生给我吃镇静药。不是因为父亲被砍成了两半,而是一想到再看见那些骑手,我就害怕。您知道,他们浑身腐烂,就像埃勒甘领主的脸。腐烂不堪,"她微微颤抖着补充道,"骑手和他们的马都缺胳膊少腿的,发出的声音叫人毛骨悚然,但是那些被他们裹挟的活人的哭声更加恐怖。幸运的是,此后八年什么都没发生,我觉得自己解脱了,只不过童年时受过这种'神经疾病'的折磨。谁知十九岁的时候,我又看见狂怒天军了。警长,您看,这不是一个有趣的故事,也不是我自我吹嘘瞎编的。

这是一个可怕的宿命,我两次想过自杀。后来卡昂的一个心理医生让我鼓起勇气活下来,尽管狂怒天军还在困扰我,缠绕我,但是不妨碍我的正常活动。您觉得我可以再要些杏仁吗?"

"当然可以。"亚当斯贝格举手招呼女服务生。

"不会太破费吧?"

"警察来付钱。"

丽娜笑着挥舞起汤匙。

"这一次警察交罚金。"她说。

亚当斯贝格不解地看着她。

"罚金。"丽娜解释说,"吃的杏仁(amande),缴的罚金(amende),谐音词,文字游戏。开个玩笑嘛。"

"哦,原来如此。"亚当斯贝格微笑着说,"原谅我,我脑子不太活络。您介意继续跟我说您父亲的情况吗?凶手查出来了吗?"

"一直没有。"

"有没有嫌疑人呢?"

"当然有了。"

"谁?"

"我。"丽娜说着又笑起来。"我当时听到尖叫,立刻跑上楼,发现他倒在房间里,浑身是血。我弟弟伊波只有八岁,看到我拿着斧头,就告诉了宪兵。他没有恶意,只是回答问题而已。"

"手里拿着斧头,怎么回事?"

"我把它捡起来,拿在手里。宪兵认为木柄被我擦过了,因为上面除了我的指纹,找不到任何别的指纹。最后,幸亏莱奥和伯爵的帮助,他们总算放过我了。卧室的窗户开着,凶手很容易越窗逃走。没有人喜欢我父亲,就像没有人喜欢埃尔比耶那样。每次他暴跳如雷的时候,别人就说子弹在他脑子里打滚。我当时人还小,听不懂。"

"我也听不懂。什么东西在打滚?"

"子弹在打滚。我母亲说,她在阿尔及利亚战争爆发前嫁给他的时候,他多少是个正常人。后来他头上挨了一枪,子弹取不出来。他不适合在前线打仗,于是被安排进情报组。就是搞刑讯逼供的。您等我一下,我出去抽根烟。"

亚当斯贝格跟她走出饭店,从口袋里拿出一支半截压扁的香烟。他近距离看到她库格洛夫蜂蜜蛋糕似的头发,对一个诺曼底女人来说,她的头发很浓密。还看到披肩滑落时肩膀上的雀斑,她马上把披肩拉上来。

"他打您吗?"

"您父亲呢?他打您吗?"

"他不打我,他是鞋匠。"

"那是两回事。"

"是啊。"

"他从来不打我。但是我几个弟弟没少挨揍。安托南还是个婴儿时,他就抓住他的脚,把他扔下楼梯。无缘无故。十四处骨折,石膏绑了一年。马丁呢,他不吃饭。餐桌的腿是金属的,里面是空心的,他悄悄地把食物倒进去。有一天被父亲发现了,于是让他用鱼钩把桌腿里的食物掏出来,逼着他吃下去。食物当然已经腐烂了。诸如此类的事情很多。"

"待老大伊波呢?"

"更糟。"

丽娜在地上踏灭香烟,干净利落地把烟头踢入下水道。亚当斯贝格掏出在口袋里震动的手机——2号,那部隐秘的手机:"晚上见,把你地址给我。路维比"。

维朗克。维朗克打算在他眼皮底下吃他的库格洛夫蛋糕,用他那张温柔的脸蛋和姑娘般的嘴唇夺走一大块蛋糕。

"不需要,一切顺利。"亚当斯贝格回复。

"一切并不顺利。地址给我。"

"打电话不行?"

"地址给我,少啰嗦。"

亚当斯贝格回到餐桌,老不情愿地输入莱奥之家的地址,心情一下子暗淡下来。乌云在西边聚集,今天晚上会下雨。

"有什么问题吗?"

"一位同事要来。"亚当斯贝格把手机放进口袋,回答道。

"我们常常去莱奥家。"丽娜有些前言不搭后语,"是她给了我们教育,她,还有伯爵。他们说莱奥这回不行了,机器坏了。据说是您发现她的。她还跟您聊了几句。"

"聊了一分钟。"亚当斯贝格伸了伸胳膊。

他从口袋里拿出笔,在餐巾纸上写下"机器"二字。那个姓和鱼一样的医生说过这个词。这个词使他眼前出现一片乌云,又或许乌云里有一种思路,但他还不清楚是乌云还是思路。他收起餐巾,又抬头看着丽娜,一副睡眼惺忪刚起床的样子。

"您在狂怒天军里看见您父亲了?十一岁的时候?"

"里面有个被勾走的人,对,是个男的。可当时火光冲天,浓烟滚滚，他捂着脸尖叫。我不确定是他。但我猜是的。我至少认出了他的鞋子。"

"第二次有被'勾走'的人吗？"

"有一个老太太。所有人都认识，她常常晚上扔石头砸别人的护窗板，嘴里还骂骂咧咧的。那种把周围的孩子吓得要死的女人。"

"有人指控她杀人吗？"

"不知道，我不这么认为。也许杀了丈夫，他很早就去世了。"

"她死了吗？"

"狂怒天军现身九天之后死了，安详地死在床上。狂怒天军后来就再没露过面，直到一个月前，又给我看到了。"

"谁是第四个被'勾走'的人？您没认出来吗？男的女的？"

"男的，但是我不确定。一匹马踏在他身上，头发着火了，我没能看清楚，您懂的。"

她把手放在滚圆的肚皮上，仿佛在用手指品尝她囫囵吞下的饭菜。

亚当斯贝格步行回到莱奥客栈已经是下午四点半了。身体与欲望一路抗争，有点迟钝起来。他不时地掏出餐巾纸，对"机器"两个字观察一番，又放进口袋。他看不出任何名堂。如果这里有什么含义的话，那层意思一定藏得很深，卡在海底的石缝中，被丛生的海草所掩盖。或许有一天松动了，它会晃晃悠悠地浮出水面。亚当斯贝格只会用这种方式去思维。耐心等待，把网撒在水面上，朝里面看。

客栈里，当格拉尔正挽起袖子做饭，嘴里不停地说话，泽尔克目不转睛地看着。

"漂亮的小脚趾是很少见的。"当格拉尔说,"通常是变形、扭曲、蜷缩的,指甲更不用说了,缩得很小。这面煎黄了,你可以翻过来再煎另一面。"

亚当斯贝格斜靠在门框上,看着儿子执行警督的指令。

"是鞋子造成的吗?"泽尔克问。

"是演化造成的。人类走路少了,小脚趾日益萎缩,行将消失。几十万年后的某一天,会只剩下一小片指甲粘在我们的脚外侧。就像现在的马。当然,穿鞋子只会变本加厉。"

"和我们的智齿一样。智齿失去了生长的空间。"

"对的。你可以把小脚趾看成脚的智齿。"

"或者把智齿看成嘴巴的小脚趾。"

"嗯,但是这么说不太好懂。"

亚当斯贝格走进来,给自己倒了一杯咖啡。

"情况怎么样?"当格拉尔问道。

"我被她辐射了。"

"致命的波?"

"不,金色波。她太胖了些,牙齿前突,但是我被她辐射到了。"

"危险。"当格拉尔评论道,听得出他不赞同。

"我不记得跟您说过我小时候在姑姑家吃过库格洛夫蜂蜜蛋糕。是的,没错,她就是一块一米六五高的蛋糕。"

"您别忘了,温德莫特家这个女孩有病,是个疯子。"

"也许是。外表看不出来。她既自信又幼稚,健谈又谨慎。"

"说不定脚趾长得很难看。"

"脚趾萎缩。"泽尔克补充道。

"我不在乎。"

"到了这种程度,"当格拉尔抱怨道,"您就不适合查这个案子了。晚饭您来做,我接手案子。"

"不行,我七点钟去找她那几个弟弟。维朗克今晚到,警督。"

当格拉尔慢慢地把半杯水浇在鸡块上,盖上锅盖,把煤气关小。

"你用文火煮一个小时,就像这样。"他对泽尔克说,然后朝亚当斯贝格转过身子,"我们用不着维朗克,您为什么叫他来?"

"是他无缘无故自说自话要来的。当格拉尔,在您看来,这样的天气,一个女人把披肩搭在肩上,那是为什么呢?"

"预防下雨,"泽尔克说,"西边有乌云。"

"为了掩饰某种缺陷。"当格拉尔的看法截然不同,"一个脓疱或者一片胎记。"

"我不在乎。"亚当斯贝格重复道。

"那些看到狂怒天军的人,警长,他们不是好人,见不得阳光。他们的灵魂黑暗、邪恶。您受到辐射也好,没受到也罢,这一点千万不能忘。"

亚当斯贝格没有回答,又把纸巾拿出来。

"这是什么?"当格拉尔问。

"一个莫名其妙的词。机器。"

"谁写的?"

"我写的,当格拉尔。"

泽尔克点点头,似乎全明白。

23

丽娜把他带进正厅,三个男人在里面等他,他们沿一张大桌子并排站立,一声不吭。亚当斯贝格叫上当格拉尔陪自己一起去,让他亲眼看看辐射。他轻而易举地认出弟弟马丁,又高又瘦,棕色头发,像干枯的树枝,被迫吞下烂在桌脚里的食物的就是他。长子伊波利特,四十来岁,大脑袋,金黄头发,跟他姐姐颇为相像,但没有那熠熠生辉的成分。他身材高大,长得非常结实,向警长伸出一只略显畸形的大手。桌子尽头的安托南忐忑不安地看着他们走过来。他头发也是棕色的,体态跟哥哥马丁一样单薄,但是更加匀称些,双臂紧抱在扁平的肚子上,一副防御的姿势。他是家里最小的孩子,黏土做的那个。他年纪在三十五岁左右,也许是因为他脸型瘦长,那双惶惶不安的眼睛显得特别大。他们的母亲坐在隐藏在房角的扶手椅上,略微点头示意。她的花布罩袍换成了一件灰色的旧衬衫。

"换成埃梅里,我们是不会让他进来的。"马丁解释道,他的手势犹如蚂蚱般快速、生硬,"但对你们不一样。我们等你们来喝开胃酒。"

"太热情了。"当格拉尔说。

"我们是热情的好人。"伊波利特确认。他比较镇定,一边把酒杯摆在桌上一边问:"你们当中谁是亚当斯贝格?"

"我就是。"亚当斯贝格答道,随即坐在一把旧椅子上,椅子的四条腿用绳子加固过,"这是我的助手,当格拉尔警督。"

他这才注意到,所有的椅子都绑了绳子,也许为了防止椅子折断,不让安托南摔下来。门框上钉了一圈橡胶,大概也是为了这个原因。房子很大,几乎没有什么家具,一副穷酸相,石膏板脱落,胶合板家具,房门底下漏风,墙壁几乎裸露。屋子里一片瞿瞿瞿瞿的声音,亚当斯贝格本能地把手指塞进耳朵里,仿佛几个月前的耳鸣又来拜访他了。马丁朝一个扣着盖子的柳条筐冲过去。

"我拿到外面去。"他说,"没有听惯的时候,它们的声音很烦人的。"

"他说的是蟋蟀。"丽娜低声解释道,"筐里有三十几只。"

"今天晚上马丁真的要把它们吃了?"

"中国人就吃。"伊波利特神色坦然,"中国人一直比我们聪明,而且早就比我们聪明了。马丁会用它们做肉酱,加上馅料,鸡蛋和香菜。我喜欢他用蟋蟀酱做的乳蛋饼。"

"蟋蟀肉可以巩固黏土。"安托南补充道,"阳光也一样,不过要防止干裂。"

"埃梅里跟我说起过。您早就遇到这个黏土问题了吗?"

"我六岁起就遇到了。"

"它只影响肌肉,还是韧带、神经都受到影响?"

"都不是,它影响到几段骨头。可是肌肉连着骨头,黏土部分使不上劲。所以我没什么力气。"

"好的,我懂了。"

伊波利特开了一瓶波尔图甜酒,倒进那些失去光泽或者没擦干净的小玻璃杯,每一杯都倒上点。他把一杯酒送到母亲跟前,母亲在她的角落里没动窝。

"畏兹翁知畏乎元七御一。"他灿烂地笑着说。

"最终会痊愈的。"丽娜翻译道。

"您是怎么做到的?"当格拉尔问,"把拼读倒过来?"

"脑子里把这个词倒着念就行了。您叫什么名字,您的全名?"

"阿德里安·当格拉尔。"

"阿俄得以勒那·盎得俄戈阿勒热。听起来很不错,盎得俄戈阿勒热。您看不难吧。"

这一次,当格拉尔感到自己被一种绝对高超的智慧打败了,或者说至少被一路无限发展的智慧分支打败了。被打败了,这让他稍觉沮丧,觉得自己的传统学问太陈旧、缺乏创新,被伊波利特的才华一扫而光。想到这儿,他一口吞下杯中的波尔图酒。那么难喝,肯定是用最便宜的价格买来的。

"您想从我们这儿知道些什么呢,警长?"伊波利特问道,他灿烂的笑容,产生一种相当吸引人的效果,甚至是快乐的效果,不过隐约透出一丝阴郁。也许只因为他还留着几颗乳牙,所以牙齿看上去参差不齐。"要我们告诉您,埃尔比耶死的那天晚上我们在干什么,对吗?哦,对了,到底是哪天的事啊?"

"7月27日。"

"几点钟?"

"我们不确定,尸体发现得太晚了。邻居们看到他下午六点左右出门。从他家到小教堂,我们就算他一刻钟吧,他一定是推着轻便摩托车走了最后三十米。凶手在那里等着他,所以说是下午六点十五分左右。没错,我想知道你们当时在哪儿。"

姐弟四人面面相觑,似乎被问到了一个愚蠢的问题。

"但是这能证明什么呢?"马丁问,"假如我们骗您,您会干什么?"

"如果你们说假话,我会怀疑你们,肯定怀疑啊。"

"但您怎么知道我们在骗您?"

"我是警察,听过的谎言成千上万,久而久之就养成识别谎言的习惯了。"

"借助什么来识别呢?"

"借助目光、眼睫毛的颤动、手势开合、声音的颤动,说话的速度。就像一个人开始一瘸一拐而不是正常走路那样,一目了然。"

"比方说,"伊波利特问道,"如果我不直视您的眼睛,就是在说谎?"

"或者相反。"亚当斯贝格微笑着说,"27日是星期二。我想让安托南先讲。"

"好的。"年轻人说着,紧紧地抱住胳膊,"我几乎不出门。我的意思是,到外面去对我很危险。我在家里替古董和跳蚤市场网站干活。虽然说工作量不很大,但怎么说也是个活。周二我从来不出门。那是集市日,到处人挤人,一直要到下午很晚。"

"他没有出门。"伊波利特打断弟弟的话,把桌上唯一已经空了的酒杯——当格拉尔的酒杯——斟满,"我也没有过出门。倭五恩姆恩可映得乌得艾兹丫肌以勒。"

"他说我们肯定都在家里。"丽娜说,"但情况不是这样的,伊波。我手里有件案子要完成，在办公室待到很晚。30日之前我们要提交一大份报告。我回家做了晚饭。马丁下午来办公室送了一些蜂蜜。他用自己篮子拿来的。"

"是的。"马丁说，他用力拉自己的长手指，关节嘎嘣作响，"我去森林里捡虫子，大约捡到七点钟左右。再晚就来不及了，虫子会钻回到洞里去。"

"欸姆沃疵。"伊波附和道。

"晚饭后，如果电视里没有什么东西好看，我们经常玩多米诺骨牌，或者玩骰子。很好玩。"安托南很率真地说，"可是那天晚上，丽娜没能跟我们一起玩，她在审读那份报告。"

"阿忒勿波安无幼肌欸姆阿时意思。"

"别闹了，伊波，"丽娜马上向他恳求道，"警长不是来找你玩的。"

亚当斯贝格看着他们五个人：盘踞在椅子上的母亲，管吃管住的阳光姐姐，还有三个傻乎乎的天才弟弟。

"警长知道，"伊波利特说，"埃尔比耶被人杀死，因为他是个人渣，是我们父亲最要好的朋友。他死了，是因为狂怒天军决定把他抓走。如果我们想这么做，早就可以杀了他。我不明白的是，为什么埃勒甘领主三十一年前抓走我们父亲，过了那么多年才抓走埃尔比耶。不过，埃勒甘的计划用不着我们说三道四。"

"丽娜说一直不知道谁是杀你们父亲的凶手。您也从没怀疑过吗，伊波？您看到丽娜手里拿着斧头？"

"凶手，"伊波伸出畸形的手在空中划了个圈说，"凶手不知从哪儿冒出来，从黑烟中来。我们永远不会知道，就像我们永远不会知道谁杀了埃尔比耶和另外三个被勾走的人那样。"

"他们会死吗?"

"那当然。"马丁说着站起来,"请原谅我,给安托南按摩的时间到了。七点半。过了时辰效果就不好了。你们继续说吧,不妨碍我们听。"

马丁从冰箱里拿出一碗淡黄色的混合物,安托南小心翼翼地脱下衬衫。

"里面主要是白屈菜汁和甲酸。"马丁解释说,"有点刺痛感,吸收黏土的效果非常好。"

弟弟瘦骨嶙峋,马丁开始轻轻地往他身体上涂药膏,交换几道眼神之后,亚当斯贝格发现,没有一个人真的相信安托南半个身体是用黏土做的。但是他们假戏真做,呵护、照料自己的弟弟。因为当他还是婴儿时,被父亲从楼梯上扔下来,摔得七零八落。

"我们是好人。"伊波利特重复道,一只手揉着又长又脏的金色卷发,"不过我们不会为我们的父亲落泪,也不会为丽娜看到狂怒天军勾走的那些混蛋掉眼泪。警长,您注意到我的手了吗?"

"注意到了。"

"我的两只手,天生六个手指。多一个小手指。"

"伊波是个了不起的家伙。"安托南笑着说。

"这种情况不常见,但是偶尔会有。"马丁说,他现在处理弟弟的左臂,将药膏涂在特定的部位。

"手上长六根手指是魔鬼的标志。"伊波说完笑得更开心了,"这儿的人一贯这么说。一派胡言,就像别人会相信似的。"

"您相信狂怒天军。"当格拉尔边说边用眼神询问他能否允许自己再斟那么一点儿波尔图酒,这酒喝下去绝对会绞断肠子。

"那不一样。我们知道丽娜看到了狂怒天军。她说看到了,那真的就是看到了。不过我们不相信魔鬼标记之类的蠢话。"

"但是骑马走在博纳瓦勒小道上的阴兵,您是信的。"

"盎得俄戈阿勒热警督,"伊波利特说,"没有上帝或魔鬼派遣,死者也是可以返回尘世的。再说,他们的领主是埃勒甘,而不是恶魔。"

"没错。"亚当斯贝格答道,他不希望当格拉尔就丽娜的狂怒天军挑起争议。

几分钟以来,他没有太仔细听两人的对话,因为他在忙于思索把自己名字反过来念会得出什么结果,但没成功。

"父亲觉得我的六指很丢人。他给我戴手套,让我把食物放在膝上吃,这样我就不会把手放在桌子上了。他看到我的手指就恶心,生出这样的儿子让他丢脸。"

姐弟们的脸上重新浮现出笑容,似乎都被六根手指的伤心事逗乐了。

"你讲讲吧。"安托南央求道,想到能再听一遍这个好故事,两眼放光。

"我八岁那年,有天晚上,我把两只手放在桌子上,没有戴手套,父亲勃然大怒,怒气比埃勒甘还大。他操起斧头。就是那把后来把他劈成两半的斧头。"

"是那颗子弹在他脑瓜里翻滚。"当妈的突然插话,声音微微颤抖。

"是的,妈妈,肯定是那颗子弹在翻滚。"伊波不耐烦地说,

"他抓住我的右手，把手指砍了下来。丽娜说我当时晕倒了，妈妈发出尖叫，桌子上全是血，妈妈朝他扑过去。他抓住我的左手，另一根手指也没了。"

"子弹在翻滚。"

"翻滚得很厉害，妈妈。"马丁说。

"妈妈抱着我跑去医院。要不是伯爵在路上看到她，我早就失血过多死在中途了。他参加完一个非常高档的晚会回家，不是吗？"

"非常高档的晚会。"安托南穿上衬衫肯定道，"他带着妈妈和伊波一路飞驰，他那辆漂亮的车子上到处是血。伯爵是好人，我的意思是狂怒天军绝对不会把他掳走。他每天开车送妈妈去医院，让她探望伊波。"

"医生没有缝好伤口。"马丁抱怨道，"现在摘除第六根手指几乎不留伤疤。可是梅兰——当时他已经在了——是个笨蛋。他毁了伊波的手。"

"没事的，马丁。"伊波利特说。

"我们看病去利西厄，绝对不找梅兰。"

"有些人切除第六根手指，"马丁继续说，"回来却后悔了一辈子。他们说，当他们舍弃手指后，就失去了自己的身份。伊波说他不介意。马赛有个女孩到医院的垃圾桶里找回自己的手指，然后一直用罐子保存着。您能想象吗？我们认为妈妈这么做了，但她不愿意说。"

"白痴。"母亲嘟囔了一声。

马丁用抹布擦了擦手，扭头看着伊波利特，脸上浮现出同样的期许的微笑。

"你往下接着说啊。"他说。

"拜托了,讲吧。"安托南坚持道。

"也许没有必要。"丽娜谨慎地说。

"阿伊印得斯诶波俄戈俄渴恩哪勿波以西安乎英忒。他毕竟是警察。"

"他说您可能不喜欢听。"丽娜说。

"阿伊印得斯诶波俄戈,是我的名字吗?"

"是的。"

"这让我想起塞尔维亚语。听起来有点像。"

"伊波养过一条狗。"安托南说,"那是他的专属宠物,他们形影不离,我当时很嫉妒。狗的名字叫羊脂。"

"一条被他调教得十分完美的狗。"

"你说吧,伊波。"

"砍掉我手指两个月后,父亲罚我坐在房间角落的地上。那天晚上,他逼马丁把他塞在桌腿里的东西全部吞下去,我为他辩护。我知道,妈妈,子弹又翻滚了。"

"是的,亲爱的,子弹翻滚了。"

"翻滚了好几圈,妈妈。"

"伊波缩在角落里,"丽娜继续说,"脑袋贴着羊脂。然后他在狗的耳边低声说了些什么,羊脂就像发疯似的跳起来,咬住我们父亲的喉咙。"

"我指望它把他咬死。"伊波利特平静地解释道,"我给它下了命令。但是丽娜示意我停止攻击,于是我叫羊脂松口,让它把桌脚里剩下的东西吃掉。"

"羊脂吃了没事,可是马丁拉了四天肚子。"安托南补充道。

"事情过后,"伊波利特更加忧郁地说,"父亲喉咙缝合后出院,他趁我们上学不在家,拿起他的猎枪把羊脂放倒了。他故意把尸体扔在门外,这样我们放学回家的时候,老远就能看见。就在这时候,伯爵来接我。他觉得我在家里不安全了,让我在城堡里住了几周。他给我买了一只小狗。可是我跟他的儿子合不来。"

"他儿子是笨蛋。"马丁骂道。

"移伊恶戈毋乌以痴呃得媢西恩胡按得。"伊波利特证实。

亚当斯贝格不解地看着丽娜。

"一个无耻的小混蛋。"她无奈地翻译。

"一个恩胡按得,用得很贴切。"当格拉尔带着智力上的满足评论道。

"由于这个恩胡按得的缘故,我又回到家里,妈妈把我藏在丽娜的床底下。我躲在这儿过日子,妈妈也不知道如何是好。不过埃勒甘找到了解决方案,他把父亲一劈为二。紧接着丽娜就第一次看到了。"

"看到狂怒天军?"当格拉尔问。

"是的。"

"倒过来念会是什么样呢?"

伊波利特使劲摇了摇头。

"不,我们无权把狂怒天军倒过来念。"

"我理解。"亚当斯贝格说,"您从城堡回来后,过了多久您父亲死了?"

"过了十三天。"

"脑袋被斧头砍了一下。"

"胸骨上也挨了一下。"伊波利特愉快地补充细节。

"畜生死了。"马丁确认道。

"怪那颗子弹。"母亲嗫嚅道。

"归根结底,"伊波利特归纳说,"丽娜当初不应该要我叫羊脂松口。其实那天晚上就可以一了百了。"

"你不能怪她。"安托南小心翼翼地耸了耸肩膀说,"丽娜的心太软,仅此而已。"

"我们是好人。"伊波利特点头称是。

站起来送他们的时候,丽娜不小心把披肩滑到地上,她轻轻地叫了一声。当格拉尔立刻用一个优雅的手势,捡起披肩,披在丽娜肩上。

"警督您怎么看?"亚当斯贝格问,他们慢慢走回莱奥客栈。

"有可能是一个杀人家族,"当格拉尔平静地说,"死死地抱成一团,不受外界干扰。痴呆、疯狂、受难、天赋超群、非常随和的一家人。"

"我说的是辐射。您感觉到了吗?弟弟们在场,她已经有所收敛了。"

"感觉到了。"当格拉尔很不情愿地承认道,"她胸口的蜂蜜,都感觉到了。但这是肮脏的辐射。红外线、紫外线,或者黑光辐射。"

"您这么说是因为卡米耶的缘故。但是卡米耶只愿意吻我的脸颊。这样的吻,部位这么精确,表示我们再也不会同床共眠了。残酷啊,当格拉尔。"

"与造成的损害相比,这点惩罚不算什么。"

"您让我怎么办,警督?让我站在苹果树底下,苦苦等待卡米耶几年吗?"

"不一定非有苹果树不可。"

"要我注意不到这个女人丰满的胸脯?"

"说到点子上了。"当格拉尔让了一步。

"稍等。"亚当斯贝格忽然收住脚步,"雷坦库尔的短信。我们潜入角鲨式海涧的铁甲舰。"

"海渊。"当格拉尔一边向他的手机屏幕探头一边纠正,"角鲨出没的海渊。此外,铁甲舰不会潜水。"

"火灾夜,救世一很晚返回,不知情。态度几乎正常。可能证明他干净。但是很烦躁。"

"怎么烦躁?"亚当斯贝格输入问题。

"烦躁以 x 结尾,不是 s。"

"别烦我,当格拉尔。"

"解雇了一个女佣。"

"为什么?"

"说来话长,没有意义。"

"说来听听。"

"返回时,救世一给拉布拉多吃糖。"

"那些人怎么啦,当格拉尔,老是给狗吃糖?"

"希望博得狗的喜爱。您继续。"

"拉布拉多拒绝。女佣把狗带走喂糖。拒绝。女佣怪糖不好。救世一当晚开除女佣。因此烦躁。"

"就因为女佣没有喂成糖?"

"说了没意义。关机。"

泽尔克朝他们大步走来,斜挎着照相机。

"伯爵来过了,他想晚饭后见你,十点。"

"急不急?"

"他没说,那更像是个命令。"

"他是什么类型的人?"

"一看就知道是个伯爵。上了年纪,优雅,秃发,穿一件旧的蓝布工作夹克。警督,鸡腿做好了。"

"你照规矩放了奶油和香料吗?"

"都放了,最后一分钟放的。我给鸽子送去了,他喜欢。他整天拿着铅笔画牛。"

"这么说他画得不错?"

"不那么好。不过牛很难画。比画马要难。"

"我们快点把鸡吃了,当格拉尔,吃完就走。"

24

天全黑了。亚当斯贝格将车停在伯爵城堡的栅栏门前,城堡坐落在奥尔德贝克城对面的山丘上。身材高大的当格拉尔异常敏捷地钻出汽车,迅速地在城堡前站定,两手抓住铁栅栏。亚当斯贝格在他脸上看到一种相当纯粹的喜悦,一种当格拉尔很少进入的没有忧郁的状态。他看了看那座由浅色石头砌成的大城堡,对他的副手来说,这座城堡也许就是某种库格洛夫蜂蜜蛋糕。

"我跟您说过,这个地方您会喜欢的。一座古堡,不是吗?"

"对奥尔德贝克领主的最早记载出现在十一世纪初。但瓦勒雷伯爵走上历史前台主要是在 1428 年的奥尔良之战,他加入了杜努瓦伯爵率领的法国军队,而杜努瓦伯爵就是奥尔良公爵路易的私生子让。"

"懂了,当格拉尔,但是城堡呢?"

"我正给您解释呢。百年战争结束后,也就是十五世纪末,瓦勒雷的儿子亨利建造了城堡。您在此处看到的整个左翼和西侧的塔楼都是当年造的。但是城堡的主体是在十七世纪重建的,十八世纪翻修拓宽了大门。"

"我们拉门铃怎么样,当格拉尔?"

"至少有三四条狗在叫。我们拉门铃,等人来接。我不明白为什么有人和狗过不去。"

"还有糖。"亚当斯贝格说着扯了扯门铃的链子。

雷米·弗朗索瓦·德·瓦勒雷,奥尔德贝克伯爵,在书房里平静地等着他们,他依然穿着蓝色外套,看起来像个农场工人。但是当格拉尔注意到桌子上已经摆好了雕花酒杯,每个杯子少说抵他一个月的工资。给他们预备的酒,单看颜色,就值得从巴黎专程赶来品尝。在温德莫特家拿着小杯子吞下去的波尔图酒根本比不了,那酒喝了还烧胃。书房里藏书约一千多册,墙壁上从上往下挂着四十多幅画,看得当格拉尔警督目瞪口呆。总而言之,这是一个家道尚未中衰的伯爵府里的寻常摆设,只不过东西放得乱七八糟,打消了整个房间的庄严感。靴子、种子袋、药品、塑料袋、螺栓、点过的蜡烛、钉子盒、信笺,散落在地面、桌子和书架上,一片凌乱。

"先生们,"伯爵放下手杖,向他们伸出手,"感谢你们回应我的呼唤。"

他无疑就是伯爵。说话的语气,颇为决断的手势,高傲的目光,乃至理所当然地穿着农人的衣服会客,都说明其伯爵身份。同时,他脸庞红润,指甲缝有点脏,用诙谐而神秘的神情看待自己,活脱脱一副诺曼底农村老人的模样。他一手拄着手杖,单手斟酒,用胳膊示意他们落座。

"希望你们喜欢苹果烧酒,我送给莱奥的就是这种。进来吧,德尼,他是我儿子。德尼,这两位先生是从巴黎刑警大队来的。"

"我没想打扰你。"那个男人微微摆手向他们致意,面上没有笑容。

白皙的手指，修剪过的指甲，结实但发福的身体，灰色的头发向后梳成背头。

温德莫特一家人说的那个无耻小"恩胡按得"，就是他缩短了伊波利特当年在城堡避难的时间。确实，亚当斯贝格也注意到此人一副"恩胡按得"相，颧骨很低，薄薄的嘴唇，眼神躲躲闪闪、拒人千里，或者至少想保持距离。他给自己倒了一杯酒，那是出于礼貌而不是想留下来。他的举止表明他对客人不感兴趣，甚至对父亲都没有什么兴趣。

"我过来没别的事，就想告诉你，玛丽莎的车明天能修好。得告诉乔治把车子拿回来，我明天一整天都在拍卖行。"

"你没有找到乔治？"

"没有。这个畜生肯定喝醉了躺在马厩睡觉，我才不会去那儿把他从马肚子下摇醒呢。"

"很好，这件事就交给我吧。"

"谢谢。"德尼说着放下酒杯。

"我没赶你走。"

"不过我要走了。你陪客人吧。"

听到关门的声音，伯爵不禁撇了撇嘴。

"对不起，先生们，"他说，"我跟继子关系说不上很好，尤其是他知道我想跟你们说什么，他不高兴。我要说的是莱奥。"

"我很喜欢莱奥。"亚当斯贝格脱口而出。

"这个我相信。而且您认识她才几个小时。您发现她受伤的。您让她开口说话。我们也许因此避免了梅兰医生宣布她脑死亡。"

"我跟这位医生吵过几句。"

"在我意料之中。此人有时候够恩胡按得,但并非总那样。"

"您喜欢伊波利特的用词,伯爵先生?"当格拉尔问。

"叫我瓦勒雷吧,我们彼此不必拘束。伊波还在襁褓中我就认识他了。我觉得这个用语很贴切。"

"他什么时候开始颠倒拼读的?"

"十三岁的时候。他是个不寻常的人,他的弟弟和姐姐也一样。丽娜身上有一种非同寻常的光芒。"

"这没有躲过警长的眼睛。"当格拉尔看到城堡、喝了醇厚的苹果烧酒之后,心情完全平复了。

"您也察觉到了?"瓦勒雷惊讶地问道。

"没有。"当格拉尔坦承。

"很好。苹果烧酒怎样?"

"完美。"

伯爵拿过一块糖在酒杯里蘸了蘸,使劲吮吸起来。有一瞬,亚当斯贝格只觉糖块从四面八方向他袭来。

"我和莱奥一直喝这个苹果烧酒。你们要知道,我深爱这个女人。我娶了她,可是我家恩胡按得太多,这是实话,毁了我的前程。我当时年纪轻,软弱,我屈服了,两年后我们离了婚。"

"你们可能觉得奇怪,"他接着说,"但是我豁出去了,莱奥这次遭到这个卑鄙的杀手袭击,假如她能死里逃生,我会再次娶她为妻。我拿定主意了,只要她答应就行。现在轮到您上场,警长。"

"抓住凶手。"

"不,让莱奥活过来。你们别以为这是老男人一个突如其来的执念。我想了一年多了。我期待继子能明白这一点,但希望渺茫。所以就这样定了,不等他的同意了。"

伯爵艰难地站起来,拄着手杖走到高大的石头壁炉前,往里面扔了两大块木柴。老人依然有力气,至少足以决定这场异乎寻常的婚姻,两位年近九旬的老人初次结合是六十多年前的事了。

"这场婚姻有什么令人反感的地方吗?"他走到两人跟前问道。

"恰恰相反,"亚当斯贝格答道,"如果您发出邀请,我会非常乐意出席婚礼。"

"如果您使她脱离目前的处境,您会受到邀请的,警长。您做得到的。遇袭前一小时,莱奥给我打电话,她对与您共度的夜晚很满意,她的意见对我来说已经足够了。这里面有些缘分,如果您接受我这种简单判断的话。我们都有点信宿命,都住在博纳瓦勒小道附近。您,只有您让她摆脱了失语,开口说话。"

"只说了三个词。"

"我知道。您在她床边守了多久?"

"大约两个小时,我觉得。"

"两个小时跟她说话,给她梳头发,捧着她的脸颊。我都知道。而我希望您每天守上十个小时,甚至十五个小时,如果需要的话。直到您把她拉回来。您做得到,亚当斯贝格警长。"

伯爵收住话,目光慢慢扫过房间的墙壁。

"如果您同意的话,我把这个给您。"他不经意地用手杖指着挂在门旁的一幅小画,"它是为您画的。"

当格拉尔吓了一跳,抬眼望去。一位身材修长的骑士与背后的山景相映衬。

"凑近去看，当格拉尔警督。"瓦勒雷说，"您认得出这个地方吧，亚当斯贝格？"

"我想是古尔勃朗峰。"

"正是。离您老家不远，如果我没弄错的话？"

"您对我了解很多啊。"

"那当然。我要打听一点东西的话，通常总有办法做到。尚存的一点特权而已，很管用。我知道您盯上了克莱蒙-布拉瑟集团。"

"没有，伯爵先生，没有人盯上克莱蒙家族，包括我在内。"

"十六世纪末？"当格拉尔俯身看着画问道，"弗朗索瓦·克鲁埃画派？"他接着问，声音稍微轻了点，没那么自信。

"是的。大胆想象的话，甚至可以主张这幅画是大师的真迹，他也许暂时放下了作为肖像画家的包袱。然而我们没有确凿的证据，证明他到过比利牛斯。尽管如此，他在1570年画了让娜·德·阿尔布雷，即纳瓦尔女王的肖像，也许在她家乡波城画的。"

当格拉尔回到座位上，有点发懵，酒杯空了。这幅画是个稀罕物，价值连城，而亚当斯贝格似乎没有意识到。

"您自己倒酒吧，警督。我走路不太利索，您也给我满上。这样的运气不常来到我的家。"

亚当斯贝格既不在看画，也没看当格拉尔或伯爵。他想着"机器"这个词，这个词突然冲破它的外壳，撞向梅兰医生，然后撞向那个黏土捏成的年轻人，以及马丁用手指把药剂抹在弟弟皮肤上的景象。

"我做不到，"他说，"我没有那些能力。"

"您有能力的。"伯爵用手杖敲着打蜡镶木地板说，他刚才觉得亚当斯贝格的目光有些恍惚,此时似乎游离于虚空之中。

"我做不到,"亚当斯贝格重复道,声音很远,"我还有案子要查。"

"我找您的上级去说。您不能扔下莱奥不管。"

"的确。"

"那怎么说?"

"我做不到,但是有人能做到。莱奥活着,还有意识,可是全身出了故障。我认识一个人会修这种故障,修这种无名的故障。"

"江湖郎中?"伯爵扬起花白的眉毛问道。

"他是个科学家。但他是用超人的天赋来修理的。使体内恢复循环,给大脑充氧,让猫重新吃奶,疏通僵死的肺。堪称人体机器运转的专家。大师。他也许是我们唯一的机会,伯爵先生。"

"叫我瓦勒雷。"

"他也许是我们唯一的机会,瓦勒雷。他或许能把她拉回来。我不打任何包票。"

"他怎么操作?用药吗?"

"用他的手。"

"类似磁疗师吗?"

"不,他踩下阀门,将部件恢复原位,拉动操纵杆,疏通过滤器,最后重新启动发动机。"

"请把他带来。"伯爵说。

亚当斯贝格在屋里走了几步,旧地板吱嘎作响,摇了摇头。

"不可能。"他说。

"他人在国外?"

"他在监狱里。"

"见鬼。"

"我们需要一个特殊假释许可。"

"谁能发放?"

"执行法官。我们这位医生的执行法官是瓦尼尔。这位老法官有点像固执的山羊,这种事他甚至连听都不想听。让一个犯人离开弗勒里监狱,到奥尔德贝克一个老妇床头施展才华,这类紧急情况,他永远不会接受。"

"雷蒙·德·瓦尼尔?"

"是的。"亚当斯贝格继续在书房打转,没有朝克鲁埃画派的那幅画看过一眼。

"没问题,我们是朋友。"

亚当斯贝格朝伯爵转过身,伯爵正扬起眉毛微笑。

"雷蒙·德·瓦尼尔对我有求必应。我会让您的专家到场。"

"您必须提供一个可靠、真实和经得起检查的理由。"

"从什么时候起我们的法官需要理由啦?从圣路易时代开始就没有需要过。您只要给我写下医生的名字和关押地点就行了。我明天一早就给瓦尼尔打电话,明天晚上他就可以到这儿了。"

亚当斯贝格瞧一眼当格拉尔,当格拉尔点了点头,表示赞同。亚当斯贝格怪自己脑子转得不快。梅兰医生当时出言不逊,把莱奥比作破机器,自己就该想到牢里的那位医生,他也用这个词。自己也许想到了,但是没有意识到。就连丽娜重复"机器"这个词时也没有意识到。不过下意识地把它写在餐巾纸上了。他接过伯爵递来的便笺本,在上面写下相关信息。

"还有另一个障碍。"他把便笺本还给伯爵,说道,"如果我被撤职,他们就不会让我们的医生出来。可是医生需要做几个疗程,才能把她救过来。我可能四天后被撤职。"

"我知道。"

"全都知道?"

"知道很多关于您的事。我担心莱奥和温德莫特一家。您到了这儿,我开始打听消息。我知道,如果您抓不到刺杀安东尼·克莱蒙-布拉瑟的凶手,就会被撤职。凶手从警局逃走了,更加要命的是,他是从您的办公室、在您本人眼皮的底下逃走的。"

"没错。"

"您也是嫌疑犯,警长。您知道吗?"

"不知道。"

"好吧,您最好小心点。部里有些先生巴不得对您进行调查。他们几乎认为年轻人是您放走的。"

"无稽之谈。"

"确实是无稽之谈。"瓦勒雷笑着说,"问题是这个家伙现在无影无踪。而您在刺探克莱蒙这边的消息。"

"此路不通,瓦勒雷。我没在刺探啊。"

"但您还在想盘问安东尼的两个儿子。克里斯蒂安和克里斯托夫。"

"被上头给否了。我就此止步。"

"可是您不喜欢这样。"

伯爵把剩下的糖块放在碟子里,舔了舔手指,然后在蓝色外套上擦了两下。

"您到底想了解什么？关于克莱蒙一家？"

"纵火案发生前那个晚会的情况，两个儿子的心情如何。"

"情况正常，气氛还相当欢乐，假如克里斯托夫说得上欢乐的话。香槟畅饮，而且是最好的牌子。"

"您怎么知道？"

"当时我在场。"

伯爵又拿起一块糖，准确地浸入自己的酒杯。

"这个世界上存在一个小小的原子核，实业家们一直在里面寻找贵族，反过来也一样，因为他们之间的交流，也许通过联姻，可以提高大伙的爆炸威力。我属于两个圈子，贵族圈和实业圈。"

"我知道您把钢厂卖给了安东尼·克莱蒙。"

"这是我们的朋友埃梅里告诉您的吗？"

"是的。"

"安东尼是一只不折不扣的猛禽，飞得很高，在某种程度上令人钦佩。他的两个儿子就不同了。但是如果您认为其中一人放火烧了父亲，那您就搞错了。"

"安东尼想娶女佣人。"

"是的，他要娶罗丝为妻。"伯爵从杯子里捞出糖块，"我觉得他是在故意激怒家人，找乐子，我提醒过他。可是一看到儿子们巴不得他早日死去的眼神，他心里就生气。一段时间以来，他心灰意冷，受了创伤，做事容易走极端。"

"谁想对他实施法定监护？"

"主要是克里斯蒂安。但是他无计可施。安东尼神智健全，很容易证明这一点。"

"于是，安东尼独自坐在梅赛德斯里等人的时候，一个年轻人凑巧点燃了他的车。"

"我知道什么东西让您困惑。您想知道为什么安东尼单独坐在车里，对吗？"

"对啊，我想不明白。为什么不是司机把他们送回家。"

"因为司机被请到了厨房，克里斯托夫觉得他喝多了，不能开车。于是他和父亲一起离开晚会，汽车停在亨利-巴比塞街，他们一直走到那儿。他落座之后，发现手机不见了。他就让父亲等着，自己顺原路回去。他在圣宠谷街的人行道上找到了手机。拐过路口的时候，他看到汽车着火了。您听我说，亚当斯贝格，克里斯托夫当时距离梅赛德斯五百米，两个目击者看见他。他大叫一声，立刻冲过去，目击者跟他一起跑。是克里斯托夫报的警。"

"这是他告诉您的吗？"

"他妻子告诉我的。我们关系很好，我介绍她认识了未来的丈夫。克里斯托夫惊呆了。无论他们关系怎么糟糕，目睹父亲被活活烧死，总归不是一件开心的事儿。"

"我明白。"亚当斯贝格说，"克里斯蒂安呢？"

"克里斯蒂安比他们早走，他喝得酩酊大醉，想去睡觉。"

"但是听说他很晚才到家。"

伯爵伸手在光秃秃的脑袋上挠了一阵子。

"说出来也无伤大雅。克里斯蒂安有别的女人，甚至好几个，常常以官方晚会为借口很晚回家。我再跟您说一遍，兄弟俩兴致很高。克里斯蒂安跳了舞，模仿萨尔文男爵惟妙惟肖，连不苟言笑的克里斯托夫也哈哈大笑，乐了好一会儿。"

"气氛融洽,一个正常的晚会。"

"绝对正常的晚会。您看,壁炉上有个信封,里面装着克里斯托夫妻子寄来的十来张晚会的照片。她不明白,到了我这个年纪,我们不喜欢看自己的照片。您看一下就能了解当时的气氛。"

亚当斯贝格细看这十来张照片,的确,无论是克里斯托夫还是克里斯蒂安,都不像要烧死自己父亲的样子。

"我知道了。"亚当斯贝格说着把照片还给他。

"您留着吧,假如它们可以说服您。您得加紧行动,找到那个年轻人。我可以向克莱蒙兄弟求情,宽限您几天,这容易做到。"

"我觉得有必要这么做。"当格拉尔突然说道,他从这幅画看到那幅画,忙个不停,活像在一滴滴果酱上飞舞的黄蜂,"穆穆这小子飘忽不定。"

"他总有一天会需要钱的。"亚当斯贝格耸耸肩说,"他空着口袋走的。朋友只能一时救急啊。"

"救急永远是一时的,"当格拉尔喃喃自语,"懦弱则是永恒的。根据这条法则,我们通常最终会抓到逃犯。前提是内政部不拿刀子顶住我们的脖子。这样会打乱我们的行动。"

"我很清楚。"伯爵说着站起来,"所以我们要撇开这把刀子。"

北方工人的儿子当格拉尔心想,那就像挪开椅子,腾出活动空间那么简单,相信伯爵能做到。

25

维朗克和泽尔克在莱奥客栈门口等着他们。这是一个温暖的夜晚，团团乌云终于远去，把它们的雨水倾倒在别处。两人把椅子拿到外面，在夜色中抽着烟。维朗克看起来很平静，但是亚当斯贝格不轻信外表。警司的脸庞很有罗马特色，圆润、结实、好看，线条滑顺，没有丝毫棱角，里面深藏着无声的行动和固执。当格拉尔跟他握了握手，随即消失在屋子里。已经凌晨一点多了。

"咱们可以去田头走走。"维朗克提议说，"你把几部手机留在这儿。"

"你想看牛走动吗？"亚当斯贝格要了根香烟，说道，"你知道，这儿的牛跟咱们那边不一样，很少走动。"

维朗克示意泽尔克跟着他俩，等走出足够距离后，才在一块田的围栏前站住。

"内政部又来过电话。我不喜欢这次通话。"

"你不喜欢什么呢？"

"说话的口气。找不到穆穆，说话就变得咄咄逼人。他身上没有钱，而且到处张贴他的照片，他能跑到哪儿去？他们就是这么说的。"

"咄咄逼人,他们一开始就这样了。口气里还有什么?"

"还有讥笑、讽刺。打电话的家伙不是聪明人。一听就知道是那种知道一点事儿就骄傲得藏不住的人。"

"举个例子?"

"比如说抓到了你的什么把柄。我没有足够的线索来解读那种讽刺和里面蕴含的乐趣,但是我分明感到他们在胡乱猜测。"

亚当斯贝格伸手借火。

"那些你也在胡乱猜测的东西吗?"

"那不重要。我只知道你儿子陪你来这儿,开另一辆车。你料到他们也知道。"

"泽尔克写一篇烂叶子的报道,一份瑞典杂志的约稿。"

"对,巧得很。"

"他就是这样,逮住机会不放。"

"不,让-巴蒂斯特,阿梅尔不是这样的。我在屋子里没有看到鸽子。你们对它做了什么?"

"鸽子飞走了。"

"啊,很好。可是为什么泽尔克另外再开一辆车?行李箱不够大,放不下你们三个的旅行袋吗?"

"你干什么,路易?"

"我设法让你明白他们在怀疑你。"

"你以为他们怀疑我。"

"比方说,他们觉得穆穆消失得有点神奇。飞走的鸽子太多了点。我感到当格拉尔知道这些。警督不太会掩饰。穆穆逃跑后,他就像一只孵鸵鸟蛋的母鸡,不知如何是好。"

"你想得太多了。你认为我会犯这样的低级错误吗?"

"当然会。而且我没有说那是低级错误。"

"你有话就直说吧,路易。"

"我想他们马上会过来搜查。我不知道你把穆穆藏在哪儿,但是我觉得他今天晚上就得离开。赶快离开,跑得越远越好。"

"怎么离开呢?如果你、我或当格拉尔离开这儿,就等于不打自招。用不了一个小时,我们就会被抓住。"

"你儿子。"维朗克看着年轻人提议。

"让我把他牵扯进来?你不至于这么想吧?路易?"

"已经如此了。"

"不。目前没有确凿证据。但是如果他开着车,跟穆穆一起被抓住,那就直接进牢房。也许你说得对,我们得把穆穆交出去。送他到一百公里以外的地方,然后让他束手就擒。"

"你自己说的:他一旦落入法官的爪子就再也跑不掉了。死路一条。"

"你的对策呢?"

"泽尔克今晚必须离开。夜里,哨卡会少很多,而且大部分盘查不严。警察也累了。"

"我同意。"泽尔克说着拉住亚当斯贝格,"你别管了,我带他走。去哪儿啊,路易?"

"你对比利牛斯山跟我们一样熟,你知道通往西班牙的小道。你打那儿直奔格拉纳达。"

"然后呢?"

"你在那儿藏起来待命。这是几家酒店的地址。我还准备了两块车牌、一张驾驶证、一点现金、两张身份证、一张信用卡。到了离这儿足够远的地方，你在公路路肩上停车，让穆穆剪一下头发，剪成乖孩子的样子。"

"这是他没有烧梅赛德斯的证明啊，"泽尔克说，"他现在是长头发。"

"长头发又怎么样?"亚当斯贝格问。

"你不是知道别人叫他'短绺穆穆'吗?"

"知道啊，因为他用短的导火索点燃汽车，这么点火有危险，但是更刺激。"

"不对，因为每次放火都烧到他额头上的头发。所以他剃成短绺，不让别人看出来。"

"有道理，阿梅尔，"维朗克说，"咱们时间紧迫。你把他藏在哪儿，让-巴蒂斯特? 远吗?"

"离这儿三公里。"亚当斯贝格还有些懵，"穿树林的话，两公里。"

"咱们这就去吧。孩子们收拾行李的当口，我们把车牌固定好，清除脚印。"

"在他开始画画的当口。"泽尔克说。

"在克莱蒙兄弟似乎走出困境的当口。"亚当斯贝格一脚踩灭烟蒂。

"鸽子，鸽子怎么办呢?"泽尔克突然不安地问道。

"你带他去格拉纳达。咱们不正说吗。"

"不，另一只鸽子。埃勒博怎么办?"

"留给我们来管。你带着它会暴露的。"

"它的腿每隔三天还要敷药消毒一次。你得答应我一定做到,保证不忘记。"

将近凌晨四点,亚当斯贝格和维朗克目送汽车的尾灯渐渐远去,鸽子在他们脚下的笼子里咕咕叫着。临行前,亚当斯贝格往保温瓶里灌满咖啡,给儿子带上。

"你把他撵走,希望不是白忙活,"亚当斯贝格低声说。"但愿你没有让他掉进泥潭。他们得开一天一夜的车,会精疲力尽的。"

"你不放心阿梅尔吗?"

"是的。"

"他扛得住。大胆尝试,冒险举动,/勇敢的心会令它成功。"

"他们怎么会怀疑的?"

"你动作太快了。干得漂亮,可是动作太快了。"

"没有时间,别无选择。"

"我知道,但你也太单枪匹马了。别以为单打独斗能如愿以偿,/你躲避的友人是你的唯一倚傍。当时应该叫上我。"

26

伯爵连夜忙到次日拂晓，效率之高可以与他对老莱奥的温情相媲美，因为上午十一点半，医生就悄悄到达了奥尔德贝克医院。瓦勒雷早上六点叫醒老法官，下达命令，弗勒里监狱的铁门九点打开，专车从里面出来，带着犯人驶向诺曼底。

两辆普通号牌的公务车停在过路行人看不见的医务人员专用停车场。医生在四个人的簇拥下，戴着手铐下车，胖乎乎的脸上甚至露出愉悦的表情，亚当斯贝格松了口气。他还没有收到泽尔克任何消息，雷坦库尔也没有传来一个字。这一次，他似乎觉得雷坦库尔这颗鱼雷的引信被拆除，失去了作用。这或许证实了伯爵的假设。雷坦库尔之所以找不到任何东西，是因为本来就没有东西可找。除了他抓住不放的克里斯蒂安很晚回家这一点，没有理由怀疑兄弟俩中的任何一人。

医生穿得干净整洁，步履蹒跚地朝他走来。他在监狱里体重没有减轻，甚至还可能长胖了。

"感谢您让我出来转一圈。"他握着亚当斯贝格的手说道，"看看乡下景色挺爽快的。您千万别当着别人的面叫我名字，我看重我名字，希望它不被玷污。"

"那怎么称呼您？埃勒博医生？这样可以吗？"

"好极了。您的耳鸣怎么样了？又来烦您了？当时没办法，只给您治了两次。"

"没有耳鸣了，医生。左耳有时候稍微有点啸声。"

"太好了，这点小病算不了什么，我等会儿给您处理掉，然后再跟这些先生们回去。那只小猫呢？"

"很快会断奶。监狱怎么样啊，医生？您被监禁后，我一直没时间去探望，很抱歉。"

"怎么跟您说呢，我的朋友。我忙得不可开交。要给典狱长治疗，很严重的陈年腰疼，给犯人治疗各种抑郁症和妙不可言的童年创伤，说实话，都是些引人入胜的病例，还给看守们治病，很多瘾君子，很多内心压抑的暴力。我每天接诊病人不超过五个，一点都不通融。我当然不收费，我没有收费的权利。但是您懂的，我得到很多补偿。特殊的牢房，优惠的待遇，吃小灶，看书没有限制，没什么可抱怨的。结合我在那边遇到的那么多病例，我准备写一本非常棒的关于监狱创伤的书。给我说一下您病人的情况吧。需要治疗？还是诊断？"

亚当斯贝格在地下室和医生谈了一刻钟，然后来到楼上。埃梅里队长、梅兰医生、瓦勒雷伯爵和丽娜·温德莫特已经在莱奥的病房外面等候。

亚当斯贝格向他们介绍保尔·埃勒博医生，一名看守小心翼翼地替他解开手铐。

"这个看守，"医生贴近亚当斯贝格的耳朵说，"我让他复活了。他当时阳痿，心灰意冷，看着可怜。现在每天把咖啡端到我的床头。

那个女人是谁，丰满得像鸡蛋，挺诱人的？"

"丽娜·温德莫特。是她点燃了火药桶，由此才引发了第一起谋杀。"

"她是凶手？"医生问道，惊讶而又怀疑地看了她一眼，似乎忘了他自己也杀过人。

"这个说不准。她看到阴森恐怖的场景，说了出来，导致后来发生的一切。"

"怎么个阴森恐怖呢？"

"那是本地的一个古老传说，说是数百年来，一支狂怒天军从这儿经过，里面大半是索命的恶鬼，掳走现世的罪人。"

"埃勒甘'梅尼'？"医生急切地问道。

"正是。您知道埃勒甘'梅尼'？"

"谁没有听说过，我的朋友？这么说，埃勒甘领主在附近策马飞奔咯？"

"离这儿三公里。"

"绝妙的场景。"医生搓手赞赏道，这个动作让亚当斯贝格想起那天晚上，他为医生选择了一款上乘的葡萄酒。

"老太太也是被勾走的人吗？"

"不，我们猜想她了解一些情况。"

医生走到床前，看到依然十分苍白冰冷的莱奥娜，脸上忽然没了笑容，亚当斯贝格摸了摸脖子，放电魔球又出现了。

"脖子痛吗？"医生低声问他，眼睛一直看着莱奥娜，一副检查工作计划的神态。

"没事。放电魔球时不时地会在脖子上扎一下。"

"没这回事。"医生轻蔑地说,"这事不着急,咱们以后再说,您的老太太倒是有点悬。"

他让四名看守退到墙边,要他们保持肃静。梅兰露出将信将疑、大感不解的神情,显得更加"恩胡按得"。埃梅里毕恭毕敬地站着,似乎等待皇帝的特别检阅。伯爵握住自己的手,不让它们颤抖,有人给他递过一把椅子。丽娜站在伯爵身后。亚当斯贝格的备用手机振动起来,他用力握住手机,瞥了一眼上面的短信:"他们来了。搜查莱奥的房子。路维比。"他悄悄地让当格拉尔看了这条信息。

让他们去搜吧,他心想,十分感激地想到维朗克警司。

医生把大手放在莱奥娜的头上,似乎听了很久,然后移到脖子和胸口。他默默地绕过床,用手指捏住老太太瘦弱的脚,按压,扭动,断断续续持续了几分钟。然后回到亚当斯贝格身边。

"全都坏死,没救了,亚当斯贝格。保险丝熔断、电路跳闸、纵隔筋膜和脑筋膜滞阻、大脑缺氧、呼吸减压,消化系统没有反应。她多大了?"

亚当斯贝格听到伯爵的呼吸骤然加快。

"八十八岁。"

"知道了。我先给她做初步治疗,大约四十五分钟。下午五点左右再做第二次治疗,持续时间短一些。行不行啊,勒内?"他转身问看守长。

不再阳痿的看守长马上点头,眼睛里充满崇敬之情。

"如果治疗有效果的话,我半个月以后还要回来,帮助她稳定病情。"

"没问题。"伯爵的声音还紧绷着。

"现在请你们离开,我希望和病人单独在一起。梅兰医生可以留下来,如果他愿意的话,条件是不许冷嘲热讽,哪怕不出声也不行,否则我也只能请他离开。"

四名看守开始商量,他们看到伯爵严厉的目光、埃梅里满腹狐疑的表情,看守长勒内最后表示同意。

"我们就在门后边等着,医生。"

"那还用说,勒内。不管怎么样,如果我没搞错的话,房间有两个摄像头。"

"没错。"埃梅里说,"防护措施。"

"所以我飞不走的。而且我也没有这种打算,这个病例很诱人。一切正常,但是没有一个器官能正常运作。无疑是恐怖造成的后果,恐怖激起下意识的求生反射,使得机体功能瘫痪。她不愿意再次经历那次伤害,她不想回来面对它。警长,您可以得出结论,她认识袭击者,而且她难以忍受这一事实。她正在逃逸,逃得很远,太远了。"

两名看守站到门前,另外两名跑下楼,守在窗户底下。伯爵的手杖敲着走廊的地面,把亚当斯贝格吸引到身边。

"他只会用手指给她治疗吗?"

"是啊,瓦勒雷,我跟您说过的。"

"我的天。"

伯爵看了看手表。

"才过去七分钟,瓦勒雷。"

"您不能进去看看情况怎么样?"

"埃勒博医生做高难度治疗的时候是全力以赴的,结束时通常汗流浃背。不要去打扰他。"

"明白。您不问我是否能把剑挪开?"

"什么剑?"

"内政部压在您脖子上的那把剑。"

"请说。"

"说服安东尼的两个儿子不是一件容易的事儿。不过事情已经解决了。再给您一周时间,务必抓住这个穆罕默德。"

"谢谢,瓦勒雷。"

"不过,我觉得部长办公室主任有点奇怪。他同意宽限的时候说了句'如果今天我们找不到他'。这个他是指穆罕默德。有点开玩笑的样子。他们手里有线索吗?"

亚当斯贝格感到脖子上的魔球放电加剧,痛得很。可是医生说过不存在放电魔球,没那回事儿。

"我没有这方面的消息。"他说。

"他们会不会背着您也在调查?搞什么名堂?"

"我一无所知,瓦勒雷。"

此时此刻,内政部的特勤组肯定已经把他在奥尔德贝克去过的所有地方都查了一遍。莱奥客栈、温德莫特家——亚当斯贝格巴不得伊波利特一直跟他们倒着说话、宪兵队——亚当斯贝格竭力希望弗莱姆朝他们扑过去。他们去埃尔比耶家的可能性不大,但是废弃之地总能引起爱管闲事的警察们兴趣。他把自己和维朗克所做的事在脑子过了一遍:擦指纹、沸水冲盘子、揭下床单——交给两个年轻人扔到离奥尔德贝克一百多公里的地方去,重新打上封印。还剩下埃勒博的粪便,他俩使劲刮,可是还有痕迹。他问过维朗克是否知道鸟粪为何这么难以清除,但维朗克不比他更懂多少。

27

两个年轻人一路上接力开车，轮流睡觉。穆穆剪了头发，戴上眼镜，留着胡须，一番简单的乔装令人放心，因为很像维朗克贴在身份证上的照片。穆穆被伪造的身份证迷住了，翻来覆去反复欣赏，心想警察造假如此逼真，比自己在山岗新城的那帮小混混强多了。泽尔克一路只走免费公路，在索米尔绕城高速上才遇到第一个哨卡。

"穆穆，你假装睡觉。"他不动声色地说道，"他们拦我的时候，我叫醒你，你就在行李里翻几下，然后拿出身份证，摆出傻乎乎、啥都不懂的样子。脑子里想简单的事儿，想想埃勒博，一心想着它。"

"或者想牛。"穆穆的声音里透着担忧。

"没错，你别说话。点个头就行了，没睡醒的样子。"

两名宪兵缓缓朝车子走过来，像两个闷得慌的家伙，终于见到有东西送上门，松了一口气。其中一个拿着灯，费力地绕着车走了一圈，另一个人的手电筒迅速照亮两人的脸，接过他们出示的证件。

"车牌是新的。"他说。

"是啊。"泽尔克说，"我两个礼拜前叫人装上去的。"

"车龄有七年，车牌却是新的。"

"巴黎就这样。"泽尔克解释道,"汽车保险杠,前面的、后面的都给撞瘪了。车牌凹凸不平,我就把它们换了。"

"为什么换啊?上面的数字看不清啦?"

"数字可以看的。但是您很清楚,宪兵,在这座城市里,你的车牌坏了,别人停车就会毫无顾忌,乱撞你的车。"

"您不是巴黎人?"

"比利牛斯人。"

"啊,那里总归比巴黎好。"宪兵挤出一丝微笑,把证件还给他们。

他们默默地行驶了几分钟,心跳慢慢恢复正常。

"你刚才真棒。"穆穆说,"我绝想不到这样答复。"

"我们得停下来把车牌搞坏。往上面踢几脚。"

"再抹一点排气管上的黑粉。"

"我们也趁机吃几口东西。你把身份证放在裤兜里,让它折几下。现在看上去太新了。"

上午十一点,他们在安古莱姆通过第二个哨卡。下午四点,泽尔克在拉伦斯附近的一条山路上停车。

"穆穆,我们再休息一个小时,最多一小时。得继续赶路。"

"咱们到边境啦?"

"差不多了。咱们从索克山口进入西班牙。你知道咱们要做什么吗?咱们去奥斯德哈卡的小客栈吃饭,像王子那样享受。然后去贝尔顿过夜。明天直奔格拉纳达,十二个小时的路程。"

"我们也要洗个澡。我感觉我们身上发臭了。"

"咱们身上肯定有臭味。两个浑身发臭的家伙,立刻会被人注意到。"

"你爹的位子快保不住了，都怪我，你觉得他会怎么看待这档子事？"

"我不知道。"泽尔克说着拿起水壶喝了几口，"我不了解他。"

"怎么说？"穆穆接过水壶问道。

"他找到我不过两个月。"

"你是弃儿？该死。不过你长得像他。"

"不，我是说他找到我的时候我已经二十八岁了。在此之前，他甚至不知道世上有我这个人。"

"该死。"穆穆重复道，揉了揉脸颊，"我呢，我爹恰恰相反，他知道有我这个儿子，但是从来没有设法找过我。"

"他也一样。是我去找上他的。我觉得当爸的都让人琢磨不透，穆穆。"

"我想最好睡一个小时。"

穆穆感到泽尔克说话的声音有些累。不是他爹就是疲倦造成的。两个小伙子蜷缩着寻找睡觉的姿势。

"泽尔克？"

"嗯？"

"我至少可以为你爹做点小事，作为回报。"

"找到杀害克莱蒙的凶手？"

"不，找到绑住埃勒博腿的那个人。"

"那个混蛋。"

"对的。"

"那不是一件小事。不过你找不到他。"

"你家碗柜上的草莓筐,里面有羽毛,你们用它装埃勒博的吗?"

"那又怎样?"泽尔克支起身。

"绑鸽腿的绳子,就是里面那根吗?"

"是的,我爸留着做化验。然后呢?"

"那是玩扯铃的绳子。"

泽尔克挺直身子,点了一支烟,又递给穆穆一根,然后把车窗打开。

"你怎么知道的,穆穆?"

"玩扯铃要用特别的绳子。不然的话,绳子会磨损、缠绕,扯铃会掉下来。"

"和溜溜球一样的绳子吗?"

"哦,不一样,扯铃绳中间那段磨损比较厉害,甚至会断掉,因此要用加固的尼龙线。"

"好吧,然后呢?"

"卖这种线的地方不太多。扯铃经销商那里有卖。可是巴黎没有几家。"

"就算找到店铺,"泽尔克思考片刻后说,"监视它们,我们也不可能知道用它来折磨鸽子的是谁。"

"有一个办法,"穆穆坚持道,"因为这根绳子不是专业的。我想它的芯线不是编织的。"

"它的心弦?"泽尔克有点糊涂了。

"绳子的芯线,当中的绳股。专业人士选比较贵的绳子,十米或二十五米一卷。但这根绳子不是这样,是跟扯铃和竹棍一起出售、成套卖的。"

"那又怎样呢?"

"看上去没有一点儿磨损。不过跟你爹一起干活的人,用放大镜说不定能看清楚?"

"或者用显微镜。"泽尔克表示同意,"绳子是新的,这说明什么呢?"

"那个混蛋小子为什么糟蹋自己扯铃的这根新绳子呢?他为什么拿这根绳子,而不拿一段厨房的绳子?"

"因为他家里有这种绳子,伸手可得?"

"说得对。他爹开扯铃店。那个家伙从一捆绳子上面剪一段全新的,挑最便宜的剪。因此他爹是批发商或半批发商,绳子卖给制作扯铃套件的人。这种批发商,巴黎可能只有一家。由此可见他住在离警察局不远的地方,因为埃勒博的脚被绑住以后,走不了多远。"

泽尔克几乎闭着眼睛抽烟,默默地观察穆穆。

"这件事,你想了好久吗?"他问道。

"是的,屋子里空空的,我有时间琢磨这件事。你觉得我在胡扯吗?"

"我觉得,我们一旦能上网,马上能找到商店的地址,知道那个混蛋小子姓什么。"

"可是我们上不了网。"

"是啊,我们可能要逃好几年。除非你能找到那个给你使绊的王八蛋。"

"我们不能那样蛮干。克莱蒙家族势力遍布整个国家。"

"甚至遍布几个国家。"

28

医院走廊里弥漫着忧心忡忡的气氛，平时起码的客套礼节一扫而光，没有人寒暄攀谈。丽娜一个哆嗦，披肩又滑落到地上。当格拉尔反应比亚当斯贝格快，踉跄着两大步跨到丽娜身后，捡起披肩，慢慢地轻轻披到她肩上，做派有点老套。

他被辐射到了，亚当斯贝格判断道。埃梅里见状则皱起金黄色的眉头，一副鄙夷的样子。他们都被辐射到了，亚当斯贝格暗想，都被她捏在手心里，她想怎么说就怎么说，想逮住谁就逮住谁。

众人的视线又回到原先的位置，死死盯住紧闭的房门，等待门把手微微转动，就像等待大戏开场、帷幕升起。大伙像草场上的牛，纹丝不动。

"救过来了，在哼哼。"医生走出病房，简短通报道。

他从口袋里掏出一大块白手帕，有条不紊地擦着额头，另一只手把在门上。

"你们可以进去，但是别吭声。"他对伯爵说，"不要急着让她说话。至少半个月。她至少得等半个月才能开口，绝对不能操之过急，不然她又会陷入绝境，走上不归路。大家如果答应做到，我就让你们进去看一下。"

众人连连点头。

"不过谁能确保大家遵守规定呢?"埃勒博医生追问道。

"我来负责。"梅兰说,他一直跟着埃勒博,有点吓得缩头缩脑,没有人注意到他。

"您得说到做到,我的同事。您陪同每个访客或者派人陪同。如果病情恶化,我拿您是问。"

"请相信我,我是医生,不会让任何人毁了您的工作。"

埃勒博点点头,让伯爵靠近病床,当格拉尔扶着他颤抖的手臂。他一动不动地站着,张着嘴,看着脸色红润、呼吸平稳的莱奥,莱奥微笑着,用活泼的眼神打招呼。伯爵的手指放在老妇人又温暖起来的手上。他转身向医生表示感谢,或者表示敬佩,忽然身体一歪,倒在当格拉尔怀里。

"当心。"埃勒博皱了一下眉头,"激动,迷走神经不适。让他坐下,脱去衬衫。脚是蓝色的吗?"

瓦勒雷瘫倒在椅子上,很难给他脱衣服。恍惚之中的伯爵拼命推开当格拉尔,似乎死活不肯在病房里赤身裸体,丢人现眼。

"他最讨厌当众脱衣服。"梅兰医生插话道,"有一次在家里也这样闹过。幸亏我当时在场。"

"他经常身体不适吗?"亚当斯贝格问。

"没有,上次发病是一年前的事了。压力太大造成的,结果没什么大碍。雷声大雨点小。您为什么问这个,警长?"

"为莱奥着想啊。"

"您不用担心,他身板结实着呢,陪莱奥的日子长得很。"

29

埃梅里队长满脸惊慌地走进房间,使劲摇着亚当斯贝格的胳膊。

"莫尔坦博刚报案,他表哥格莱约死了,被屠杀了。"

"什么时候?"

"显然是昨天夜里。法医正在路上。你知道吗?更可怕的是,他脑袋被劈开。斧头劈的。凶手故伎重演。"

"你指老温德莫特?"

"当然,一切都从他那儿开始的。善有善报,恶有恶报。"

"那家伙被杀的时候,你还不在这儿。"

"那怎么啦。你倒应该想想,为什么他们当时一个人都没有抓?为什么他们也许不想抓任何人。"

"'他们',谁啊?"

"这儿,亚当斯贝格,"埃梅里望着当格拉尔扶着赤膊的瓦勒雷出去,不太情愿地说道,"真正的法律、唯一的法律,是奥尔德贝克的瓦勒雷伯爵想要的法律,也就是在他的领地上拥有生杀予夺的权利,甚至还不止,你不知道吧。"

亚当斯贝格犹豫了一下,想起他前一天在城堡接到的命令。

"你也看到了,"埃梅里补充说,"他需要你的犯人来照料莱奥?

犯人就来了。你需要延长调查的期限？他争取到了。"

"你怎么知道我的调查有期限？"

"他自己跟我说的。他喜欢炫耀自己神通广大。"

"他在保护谁呢？"

"我们一直认为是某个孩子杀了父亲。你别忘了，有人看见丽娜在擦斧头上的血迹。"

"她没有隐瞒。"

"她隐瞒不了，调查报告里有记载。但她清理了斧头，以保护伊波。你知道父亲对他做了什么吗？"

"知道，砍了他的手指。"

"用斧头砍手指。不过瓦勒雷也完全能够杀了这个恶魔，保护孩子们。假设埃尔比耶知道这件事。假设他开始勒索瓦勒雷……"

"三十年后？"

"说不定他勒索多年了。"

"那么格莱约呢？"

"纯粹烟幕弹。"

"你认为丽娜和瓦勒雷串通好。她散布狂怒天军经过此地的消息，让瓦勒雷乘机除掉埃尔比耶。其余的人，比如说莫尔坦博、格莱约，纯粹是一种陪衬，让你信以为真，去搜查一个信奉埃勒甘'梅尼'并履行其主人的旨意的疯子？"

"说得通，不是吗？"

"也许吧，埃梅里。不过我相信的确有个疯子害怕狂怒天军，不是设法自保性命的被勾走的人，就是未来要被勾走的人，他试图为埃勒甘效力，争取得到他的宽恕。"

"你为什么这样想？"

"不知道。"

"你不了解这儿的人。如果你救活莱奥，瓦勒雷给你什么承诺呢？或许给你一件艺术品？你别指望了。他一贯这么做的。他为什么要不惜一切代价给莱奥治病？这个你想过没有？"

"因为他离不开莱奥，埃梅里，你也知道的。"

"或许想了解她知道什么？"

"你别胡说了，埃梅里，他刚才差点晕倒。他要娶她，假如她大难不死。"

"那就太巧了。妻子的证词在法庭上毫无价值。"

"你要拿定主意，埃梅里，假如你怀疑瓦勒雷或者温德莫特一家的话。"

"温德莫特、瓦勒雷、莱奥是同一拨人。老温德莫特和埃尔比耶属于邪恶的一面。伯爵和孩子们属于淳朴无辜的一面。你把他们搅和在一起，就得到一群该死的、黏土捏成的、无法无天的渣滓。"

30

"夜间遭到袭击,将近午夜的时候。"法医夏齐分析道,"斧头砍了两下子。其实一斧头已经绰绰有余。"

格莱约和衣倒在办公室,脑袋被劈开两道口子,桌子和地毯上一大摊血,铺在地上的设计草图也洒满了血,透过摊摊血迹还能看得出圣母的脸。

"无法无天。"埃梅里指着那些草图说,"圣母浑身是血。"他厌恶地说道,似乎这种污秽比眼前的屠戮场景更令他厌恶。

"埃勒甘领主下手不轻啊。"亚当斯贝格喃喃自语,"根本不把圣母放在眼里。"

"毫无疑问。"埃梅里忧郁地应道,"格莱约拿到圣奥班教堂的订单。而且他总是很晚收工。凶手走进来,不管是男是女,他们彼此认识。格莱约在这里接待对方。如果凶手身上藏斧头,那就得披一件雨衣。天气这么热,有点不协调。"

"别忘了那时候天要下雨。西边有乌云。"

办公室里可以听到米歇尔·莫尔坦博的哭泣声,与其说是哭泣,不如说是不怎么流泪的男人常有的那种低叫。

"他老娘去世时他都没有这么伤心过。"埃梅里有点生气。

"他昨天在哪儿？你知道吗？"

"他在卡昂，两天前去的，订了很多梨树苗。很多人能证实。他今天上午晚些时候回的家。"

"昨天午夜他在哪儿？"

"在'神魂颠倒'夜总会。整个晚上跟妓女和基佬鬼魂，很懊悔。等他擤完鼻涕，布莱里奥会给他做笔录。"

"冷静点，埃梅里，笔录没用的。你的技术小组什么时候到？"

"他们从利西厄出发，什么时候到，你自己算吧。混账的格莱约要是听从我的建议，或者至少接受警方监视，就不会出事了。"

"冷静点，埃梅里。你为他感到难受？"

"不是，我难受的是埃勒甘赢了。我所看到的是有人杀了两个被狂怒天军勾走的人。你知道这会对奥尔德贝克造成什么影响吗？"

"一连串的恐慌。"

"就算莫尔坦博也死了，也不会有人在乎。但第四名受害者是谁，没有人知道。我们可以保护莫尔坦博，但保护不了全镇的人。如果我想知道这儿谁良心不安，谁怕被埃勒甘点名，现在就应该进行监视。只要看看哪些人心里哆嗦、哪些人心境坦然，我就能列出一张名单来。"

"我出去一下，"亚当斯贝格说着关上手机，"当格拉尔警督在外面，我去接他。"

"他不会自己走进来？"

"我不希望他看见格莱约。"

"为什么？"

"他见不得血。"

"他是不是警察？"

"冷静点，埃梅里。"

"上了战场他一准是个孬种。"

"那没关系，他不是元帅的后裔。他的祖先在矿上挖煤，也要拼命，但是没有荣耀。"

一小群人已经聚集在格莱约的门前。大家知道他是被埃勒甘领主勾走的人之一，看到那辆警车，心里就明白了。当格拉尔站在众人后面，动弹不得。

"安托南也来了，"他对亚当斯贝格解释道，"他想和你们，想跟您还有埃梅里说话。可是他不敢独自穿过人群，得有人给他开道。"

"我们从后门走吧。"亚当斯贝格说着，轻轻抓住安托南的手。

在他哥哥给他按摩的时候，亚当斯贝格就看出来安托南的手是结实的，但是整个手腕是黏土做的，所以不能操之过急。

"伯爵情况怎么样？"亚当斯贝格又问道。

"他站起来了。特别是重新穿上衣服了，衬衫被人脱掉让他怒不可遏。梅兰医生见风使舵，低三下四地拿出一间屋子供埃勒博使用，埃勒博跟看守们高谈阔论，一起进餐。梅兰医生寸步不离地跟着他，像个被龙卷风吹得晕头转向的家伙。格莱约的情况怎么样？"

"他的情况嘛，您最好别看到他。"

亚当斯贝格绕房子走，他和当格拉尔左右两边，保护着安东南。他们遇到莫尔坦博，他脑袋耷拉着走路，像一头疲惫的公牛，布莱里奥下士相当友善地把他带到车子旁。见警长过来，布莱里奥悄悄示意，拦住亚当斯贝格。

"队长把格莱约的死归咎于你。"他嗫嚅道,"恕我直言,他说您啥都没做。我说这话是给您提个醒,他坏起来很厉害的。"

"我注意到了。"

"您别在意,会过去的。"

安托南小心翼翼地在格莱约厨房的椅子上坐下,胳膊放在桌子下面。

"丽娜在上班,伊波出门买柴火,马丁在树林里。"他解释说,"于是我来了。"

"您接着说。"亚当斯贝格柔声说。

埃梅里站在离他们几步的地方,显然在告诉别人,这不是他负责的案子,亚当斯贝格再怎么有名,也没有比他做得更出色。

"据说格莱约被人杀了。"

"是的。"

"你们知道丽娜看见他向狂怒天军大声求饶吗?"

"是的,包括莫尔坦博,还有第四个人,不知道是谁。"

"我的意思是,狂怒天军杀人有自己一套办法。绝对不用现代的武器,这是我想说的。不会用左轮手枪或步枪。因为埃勒甘没见过这些武器。埃勒甘老掉牙了。"

"跟埃尔比耶对不上号。"

"是的,但埃尔比耶也许不是埃勒甘干掉的。"

"不过格莱约的情况确实如此,"亚当斯贝格承认道,"他不是被枪杀的。"

"用斧头吗?"

"您怎么知道的?"

"因为我们的斧头不见了。这就是我想说的。"

"哎,"埃梅里小声笑着说,"你大老远地跑来,身体这么弱,就为了把凶器交给我们?这很好,安东南。"

"我妈说可能会有帮助。"

"你就不怕它反而给你们添麻烦吗?除非你觉得我们会找到这把斧子,于是抢先一步?"

"冷静点,埃梅里。"亚当斯贝格打断他的话,"你们什么时候发现斧头不在了?"

"今天早上,不过在我知道格莱约出事之前。我平时不用斧头,体力吃不消。可是我发现斧子不在原地了,斧子通常放在外面,靠在那堆木柴上。"

"所以谁都可能拿走斧子?"

"是的,但谁都不那么做。"

"这把斧头有什么特别之处吗?有什么可以辨认的记号?"

"伊波在斧柄上刻过一个 V。"

"您觉得有人用它来陷害你们?"

"有可能,不过我的意思是,那样做不够聪明。就算要杀格莱约,我们也不会拿自己的斧头,对不对啊?"

"恰恰相反,那样做很聪明。"埃梅里插话道,"你们不会犯如此低级的错误。尤其是你们,温德莫特,奥尔德贝克城最聪明的一家人。"

安托南耸了耸肩。

"你不喜欢我们,埃梅里,所以你的意见我不要听。也许你的祖先很会打仗,寡不敌众也不怕。"

"你少管我们家的闲事，安托南。"

"是你在多管我们家的闲事，这就是我的意思。可是你，你从祖先那里继承了什么？你一看到野兔就拼命追赶。可是你从来不看周围的情况，从来不考虑别人在想什么。你不再是这次调查的负责人。我跟巴黎来的警长说话。"

"你做得很对。"埃梅里狞笑着回答，"你看，他来了以后效率多高啊。"

"这很正常。因为调查需要时间，去揣摩别人在想什么。"

利西厄的技术小组走进屋子，安托南听到动静，警觉地抬起线条细致的脸。

"当格拉尔会送您回家，安托南，"亚当斯贝格起身说，"谢谢您来找我们。埃梅里，咱们晚上见，一起吃顿饭，如果你同意的话。我不喜欢斗嘴怄气，不是说我品行高尚，而是因为我讨厌斗嘴怄气，不管有无道理。"

"好吧，"埃梅里略一迟疑说，"来我家？"

"去你家。我先走一步，你跟技术人员继续吧。把莫尔坦博单独关起来，时间越长越好，就说是羁押。他在宪兵队至少没有生命危险。"

"你去干什么？吃午饭？见个人？"

"走路。我必须走路。"

"你的意思是？去摸情况？"

"不是，我只是走路而已。埃勒博医生向我担保，不存在什么放电魔球，你知道吗？"

"那会是什么？"

"咱们晚上再谈。"

队长脸上的不快消失得无影无踪。布莱里奥下士说得没错,很快会过去,说到底,那是一种不太多见的长处。

31

担忧将在奥尔德贝克骤然加剧，引起恐慌，人们要找出答案。在这一点上，亚当斯贝格认为，他们大多会从狂怒天军阴魂不散的角度去找，而不会指责巴黎警长的无能。因为这儿谁会真的以为他一个人，单枪匹马，就有本事拨开埃勒甘领主的刀剑？不过，亚当斯贝格还是选了一条行人不多的路，这样可以少遇到些人，避免别人质问。尽管诺曼底人并不擅长当面提问，但是他们会久久地看着你的背影，用强烈的暗示让你觉得芒刺在背，最终不得不直面问题。

他走蜻蜓池塘那条路，绕过奥尔德贝克，穿过小阿林德树林，顶着烈日朝博纳瓦勒小道走去。在这条被诅咒的路上，此时不可能碰到一个人。这条路，他早就应该来走走，而且是反复走。因为肯定是在这里，而且只有在这里，莱奥知道或明白了某些东西。但前一阵子事情接连不断：穆穆、克莱蒙-布拉瑟家族、潜伏的雷坦库尔、昏迷的莱奥、伯爵的命令，拖延了他的行动。也可能是某种宿命论作祟，导致他自然而然地将责任推到埃勒甘领主的头上，没有去找现实中那个真正用斧子毁灭众生的凡人。泽尔克音信全无。不折不扣地执行着他下达的禁止联络的指令。因为在这个时候，在内政部的人突击搜查之后，他的第二部手机肯定也已经被发现和窃听了。他得提醒雷坦库尔别再跟他交流。克莱蒙-布拉瑟巨型地宫中的鼹鼠一旦暴露，等待她的命运会是什么，只有天知道了。

小路边上孤零零地矗立着一座农庄，一条狗守着，看样子它叫累了。在这儿打电话，不会有任何被窃听的风险。亚当斯贝格拉了几下旧门铃，大声叫门。无人应答。他推开门，看到玄关桌上摆着电话，周围是乱七八糟的信件、雨伞和泥泞的靴子，他摘下话筒，准备给雷坦库尔拨电话。

但他又放下话筒。裤子后兜一包硬邦邦的照片忽然提醒了他，是伯爵前一天给他的照片。他走出屋子，来到远处草棚后面慢慢浏览起来，依然看不懂这些照片一再向他发出的呐喊。克里斯蒂安在模仿某个人，惹得周围的人哈哈大笑，克里斯托夫面带微笑，领带上俗气地插着一枚纯金的金马蹄别针，人人手持酒杯，托盘上花团锦簇，长裙半掩酥胸，首饰珠光宝气，硕大的戒指勒住尽显老态的手指，身着燕尾服的侍者。对于专门研究动物群体中优势个体炫耀行为及体态的动物学家来说，看点很多，在寻找杀人凶手的警察眼里则甚是无趣。一群野鸭飞过，排出一个完美的 V 字阵形，转移了他的注意力——淡蓝的天空，西边已经出现乌云。他收起照片，抚摸一匹母马的脸颊，它摇晃脑袋想把披在眼睛前面的一绺鬃毛甩开。他看了看手表。假如泽尔克出了什么事，他肯定已经得到消息了。所以此时此刻，他们应该躲过了最严格的搜捕，接近格拉纳达了。他没有想到自己会为泽尔克担心，他不知道是愧疚还是自己未曾体验过的情感在起作用。他想象他们身上脏兮兮的，已能望见那座城市，眼前浮现出泽尔克笑眯眯的瘦脸、头发剪得像个好学生的穆穆。穆穆，短绺穆穆。

他迅速将照片装进口袋,然后快步回到空无一人的农庄,环视四周之后,拨通了雷坦库尔的电话。

"维奥莱特,"他说,"我看了你发的救世主一号的照片。"

"哦。"

"他在照片上是短发。但是在晚会上,他的头发要长一些。你什么时候拍的照片?"

"潜入第二天拍的。"

"也就是父亲死于火灾后的第三天。你设法搞清楚他何时剪的头发。要精确到小时。聚会回家之前还是之后理的发。这件事你务必完成。"

"我把这儿最高冷的管家哄得团团转。他对任何人都守口如瓶,不过对我会破例。"

"不出我的所料。你把消息告诉我,然后别再用这些手机,马上撤退。"

"遇到麻烦了?"雷坦库尔平静地问。

"大麻烦。"

"很好。"

"如果他在回家前自己剪了头发,那么汽车座椅的头枕上会留下碎发。案发后他开过车吗?"

"没有,他有司机开车。"

"那么我们在驾驶员座位上找碎头发。"

"但是没有搜查证。"

"对的,警司,我们永远拿不到搜查证。"

他又走了二十分钟,来到博纳瓦勒小道,满脑子充斥着克里斯蒂安·克莱蒙-布拉瑟仓促理发的事，稀里糊涂的。不过，用梅赛德斯送父亲回家的不是他。他醉醺醺地提前离开，在一个你永远不会知道名字的女人那里停了下来。得知父亲噩耗后，他也许想剪个比较朴素的发型哀悼父亲。

也许吧。但是穆穆，他有时候纵火会烧焦自己的头发。如果克里斯蒂安放火烧车，如果几根发绺烧焦了，他一定会匆匆掩饰，把头发尽量剪短。但克里斯蒂安不在现场，又回到这个老问题上，亚当斯贝格最讨厌坐旋转木马似的原地打转，不像当格拉尔，他可以沉浸在自己的脚印里，哪怕头晕目眩也不回头。

他强忍住不看满树的桑果，注意力集中在博纳瓦勒小道上，寻访莱奥老太太的足迹。他打那截粗壮的树干旁边走过，想到曾经和莱奥并排坐在上面，心里祈愿她赶快好起来。他在圣安东尼小教堂周围停留了很久。圣安东尼能让人找回所有失物。母亲只要有什么东西找不到了，就会喋喋不休地念叨这位圣人的名字："帕多瓦的圣安东尼，您让一切失而复得……"小时候，看到母亲居然随随便便地祈求圣安东尼保佑她找回顶针，他觉得很震惊。此时此刻，圣人没能帮到他，他在小道上没找到任何东西。他很认真地反过来又走了一遍，半路上在那截被砍倒的树干上坐下，这次采了一些桑果，搁在树皮上。他在手机屏幕上重放雷坦库尔发来的照片，与瓦勒雷给的照片进行比对。忽然，背后响起一阵哗啦哗啦的撞击声，弗莱姆冲出树林，一脸得意的样子，就像一个刚刚成功拜访了农庄女孩后颇有收获的小伙子。它流着哈喇子，把头放在亚当斯贝格的膝盖上，用乞求眼神看着他，那种执着任何人都做不到。亚当斯贝格轻拍它的额头。

"现在想吃糖？可是我没有啊，伙计。我不是莱奥。"

弗莱姆不依不饶，泥爪子扒住他的裤腿，苦苦哀求。

"没有糖，弗莱姆。"亚当斯贝格缓缓地说，"下士六点钟会给你吃一块的。你想吃桑果吗？"

亚当斯贝格递给它一颗桑果，狗不予理会。它似乎明白自己的要求不可能有结果，或者说意识到这个家伙的愚蠢，开始抓挠亚当斯贝格脚下的泥土，一时间枯叶飞舞。

"弗莱姆，你在毁坏烂叶子举足轻重的微环境。"

狗停下来，站在原地，眼睛盯着他看，从地上抬起嘴巴，凑到亚当斯贝格面前。一只爪子踩着一张小白纸。

"我看到了，弗莱姆，这是糖纸。不过里面是空的，用过了。"

亚当斯贝格吞下一把桑果，弗莱姆坚持着，动了动爪子，引导这个迟迟不开窍的人。不出一分钟，亚当斯贝格从地上捡到六张旧糖纸。

"都是空的，伙计。我知道你想跟我说什么：这儿到处是糖。以前你每次在农庄干完好事，莱奥就在这儿赏你吃糖，这我知道。我知道你很失望，可是我身上没有带糖啊。"

亚当斯贝格站起来走了几米，试图让弗莱姆打消徒劳的执念。狗跟在后面呻吟，亚当斯贝格突然收住脚步往回走，回到原先和莱奥待过的位置坐下，回想记忆中的这个情景，两人起初的攀谈，狗的到来。虽说亚当斯贝格记不住文字，脑子很差劲，但是对图像的记忆却十分准确。莱奥的动作在他的眼前浮现，如同书写的笔画那么清晰。莱奥没有剥糖纸，因为糖没有用纸包裹，直接拿给弗莱姆吃了。莱奥不像别的女人那么讲究，糖必须用纸包着，她根本不在乎弄脏自己的口袋、手指或者糖。

他小心地捡起弗莱姆刨出来的六张脏兮兮的糖纸，显然有人在这儿吃过糖，这些糖纸扔在这儿至少有半个月，彼此距离不远，它们似乎是被同时扔掉的。然后呢？除了说明有人在博纳瓦勒小道上待过，还能说明什么呢？多了去了。或许有个小伙子彻夜坐在这根树干上，等着看狂怒天军经过——因为某些人就这样挑战自己的胆量——吃了这些糖给自己打气。或者谋杀之夜有人在此停留，甚至看到凶手路过？

"弗莱姆，"他冲着狗问道，"这些糖纸，你给莱奥看过吗？想乘机多要一块糖？"

亚当斯贝格的思绪忽然回到医院的病榻前，对老妇人对他低声说的三个词——哈罗，弗莱姆，糖——有了新的想法。

"弗莱姆，"他重复道，"莱奥见过这些糖纸，对吗？她看见它们了？我甚至可以告诉你她是在什么时候看到的。就在发现埃尔比耶尸体的那天。否则，她身体那么弱，不会在医院里说到这件事的。可是那天晚上她为什么一个字都没提呢？你觉得她是后来才明白的吗？和我一样？迟钝？第二天才明白？她知道什么，弗莱姆？"

亚当斯贝格轻轻地将糖纸放入照片袋子。

"什么，弗莱姆？"他顺着莱奥抄的那条近路走下去，继续问道，"她明白什么了？有人目击了谋杀案？她怎么知道糖纸是在那天晚上扔的？因为案发前一晚，她和你一起来过？当时这儿还没有糖纸？"

弗莱姆欢快地冲下小径，跟第一次一样对着那些树撒尿，莱奥客栈越来越近。

"只能是这样,弗莱姆。一个吃糖的目击者。听说有人被杀以及行凶的日期以后,他才意识到自己所见的东西很重要,可是目击者心里害怕,守口如瓶。也许莱奥知道那天晚上是哪个小伙子在这条路上考验自己的胆量。"

在离客栈五十步远的地方,弗莱姆撒腿飞奔,朝一辆停在路边的汽车冲过去。布莱里奥下士迎面走来。亚当斯贝格加快脚步,希望他已经去过医院,会带来一些消息。

"真没辙,找不到毛病在哪儿。"他也不跟亚当斯贝格打招呼,摊开短臂长长地叹了一口气。

"怎么啦,布莱里奥,出了什么事?"

"两边有响声。"

"响声?"

"是的,稍微一发力,就立刻喘起来。不过下坡或者走平地还正常。"

"您在说谁啊,布莱里奥?"

"嗯,在说汽车啊,警长。等到上头给我们换车,苹果都熟了五回了。"

"OK,下士。莫尔坦博审得怎么样?"

"他什么都不知道,真的。窝囊废。"布莱里奥抚摸着躁动的弗莱姆,有些伤感地说,"格莱约没了,这个家伙站都站不起来。"

"它要吃糖。"亚当斯贝格解释道。

"他最希望留在牢房里。这个大白痴骂我,企图揍我,希望因此能够长期坐牢。这套把戏我清楚。"

"咱们别打岔,布莱里奥。"亚当斯贝格用T恤袖子擦着额头说道,"我只是在说狗要吃它的那块糖。"

"还没到时间呢。"

"我知道还没到时间,下士,可是我们去了树林,它见了农场的女朋友,所以要吃糖。"

"那就得您自己给了,警长。我刚弄完发动机,手上全是汽油味,没有办法,它很挑剔。"

"我没有糖啊,下士。"亚当斯贝格耐心地解释。

布莱里奥没有回答,指着自己的衬衫口袋,里面塞满了用纸包好的糖。

"您自己拿吧。"他说。

亚当斯贝格取出一块糖,剥去糖纸,给了弗莱姆。总算了结了一件事,很小一件事。

"您身上总带这么多糖?"

"那怎么啦?"布洛里奥嘟哝道。

亚当斯贝格觉得自己问得太直接,触碰到一个布莱里奥不想解释的个人问题。也许胖下士容易出现低血糖,血糖突然下跌会让人双腿疲软,额头汗水淋漓,就像即将晕倒的窝囊废。也许他拿糖哄马,也许他悄悄地把糖块塞进对头的油箱,也许放在大清早喝的苹果烧酒里面。

"下士,能把我送到医院吗?我要在医生离开前见他一面。"

"听说他救活了莱奥,就像从淤泥里捞出一条鲤鱼那样。"布莱里奥坐到方向盘后面,弗莱姆跳上后座,"我有一天就这样从图克河捞出一条褐鳟。直接用手抓的。它一定是被石头或什么东西撞晕了。不知道为什么,我不忍心吃它,又放回到河里。"

"怎么处理莫尔坦博?"

"这个窝囊废情愿留在宪兵队过夜。他有权待到明天下午两点。两点之后怎么办,说真的,我就不知道了。现在他一定后悔杀了自己的老娘。有老娘在,他会很安全,她不是那种任人嚼舌的女人。再说,如果他自己老实点,埃勒甘也不会来讨伐他。"

"您相信有狂怒天军吗?下士?"

"我才不信。"布莱里奥嘟哝道,"大家都这么说,仅此而已。"

"晚上是不是经常有年轻人去那条小道啊?"

"是的。有些硬着头皮去的小混蛋。"

"谁在逼他们?"

"那些比他们岁数大的混蛋。这儿有规矩。你要么去博纳瓦勒小道过一夜,要么就是孬种。就这么简单。我十五岁那年就去过。我可以告诉您,在那个年纪,我们只有服从的份儿。而且那些白痴规定不许生火。"

"今年谁去过那里,您知道吗?"

"不知道,不管是今年还是往年。去过以后,没有人会吹嘘的。因为朋友们等着你回来,看到你尿裤子了或者更惨。所以没一个家伙会自吹自擂。就像邪教似的,警长,守口如瓶。"

"女孩呢?她们也得去吗?"

"咱俩之间说说,警长,在这些事情上,女孩比那些傻小子聪明一千倍,不会无缘无故让自己难堪的。她们当然不去。"

埃勒博医生在供他使用的房间里吃了个饭,正在跟两名女护士和梅兰医生聊天,气氛很轻松,梅兰医生被迷住了,满脸堆笑。

"我的朋友，您看到没有？"他向亚当斯贝格招呼道，"我在动身前吃点点心，就当晚餐了。"

"她的情况如何？"

"为防万一我又治了一遍，全都就位了，我很满意。除非我弄错了，否则她的身体功能会慢慢恢复，逐日好转。四天以后，治疗的效果尤其明显，然后她进入巩固阶段。但是，亚当斯贝格，您要记住。不许像警察那样盘问：您看到了什么？那是谁？发生了什么事？她还无法面对那段记忆，硬把她拽回去会让我们前功尽弃。"

"我会亲自监督的，埃勒博医生。"梅兰恭顺地向他保证，"她的房间会被锁上，没有我的允许，任何人都不能进入。没有我在场，谁也不能跟她说话。"

"我完全指望您了，亲爱的同事。亚当斯贝格，希望您再给我争取一次出行，两周以后，我必须再见到她。我真的被迷住了。"

"我感谢您，埃勒博，真心感谢。"

"咱们别客气，我的朋友，这是我的本行。哦，您的放电魔球怎么样了？要不要处理一下？勒内，"他转身问看守长，"我们有五分钟时间吗？给警长看病五分钟就够了。他有点亚症状。"

"还有时间。"勒内看了看挂钟，"但是我们六点钟必须在路上了，医生，不能再晚。"

"我用不了那么长时间。"

埃勒博微笑着用纸巾擦了擦嘴唇，拉着亚当斯贝格来到走廊上，两个看守尾随着。

"您不必躺下。坐在椅子上就行。把鞋脱了吧。它在哪儿，那个魔球？哪儿？脖子后面？"

医生在警长的脑袋、脖子和脚上揉了一会儿，在他的眼睛和颧骨上也揉了几下。

"您依然那么与众不同，我的朋友。"他最后示意亚当斯贝格穿上鞋子，"只要随意剪断几根尚存的尘世纽带，您就会飞到天上，与云朵交融，甚至不需要什么理想。像个气球。您小心点，亚当斯贝格，我之前告诉过您。现实生活是一大堆狗屎，卑鄙下流，俗不可耐，咱们对此看法一致，就不啰嗦了。但是咱们被迫混迹其中，我的朋友。咱们被逼无奈。幸亏您也是个相当单纯的家伙，身体的一部分被困在地上，就像牛蹄子陷在烂泥里一样。您的运气好，我顺手把它固定在枕鳞和颧骨上了。"

"那魔球呢，医生？"

"从生理上讲，魔球来自僵直的颈椎 C1 与 C2 之间的压迫区。从体质上看，它是受到严重的内疚冲击后产生的。"

"我想我从未感到过内疚。"

"您是幸运的例外，但并非无懈可击。我觉得一个陌生儿子突然闯进您的生活，您知道我有多么关注他的复出，也许您想到自己的缺位和疏忽导致他心理失衡，甚至变得很蠢，他忽然出现，您可以想象，让您产生沉重的负罪感，颈椎由此出现反应。我该走了，我的朋友。也许两周后咱们还会见面，如果再次得到法官批准的话。瓦尼尔老法官是个彻头彻尾的贪官，烂到骨子里了，您知道吗？"

"我知道。因为如此您才能到这儿来。"

"祝您好运，我的朋友。"医生握着他的手说道，"希望您有空来弗勒里走走。"

他说"弗勒里"就好像在说自己的乡间别墅，仿佛在随意邀请亚当斯贝格到他的乡间客厅共度友好的午后时光。亚当斯贝格看着他离开,一种敬意油然而生,令他有些感动,这在他身上很少见,也许是他刚刚接受的治疗所产生的直接效果。

趁梅兰医生还没有锁门,他轻轻走进莱奥的房间,摸了下她温暖的脸颊,抚着她的头发,他想和她说糖纸的事,但立刻打消了这个念头。

"哈罗,莱奥,是我啊。弗莱姆去看了农场的女朋友。它可高兴了。"

32

在格拉纳达市郊一家颇为惨淡的旅店的大堂，泽尔克和穆穆关上刚刚用过的旧电脑，故作随意地朝楼梯走去。人们通常不会考虑自己的步态，除非觉得自己被警察或者被爱情盯上了。可是自然的举止一旦失去，要模仿它，无疑是天底下最难做到的。于是他们决定避开电梯，因为在电梯里，乘客们只能面面相觑，其他人会比在别的地方有更多的时间来观察你。

"我不知道上网是否安全。"穆穆关上房门说道。

"冷静点，穆穆。你越紧张，就越容易引起别人注意。至少我们可以得到信息。"

"我不觉得给奥尔德贝克的餐厅打电话是个好主意。餐厅叫什么来着？"

"奔跑野猪。不，我们不打电话。只是出问题的时候多条退路罢了。现在我们知道了这个该死的扯铃店的名字，'有线'。很容易就能搞清楚掌柜的名字，知道他是否有孩子。应该是个男孩，在十二岁到十六岁之间。"

"对，是个男孩，"穆穆赞同道，"把鸽子的脚绑起来，折磨它，不像是女孩子的想法。"

"放火烧汽车也不像。"

穆穆坐在床上，伸展双腿，尽量慢慢呼吸。他觉得自己肚子里还有另一颗心脏在不断跳动。亚当斯贝格在看得见牛的屋子里跟他解释过，也许是此起彼伏的小电球在作祟。他使劲按肚子驱散它们，翻看前一天的法国报纸。

"不过有些女孩会想要笑嘻嘻地看着男人绑鸽子或放火烧汽车。"泽尔克补充说，"奥尔德贝克那边有什么消息吗？"

"没有。不过我在想，相比知道扯铃店那个家伙的名字，你爹有更重要的事情要做。"

"我不这么想。折磨鸽子那个家伙、在奥尔德贝克杀人的那个家伙、火烧克莱蒙-布拉瑟的那个家伙，我想这一切都在他的脑海里打转，混作一团，难以抉择。"

"我还以为你不了解他。"

"我开始觉得自己像他了。明天，穆穆，我们必须在八点五十离开房间，每天都这样。要让别人觉得我们正常上班。假如我们明天还在这儿住的话。"

"啊。你也注意到了？"穆穆问道，按摩着自己的肚子。

"楼下那个注视我们的家伙？"

"是的。"

"他看了我们好一会儿，对吗？"

"是的。让你想到什么？"

"打架，穆穆。"

泽尔克推开窗户把烟吐到外面。窗外只看到一个小院子、粗大的落水管、洗衣房和铁皮屋顶。他把烟头从窗口扔出去，看着烟头落在阴影笼罩的地面。

"咱们最好现在就离开。"他说道。

33

埃梅里自豪地打开帝国饭厅的双开门,迫切地捕捉着客人们脸上的表情。亚当斯贝格似乎很惊讶,但却无动于衷——没有教养,埃梅里得出结论——不过维朗克的惊讶表情和当格拉尔的赞赏让他心满意足,足以抹去白天争吵留下的最后一道痕迹。其实,当格拉尔欣赏家具的质量,但不喜欢这种过分细致的情景再现。

"了不得,队长。"他接过一杯开胃酒说道,当格拉尔比那两个贝阿恩人更懂礼数。

所以当格拉尔警督在晚餐时几乎引领了整个谈话,带着他善于假装且令亚当斯贝格始终心存感激的那种真诚的活力。更何况雕刻着埃克米尔亲王纹章的几个老式分酒器里盛满了葡萄酒,足以打消警督怕酒不够喝的后顾之忧。当格拉尔对奥尔德贝克的历史和达武元帅打过的战役了如指掌,谈锋甚健,埃梅里如遇知音,酒杯频频见底,人开始放松,说话随便起来,甚至有些动情。亚当斯贝格觉得元帅的外套以及他迫使后人维持的架势,正从埃梅里的肩膀上滑下来,最后掉到地上。

与此同时,当格拉尔的脸上露出一丝不易察觉的新的表情。亚当斯贝格很了解他,知道这种藏而不露的调侃不是酒精通常在他身上产生的松弛效果所致。那是一个调皮的征兆,预示着警督似乎在准备小小地调侃一下,故意保密。亚当斯贝格寻思,调侃的对象说不定是维朗克警司。警督这次对警司可以说显得很友好,这可能是一个潜在的危险信号。他憋着什么坏主意,所以今晚会朝着他稍后要捉弄的那个人微笑。

一度被帝国的辉煌埋没、降级的奥尔德贝克的悲剧,终于在喝苹果烧酒的时候冒了出来。

"埃梅里,你打算怎么处理莫尔坦博?"亚当斯贝格问道。

"如果你派人支援,我们可以有六到七个人,监视一个礼拜。你手下有人吗?"

"我有一位女警司,一个顶十个,可是她在潜伏。我可以抽一两个普通队员。"

"你儿子不能来帮我们一把吗?"

"我不让儿子冒险,埃梅里。而且他没有受过训练,不会开枪。再说他去旅行了。"

"当真?我以为他在写一篇关于烂叶子的报道呢。"

"没错。可是他接到一个女孩从意大利打来的电话,就去了。这事你懂的。"

"是啊。"在他帝国风格扶手椅笔直的椅背上,埃梅里尽量向后仰去,"不过许多荒唐之后,我在这儿遇到了我的妻子。她跟我去了里昂,在那里她就已经有点厌倦了,可是我依然爱她,以为如果能够调回奥尔德贝克,回到故乡,老友重逢,她会高兴。因此我大费周章回到这里。可她不要,非留在里昂不可。到奥尔德贝克后的头两年,我没做什么上得了台面的事。接着我又跑遍了利西厄的妓院，也没什么开心。跟我祖先截然相反，朋友们，如果你们不介意我这么称呼你们的话。我每战必败，除了傻瓜都能做的不起眼的抓捕之外。"

"我不知道用输赢来评价人生是否恰当。"维朗克喃喃地说，"也就是说，我认为我们不必评价自己生活。可是我们一再被迫这么做，简直是罪行。"

"'比罪行更糟糕，是作孽'。"当格拉尔不动声色地补充道，据说那是富歇回敬拿破仑皇帝的话。

"我喜欢这句话。"埃梅里受到鼓舞，摇摇晃晃地站起来，又给大伙倒了一圈苹果烧酒。"我们找到了斧头。"他径直宣布道，"被扔在与格莱约住宅并排的矮墙后面，掉在底下的田里。"

"假设温德莫特家的某个人杀了他，"亚当斯贝格说，"你真以为那个人会用自己家里的斧头吗？如果这样的话，把斧头拿回家不是更简单？"

"两面都说得通，亚当斯贝格，我告诉过你。这样一来，他们就清白了，做得很聪明。"

"对他们来说不够聪明。"

"你喜欢他们，对吧？"

"我没有拿到对他们不利的证据。还没有确凿的东西。"

"不过你很喜欢他们。"

埃梅里走开了一会儿，拿来一张班级合影的老照片，搁在亚当斯贝格腿上。

"你看一下。我们那时候才八到十岁。伊波已经个子很高，后排左数第三个。两只手上的六个手指还在。你知道这件惨无人道的事吗?"

"我知道。"

"我在前排,唯一不带微笑的那个。你看,我不是昨天才认识他的。可以告诉你,伊波表面上和和气气,其实是个凶神恶煞。大伙不敢吭声,我比他大两岁,也只能低三下四的。"

"他下手很重?"

"用不着动手。他有一件更加厉害的武器,就是他的六根指头,他说他是魔鬼的士兵,如果我们惹他,他可以随心所欲地让我们吃尽苦头。"

"那你们惹他吗?"

"起初是的。你可以想象一群孩子在操场上怎样对待长六根手指的同学。他五六岁的时候,大伙无情地折磨他,取笑他。真的是这样。一帮同学对他特别凶狠,领头的叫雷吉斯·韦尔内。有一次,雷吉斯把钉子钉在伊波的椅子上,尖头朝上,伊波一屁股坐在上面,戳了六个窟窿,血顺着屁股流下来,操场上的同学见状哈哈大笑。还有一次,我们把他绑在树上,往他身上撒尿。但是有一天,伊波觉醒了。"

"他用六根手指指着你们。"

"完全正确。首当其冲的就是雷吉斯那个混蛋。伊波威胁他,然后伸出两只手,满脸杀气地指着他。信不信由你,总之五天后,小雷吉斯被一辆从巴黎来的轿车撞倒,没了两条腿。真可怕。不过,我们校内都知道,那不是轿车惹的祸,而是伊波给他带来的厄运。伊波也没有否认。他扬言说,谁再敢惹他,他就把谁的胳膊、大腿甚至蛋蛋都拿走。于是局面急转直下,我们成天提心吊胆。到后来,伊波不再这样任性了。但是我可以向你保证,直到今天,不管你信不信,没人敢惹他,无论是他本人还是他的家人,都不敢惹。"

"可以见一下这个雷吉斯吗?"

"他死了。我说的是实话,亚当斯贝格。疾病、失业、丧亲、贫困,厄运接二连三地落到他头上,他最后溺死在图克河里,已经三年了,才三十六岁。我们这些老校友都知道,那是伊波在报复,他的报复从来没有停止过。伊波曾经说过,他一旦决定伸出手指指向某人,那个家伙就会倒霉一辈子。"

"你如今怎么看呢?"

"幸亏我十一岁就离开此地,把这一切都忘了。如果你盘问作为警察的埃梅里,他会回答说,这些所谓的厄运、诅咒都是胡说八道。如果你问作为小男孩的埃梅里,我有时觉得雷吉斯是被咒死的。可以说小伊波在尽量保护自己。既然别人一再称他撒旦的仆人、地狱中的败类,久而久之他便扮演魔鬼的角色。不过他的演技很高,即使手指被砍掉之后,依然令人叹为观止。我不妨告诉你,这个家伙即使不是魔鬼的使者,那也是个狠人,也许还很危险。他在他爸那儿受的苦,超出我们的想象。但是当他放狗扑咬他爸的时候,纯粹是为了杀人。我不能保证他后来没再这么做。温德莫特家的孩子吃够苦头,你怎能指望他们成为善良的小天使?"

"你觉得安托南跟他们是同一类吗?"

"是的。我不认为一个被摔成无数碎片的婴儿能养成安分的性格,说得不对吗?有人觉得安托南怕骨折,不敢亲自动手。但是他说不定可以扣扳机、举斧头啊。"

"他说他不行。"

"但他会盲目支持伊波所做的一切。他今天去现场,冲着斧头来的,可以说是奉哥哥之命。马丁也一样,他像野兽一样进食,一步不落地跟随他哥哥。"

"还剩下丽娜。"

"她目睹埃勒甘的天军,或者假装看到了,并不比三兄弟更加理智,亚当斯贝格。指定未来的受害者、吓唬其他人,那才是关键,就像伊波伸出手指所起的作用。然后伊波负责除掉受害人,家里人则为他编造一切必要的不在场证据。所以他们成了奥尔德贝克的恐吓大师,成了复仇者,因为这些受害人本身就是十足的坏蛋。不过我更相信丽娜真的看到了。一切始于此。弟弟们信以为真,决定动手。他们笃信不疑,因为丽娜初次看到狂怒天军和她爸的死几乎在同一时期。之前还是之后,我记不得了。"

"是两天之后。她跟我说过。"

"她喜欢跟别人讲这件事。你注意到她平静的表情吗?"

"注意到了。"亚当斯贝格眼前浮现出丽娜的手掌劈向桌子的情景,"丽娜为什么不透露最后一个受害人的名字呢?"

"要么她真的没有看清楚,要么他们故意保守秘密,引起民众恐慌。他们天赋很高。这种恐怖的威胁把老鼠全都从它们的洞里给逼出来了。这让他们感到开心,感到满足,他们觉得这样很公平,就像他们的父亲罪有应得。"

"你说得也许在理,埃梅里,除非有人利用温德莫特一家明显的罪过进行谋杀。他可以不慌不忙地杀人,因为别人肯定会指控那个邪恶的家庭。"

"此人出于什么动机呢?"

"他害怕狂怒天军。你亲口说过,很多奥尔德贝克人相信确有其事,有些人信以为真,连提都不敢提。你想一下,埃梅里。我们可以列一张名单出来。"

"人太多了。"埃梅里听了直摇头。

亚当斯贝格默默地走在回去的路上,维朗克和当格拉尔悠闲地走在前面。西边的乌云终究没有化成雨水,夏夜太热了。当格拉尔不时与维朗克搭讪,这倒是令人惊讶的现象,一丝揶揄的神情依然挂在他的脸上。

埃梅里对温德莫特一家人的指控让亚当斯贝格左右为难。从他刚刚获悉的伊波利特童年细节来看,埃梅里的指控还是可信的。很难想象温德莫特家的孩子能凭借某种智慧或者上天的恩典,摆脱愤怒和复仇。可是有一粒沙子——莱奥老太——在他纷乱的思绪中打转。他看不出温德莫特家哪个孩子会猛击老人,把她打倒在地上。就算是他们所为,比如说是伊波吧,他也不会用如此野蛮的方式对待小时候一直帮助自己的老太太。

进入自己的房间之前,他穿过地窖,把糖纸和照片塞进旧的苹果酒桶里。然后他给警队发消息,要求增派两个人,明天下午两点前到达奥尔德贝克。埃斯塔雷和贾斯汀很合适,因为他俩对无聊透顶的监视工作不很敏感,因为照别人的说法,前者有"乐天性格",说白了就是傻帽,而在后者身上,耐心是其完美主义的支柱之一。保护莫尔坦博的住房不太复杂。前面两扇窗,后面三扇,都装着护窗板。唯一的弱点是侧面厕所的角窗,没有护窗板,不过装了铁栏杆。凶手必须凑得很近才能打破玻璃,通过狭窄的缝隙开枪,当房子外面有两个人巡逻，这根本做不到。再说，按照埃勒甘领主的杀人传统，致命武器估计不会是子弹。斧头、刀剑、长矛、锤子、石块、绞索，这些中世纪的杀人手段只有进入室内才能施展。然而埃尔比耶是被锯断枪管的猎枪杀死的，也不符合所谓传统。

亚当斯贝格关上地窖门，穿过大院。客栈的灯火熄灭了，维朗克和当格拉尔已经入睡。他用拳头把羊毛床垫中间的塌陷处又往下按了按，一股脑儿窝了进去。

34

泽尔克和穆穆从通往酒店楼梯的应急门出来,走到街上,没有遇到任何人。

"咱们去哪儿?"穆穆上车后问道。

"我们去南方找个小村庄,离非洲一步之遥。那儿有很多船和水手,愿意谈条件把我们带到对岸去。"

"你打算去对面?"

"看情况再定吧。"

"妈的,泽尔克,我看见你放在包里的东西了。"

"枪?"

"是的。"听得出穆穆不高兴。

"咱们在比利牛斯山歇脚的地方离我的村子才一公里远。我趁你睡着的时候花了不到二十分钟,取来我外公的枪。"

"你疯了吗,用左轮枪想干嘛?"

"这把不是左轮枪,穆穆,1935A 自动手枪,口径 7.5 毫米。1940 年出品,不过请相信我,这把枪还能使。"

"子弹呢,你有子弹吗?"

"整整一盒。"

"可你究竟想干嘛?"

"因为我会开枪。"

"见鬼,你没打算朝警察开枪吧?"

"没有,穆穆。可总得逃出去吧,对吗?"

"我原以为你是个安分的家伙。不是疯子。"

"我是个安分的家伙。我父亲把你拉出泥潭,现在该由我们自己想办法不再掉进泥潭。"

"咱们马上去非洲?"

"咱们第一步先物色船只。如果你被抓住,穆穆,我父亲也跟着倒霉。尽管我不了解他,但是我不愿意他跟着你倒霉。"

35

维朗克睡不着,站在窗户后窥察外面的动静。整个晚上,当格拉尔的神态异常。当格拉尔在展望某种快乐、某种胜利。当格拉尔在筹划一场行动。维朗克估计是一场专业行动,因为警督不是那种光顾埃梅里所说的利西厄的妓院的人,否则他早就坦然宣布了。可是看到警督一反常态,和颜悦色地收起他小孩子似的嫉妒心,反而让维朗克警惕起来。他觉得当格拉尔的调查即将取得重大突破,因此守口如瓶,想领先一步,确保对亚当斯贝格的优势。明天当格拉尔会洋洋得意地带着战果去见警长。对这种心计,维朗克并不关心,他也不讨厌在警督通常很好使的脑子里酝酿着的计划。不过这样的连环凶杀案,侦查中不宜单独行动。

凌晨一点三十分,当格拉尔仍然没出现。维朗克失望地回到床边,和衣躺下。

当格拉尔将闹钟调到五点五十分,很快便睡着了。他很少这么快入睡,除非展开行动的前夕,他会逼着自己尽快且好好地睡一觉。清晨六点二十五分,他在方向盘后面坐定,松开手刹,让车子顺着坡道慢慢滑行,以免惊动他人。到了公路,他点火启动,拉下遮阳板，低速行驶了二十二公里。他的线人，不知道是男的还是女的，求他低调行事。真是天降的好运，线人把他误当成了警长。头天晚上他在上衣口袋里发现了纸条，用铅笔写的，用的是左手，或者说那个人没有上过学，写得白字连篇："敬长，我有话说，格来约的事，条件是不出头。太厄金。早上 6 点 50 正，赛雷内火车占，A 占台並头。讨讨。勿必（这个词被划掉重写了好几次）千万小心，勿必不要迟到。"

当格拉尔回顾头天发生的事情之后，心里有了底，写这张纸条的人，只有趁他走进聚在格莱约家门口的一小群人之际，才能把纸条塞进他口袋里。在医院的时候，他身上没有这张纸条。

警督在一排树下停车，悄悄绕过这座小小的火车站，来到 A 站台。火车站离镇子隔着一段路，关着门，里面没人。轨道上也不见人影。当格拉尔看了看火车时刻表，发现上午十一点十二分之前，没有火车停靠塞雷内。所以四小时之内这儿不会有人出现。线人选的地方很难得，绝对僻静。

车站时钟显示六点四十八分，当格拉尔在站台的长凳上坐下，习惯性地佝偻着背，显得不耐烦，有点疲惫。他只睡了几个小时，他至少要睡九个小时，不然就不得劲，但是想到能干过维朗克，他便振作起来，脸上又浮现出笑意，觉得心里舒畅。他跟亚当斯贝格搭档二十多年，看不惯警长和维朗克警司共事不久便这般默契，简直汗毛都竖了起来。当格拉尔是个明白人，不至于自己骗自己，他知道这种厌恶只不过出于难以启齿的嫉妒。他连维朗克是否会抢自己的位置都吃不准，但就是忍不住恨他。要抢先一步，超越维朗克。

当格拉尔又抬起头，咽下口水，驱散一丝莫名的羞愧。亚当斯贝格既不是他的标杆，也不是榜样，这个人的行为举止和想法常常让他觉得不爽。可是他需要获得此人的尊敬乃至情感，似乎这个天马行空的人可以保护他，或者证明他存在的理由。清晨六时五十一分，他忽然感到脖子上一阵剧痛，抬手去摸，身子却已倒在站台。一分钟之后，警督便横在了铁轨上。

站台四周的视野非常开阔，维朗克只能躲在一个扳道站后面监视，离开当格拉尔足足有两百米。观察的视角不太好，瞅见时，那人离警督只剩了两米。他用手掌外侧猛砍警督的颈动脉，几秒工夫，当格拉尔便倒在地上。那人翻动警督的身体，往站台边上滚去。维朗克此时已拔腿冲了过来。当格拉尔坠落铁轨，他离站台还有四十多米。那人大步流星逃之夭夭，脚步声很重。

维朗克跳下铁轨，捧起当格拉尔的脸，晨光中，那张脸毫无血色，嘴巴无力地张着，眼睛紧闭。维朗克摸到脉搏，拨开眼皮，只见眼睛空洞无神。当格拉尔被打晕了，被下药了，或者就快死了。脖子侧面有明显的针刺痕迹，周围已经形成一大片淤青。警司把胳膊伸到他肩膀下面，想把他托举上站台，但是九十五公斤的身体死沉死沉的，搬不动。他需要帮助。他满头大汗地站起来给亚当斯贝格打电话，就听远处传来列车高速行驶特有的呼啸。他惊恐地看到一辆列车从左边沿着笔直的铁轨，轰隆隆地扑面而来。维朗克立刻扑向当格拉尔，使出全身力气，把他的身体在两根铁轨间拉直，手臂紧贴在大腿两侧。列车拉响汽笛，宛若绝望的呐喊，警司使劲跳上站台，顺势滚翻出去。一节节车厢隆隆驶过，轰鸣着渐渐远去。

他无法动弹，也许用力过猛拉伤了肌肉，或者是不忍心再看到当格拉尔的模样。他双手抱头，感到泪水浸湿了脸颊。他什么都不想，只有一条信息在他的脑际盘旋：**身体距离车厢底部只有二十厘米**。

大概过了一刻钟，警司终于用胳膊肘撑起身体，爬近轨道。他双手支着头，猛地睁开眼睛。当格拉尔看上去像死人，躺在闪闪发光的铁轨之间，仿佛躺在一具豪华担架上，而铁轨就是担架的把手。当格拉尔安然无恙。维朗克垂下头，靠在手臂上，掏出手机，给亚当斯贝格打电话：立刻过来，塞雷内站。然后他拔出左轮手枪，打开保险，用右手紧紧握住，手指放在扳机上。他闭上眼睛。**身体距离车厢底部只有二十厘米**。他现在想起去年在巴黎—格兰维尔快车线路上，列车贴着一个男子的身体驶过，幸亏此人醉得不省人事，一动不动，才捡回一条命。他感到两腿发麻，想慢慢活动一下，只觉它们软如棉花、重若石础。**二十厘米**。幸运的是当格拉尔肌肉一点都不发达，能够像抹布一样在两根铁轨之间放平。

身后传来奔跑的声音时，他正盘腿坐在站台上，眼睛紧紧地盯着当格拉尔，仿佛目不转睛的关注，可以挡住第二趟火车通过或避免当格拉尔滑向死亡深渊。一开始，他对着当格拉尔语不成句地说了些"挺住""别动""呼吸"之类的话，但对方没有反应，眼皮都没有动一下。不过后来，他看到当格拉尔的嘴唇随着呼吸微微颤动，便开始监测这些微的信号。他渐渐清醒起来。那个约当格拉尔见面的家伙策划得无懈可击，在一个不会有任何目击者出现的时候，把他推下卡昂—巴黎快车的轨道。也许要过几个小时尸体才会被人发现，而到了那个时候，他身体里的麻药已经消失了，不管是什么麻药。甚至不会有人想到去找麻药的痕迹。调查报告中会写些什么呢？当格拉尔的抑郁最近加重了，担心自己会死在奥尔德贝克。他喝得酩酊大醉，卧轨自杀。这种选择当然不可理喻，但是一个人醉酒后寻短见，那种癫狂是没法用尺子衡量的，报告的结论大致会照这层意思写。

他把目光转向搭在他肩膀上的那只手，亚当斯贝格的手。

"快下去，"维朗克冲他说，"我跑不了。"

埃梅里和布莱里奥已经抓住当格拉尔的肩膀，亚当斯贝格跳下铁轨抬起他的腿。接着，布莱里奥自己没办法爬上站台，要拽住他两只手把他拉上来。

"梅兰医生马上就到。"埃梅里俯身把耳朵贴在当格拉尔胸口，"在我看来，绝对嗑药了，不过没有危险。心跳慢可是有节奏。出了什么事，警司？"

"有个家伙。"维朗克无精打采地说道。

"你站不起来？"亚当斯贝格问。

"站不起来。你有酒吗？别的也行。"

"我有，"布莱里奥拿出一个扁扁的酒壶，便宜货，"还没到早上八点，可能有点呛。"

"就该喝这样的。"维朗克让他别担心。

"您吃过早餐吗？"

"没有，我一夜没合眼。"

维朗克咽下一口酒，扮了一个恰如其分的鬼脸，酒确实有些呛人。他又喝了一口，把酒壶还给布莱里奥。

"现在可以说了吗?"盘腿坐在一边的亚当斯贝格问道,发现泪水在他脸上留下了明显痕迹。

"可以说了。我被吓懵了,仅此而已。超出了我的承受能力。"

"你为什么一夜没睡?"

"因为当格拉尔在独自策划一个愚蠢的行动。"

"你也看出来了?"

"是的。他想抢头功,我觉得那很危险。我以为他会在晚上出去,谁知他到早上六点半才出发。我跳上另一辆车,远远尾随。我们来到这儿。"维朗克顺手指了指,"有个人猛击他的脖子,然后扎了他一下——我觉得,把他扔到铁轨上。我冲过去,那人跑了,我想把当格拉尔拖出来,但是不行。火车过来了。"

"卡昂—巴黎快车,早上六点五十六分经过。"埃梅里一脸严肃地说道。

"没错。"维朗克略微低头说道,"火车开得确实很快。"

"他妈的。"亚当斯贝格从牙缝里蹦出三个字。

为什么是维朗克在监视当格拉尔?为什么不是他呢?他为什么让警司下这个地狱?因为当格拉尔的计划针对维朗克,而亚当斯贝格认为可以忽略不计。那是两个男人之间的事情。

"我只来得及拉直当格拉尔的身体,让他躺在两根铁轨中间,我不知道怎么做的了,然后我攀上站台,不知道怎么做的了。该死,他死沉死沉,站台又很高。火车从我背后一阵风似的经过。二十厘米。身体,软绵绵的身体,烂醉如泥的身体,距离车厢底部只有二十厘米。"

"我不知道换作我是否还能想到这个。"布莱里奥表情有些惊愕地看着维朗克说。与此同时,警司的棕色头发让他入迷,上面散落着十几条异样的红色发绺,就像棕色土地上的丽春花。

"那人怎样?"埃梅里问道,"像伊波利特那么魁梧吗?"

"是的。长得很结实。但是我当时离得远,而且他戴着头罩和手套。"

"除此之外,他什么打扮?"

"穿球鞋和运动衫。不知道是海蓝色还是墨绿色的。让-巴蒂斯特,拉我一把,我现在可以站起来了。"

"你跟踪时候,为什么不给我打电话?为什么单独去?"

"这是他和我之间的事。是当格拉尔开始的荒唐竞争,没必要把你扯进来。没料到会出这样的事儿。他孑然独行,闷闷不乐……"

维朗克耸了耸肩膀,没接着吟下去。

"算了,"他喃喃自语,"没兴趣。"

说话间,梅兰医生已经来到现场,围着当格拉尔警督直忙活。他不断摇头,嘴里念叨着"火车从身上驶过,火车从身上驶过",似乎还不相信眼前这场不寻常的事件。

"可能用了不少麻醉剂,不过我觉得麻醉效果几乎过去了。"他站起来对两名护士做了个手势,"他跟我们走,我会谨慎地加快苏醒的过程。但是两小时之内没法说话,警长,用不着更早来。他的颈动脉受到打击,跌落铁轨,有几处瘀伤。不过没伤着什么,我觉得。火车从身上驶过,真不敢相信。"

亚当斯贝格看着担架慢慢远去,后悔莫及。不过放电魔球没有冒出来扎他的后颈。也许是埃勒博医生的治疗起作用了。

"莱奥呢?"他问梅兰。

"昨天晚上,她坐起来吃饭。我们把她身上的电极片拔了。但是她还开不了口,只是偶尔露出微笑,似乎心里有想法但是力不从心。让人觉得您的埃勒博医生关掉了她的说话功能,就像拉下了电闸。什么时候合适了他再恢复。"

"很像他的做事风格。"

"我已经给他所在的弗勒里大宅写了信,汇报最近的情况。我听了您的意见,收件人是典狱长。"

"他所在的弗勒里监狱。"亚当斯贝格纠正道。

"这个我知道,警长,但我不愿意这么说,不愿意这么想。据我所知,他是被您抓住的。他犯了什么事儿,我不想知道。跟医学没有关系吧?"

"一点关系都没有。"

"火车从身上驶过,真不敢相信。只有寻短见的人才会往火车下面钻。"

"说得对,医生。这种手段不常用,但由于这是一种众所周知的自杀方式,所以当格拉尔之死可以被轻而易举地说成自杀。对于医院的所有工作人员,你们要一口咬定是自杀,保证不对外泄露任何消息。我不想惊动凶手。此时此刻,他肯定以为快车的轮子把受害者碾成了碎片。咱们再让他笃信几小时吧。"

"我明白了。"梅兰眯起眼睛,故作聪明地说道,"您想突然袭击,监视,窥探。"

亚当斯贝格根本没这样做。救护车开走了,他在 A 站台上一段二十米的距离内来回踱步，不想离开维朗克。他看到布莱里奥下士让维朗克吞下三四颗糖。布莱里奥，嗜糖如命的家伙。他无意间注意到，下士没有把糖纸扔在地上，而是使劲捏成小团，塞进前面的裤兜里。埃梅里摇着头迎面走来，他第一次显得有些衣冠凌乱，因为之前赶来得仓促，穿制服时急了些。

"长凳四周看不到一点痕迹。没有痕迹，亚当斯贝格，什么都没有。"

维朗克向埃梅里示意要根烟。

"我不认为当格拉尔能帮到我们。"维朗克说，"那家伙是从后面过来的，他来不及回头看。"

"火车司机怎么会没有看见他呢？"布莱里奥感到纳闷。

"他当时面对太阳，"亚当斯贝格说，"火车朝正东行驶。"

"即使看到他，"埃梅里说，"紧急刹车也得滑几百米才能停下来。警司，您怎么会想到跟踪他的呢？"

"服从规则吧，我想。"维朗克笑着说，"我看见他出去，便尾随其后。因为这种调查不能一个人做。"

"那他为什么一个人去呢？在我看来，他是个相当谨慎的人，不是吗？"

"但是喜欢单干。"亚当斯贝格补充道，设法为当格拉尔开脱。

"说不定约他见面的人要求他单独过去，不能带其他人。"埃梅里叹了口气，"一贯的做法。我们一会儿在局里碰头，安排一下对莫尔坦博住所的保护。亚当斯贝格，你要的两个人，巴黎给了吗？"

"他们下午两点之前能到。"

维朗克感觉自己恢复到可以重握方向盘了，亚当斯贝格紧跟在后面,随之来到莱奥客栈。警司很快喝了一份罐头浓汤,马上就去睡了。亚当斯贝格回到房间,忽然想起昨晚忘记给鸽子喂食。而他的窗户开着。

可是埃勒博躺在他的一只鞋子里,耐心地等着他,换成别的鸽子,也许会站在烟囱顶上等他。

"埃勒博,"亚当斯贝格拿起鞋子和鸽子,一起放在窗台上说,"咱们要好好谈谈。你在偏离自然状态,顺着文明的斜坡坠落。你腿好了,可以飞了。你看一下外面。阳光、树木、雌鸟、蛆虫、昆虫,应有尽有。"

埃勒博咕噜一声,看起来是个好兆头,亚当斯贝格把它在窗台上放得更稳些。

"只要你愿意,随时可以飞走。"他对鸽子说,"不用打招呼,我能理解。"

36

亚当斯贝格想起来,要给温德莫特大妈送花。上午十点钟,他轻轻敲响了温德莫特家的门。今天是周三,丽娜很可能在家,她周六值班,换到周三上午休息。他要见丽娜和伊波,分别见他们两人,这样可以更仔细地盘问。他看到两人坐在餐桌前吃早饭,都还没换衣服。他上前一一打招呼,趁机打量他们还没睡醒的面色。伊波的脸皱巴巴的,看起来很有说服力。但在这个点已经升腾的暑气中,装出一副睡眼惺忪、满脸倦意的模样应该不是什么难事。除了夜里睡觉导致的眼皮肿胀,那做不了假,伊波的眼睑天生肥厚,常常给人没睡醒或者不够和善的感觉。

只有老母亲已经梳妆完毕,她满心欢喜地接过鲜花,马上给警长沏咖啡。

"塞雷内好像发生了一件惨案。"她说道,这是亚当斯贝格第一次又听到她开口说话,嗓音不高,但字字真切,"不会是那件可怕的事还在继续吧?莫尔坦博没出事吧?"

"谁告诉您的?"亚当斯贝格问。

"是莫尔坦博吗?"她追问道。

"不,不是他。"

"圣母保佑。"老妇人喘了口气,"因为如果照这样发展下去,我和孩子们都得离开这儿,去别的地方。"

"不会的,妈妈。"马丁生硬地回道。

"我说什么,我自己知道,孩子。你们都这样了还一点不愿意正视现实。但是早晚有一天,会有人过来,过来杀我们。"

"不会的,妈妈。"马丁重复道,"他们没那个胆量。"

"他们啥都不懂。"老妇人对亚当斯贝格说,"他们不知道别人觉得我们是罪人。我可怜的女儿,你管住自己的舌头该多好。"

"我没有权利不说,"丽娜不为母亲的担忧所动,有些严厉地说道,"你心里明白,我们要给那些被勾走的人一个机会。"

"是的。"母亲在桌边坐了下来,"但是我们没有别的地方可以去。我得保护好他们啊。"她又扭头看着亚当斯贝格解释道。

"没人会碰我们的,妈妈。"伊波利特说着朝天花板举起两只畸形的手,立刻惹得大伙笑起来。

"他们啥都不懂。"母亲又轻轻重复道,满脸歉意,"伊波利特,别拿你的手指闹着玩。塞雷内死人了,现在不是闹腾的时候。"

"出什么事了?"丽娜问道,她白色睡衣下的胸脯太抢眼,亚当斯贝格赶紧把目光移开。

"妈妈跟你说过的。"安托南说道,"有人扑到卡昂去巴黎的快车底下。一起自杀,她就是这个意思。"

"您是怎么知道的?"亚当斯贝格问老太太。

"买东西的时候听说的。站长七点四十五分到火车站,看到警察和救护车。他和一个护士聊了聊。"

"七点四十五分?上午十一点以后才有火车靠站啊,不是吗?"

"他接到火车司机的电话,说似乎看到铁轨上有什么东西,所以去查看情况。您知道自杀的人是谁吗?"

"有人告诉过您吗?"

"没有。"伊波答道,"可能是玛格丽特·瓦努。"

"为什么是她?"马丁问。

"塞雷内的人在说什么你又不是不知道。她翁佛厄勒。"

"她疯了。"丽娜解释道。

"是吗?怎么个疯法?"安托南问道,满脸好奇的样子,丝毫不觉得自己也是疯疯癫癫的。

"丈夫离开之后就变得这样了。她尖叫,撕扯衣服,乱划房屋墙壁,在上面写字,在墙上写字。"

"她写什么?"

"丑猪。"伊波解释说,"不带字母 h。有单数,也有复数。她在镇上到处乱写,塞雷内居民头疼起来。镇长每天得派人铲掉她夜里写的'丑猪'。再说她有钱,大额钞票这儿藏一张,那儿藏一张,压在石头下,藏在树上,第二天早上,人们忍不住四下找钱,就像玩捉迷藏。弄得人人上班迟到。她一个人把一切都打乱了,不过话说回来,藏钞票也不犯法啊。"

"挺好玩的。"马丁说。

"相当好玩。"伊波赞同道。

"不好玩。"母亲训斥道,"一个失去理智的可怜女人,她心里很痛苦。"

"是的,不过还是很好玩的。"伊波说着俯身亲吻她的脸颊。

母亲忽然变成另一个人,仿佛突然意识到任何训斥都是无用的,都是不公平的。她拍了拍大儿子的手,回到屋角的椅子上坐下来,她也许不会再参与谈话了。这情形如同神秘、平静的退场一般,就像一个角色,人虽然还在舞台上,其实已经消失。

"落葬的时候,咱们送点花去。"丽娜说,"咱们毕竟跟她的姨妈很熟。"

"我去林子里摘些花怎么样?"马丁自告奋勇。

"参加葬礼不能送摘来的花。"

"要送用钱买来的花。"安托南附和道,"买百合花行吗?"

"不行,百合花是结婚时送的。"

"再说咱们买不起百合花。"丽娜说。

"银莲花怎么样?"伊波建议道,"因移言勒凹呵,无波畏戈啊波?"

"现在季节不对。"丽娜反驳道。亚当斯贝格暂且让他们争论一会儿,这段给玛格丽特葬礼选花的对话——除非是由聪明绝顶的人准备的——无与伦比地证明,温德莫特家没有人卷入塞雷内的事故。至于说绝顶聪明,温德莫特家个个都是,没有商量的余地。

"但是玛格丽特没有死。"亚当斯贝格最后开口道。

"啊?那就不用送花了。"伊波利特迅速得出结论。

"那死的是谁呢?"马丁问。

"没有人死。那名男子躺在铁轨中间,火车从上面驶过,没有轧到他。"

"太棒了。"安托南说,"我管这称为艺术体验。"

与此同时,安托南把一颗糖递给姐姐,丽娜立刻明白,替他把糖掰成两半。掰糖需要手指用力压,安托南不敢冒这个险。亚当斯贝格挪开视线。糖块在各种场合跳出来，此刻给他一种不寒而栗的感觉，似乎自己陷入袭击者的重围，糖块成了他们投掷的石块和他们的围墙。

"他要是想自杀的话，应该横躺在铁轨上。"丽娜看着亚当斯贝格说。

"是的，丽娜。他不想自杀，别人把他放在铁轨上的。是我的副手当格拉尔。有人要杀害他。"

伊波利特皱起眉头。

"把火车当作武器来用，给自己出难题啊。"他指出。

"但是如果想让别人相信那是一桩自杀案，这种做法并不傻。"马丁说，"人们看到铁轨，会联想到自杀。"

"没错。"伊波利特噘着嘴说，"不过这样的策划，脑子坏得不是一点点。有雄心，但是迟钝。彻底翁佛厄勒，彻底疯了。"

"伊波，"亚当斯贝格推开杯子说，"我要跟您单独谈谈。如果可能的话，也跟丽娜谈谈。"

"迟钝，迟钝。"伊波重复道。

"我要和您谈谈。"亚当斯贝格坚持道。

"我不知道谁想杀您的副手。"

"我跟您谈别的事情。关于您父亲的死。"他低声补充道。

"那行。"伊波瞥了一眼母亲说，"最好到外面说。您等一下，我去穿衣服。"

亚当斯贝格跟伊波利特并肩走在石子路上，伊波利特比他高出二十多厘米。

"我对他的死一无所知。"伊波说道,"斧头砍在他的脑袋和胸脯上,这就完了。"

"不过你知道丽娜擦过斧柄。"

"我是这么说的。不过我当时还小。"

"伊波,丽娜为什么要擦斧柄呢?"

"不知道,"伊波闷闷不乐地说,"不是因为她杀了他。我了解自己的姐姐,不是那回事。并不是说她没这种念头,咱们大家都一样。但实际上恰恰相反,是她让羊脂松口,没把他咬死。"

"那么她是否会觉得你们当中有人杀了他,所以把斧柄擦干净,或者她看到你们有人杀了父亲,看到马丁或安托南。"

"他们一个才六岁,另一个四岁。"

"或者看到您。"

"不可能。我们都很怕他,不敢做这样的事。我们都不是他的对手。"

"可是您毕竟放狗咬他了。"

"那么他的死应该归咎于羊脂,而不是我。您看得出区别吗?"

"看得出。"

"结果是这个混蛋杀了我的狗。我们有这种感觉,如果我们中有人敢碰父亲,直接动手的话,他会把我们全部杀掉,跟杀死羊脂一样,母亲首当其冲。假如伯爵没有收留我,也许就会发生这样的事情。"

"埃梅里说您不是胆小怕事的孩子,说您小时候在学校里到处捣乱。"

"是的,我把学校搅得一团糟。"伊波利特又咧嘴笑了起来,

"他说什么,埃梅里?说我是一个恐吓大伙儿的小混蛋?"

"八九不离十吧。"

"说得完全对。不过埃梅里也不是天使。但是他呢,他没有任何理由为自己开脱。他有父母呵护,又有钱。在雷吉斯纠集同伙折磨我之前,有个叫埃尔维的家伙已经吹响了围剿我的号角。我可以告诉您,他们围着我殴打的时候,埃梅里可没躲在后面。不,警长,我不后悔,我被迫自卫。我一伸手,他们就尖叫起来,四下逃开。真是笑死人了。全是他们的错。他们说我有魔鬼的手,说我是地狱里的废人。他们不说,我是想不到的。于是我就加以利用。不,如果有一件事让我后悔的话,那就是,我是本地最烂的人渣的儿子。"

说话间,丽娜穿好了衣服,紧身的衬衫让亚当斯贝格浑身颤栗。伊波利特拍了下她的胳膊,给她让位。

"他不会吃了你,小姐姐,"他说,"但也不是一团和气。他喜欢打听别人把脏东西藏在哪里,龌龊的行当。"

"他救了莱奥的命。"丽娜生气地看着弟弟说。

"可他在寻思埃尔比耶和格莱约是不是我杀的。他把我干的那些脏事翻了个遍。我说得不对吗,警长?"

"他怀疑你是很正常的。"丽娜打断道,"你起码还配合吧?"

"很配合。"亚当斯贝格微笑着说。

"既然丽娜不藏什么脏东西,我就把她交给您,不用我操心了。"伊波边说边离开,"可是,勿波雨西鞯泼阿忒一恩戈欧忒阿佛。"

"意思是?"

"'不许碰她一根头发。'"丽娜说,"抱歉,警长,他性格就这样，觉得自己有责任保护全家。不过我们是好人。"

"我们是好人"——温德莫特家的名片，傻得让亚当斯贝格反而愿意去相信它。在某种程度上，那是他们的自我理想，是他们公开的座右铭。"我们是好人"，想掩盖什么？埃梅里会这样反驳。像伊波利特这么聪明的家伙——聪明这个词还算轻的，一个能像玩弹珠那样倒着说话的家伙，不会只是个"好人"。

"丽娜，我问您跟伊波同样的问题。您发现父亲被杀害的时候，为什么要擦斧头？"

"为了做点什么吧，我想。下意识的反应。"

"您现在不是十一岁的孩子了，丽娜。您不会觉得这样回答就够了。您擦斧头是不是为了抹去某个弟弟留下的痕迹？"

"不是。"

"您没有想过伊波可能会劈他的脑袋吗？或者是马丁？"

"没有。"

"为什么？"

"我们很怕他，不敢走进他的房间。总之，我们甚至都不敢上楼。禁止我们上楼的。"

亚当斯贝格停下脚步，正眼看着丽娜，伸出手指轻轻划过她粉红色的脸颊，就像泽尔克撸鸽子羽毛那样。

"好吧，您当时在保护谁，丽娜？"

"保护杀手。"她突然抬头说道，"可我不知道谁是杀手。看到他倒在血泊里，我并不惊讶。我只想到终于有人把他杀了，他不会再回来，一种如释重负的感觉。我擦去斧头上的指纹，这样杀手就不会受到惩罚了。不管他是谁。"

"谢谢您，丽娜。伊波在学校里是霸王吗？"

"他保护我们。因为我的小弟弟们在另一个操场上也吃尽苦头。伊波大胆地用畸形的手指对付那些人，我们终于太平了。我们是好人，但伊波不得不保护我们。"

"他告诉他们，说自己是魔鬼派来的，可以扫平他们。"

"果然奏效了！"她说着笑起来，没有一丝同情心，"他们纷纷给我们让路！对于我们这些孩子来说，简直就是天堂。我们成了王者。只有莱奥提醒过我们，说君子报仇十年不晚，当时我不懂。但是如今，"她神情忧郁起来，"我们还在付出代价。对魔鬼伊波这些往事的回忆，还有埃勒甘天军传闻，我明白为什么妈妈怕我们有三长两短。1777年，养猪的弗朗索瓦-本杰明在这儿，被他们用长柄叉戳死。"

"是的，我知道。因为他看见了天军。"

"他说了三个受害者的名字，一个没认出来。就像我一样。第二个受害者死后，民众蜂拥而至，捅破他的肚子，折磨了两个多小时。弗朗索瓦-杰明将天赋传给侄子纪尧姆，纪约姆将它传给堂妹埃洛丁，接着依次传给了皮匠西吉斯蒙德、埃布拉尔，然后是布店老板阿尔诺、弹管键琴的路易-皮埃尔，再传给阿芙琳，最后是吉尔贝，据说在我洗礼的时候传给了我。您的副手，他是否知道些什么，所以有人要杀他？"

"我一无所知。"

"他孑然独行，闷闷不乐"，亚当斯贝格默诵着，惊讶地看到维朗克的小诗又蹦了出来。

"您别找了，"她忽然厉声说道，"他们要杀的不是他，是您。"

"您搞错了。"

"没有搞错,因为即使您今天一无所知,但是明天您就会了解一切。您比埃梅里更加危险。时间不多了。"

"我的时间不多了?"

"您的时间不多了,警长。您能做的就是离开这儿,快跑。啥都挡不住领主,挡不住他手下的士兵。您别挡着他的道。信不信由您,我是想帮您。"

话说得那么尖刻,而且前言不搭后语,埃梅里少说也会把她抓起来。亚当斯贝格没有动。

"我得保护莫尔坦博。"他说。

"莫尔坦博杀了自己的母亲。不值得我们为他辛苦。"

"那不是我的问题,丽娜,您知道的。"

"您不明白。无论您做什么,他都会死。您先走吧。"

"什么时候?"

"现在就走。"

"我的意思是他什么时候会死?"

"时间由埃勒甘决定。走吧,您和您手下的人。"

37

亚当斯贝格缓缓走进医院的院子，他对医院开始熟悉起来，就像他熟悉了警署的吧台一样。当格拉尔不肯穿病号服，脱掉医用一次性纸质蓝罩袍，穿着西装躺在床上，不管它有多脏。这样不卫生，护士坚决不同意。可是此人自杀未遂，而且一整列火车从他头顶驶过——念此还是要让他三分——所以她也不敢强迫他。

"我需要更得体的衣服。"这是当格拉尔说的第一句话。

他的目光沿着黄色的墙壁滑动，逃避自己的羞耻、可笑和落魄，尤其不愿意在亚当斯贝格的目光中看到这些。梅兰医生扼要地把情况跟他说了，未作任何评论，当格拉尔不知该如何正视自己。这件事做得不专业，丢人现眼，最糟糕的是自己太愚蠢。这事居然发生在聪明睿智的当格拉尔身上。本能的嫉妒，巴不得碾压维朗克的渴望，没有给尊严和智慧留下一丁点空间。尊严和智慧也许曾试图发出自己的声音，试图说些什么，但是他什么都没听到，也不想知道。简直就像个白痴，到了无以复加的地步，导致毁灭性的结果。他想羞辱的那个人反而保护了他，差点没把命留在飞驰的火车轮子下。相比之下，维朗克·德·比尔赫克反应神速，胆子大，有能力让他躺在两根铁轨之间。换成自己，当格拉尔思忖道，肯定完不成这三重壮举。他或许想不到搬动身体，而且肯定没有力气这么做。更为可悲的，他甚至可能非但不救人，反而撒腿逃命，赶紧回到站台上去。

警督脸色灰白，沮丧。像一只被困在走廊里、而不是蜷在图伊洛·朱利安美味面包心子里的老鼠。

"疼吗？"亚当斯贝格问。

"扭头时才疼。"

"您好像没意识到火车贴着您的身体驶过。"亚当斯贝格说道，声音中不带一丝安抚的语气。

"是啊。经历这样的事情之后，却什么都不记得，挺让人恼火的，对吧？"当格拉尔想玩点小幽默。

"让人恼火的不是这个。"

"要是我比平时多喝了几杯，那还情有可原。"

"连这一点也不成立啊，当格拉尔。恰恰相反，您在埃梅里家里没有多喝，头脑基本上是清醒的，这样才能单枪匹马地完成您的行动啊。"

当格拉尔抬头看着黄色的天花板，决定保持这个姿势。他刚才瞥见亚当斯贝格的目光，清楚地看到了他双眸绽放的一道光芒。一道他试图躲过的深邃光芒。这种罕见的目光，只有警长处在愤怒、兴趣盎然或者突发奇想的情况下才会出现。

"维朗克感觉到了，他感到火车贴身而过。"亚当斯贝格强调说。

当格拉尔的平庸，让他怒不可遏、失望、伤心，那是肯定的。他感到必须迫使他睁开眼睛，迫使他了解情况。"他孑然独行，冈闷不乐"。

"他情况怎么样?"当格拉尔从牙缝里挤出几个字,轻得几乎听不见。

"他还睡着,慢慢恢复。他不弄出几条红色发绺,我们就算走运了。或者白色的。"

"他怎么会知道呢?"

"跟我一样啊。警督,您不是搞阴谋的高手。晚餐上,您的表情和手势自始至终流露出一种喜悦,那是策划令人兴奋和自豪的秘密项目所带来的。"

"维朗克为什么彻夜监视呢?"

"因为他经过了缜密的思考。他认为,倘若某件事能让您如此激动,能让您想独自一人去完成它,那很可能就是一项针对他的行动。比方说收集新的情报。而警督您却忘了,一个希望隐名埋姓的线人是不会主动露面的。他提供线索而不约人见面。连埃斯塔雷也会觉得其中有诈。您却嗅不到。维朗克能闻到。最后一点尤其重要,他认为遇到这样的凶杀案,我们不能单独行动。除非有人贪功,想悄悄拔得头筹,以致忘记了显而易见的事实。因为您的确收到了一张字条,有人约您,当格拉尔,对吗?"

"是的。"

"在哪儿?什么时候?"

"我在口袋里发现字条。当时有些人聚在格莱约家门口,那个家伙肯定混在人群中,趁机把字条塞入我的口袋。"

"字条您保存了吗?"

"没有。"

"长出息了,警督。为什么没有保存?"

当格拉尔一时语塞,想了一阵才决定回答。

"我不想让别人知道我私藏一张字条,而且是蓄意的。拿到字条之后,我当时打算编一个站得住脚的说法。"

"比方说?"

"我发现某人混在人群里面。我查了他的情况。我去塞雷内跑一趟,进一步了解情况。无关紧要的事。"

"说到底,是值得做的事。"

"是的。"当格拉尔赞同道,"值得做的事。"

"可是您失手了。"亚当斯贝格站起身来,绕着警督的床走了几步。

"行了,"当格拉尔说,"我掉进粪坑,陷进去了。"

"我在您之前做过这种事,还记得吗?"

"记得。"

"所以说不是您的新发明。掉进粪坑并不难,难在事后的清理。字条上写了什么?"

"文盲写的字条,错别字很多。真的是文盲,或者假装文盲,都有可能。不管怎么说,如果是假装的,装得的确好。尤其是'务必'这两个字,他涂改了好几次。"

"字条上说什么?"

"让我早上六点五十分准时到达塞雷内火车站的站台。我以为此人住在那个镇上。"

"我不这么认为。塞雷内的优势在于火车从那儿经过。早上六点五十六分。奥尔德贝克火车站没人用了。关于麻药,梅兰说了些什么？"

亚当斯贝格的眼睛已经恢复到几乎正常状态，有人说是水汪汪的"海藻"状态——他们不得不发明一个词，来形容这种朦胧、模糊，几乎黏糊糊的状态。

"初步化验结果表明，我身体里已经没有任何残留。他想到兽医使用的一种麻醉剂，剂量精确，让我失去知觉一刻钟，然后就会代谢掉。估计是小剂量的盐酸氯胺酮，因为我没有产生幻觉。警长，我们可以安排一下吗？我的意思是，咱们能够不让队里知道这件丢脸的事吗？"

"我不反对。可是现在有三个人知情。这件事不用跟我谈，而是要跟维朗克谈。说到底，他也许会想复仇。人之常情嘛。"

"是的。"

"我让他来找您？"

"现在不行。"

"话说回来，您觉得自己来奥尔德贝克，是在玩命，这个想法没错。"亚当斯贝格朝门口走去，一边说道，"但是为什么有人要杀您，警督，您得琢磨琢磨，归拢所有的细节，找出您身上有什么令凶手害怕的地方。"

"不！"亚当斯贝格开门时，当格拉尔几乎喊起来，"不，不是我。那个人把我错当成您了。他的信开头就写'警长'。他想杀的是您，您看起来不像巴黎来的警察，而我像。我到格莱约家的时候，穿着灰色西装，那个人以为我是警长。"

"丽娜也这么想。我不明白她为什么会这么想。我先走了，当格拉尔，我们要在莫尔坦博的房子周围设点监视。"

"您去看维朗克吗?"

"是的,如果他醒了。"

"您能跟他说点事吗?替我转告?"

"肯定不行,当格拉尔。这得由您自己去说。"

38

埃梅里所说的"干预地点"——即莫尔坦博家——的特征，被详细介绍给了奥尔德贝克—巴黎联合小组的警员，蹲守班次也安排妥当。圣-维农宪兵队意识到情况紧迫，把埃梅里平时只能当半个人用的福歇下士全让给了他调用。现在总共四个小组，每组两人，每组执勤六小时，可以保证二十四小时不间断监视。屋后一个人，面朝田野，负责监视房屋这一面和东侧。屋前一人，负责监视道路和西山墙。房子开间不大，没有监控的死角。下午二点三十五分，肥胖的莫尔坦博瘫坐在小塑料椅子上听指令，不停地出汗：待在屋里禁止外出，直到另行通知，关上护窗板。他不反对。如果可以的话，他甚至会恳求警察把自己锁进水泥盒子。设置了开门口令，可以让莫尔坦博确定是警察在敲门，给他提供给养，询问情况。口令每天改动。当然，严禁给邮递员开门，也不许给他苗圃派来的任何快递员开门，不准给前来问候探望的朋友开门。布莱里奥和福歇下士站第一班岗，晚上九点结束。贾斯汀和埃斯塔雷接班，凌晨三点换成亚当斯贝格和维朗克，当格拉尔和埃梅里上午九点接班，下午三点交班。亚当斯贝格绞尽脑汁找借口，没把当格拉尔和维朗克分在一起。在他看来，硬逼着他们和解是徒劳的，也是不光彩的。先定下了为期三天的保护计划。

"三天之后呢？"莫尔坦博问道，手指不停捋着汗津津的头发。

"再酌情考虑。"埃梅里语气生硬地说，"抓到杀手为止。我们不会呵护你三个礼拜的。"

"可你们永远抓不到他。"莫尔坦博几乎呻吟道，"埃勒甘领主是抓不住的。"

"你信吗？我还以为你，还有你那表哥，都是不信邪的。"

"让诺不信。而我始终认为阿朗斯森林里有一股神奇的力量。"

"于是你把这话跟让诺说了？"

"没有没有。他认为那是瞎扯淡。"

"你相信这些，那就意味着你知道埃勒甘为何选中你？你知道自己为什么怕埃勒甘吗？"

"不，不，我不知道。"

"我料你会这么说。"

"也许因为我是让诺的朋友。"

"而让诺杀了年轻的科斗？"

"是的。"莫尔坦博揉着眼睛说。

"你帮了他吗？"

"不，没有，我发誓。"

"表哥刚死，你就出卖他，一点都不介意吗？"

"埃勒甘要求忏悔。"

"啊，原来如此。是为了让领主饶恕你。既然如此，你最好把你老娘的遭遇说出来，这样对你有利。"

"不是的，不是的。我没碰她，她是我妈。"

"你只是用绳子碰了一下梯子的脚。你是个窝囊废,莫尔坦博。你给我站起来,我们把你锁在家里。既然你有时间去思考,那就照埃勒甘的要求去办,把你的忏悔书写好。"

亚当斯贝格回到客栈,发现埃勒博上了床,窝在床垫的凹陷处,维朗克醒了,洗了澡换了衣服,在桌子前拿着锅子,直接吃回锅加热的面条。

"凌晨三点到早上九点咱俩负责,行不行?"

"行啊,我自己感觉恢复正常了。看到列车朝你迎面扑来的感觉没法形容。我腿一软,差点倒下,差点把当格拉尔扔在轨道上,自己跳上站台。"

"你会得到嘉奖。"亚当斯贝格微微一笑,"警察荣誉勋章。纯银的。"

"那倒不一定。除非我们把事情和盘托出,那样当格拉尔就给废了。这位老兄恐怕会一蹶不振。信天翁跌到泥地上,再聪明也不顶用。"

"他已经在地上苦苦挣扎了,路易。他不知道怎么摆脱困境。"

"这很正常。"

"是的。"

"来点面条吗?我吃不完的。"维朗克说着把锅子递过来。

面条还是热的,亚当斯贝格大口吃起来,这时手机响了。他单手打开手机,阅读雷坦库尔发来的短信。总算来短信了。

"据救世一对管家说,周四夜里剃发,因为噩耗打击,凌晨三点。但据被开除的女佣说,周四晚会回来,已经剃发。但女佣很想报复，不能全信。我得走了，汽车我负责。"

亚当斯贝格让维朗克看了短信，心跳有些快。

"我看不懂。"维朗克说。

"我给你解释一下。"

"我也给你解释一下。"维朗克垂下长长的睫毛，"他们在路上。"

维朗克没往下说，在一张购物清单纸上画出非洲的轮廓。

"你何时知道的？"亚当斯贝格在"奶酪""面包""打火机""鸽食"等词语下方写道。

"一小时前收到短信。"维朗克写道。

"谁的？"

"一个朋友的，你儿子有他的电话号码。"

"发生了什么？"

"在格拉纳达遇到一个警察。"

"现在在哪儿？"

"卡萨雷斯，距埃斯塔波纳十五公里。"

"卡萨雷斯在哪儿？"

"非洲对面。"

"咱们走。"亚当斯贝格说着站起来，"我不饿了。"

39

"平安无事。"贾斯汀对前来换岗的维朗克和亚当斯贝格说,此时凌晨二点五十五分。

亚当斯贝格绕着房子走了一圈,与埃斯塔雷会合,他一丝不苟地来回巡逻,目光轮流扫视着房子和田野。

"一切正常,"埃斯塔雷确认,"除了他仍然还没睡觉。"他指着从护窗板里透出的灯光说道。

"他要考虑的问题比睡觉重要。"

"肯定是这个原因。"

"你在吃什么?"

"吃糖。为了保存体力。您要来一颗吗?"

"不用了,谢谢,埃斯塔雷。这阵子我被糖弄得很恼火。"

"糖过敏?"探员关切地问道,绿颜色的大眼睛瞪得滚圆。

亚当斯贝格想在半夜执勤前多睡会儿,可是也没有合上眼睛。泽尔克和穆穆处境危险,行将在非洲消失——泽尔克为什么会如此死心塌地跟着穆穆冒险?奥尔德贝克的杀手真的像臭烘烘的幽灵,依然逍遥法外,似乎给那些人说对了,没有人能拿下披着长发的埃勒甘领主;克莱蒙家族令人捉摸不透,但是有短绌这桩事。不牢靠,经不起推敲，一碰就灰飞烟灭。除非被解雇的女佣说了实话，救世主一号克里斯蒂安回家时已经剪过头发了。也就是说他晚上八点出门时是长头发，凌晨两点回家，头发剪短了。被火烧到后，他跟穆穆剃光头一样，把头发剪得很短。别人就看不到烧焦的头发，头发就不会缺一块，警察就不会怀疑他。但是送老头回家的是克里斯托夫而不是克里斯蒂安。而且他们的外套一尘不染，没有送去清洗。

亚当斯贝格聚精会神地监视起来。月光似水，照亮了田野和树林边缘，尽管埃梅里报告说云层开始在西边堆积。半个月酷暑，没有下雨，这种异常天气似乎让诺曼底人担心起来。西边乌云聚集这件事成了当地人的执念。

凌晨四点，底楼厨房和厕所的灯光依然亮着。莫尔坦博熬夜不睡觉并不奇怪，可是亚当斯贝格认识的失眠者，除了自己蜷缩的房间，会把大多数的灯都关了。也许莫尔坦博吓得浑身战栗，不敢让屋子里黑灯瞎火的。五点钟，他与维朗克会合。

"你觉得正常吗？"他问道。

"不正常。"

"那咱们去看看？"

"好的。"

亚当斯贝格照约定的方式敲门。

四长，两短，三长。他敲了好几回，里面没有反应。

"把门打开。"他对维朗克说，"你把枪准备好。你守在外面，我进去检查。"

亚当斯贝格提着枪，打开保险，贴着墙壁在空荡荡的屋子里走了一遍。没有翻开的书，没有打开的电视机，没有莫尔坦博的踪影。厨房里剩下他无力吃完的冷饭。浴室里有些衣服，是他先前在宪兵队穿的那几件。莫尔坦博只有从屋顶的角窗钻出去，等到警察在房屋转角拐弯之后，才能跳下来逃走。他不信任警察，宁可逃之夭夭。亚当斯贝格拉开盥洗室的门，一个肥胖的身躯颓然倒在他脚下，仰面朝天。地上满是鲜血。莫尔坦博的裤子还没拉上，喉咙上被一块又长又厚的钢片戳了一个洞。那是弩弓射出的方镞箭，如果亚当斯贝格没认错的话。他死了至少有三个小时了。角窗的碎玻璃散落一地。

亚当斯贝格叫来维朗克。

"他撒尿时被击中喉咙。你看这个高度，"亚当斯贝格站在马桶前面，面对小窗，"箭头直接射中脖子。"

"妈的，让-巴蒂斯特，角窗上装着保险栏杆。两侧宽度不超过二十厘米。什么箭啊？射箭的人躲在窗户后面不成？埃斯塔雷理应看见他啊，天啊！"

"是支方镞箭，威力很大的方镞箭。"

维朗克出于愤怒或惊讶，咬牙切齿地嘶叫起来。

"货真价实的中世纪兵器。"

"那不一定，路易。从伤口露出来的那截东西看，我觉得是打猎的箭头，我敢打赌。箭头十分现代。轻巧、结实、精确，开锋的翼片会割断血管。肯定能置人死地。"

"前提是能瞄准。"维朗克绕过尸体，脸贴在铁栏杆和角窗的梃子之间说，"你看，这么窄的空间，我的胳膊几乎都伸不过去。射手必须在五米之内，才能避开栏杆的阻挡，射中目标——假如运气好的话。埃斯塔雷也许看见了他,路灯一直照到这儿。"

"不是运气问题,路易。如果采用滑轮弩弓,比方说复合式弩弓,四十米的距离,借助夜视瞄准镜,那人不会失手。哪怕是五十米的距离,高手也能射中目标。拥有这种武器的人,肯定是高手。不管怎么说,凶手就在树林里,他待在树林边上。绝对的静音射击,等警察发现死者,他早就撤退了。"

"你熟悉弩弓?"

"服兵役的时候,我不巧当过狙击手,你能想到的武器,他们都让我用过。"

"奇怪,"维朗克转过身来,"他换了衣服。"

亚当斯贝格在给埃梅里拨电话。

"换什么?"他问道。

"他换衣服了。莫尔坦博之前换过衣服。马球衫配灰色运动裤。一个人关在家里,换什么衣服啊?"

"为了摆脱他那段牢房经历?我觉得正常。埃梅里,吵醒你了吗?你赶快过来,莫尔坦博死了。"

"不能等到明天吗?"维朗克问。

"你说什么?"

"换衣服。"

"去你的,路易,换不换衣服无所谓。他去小便,凶手等着他上厕所呢。莫尔坦博面朝角窗,正对路灯,一动不动地站着。完美目标。他悄无声息地倒下,埃勒甘领主要了他的命,还是古法。"

"特种兵版的古法,这是你说的。"

"这种射击,我看只有弩弓能做到。不过它毕竟有三公斤多重,近一米长,即便能够折叠,也不可能藏在外套下面。那个人得知道接下来如何把它处理掉。"

"如今谁手里有这样的东西?"

"很多猎人都有。那些冒险偷猎的人常用的武器,因为它不引人注意。这叫做'玩具武器',属于第六类设备,可以任意持有,用于游戏或运动。游戏,说得轻巧。"

"你为什么没有想到呢?"

亚当斯贝格久久注视着角窗、破碎的窗玻璃和窗框上的铁栏杆。

"我主要想到,有了玻璃的阻挡,任何射击都会出现偏差。不管是子弹还是箭头。把握实在太低,所以杀手不敢从那儿下手。可是你仔细看一下窗玻璃,路易。我们没有检查到。"

埃梅里走进房子,外套上只系了两个纽扣。

"对不起,埃梅里。"亚当斯贝格说,"弩弓箭头穿过厕所的角窗。这家伙当时在撒尿。"

"穿过角窗?角窗上有铁栏杆啊!"

"是啊,箭头穿了过去,埃梅里。直接击中他的喉咙。"

"弩弓?可是它只能够打伤十米开外的鹿。"

"不是那种弩弓,埃梅里。你通知利西厄方面了吗?"

"他们马上到。亚当斯贝格,这件事你要承担责任。调查是你负责的,蹲点也是你手下的人。"

"四十米开外的树林里发生什么情况,我的人是看不清的。你应该预料到角窗可能被人利用。现场的风险排查是你负责的。"

"还要负责预料有人借助小鼠洞射弩箭,对不对?"

"我认为是大鼠洞。"

"这个大鼠洞的玻璃很厚,不管什么箭头,碰到它都会偏离轨迹。射手不会选择这条路径的。"

"你看一下窗玻璃嘛,埃梅里。窗框上没留下一块碎玻璃。这说明有人事先仔细割过玻璃,手指轻轻一推,就会掉下来。"

"箭头就不会偏离飞行轨迹。"

"是的。我们没有注意到窗框边上玻璃刀的划痕。"

"这并不能解释那个人为什么会选择弩弓。"

"因为静音啊。而且射手了解莫尔坦博母亲的房子。到处铺着地毯,厕所里也铺了。窗玻璃掉下来,不出一点声音。"

埃梅里拉直外套的领子,气鼓鼓地嘟囔。

"这儿的人还是更喜欢猎枪。如果不想惊动别人,杀手可以用消声器和亚音速子弹啊。"

"就算这样,子弹出膛的声音也很响,跟.22气步枪差不多,比弩弓响多了。"

"不过弓弦发出的声音,别人也会听到的。"

"但它不是人们关注的声音。距离那么远,听到弓弦振动,会以为是鸟儿在使劲拍翅膀。这的确是埃勒甘使用的兵器,对吧?"

"是的。"埃梅里苦涩地答道。

"你好好想想,埃梅里。这种选择技术上完美,而且艺术上也是如此。充满历史感和诗意。"

"他朝埃尔比耶开枪的时候没有充满诗意。"

"这么说吧,他在不断演变。口味在提升。"

"你觉得杀手认为自己是埃勒甘?"

"我啥都不知道。我们只知道他是个弓箭高手。我们至少可以从这儿入手。调查射箭俱乐部,排查里面的成员。"

"他为什么换衣服呢?"埃梅里看着莫尔坦博的尸体问道。

"为了清除牢房留下的污渍。"维朗克说。

"我那儿的单间很干净啊。被褥也是干净的。你说呢,亚当斯贝格?"

"我只想弄明白,为什么你和维朗克纠结于他换衣服这件事。尽管一切都很重要。"他疲惫地指着角窗,"哪怕是老鼠洞。尤其是老鼠洞。"

40

亚当斯贝格加入在树林里的搜索，一直搜到早晨七点，另外五个人也从床上被叫起参加搜索。当格拉尔看上去精疲力尽。亚当斯贝格心想，他之前也没睡着，一定是在徒劳地寻找一个僻静的地方，就像找地方避风那样，让自己的思绪平静下来。但眼下当格拉尔没了庇护所。他那不带一丝虚伪和愚蠢的聪明才智，已经支离破碎，趴在他的脚下不再动弹。

借着晨光，他们很快锁定了凶手伏击的位置。福歇发现的，立刻把大伙叫过来。杀手显然藏在一棵有七根粗枝的橡树后，坐在一个折叠小凳上，金属凳脚陷入厚厚的枯叶。整个场面不同寻常。

"从来没有见过。"埃梅里几乎愤愤不平地说，"杀手居然想着自己舒坦。这个家伙准备杀人，却不愿意累着自己的两条腿。"

"他也许年纪大了。"维朗克说，"或者他很难长时间站立。说不定要等几个小时，才能等到莫尔坦博上厕所。"

"年纪不会太大。"亚当斯贝格说，"要拉开弩弓，承受后坐力，身体必须相当结实。他坐在凳子上可以提高射击精度。而且人坐着不会发出什么声音，不像站着会跺脚。这里距离目标多远？"

"我估计是四十二、四十三米。"埃斯塔雷答道。正如亚当斯贝格一直断言的那样，埃斯塔雷眼光很准。

"狮心王理查的心脏，"当格拉尔声音很轻，仿佛失去的光环从此让他不能正常地说话，"保存在鲁昂大教堂里，打仗时被弩箭射中而死。"

"当真？"埃梅里问道，战场上的辉煌事迹总让他十分来劲。

"真的。1199年3月，他围攻沙吕-沙布罗尔城堡时受了伤，十一天后死于坏疽。我们至少知道凶手的名字。"

"是谁？"埃梅里问道。

"皮埃尔·巴西勒，利穆赞的小贵族。"

"我的天啊，这跟我们有什么关系啊？"亚当斯贝格问道，当格拉尔此时一败涂地，还要显摆自己渊博，让他觉得很不爽。

"他是死在弓弩之下的名人之一，仅此而已。"当格拉尔低声说。

"理查之后，就是可悲的米歇尔·莫尔特博了。"埃梅里摇了摇头说，"今非昔比，没救了。"

他们继续在树林里搜查，寻找凶手的足迹，不抱什么希望。地上厚厚的落叶已经被夏天的烈日晒干，上面没有留下任何痕迹。三刻钟后，埃梅里吹了一声口哨，把大家召集到离树林的另一头几米远的地方。他把外套扣子全部扣上了，笔挺地站在一堆泥土前等着他们，泥土是新挖的，上面有些零星的树叶，没有全部盖住。

"弩弓吧。"维朗克说。

"我想是的。"埃梅里说。

坑不深，大约三十厘米，几个警员很快挖出一个塑料套子。

"是了。"布莱里奥说，"那个家伙不想毁掉自己的武器，就把它埋在这儿，以便尽快逃离现场。他肯定事先把坑挖好了。"

"跟他事先划过窗玻璃一样。"

"他怎么猜得到莫尔坦博躲在这儿呢?"

"格莱约死了,莫尔坦博会回到母亲那儿去的,很容易猜啊。"埃梅里说。"埋得很差劲。"他冲着泥坑一脸不屑地说,"就像藏斧头那样差劲。"

"此人可能不太聪明。"维朗克说,"善于当机立断,但是缺乏长远思考的能力。智力结构有缺陷、不足。"

"或者说,这件凶器跟斧头一样属于某人。"亚当斯贝格累得脑子有点发昏,"比如属于温德莫特家里的某个人。凶手希望别人发现凶器。"

"您知道我对他们的看法,"埃梅里说,"但我不认为伊波拥有弩弓。"

"那马丁呢?老是钻在森林里觅食?"

"我不能想象他带着特种兵抓小虫。不过埃尔比耶倒有把弩。"

"两年前,我们看到一头雌野猪,肋部有个箭头。"福歇证实。

"埃尔比耶死后,杀手很容易抢在我们贴封条之前,到他家里拿走弩弓。"

"且不说,"亚当斯贝格慢吞吞地说,"总有办法可以砸掉封印,然后再重新封印。"

"那得是专业人士了。"

"是的。"

埃梅里的人带走弩弓,准备送往利西厄,他们将土坑和凳子四周围起来,布莱里奥和福歇留在原地,等技术小组过来。

其他人回到莫尔坦博的房子，正好梅兰医生也到了，他是被叫来做现场认定的。女法医在利瓦罗办案来不了，那儿有个铺瓦工从屋顶上摔下来。乍看不像刑事案件，不过他的妻子耸了耸肩，提醒说，丈夫"被苹果酒灌得不省人事，肚子胀得像牛一样"。听了她的这番话，宪兵们觉得还是请法医过去为妙。

梅兰看了看莫尔坦博的尸体，摇了摇头。

"现在连撒尿都不得安宁了。"他就说了一句。

亚当斯贝格觉得这番悼词有点粗糙，但说得不无道理。梅兰确认刺杀发生在凌晨一点到两点之间，至少在凌晨三点之前。他去除箭头，没有动尸体，以便把现场原封不动地留给他的女同行。

"这么野蛮的东西。"他在亚当斯贝格面前晃着箭头说，"我的同行会来解剖尸体的，但是从创口来看，箭头穿透喉部，伤及食道。我认为他在失血过多之前就窒息了。给他穿上衣服吗？"

"咱们不能，医生。要等技术人员过来。"

"我看不必吧。"梅兰咧嘴笑着说。

"有必要的，医生，听我的。"

"您，"梅兰盯着亚当斯贝格说，"您最好立刻睡觉去。他也一样。"他翘起大拇指指了指当格拉尔，"这儿有人休息不够。会累垮的，会像打保龄球那样，球还没扔，球瓶就倒了。"

"你去吧，"埃梅里轻轻拍着亚当斯贝格的肩膀说，"我在这儿等他们。我和布莱里奥，咱们睡过觉了。"

埃勒博在房间里留下了清晨踱步的痕迹，鸽食甩得满地都是。但是它又趴回到左脚鞋子里，看到亚当斯贝格就咕咕叫起来。鞋子这桩事情，尽管反常，但至少有一个很大的好处，鸽子从此不在房间里随地乱拉屎，而是老老实实地拉在鞋子里。睡一觉起来后，他会把鞋子里面刮干净。但是用什么东西刮呢？他在凹陷的床垫上辗转反侧，不停地寻思，用刀？小勺子？鞋拔？

想到如此残暴的射猎箭头，将那个正在解手的家伙扎出血窟窿的锋利翼片，他极度恶心。远远超过塞在老妇人图伊洛·卢塞特喉咙里的面包心子带给他的反感。面包心子这招以前没人用过，手法也相当简陋，甚至有点感人的成分在里头。当格拉尔对狮心理查一番不适时宜的评论，让他恼火，因为好多事急着要处理。维朗克也一样，居然在琢磨莫尔坦博为何换衣服。动辄反感而且没什么道理，说明他累得不轻。莫尔坦博脱了蓝外套——上面肯定有牢房的味道，无论怎么说，至少带着防腐剂的味道——换了一身浅灰色的全棉衣服，裤子用深灰色绦子镶边。那又怎么样呢？莫尔坦博就不能活得舒坦一些？或者说活得高雅一点吗？埃梅里也让亚当斯贝格来气，他竟然又一次宣称这场灾难与己无关，把责任全部推给他。亏他做得出来，胆小鬼，埃梅里。这第三起谋杀，会给奥尔德贝克乃至整个地区火上浇油。埃勒甘的腾腾杀气充斥当地报端，一些读者来信虽尚未指名道姓，但是矛头已经直指温德莫特一家。他昨天就觉得，到了晚上，马路上的行人立刻少了，往常没这么快的。杀手现在从远处放箭杀人，弄得人人自危，哪怕躲在老鼠洞里。更何况是他，有人恨不得用火车把他轧成三段。凶手要是知道他多么无知和无助，肯定不会那么费劲弄一辆火车来置他于死地。也许丽娜的胸脯蒙蔽了他的双眼，看不到温德莫特一家人的过错。

41

三个小时后,亚当斯贝格睁开眼睛,侧耳听着一只苍蝇嗡嗡嗡的在房间里没命乱飞,却像埃勒博那样,没有发现窗户敞开着。他此时刚醒来,没有去想穆穆和泽尔克处于危险的边缘,没有去想被埃勒甘领主处死的冤魂,没有去想莱奥老妇。他只是琢磨为什么自己觉得莫尔坦博在牢里穿的外套是蓝色的,而实际上是棕色的。

他打开门,在门槛上撒了一点豆子,想吸引埃勒博跑到至少离鞋子一米远的地方大胆活动,然后去厨房给自己煮咖啡。当格拉尔默不作声地坐在那里,低头看着一张报纸,其实没有在读。看到老朋友跌入粪坑,不能自拔,亚当斯贝格不禁感到一丝同情。

"《奥尔德贝克通讯》说,巴黎警察一个人都没抓住。大致就是这个意思。"

"他们没说错。"亚当斯贝格说着往咖啡粉上倒水。

"他们提醒说,1777 年,埃勒甘领主不费吹灰之力,踏平了当年的骑警队。"

"这也没说错。"

"不过有一件事,跟查案毫无关系,可我还是在琢磨。"

"要是涉及狮心王理查的心,那就不必了,当格拉尔。"

亚当斯贝格把水放回燃气灶上沸腾，走到大院里。当格拉尔摇了摇头，抬起似乎比平时重十倍的身体，等着咖啡滤完。他走到窗前，看到亚当斯贝格在苹果树下兜圈子，两只手插在走样的裤子口袋里，目光——他觉得——好像很迷茫、呆滞。当格拉尔惦记着咖啡怎么喝：把它端到外面？还是独自饮用，不叫他一声？他边想边用余光观察院子里的动静。亚当斯贝格从他的视野中消失，然后从地窖冒出来回到屋里，步子有点急促。他在长凳上一屁股坐下，不像往日那样灵活，两只手平放在桌子上，眼睛盯着当格拉尔，不说话。当格拉尔此时觉得自己无权提出质疑或批评，他摆上两个杯子，像贤惠的妻子那样沏上咖啡，因为不知道如何是好。

"当格拉尔，莫尔坦博关在宪兵队那阵子，他的外套是什么颜色的？"

"棕色。"

"没错。可我看到是蓝颜色。哦不，是后来在回想的时候，我说'蓝颜色'。"

"是吗？"当格拉尔小心翼翼地说。比起双眼炯炯有神的亚当斯贝格，两眼凝滞的亚当斯贝格更加让他警觉。

"为什么，当格拉尔？"

警督把杯子举到嘴边，没吭声。他很想往里面倒一点儿苹果烧酒，像当地人做的那样"活络活络身体"，但他预感到下午三点这么做，可能会引爆亚当斯贝格勉强压住的怒火，尤其在这个《奥尔德贝克通讯》载文称他们一个都没有抓住，还说——此话他没跟警长说——他们啥都不干的当口。或者正好相反，亚当斯贝格的心思不在这儿，不会注意到。于是他站起来，准备去拿一点烧酒，这时亚当斯贝格从口袋里掏出一包照片，摊在他面前。

"克莱蒙-布拉瑟兄弟。"他说道。

"看到了。"当格拉尔说，"伯爵给你的照片。"

"正是。那天晚会上的穿着。这是克里斯蒂安，细条纹蓝色外套，这是克里斯托夫，穿着游艇外套。"

"俗气。"当格拉尔低声说。亚当斯贝格掏出手机，划过几张照片，递给当格拉尔。

"这些是雷坦库尔发来的照片，克里斯蒂安回家时的着装。衣服没有送去清洗，他弟弟的衣服也没送去。她查过了。"

"我们得相信她。"当格拉尔仔细看着手机屏上的小幅照片说道。

"克里斯蒂安的细条纹蓝色外套。您看到了吗？不是棕色的。"

"的确不是。"

"那为什么我会觉得莫尔坦博的外套是蓝颜色呢？"

"看走眼了。"

"因为他换了衣服，当格拉尔。您看到其中的关联了吗？"

"说实话，没明白。"

"因为其实我知道克里斯蒂安换过衣服。跟莫尔坦博一样。"

"莫尔坦博为什么换衣服呢？"

"谁在乎莫尔坦博。"亚当斯贝格火了，"您在故意装糊涂。"

"您别忘了，我毕竟刚从火车轮子底下死里逃生。"

"说得对。"亚当斯贝格承认道，"克里斯蒂安·克莱蒙换了衣服，几天来就摆在我眼皮底下。如此明显，以致想到莫尔坦博的外套的时候，我想成了蓝色。就像克里斯蒂安的蓝外套。当格拉尔，您好好对比一下：克里斯蒂安在招待会上穿着的外套，和雷坦库尔照的这件，也就是他当晚回家时穿的那件衣服，好好对比一下。"

亚当斯贝格把伯爵给的照片和手机里的照片摆在当格拉尔面前。他好像此时才发现手边的咖啡，一口气喝了半杯。

"怎么样，当格拉尔？"

"您这么一说，我也看出来了。克里斯蒂安的两套衣服很相似，都是蓝颜色，其实不一样。"

"对啊，当格拉尔。"

"第二件的条纹稍微粗一点，翻领更宽，袖窿窄一些。"

"对啊。"亚当斯贝格笑着重复道，然后站起来，从壁炉大步走到门前，"您看，克里斯蒂安半夜时分离开，凌晨两点左右到家，在这段时间里，他换了衣服。做得很漂亮，神不知鬼不觉的，但是事实就是事实。他第二天送到干洗店的衣服，不是他回家时穿在身上的那套，雷坦库尔没搞错。而是他在晚会上穿着的那套。为什么呢，当格拉尔？"

"因为衣服上有汽油味。"警督淡淡地笑着说道。

"衣服上有汽油味，是因为克里斯蒂安放火烧了困住他父亲的奔驰车。"他手拍着桌子补充道，"另外一点，他回家之前剪过头发。您再看看这些照片，那天晚上头发有点长，前额留着一绺头发，您看到吗？可是他回家的时候，听那个被解雇的女佣说，头发很短了。因为就像穆穆经常遇到的那样，炽热的火焰燎到他的头发，头发少了一块，很显眼。于是他把头发剪短修齐，然后穿上另一套衣服。第二天对贴身佣人怎么说的？他在夜里剃的头发，让人以为是因为听到噩耗、悲不自胜。他成了短绺克里斯蒂安。"

"没有直接证据。"当格拉尔说,"雷坦库尔的照片不是当晚拍的,也没有证据表明她——或者向她透露消息的女佣——没有看走眼。这些衣服太相似了。"

"我们可以在车子里面找到头发。"

"过去了那么多天,车子肯定打扫过了。"

"那不一定,当格拉尔。如果汽车的内饰材料是织物的话,剪下来的头发很难弄干净,尤其是落在靠枕上的。我们可以假设克里斯蒂安打扫得有点仓促,更何况他不觉得有什么风险,甚至不会有人盘问他。雷坦库尔应该检查一下那辆汽车。"

"她要怎么拿到检查车辆的许可呢?"

"她拿不到的。第三个证据,当格拉尔。那条狗,还有糖块。"

"您要提莱奥的故事了。"

"我说的是另一条狗、另外一块糖。警督,眼下是个糖块泛滥的时代。有的年份瓢虫铺天盖地,有的年份糖块扑面而来。"

亚当斯贝格找出雷坦库尔的短信,提到突然被解雇的女佣的那条,让警督过目。

"我看不出什么。"当格拉尔说。

"怪您从车轮下死里逃生啊。前天在路上,布莱里奥叫我拿一块糖给弗莱姆吃,他刚修好汽车的发动机,告诉我说,只要他手上有汽油味,弗莱姆就不吃他给的糖。"

"很好。"当格拉尔随口应道,起身去取柜子底下的苹果烧酒。

"您干什么,当格拉尔?"

"我只拿一滴酒,把咖啡化开来,也就把我的粪池化开来。"

"这不行,警督,这是莱奥的苹果烧酒,伯爵送给她的。等她回来，咱们像什么呢？像占领军？"

"听您的。"当格拉尔趁亚当斯贝格转身走向壁炉的当口，赶紧倒了一滴酒。

"就是为了这个缘故，女佣被解雇了。克里斯蒂安换了一身衣服，身上清理干净，可两只手上依然有汽油味儿。汽油味儿会持续数小时，甩都甩不掉。狗一下子就能闻出来，万无一失。克里斯蒂安看到狗不吃糖、扭头走开就明白了。女佣收起糖，埋怨了几句。他必须扔掉那块有油气味的糖，并把女佣打发走，所以立刻解雇。"

"应该找她来作证。"

"就这一点以及剪头发的事儿作证。那天晚上，她不是唯一见过克里斯蒂安的人。来过两个警察告知他噩耗。然后他把自己锁在房间里。要进一步搞清楚雷坦库尔那句话的意思：'女佣怪糖不好'。她埋怨什么？您就今晚就通知雷坦库尔，继续往下查。"

"今天晚上，什么地方？"

"巴黎，当格拉尔。您回去通知雷坦库尔，然后您悄悄离开。"

"回奥尔德贝克？"

"不是。"

当格拉尔一口吞下他的苹果烧酒咖啡，想了一会儿。亚当斯贝格拿起两人的手机，取出电池。

"您要我去接两个小家伙？是吗？"

"是的。您去卡萨雷斯，用不了多少时间就能找到他们。如果在非洲的话，那就另一回事儿了。假如警察发现他们在格拉纳达，那么此时他们很可能开始在沿海市镇展开搜查。必须抢在他们之前赶到那儿，当格拉尔。您火速前往，把他们带回来。"

"我觉得太早了。"

"不早，我想我们的指控能成立。要妥善地安排他们回来。让别人相信泽尔克是从意大利回来的，他因为感情纠葛去了那儿，穆穆是在朋友家被逮住的，因为朋友的父亲没撑住，告发了他。这样就可信了。"

"我怎么跟您会合？"

"您给'蓝野猪'打电话找我，用暗号。咱们现在约定，从明天开始，我每天晚上去那儿吃饭，我或者维朗克。"

"'奔跑野猪'，"当格拉尔习惯性地纠正道，他忽然放下长长的胳膊，"是另外一个啊，该死，是克里斯托夫在开梅赛德斯。克里斯蒂安已经离开晚会现场了。"

"他们两人联手干的。克里斯蒂安很早把自己的车开出来，停在梅塞德斯附近，等弟弟出来。他准备就绪，脚上穿着新球鞋，可是鞋带系得跟无知的老头一样。克里斯托夫把父亲锁在车子里，然后借口找手机跑开，其实他故意把手机丢在人行道上。克里斯蒂安立刻浇汽油，点火，然后奔回自己车上。所以起火的时候，克里斯托夫离开火场很远，他报了警，甚至当着众人的面奔跑，有人作证。克里斯蒂安完成一连串动作：把鞋子藏到穆穆家里——房门很烂，铅笔一推就开了——换了衣服，把外套放进汽车后备箱。他发现自己头发被烧掉一块。于是把头发剃短。第二天，他取回外套，让人清洗。他接下来只要嫁祸于穆穆就行了。"

"克里斯蒂安身上怎么会有剃刀呢？"

"这些家伙的后备箱里都有收拾停当的旅行袋。跳上飞机就能走。所以他有剃刀。"

"法官会拒绝采信的。"当格拉尔摇着头说,"围墙翻不过去,系统封闭了。"

"那我们就通过系统进去。我不相信瓦勒雷伯爵会欣赏兄弟俩烧死他老朋友安东尼的举动。他会出手的。"

"我什么时候走?"

"我想您现在就走,当格拉尔。"

"我不想留您单独对付埃勒甘领主。"

"用卡昂—巴黎快车和特种兵弩弓实施打击的,我想不会是埃勒甘。"

"没有品位。"

"是的。"

42

当格拉尔把行李放进汽车的后备箱,瞅见维朗克在院子里。他还没有找到力气,没有找到恰当的词语,当然也放不下架子来和警司说话。莫尔坦博的死,推迟了这场考验。连伸手跟他说声"谢谢",他都觉得庄重得有点可笑。

"我去找那两个孩子。"他来到维朗克跟前,有点尴尬地开口。

"有风险。"维朗克说。

"亚当斯贝格找到了方法。钻老鼠洞进入克莱蒙家。我们可能有足够的证据起诉两兄弟。"

维朗克的眼睛亮起来,嘴唇微微上扬,露出他那少女般危险的微笑。当格拉尔记得维朗克喜欢外甥阿梅尔——也就是泽尔克,把他视为己出。

"在那儿,您要核实一件事。"维朗克说,"那就是阿梅尔没有顺手牵羊,拿走外公的手枪。"

"亚当斯贝格说他不会开枪。"

"他不了解这个孩子。他枪法很好。"

"天啊,维朗克。"当格拉尔一时放下了妨碍他交谈的沉重包袱,"我有件事要告诉亚当斯贝格,跟案件调查没有任何关系,但毕竟还是件事儿。您能转达吗？"

"您说吧。"

"在医院里，我捡起从丽娜肩膀上滑落的披肩。不管天多热，她身上老是披着这块布。后来伯爵晕厥，我帮医生抬伯爵。我们脱去他的衬衣，他拼命挣扎，在那儿的皮肤上，"当格拉尔把中指放在左边的肩胛骨顶部说，"有一块相当难看的紫斑，有点像潮虫，两厘米长。您知道吗？丽娜也有同样的紫斑。"

两人不由交换了一下眼神，几乎直视对方。

"丽娜·温德莫特是瓦勒雷的女儿。"当格拉尔说，"就像我越过粪坑那么确定无疑。她和弟弟伊波长得一模一样，金黄色头发，略带灰色，像亚麻田那样。他们是瓦勒雷的一对儿女。马丁和安托南的头发是棕色的，生父肯定是温德莫特。"

"妈的。他们自己知道吗？"

"伯爵肯定清楚。所以他使劲挣扎，不让人脱衬衣。孩子们是否知情，我就不清楚了。看起来不像。"

"可是丽娜为什么要遮住身上的紫斑？"

"她是女人，这个潮虫样子很难看。"

"我在琢磨这件事对埃勒甘的行动会有什么影响。"

"没时间琢磨，维朗克。这儿的事就留给您办了。"他伸手说道，然后又加了一句："谢谢。"

他这么做了。他这么说了。

就像最普通的人那样。像平民百姓那样普普通通地解决纠纷，他擦了擦手掌，这么思忖道，然后握住方向盘。握握手，说声谢谢，或许不难做到，有些老套，说不定需要一些勇气，但是做了就值得。

下一次可能会多说几句话，如果做得到的话。此时车子来到路上，想到亚当斯贝格已经找到杀害老克莱蒙的凶手，一股突如其来的欣喜让当格拉尔振作起来。多亏了莫尔坦博的外套，不管亚当斯贝格用了什么方法，尽管自己还不一定明白其中的原委，但是措施已经到位，这让他一时间感到很欣慰，人世间的丑陋不再令他那么痛苦，尽管自己的心结依然没彻底打开。

当格拉尔住在塞纳-圣但尼省，晚上九点钟，他和雷坦库尔在自己家楼下一家小餐馆的露台会合。每次看见维奥莱特，即使才三天没见面，他都觉得她的个子比记忆中更高，人更壮，让他惊讶不已。她坐在塑料椅子上，椅子腿被压得向外分开。

"三件事。"儿女情长不是雷坦库尔的强项，她问了几句同事们在奥尔德贝克泥潭中的士气之后，便直奔主题，"救世主一号克里斯蒂安的车，我打听过了，停在私人车库里，跟他弟弟和他们妻子的车在一起。我要检查他的车，就得把车弄出来。需要切断报警器，接通电路。诺埃尔一眨眼工夫就能办好。然后，车子我不冒险送回去了，让他们自己想办法找，那不是我们的问题。"

"如果我们不走正规途径，采集到的证据是不能用的。"

"可是我们绝对拿不到正规的授权。因此要自己想办法：擅自收集线索，汇总材料，然后出击。"

"那就这样吧。"当格拉尔答道，他很少质疑警司相当泼辣的办案方式。

"第二点，"她伸出一根手指，用力戳着桌子说，"那套衣服。悄悄送到干洗店的那套。上面的汽油味、头发，特别细小的头发是不容易去掉的。运气好的话，衣服面料里面会有些残留的痕迹。显然要把这套衣服偷到手。"

"有难度。"

"那不一定。我了解作息时间，我知道管家樊桑什么时候负责看门。我拎个包回去，跟他说我把外套或者别的什么东西忘在楼上了，现在才发现。"

缺乏准备、胆子大、自信，当格拉尔从来不这么行事。

"您用了什么借口离开的？"

"我说丈夫跟踪我，被他找到了，我为了自身安全只能逃走。樊桑向我表示同情，不过他似乎惊讶我已经结婚了，丈夫如此固执地找我，更让他感到惊讶。我觉得克里斯蒂安甚至没有发现我离开了。第三点，也就是糖的问题。女佣莱拉是关键。她伤心透了，如果想起什么，不管是糖还是理发，她一定会说的。亚当斯贝格怎么会想到换衣服上面去的？"

"我说不清楚，维奥莱特。这件事就像蜘蛛网那样错综复杂，而且蛛丝不完整，走向也不一致。"

"我完全明白。"雷坦库尔说道。警长的思路云里雾里的，让人摸不清，雷坦库尔恰恰相反。

"逮捕克莱蒙-布拉瑟兄弟的时候，"当格拉尔边说边给雷坦库尔添酒，纯粹为了再给自己来一杯，"那场面会很漂亮，道德、干净、令人满意，但是好景不会长。商业帝国将传给侄儿们，又会从头开始。您别把消息发到我手机上。您晚上到'奔跑野猪'跟亚当斯贝格汇报。那是奥尔德贝克的一家餐厅。如果他要您打电话到'蓝野猪'找他，您别担心，那是同一个地方，但他记不住名字。

我不知道他为什么坚持说'蓝野猪'。我把电话号码写给您。"

"您要离开，警督？"

"是的，今天晚上。"

"联系不到您？也就是说找不到您？"

"是的。"

雷坦库尔点了点头，没有一点儿惊讶的表情，当格拉尔不禁担心她已经大致明白了他们与穆穆的暗中往来。

"所以您打算悄悄地溜走？"

"是的。"

"那您打算怎么做呢？"

"神不知鬼不觉地离开。走路还是坐出租，我还不知道。"

"这不成。"雷坦库尔摇了摇头，不赞同。

"我没有更好的办法。"

"我有办法。咱们去我家再喝一杯，再自然不过。我弟弟从我家带您走。布鲁诺是个坏小子，名声在外，这一带警察都熟悉他，您知道吗？"

"知道。"

"他与世无争，又笨手笨脚，所以警察拦住车子例行检查的时候会跟他打个招呼立刻放行的。他没有什么特长，但是会开车。今晚可以把您送到斯特拉斯堡、里尔、图卢兹、里昂或其他任何地方。哪个方向最好啊？"

"去图卢兹吧。"

"很好。您可以在那儿坐火车，去任何想去的地方。"

"我觉得这样很完美，维奥莱特。"

"除了您的衣服。无论您去哪里,我想您不希望被人看出是巴黎人,您的衣服不行。您拿上布鲁诺的两套衣服,裤腿有点长,腹部会有点紧,但穿是没问题的。不过有点显眼。您不会喜欢的。式样有点夸张,张扬。"

"有点俗气?"

"是的,相当俗气。"

"这就可以了。"

"最后一件事。您到了图卢兹,就甩掉布鲁诺。别给他添麻烦,他的麻烦已经够多了。"

"过河拆桥不是我的习惯。"当格拉尔说,想到自己差点儿让维朗克丢了性命。

"鸽子好吗?"雷坦库尔起身时问了一句。

三十五分钟后,当格拉尔躺在雷坦库尔弟弟汽车的后排座椅上离开巴黎。他穿着劣质外套,袖子很紧,带着一部新手机。您可以睡觉。布鲁诺跟他说了。当格拉尔闭上眼睛,感到至少在去图卢兹途中,自己得到了维奥莱特·雷坦库尔警司的强有力保护。

43

"像只潮虫?"亚当斯贝格又重复一遍。

他从宪兵队去了医院,晚上七点才从医院回来。维朗克在通向客栈的那条路的路口等着他,听他扼要讲述了这一圈的收获。利西厄的技术人员进行了调查,一无所得,凶手的凳子很普通,垂钓者都用这种凳子,弩弓的确是埃尔比耶的,上面只有他的指纹,埃斯塔雷和贾斯汀已经回警队了,莱奥身体有所恢复,仍然不能说话。

"两厘米长的潮虫。瓦勒雷的左肩胛有,丽娜的左肩胛也有。"

"像画在背脊上的大昆虫?"

"我不愿意像当格拉尔那样数落你,不过潮虫不是昆虫,是甲壳类动物。"

"甲壳类动物?你的意思是像虾一样?不在水里的虾?"

"是的,一只小旱虾。你看,它有十四条腿,昆虫是六条腿。这样你就知道蜘蛛也不是昆虫,因为蜘蛛有八条腿。"

"你在跟我开玩笑吧?你想告诉我蜘蛛是旱虾?"

对亚当斯贝格进行科普的同时,维朗克心里琢磨,警长听到伊波利特和丽娜是瓦勒雷的私生子为什么没有反应。

"不是的,蜘蛛属于蛛形纲。"

"这就不一样了，"亚当斯贝格慢慢沿着小路走，"但是哪儿不一样呢？"

"这不太影响我们对潮虫的看法。潮虫就是不能食用的甲壳类动物，仅此而已。尽管马丁的做法值得我们思考。"

"我在跟你说瓦勒雷的事。如果一个人的背上有这种记号，其他两个人也有，那他们肯定就是一家人吗？"

"肯定是的。当格拉尔描述得也很详细。两厘米大小，紫颜色，长长的椭圆身体，头上有两根天线。"

"甲壳动物嘛。"

"是的。瓦勒雷不愿意别人脱他的衬衣，你因此完全可以推断，他知道这个斑块会让他露出马脚，因此他知道自己是温德莫特这两个孩子的生父。"

"但是两个孩子不知道，路易。伊波怒气冲冲但很真诚地跟我说，他这辈子唯一后悔的，就是摊上一个人渣父亲。"

"这意味着伯爵故意不告诉他们。他们小时候，伯爵照顾他们，让莱奥关心他们的学业，小伊波受到威胁的时候，他也保护过他，但是伯爵不认自己的孩子，让他们跟母亲紧巴巴地过日子。"维朗克冷冷地得出结论。

"害怕出丑闻，保住遗产。说到底，瓦勒雷伯爵这个人有点不太光彩。"

"你之前对他有好感吗？"

"说不上好感。我觉得他为人坦率、处事果断。也很慷慨。"

"其实说他阴险和怯懦更为确切。"

"或者说死死抓住祖先的岩石，不敢动弹。像海葵那样。不，求求你，别跟我解释什么是海葵。我想是软体动物吧。"

"不，是一种刺胞动物。"

"一种刺胞动物，很好，"亚当斯贝格表示认可，"你只要向我保证埃勒博是只鸟就行了。"

"埃勒博是只鸟。哦，曾经是鸟。自从它把你的鞋子和它的自然环境混为一谈之后，情况就变了。"

亚当斯贝格向维朗克要了一支烟，继续慢慢地往前走。

"伯爵娶了年轻的莱奥后，顶不住瓦勒雷家族的压力，"他说，"于是跟她离婚，娶了一个出身不错的女人，是个寡妇，拖着一个儿子。"

"德尼·德·瓦勒雷不是他的儿子？"

"路易，这件事众人皆知。他是他母亲带来的，三岁时被伯爵收养。"

"他没有别的孩子吗？"

"公开的没有了。坊间传说伯爵不能生育，现在知道那是谣传。你想象一下，假设奥尔德贝克人得知他跟女佣人生过两个孩子。"

"温德莫特老妈当时在城堡干活？"

"没有。但是她在奥尔德贝克附近的一家城堡酒店干了十五六年。假如有丽娜那样的胸脯，她肯定是一个令人无法抗拒的女孩。我跟你说过丽娜的胸脯吗？"

"说过。我自己也看到了。她从办公室出来，我正好跟她打了照面。"

"你做了什么？"亚当斯贝格朝警司瞥了一眼。

"像你一样，看了一眼。"

"然后呢?"

"然后,你说得对,谁都有点心动。"

"伯爵很可能是在这座城堡旅馆里,跟年轻的温德莫特老妈幽会。结果就有了两个孩子。孩子母亲那边,伯爵用不着担心。她不会逢人便说伊波和丽娜是伯爵的孩子。因为根据别人的描述,温德莫特老爹会杀了她,没准把两个孩子也一起干掉。"

"丈夫死了以后她可以说啊。"

"还不是怕丢脸。"亚当斯贝格摇摇头,"她看重自己的名声。"

"所以瓦勒雷心里笃定。除了这个胎记会暴露他。这跟埃勒甘领主有关系吗?"

"一点关系都没有。伯爵有两个私生子,那又怎么样?跟三起谋杀案没有丝毫的干系。想问题费脑子,我累了,路易,我到苹果树底下歇会儿。"

"你当心挨雨淋。"

"是啊,我看到西边的云越积越多。"

不知道为什么,亚当斯贝格决定夜里去博纳瓦勒小道待一阵子。他沿着小道走着,夜色弥漫,看不到一颗桑果,于是回到弗莱姆原先讨糖吃的树干边,坐了下来。他在那儿静静地呆坐一个多小时,不想动弹,哪怕不愿意屈尊见他的领主不期而至也行。也许是在孤寂的树林里的缘故,他心里没什么感觉,既没有不安,也不害怕。一头鹿蹦跶而过,他木然地扭头看去,受惊的猫头鹰在附近发出奇特的叫声,有点像人的呼吸,他也若无其事,倒是希望猫头鹰真的是一只鸟,就像他想的那样。不过此时他已经断定,瓦勒雷是个小人，想到这儿，亚当斯贝格心里不禁有点恼火。他既然那么专制、自私，不爱养子，既然屈从于家族荣誉的压力，不敢越雷池一步，那么为什么到了八十八岁的高龄，又决定跟莱奥结婚呢？为什么这样较劲呢？为什么逆来顺受一辈子，到了人生的最后一程，却要重续当年的丑闻呢？也许是为了摆脱旷日持久的束缚。有些人确实会在最后时刻昂起头来。如果真是那样的话，当然就不一样了。

一阵踩踏的声音响起，声势浩大，像是一彪人马扑面而来，气喘吁吁地，一时间给他带来希望。他立刻站起来，凝神关注着，随时准备给长发飞扬的领主让路。其实不过是一群撒腿回巢的野猪而已。是啊，埃勒甘对他不感兴趣，亚当斯贝格又迈开步子，边走边想，领主更喜欢丽娜那样的女人，情有可原。

44

"如果是这样的话,情况就完全不一样了。"吃早饭的时候,亚当斯贝格对维朗克说道。

警长端着咖啡和面包,来到院子里的一棵苹果树下。在他往碗里倒咖啡的时候,维朗克拿着酿酒用的小苹果朝四米开外扔去。

"你想想,路易。我到此地的第二天,《奥尔德贝克通讯》登了我的照片。凶手不可能把我和当格拉尔混淆起来。所以说他在铁轨上想杀不是我,而是当格拉尔。为什么呢?因为他看见了潮虫。他只能杀人灭口了。"

"那知道他见过潮虫的那个人会是谁呢?"

"你了解当格拉尔,他口风不严,肯定在奥尔德贝克转悠,把事情说了出去,闹得沸沸扬扬。说不定是他把自己出卖了。所以说凶杀和那些人,两者之间的确有关联。凶手无论如何不想让别人知道温德莫特几个孩子的身世。"

"隐藏你的后代,你种出的果实。/有朝一日,他们回来报应于你。"维朗克喃喃自语,又扔出一个苹果。

"除非伯爵不想再藏着掖着。老瓦勒雷昂起脑袋,决定与莱奥结婚已经一年了。重做当年因性格软弱而没做成的事。他知道自己一生唯唯诺诺，现在要救赎自己。这意味着他对自己的孩子，也想这么做。"

"怎么做呢？"维朗克问道，随手扔出第七个苹果。

"将孩子们写进遗嘱。遗产分为三份。既然海葵不是没有主心骨的软体动物，我认为瓦勒雷的遗嘱会照顾孩子的利益，伊波利特和丽娜会在他死后得到承认。"

"他活着的时候没有勇气这么做。"

"显然没有。你干嘛扔苹果啊？"

"我对着田鼠洞扔。你为什么对遗嘱那么有把握？"

"昨夜在树林里我把握十足。"

就像树林能给他揭示真理似的。答非所问是亚当斯贝格的特点，维朗克懒得较真。

"你在树林里搞什么？"

"我在博纳瓦勒小道待了一阵子。看到野猪，听见鹿叫，还有一只仓鸮，仓鸮属于鸟类，对不对？它应该不是甲壳动物，也不是蜘蛛。"

"它是鸟。猫头鹰，叫声很像人。"

"确实是这样。你为什么对准田鼠洞扔苹果？"

"打高尔夫球。"

"你一个洞都没打进。"

"是的。你的意思是，如果瓦勒雷把三个孩子写进遗嘱，情况就完全不一样了。不过前提是有人知道遗嘱的内容。"

"有人知道的。德尼·德·瓦勒雷不喜欢自己的继父。他肯定早就在暗中窥视了。不难想象，她母亲应该提醒过他，别让那些土不拉几的杂种抢走三分之二的财产。我不相信他会不了解父亲的遗嘱。"

维朗克放下手中的苹果，给自己又倒了一杯咖啡，然后伸手向亚当斯贝格要糖。

"又是糖，我真吃不消。"警长说着给了他一块。

"你不用再操心了。弗莱姆的糖把你引到克里斯蒂安·克莱蒙的糖，糖罐的盖子快关上了。"

"但愿如此。"亚当斯贝格说着使劲按住糖罐的盖子，盖子关不严。"再找一根橡皮筋。莱奥是这么做的，咱们得尊重她的习惯。她回来的时候，必须确保一切都照原样完好无损。当格拉尔擅自动了苹果烧酒，够过分了。所以，我肯定德尼不是软体动物，他知道父亲遗嘱的内容，也许有一年多时间，从伯爵一反常态起就知道了。假如父亲去世，那将是一场财务和社会地位的大地震。鲁昂拍卖师德尼·德·瓦勒雷子爵成为两个乡巴佬的兄弟，长六根手指的疯子的兄弟，有幻觉的女疯子的兄弟，和一位误入歧途的伯爵的继子。"

"除非他把温德莫特的孩子干掉。那可不是一个简单的决定。"

"从某种角度来看，小事一桩。子爵可能瞧不起温德莫特一家子。我觉得他本能地、自发地鄙视他们。他们哪怕消失了，他也会觉得理所当然，不值得大惊小怪，就像对你来说，堵住田鼠洞没什么要紧。"

"我会把它们刨开的。"

"总而言之，跟失去三分之二遗产和名誉扫地相比，根本算不了什么。得失太悬殊了。"

"你肩膀上有个黄蜂。"

"那是昆虫。"亚当斯贝格挥手将它赶走,纠正道。

"真的。如果的确有遗嘱,而且德尼知道的话,他对温德莫特一家子就不只是鄙视,而是仇恨了。"

"有一年或一年多时间了。不知道伯爵什么时候立的遗嘱。"

"但是死的不是伊波和丽娜。"

"这个我知道。"亚当斯贝格说着把糖罐放到背后,似乎看着它不顺眼。"凶手不是冲动的人。他在动脑子,寻找机会。杀伊波和丽娜是危险的举动。假设有人知道他们的身世。既然当格拉尔不出两天就能看出名堂,那么可以想象,别人也会知道。所以德尼犹豫不决。如果温德莫特家两个孩子死了,他必然成为怀疑对象。"

"比方说莱奥会怀疑他。她从小呵护这两个孩子,而且跟伯爵交往了七十年。"

"打破她脑壳的是德尼。在这种情况下,此次攻击与莱奥的发现毫无关系。黄蜂到你那边去了。"

维朗克朝肩膀吹口气,然后把碗倒扣过来,不让咖啡的甜味招来黄蜂。

"你也把碗翻过来。"他对亚当斯贝格说。

"我咖啡里没有放糖。"

"我以为你喝咖啡放糖的。"

"我跟你说过,我现在很讨厌糖,像讨厌黄蜂那样。不管怎么说,糖变得像一群黄蜂,围着我转。"

"说到底,"维朗克说,"德尼在窥测时机,他在等一个既可以杀人又不受怀疑的机会。当丽娜称自己目击狂怒天军的时候,机会出现了,一个无懈可击的机会。"

亚当斯贝格靠在树干上，几乎背对着维朗克，维朗克则靠着树的另一半。上午九点半，阳光已经火辣辣的了。警司点上烟，伸过警长的肩头，递给他一根。

"完美的机会。"亚当斯贝格表示赞同，"因为假如三个被天军勾走的人死了，那么恐惧的奥尔德贝克居民必然迁怒于温德莫特一家人，会归咎于沟通阴阳两界的目击者丽娜。人们也会恨伊波，因为大家都知道他像魔鬼一样，长着六根指头。在这种情况下，杀死温德莫特家的两个孩子不会令人意外，因为半数居民都可能是凶手。就像一七多少年的时候，村民用长柄叉戳死本杰明那样，他描述了被天军勾走的受害者的情形。为了结束天军的血腥屠杀，众人把他杀了。"

"可现在不是十八世纪了，杀人的手法也得变化。不会在光天化日之下捅破丽娜和伊波的肚子，会做得比较低调一些。"

"因此德尼杀害埃尔比耶、格莱约和莫尔坦博。埃尔比耶是例外，另两个人他或多或少按照以前的规矩，沿用老办法杀的，来吓唬老百姓。有点像弓弩高手俱乐部会员那种做法，不是吗？"

"首先要把这一点查清楚。"维朗克扔出第二十个苹果。

"你坐着扔，肯定扔不准的。三个死者都是臭名昭著的混蛋，说不定也杀过人，所以德尼下手的时候就更加肆无忌惮。"

"所以此时此刻，丽娜和伊波危在旦夕。"

"天黑之前不会出问题。"

"你也看到了，到目前为止，整个故事的基础是这个紫色潮虫。"

"我们可以在德尼的不在场证明方面花点功夫。"

"你接近不了这个人，就像你无法接近克莱蒙家族。"

两人沉默良久，随后，维朗克一下子把手里的苹果全扔出去，开始往托盘里收餐具。

"看，"亚当斯贝格抓住他的胳膊，低声说，"埃勒博出来了。"

鸽子果然出了房间，离房门有两米远。

"你把鸽食放到那么远的地方了？"维朗克问。

"没有。"

"那是它自己在找虫子吃。"

"昆虫，甲壳类，节肢动物。"

"是的。"

45

埃梅里队长十分惊讶地听着亚当斯贝格和维朗克的陈述。他没有看到过这个斑块,也没有听说过温德莫特家的孩子是瓦勒雷的。

"他到处寻花问柳,我们都知道。我们还知道他的妻子讨厌他,挑唆小德尼跟他作对。"

"他妻子的行为后来也不检点,大家也都心知肚明。"布莱里奥说道。

"下士,没有必要把事情都抖出来。眼下的局面够麻烦了。"

"有必要的,埃梅里,"亚当斯贝格说,"不能披着藏着。这个甲壳虫,不能视而不见。"

"什么甲壳虫?"埃梅里问道。

"是潮虫,"维朗克解释道,"潮虫属于甲壳类动物。"

"这东西跟我们有啥关系啊?"埃梅里腾地站起来,怒气冲冲地说,"布莱里奥,你别傻站着,去给弄点咖啡来。我先把话搁在这儿,亚当斯贝格,你给我听好了。我拒绝怀疑德尼·德·瓦勒雷。你听见我的话了吗?我拒绝怀疑他。"

"因为他是子爵。"

"你别侮辱我。帝国的勋臣跟旧制度贵族是两路人,你忘了。"

"那你为什么拒绝呢?"

"因为你的故事是无稽之谈啊。一个家伙杀死三个人,就为了搞掉温德莫特一家子。"

"绝对站得住脚啊。"

"说不通,除非德尼是个傻子或者嗜血成性。我了解他,既不是傻子,也不是暴君。他聪明、会钻营、有野心。"

"热衷社交、自命不凡、瞧不起人。"

"是的,你说的都对。但他也是个游手好闲、做事谨慎、胆子小、优柔寡断的人。你的路子不对。冲着埃尔比耶的脸开枪,用斧头砍格莱约,朝莫尔坦博放箭,德尼没这个能耐。我们要找的是一个脾气火爆的疯子,亚当斯贝格。而这些脾气火爆的疯子住在奥尔德贝克什么地方,你一清二楚。谁跟你说情况不会恰恰相反呢?你怎么知道不是伊波杀了那三个人,然后再准备攻击德尼·德·瓦勒雷呢?"

布莱里奥把托盘放在桌子上,匆匆放下四个杯子,不像埃斯塔雷那样不紧不慢。埃梅里也不坐,给自己倒了一杯咖啡,然后把糖递给众人。

"嗯,谁跟你说?"他追问道。

"这点我没想过,"亚当斯贝格承认,"你说得有点道理。"

"我说得很有道理。你假设伊波和丽娜了解自己的身世,知道子爵立过遗嘱,这个假设成立吧?"

"成立。"亚当斯贝格断然拒绝埃梅里递过来的糖。

"这样你的推理就对头了,不过要反过来用。除掉德尼,对他们来说很划算。但是遗嘱一经宣读,他们会成为头号嫌疑人。于是丽娜称自己看到了天军,不说谁是第四个受害者。"

"我同意。"亚当斯贝格承认。

"第四位受害者将是德尼·德·瓦勒雷。"

"不对,这说不通,埃梅里。这样的话,温德莫特一家反而会被人怀疑。"

"为什么?"

"因为那就只能相信这四个人是埃勒甘率领的狂怒天军杀的。于是人们的注意力又回到温德莫特一家身上。"

"他妈的。"埃梅里放下杯子,"那你另外找个理由吧。"

"先要弄清楚德尼·德·瓦勒雷会不会射箭。"维朗克留着一个青苹果,托在手掌上滚动。

"周围的体育俱乐部你去问过吗?"

"俱乐部太多了。"埃梅里沮丧地说道,"整个大区有十一个俱乐部,光省内就有五个。"

"十一个俱乐部当中,哪一家比较高档呢?"

"前进协会,位于图克河畔基特伊。需要两个会员的推荐才能入会。"

"太好了。你问一下德尼是不是会员。"

"怎么问啊?他们绝对不会告诉我。这种圈子都保护自己的会员。我也不打算告诉他们宪兵正在调查子爵。"

"的确为时过早。"

埃梅里背着手在房间里转了一圈,躯干挺直,板着脸。

"行。"在亚当斯贝格执着的目光下,他顿了顿说,"我来蒙他们,你们三个都出去,我讨厌当着别人的面撒谎。"

队长十分钟后推开门，匆匆示意他们回来。

"我化名弗朗索瓦·德·罗施泰尔，称瓦勒雷子爵愿意推荐我入会。我问他们是否必须有两人推荐，或者子爵一人推荐就够了。"

"干得漂亮。"布莱里奥称赞道。

"下不为例，下士。我习惯做事情要守规矩，不喜欢像这样耍手腕。"

"结果呢？"亚当斯贝格问。

"没错，"埃梅里叹气道，"瓦勒雷果然是那边的会员，而且是射箭高手。不过他一直拒绝参加诺曼底的联赛。"

"也许嫌联赛的水平太一般。"维朗克说。

"我想是的。不过我们现在有个问题。俱乐部秘书话很多，不是想给我提供消息，而是想试探我。他肯定起了疑心。这就意味着前进协会可能给德尼·德·瓦勒雷打电话，问他是不是认识某个弗朗索瓦·德·罗施泰尔，这样一来，德尼就会知道有人化名打听他的消息。"

"准确地说是打听他射箭能力。"

"说得对。德尼不是天才，不过他很快会意识到，有人怀疑他涉嫌谋杀莫尔坦博。不是警察就是某个陌生人，他会有所提防。"

"或者立刻把活儿做了。除掉伊波和丽娜。"

"可笑。"埃梅里说。

"否则他就前功尽弃了。"亚当斯贝格坚持道，"你仔细想想。最好还是派人监视城堡。"

"绝对不行。不然伯爵和子爵，也意味着我的全部上司，全都会来找茬。什么无端监视、诽谤性怀疑、职业过错，让我吃不了兜着走。"

"没错。"维朗克承认。

"那我们就监视温德莫特的房子。不过可能性不大。你能把福歇叫来吗?"

"可以。"

"天黑之前用不着。我们从晚上十点开始监视,早上六点结束。守候八个小时,我们几个够了。"

"很好,"埃梅里说,他突然显得很疲惫,"当格拉尔到哪儿去了?"

"他受了惊吓,回去了。"

"这么说你们只有两个人啦。"

"两个人够了。你从晚上十点到凌晨两点值班,我跟维朗克,先去野猪餐厅吃顿饭,然后来换岗。"

"不行,我们反过来。我和福歇值第二班,两点到六点。我累死了,先去睡一会儿。"

46

三天前,亚当斯贝格从莱奥家带了一本书来到医院。他先给她梳头,然后坐在床沿,支着胳膊肘,给她读上二十来页。那是一本老书,迂回曲折地讲述一段注定失败的疯狂爱情。这段爱情似乎没有打动老太太,但在朗读过程中,她笑得很开心,摇头晃脑,指指点点,仿佛在听一首歌,而不是一个故事。亚当斯贝格今天有意换了一本书,读母马产驹那一章,技术性比较强,莱奥听了依然手舞足蹈。护士也听得津津有味,没有错过半个小时朗读,主题的变化似乎没有什么影响。亚当斯贝格开始对这种堪称随遇而安的平和状态感到震惊,因为他知道莱奥一贯啰嗦、口无遮拦、爱发牢骚,甚至有点粗暴,如今判若两人。梅兰医生一如既往地信任他的同事埃勒博,向开始对后者丧失信心的亚当斯贝格信誓旦旦地保证,现在的情况跟埃勒博所说的诊疗方案完全吻合,昨天,他被批准跟这位住在"弗勒里大宅"的正骨医生通了电话。莱奥有说话和思考的能力,但是这些能力被她下意识搁置了,医生帮助老太太住进安全的避难所,再过几天,才能解除保护网。

"到今天才七天,"梅兰说,"您得给她一点时间。"

"莫尔坦博的事,您对她一个字都没提过,对吗?"

"是啊。我们按照指示办事。您看过昨天的报纸吗?"

"说巴黎警察是傻帽一个的那篇文章?"

"可以这么说。"

"他们说得对。我来这儿以后,已经死了两个人。"

"不过避免了两起凶杀,针对莱奥和警督的。"

"避免不等于取胜,医生。"

梅兰医生同情地摊开双臂。

"没有病症,医生看不了病,没有线索,警察也束手无策。您的凶手来无影去无踪,不留痕迹,像幽灵一样。这很反常,警长,很反常啊。瓦勒雷跟我的看法一致。"

"哪个瓦勒雷?老子还是儿子?"

"当然是老子了。德尼对这儿发生的一切毫不在乎。"

"您跟他熟悉吗?"

"一般般。在城里很少见到他。但是伯爵每年举办两次名流晚宴,我也参加。没什么意思,但是不容错过。至少食物精美。您现在瞄准子爵了?"

"没有。"

"那就对了。他绝对不会动杀人之心,您知道为什么吗?因为那需要拿主意,而他做不到,连妻子都不是自己选的,您想想。反正坊间是这么说的。"

"医生,等您有空了,咱们再接着谈吧。"

伊波利特在家门前晾衣服,一根蓝绳子系在两棵苹果树中间。只见他用力抖去姐姐裙子上的褶皱,然后小心翼翼地挂在绳子上。

新的血缘关系，当然不能直截了当地告诉他。不然此时此刻只会引起难以预料的严重后果，凶手行动诡异，瞬息万变，不能再节外生枝，导致局面进一步失控。伊波利特看到亚当斯贝格走过来，便停了下来，不由自主地搓着右手掌的外侧。

"迎讶媪呵，警长。"

"您好。"亚当斯贝格答道，"您手痛？"

"没什么，少了的那个手指一到下雨天就隐隐作痛。西边起乌云了。"

"这几天西边一直黑压压的。"

"但这一次错不了，"伊波说着又开始晾衣服，"不但要下雨，而且雨小不了。我手指疼得厉害。"

亚当斯贝格摸了一下脸颊，有点犹豫。埃梅里肯定会认为，伊波手疼不是手指造成的，而是掌劈当格拉尔的缘故。

"您的左手不疼？"

"有时候这个疼，有时候是另一个，还会两个都疼。说不准。"

智力超群，思维敏锐，玩世不恭的外表。要不是亚当斯贝格主持调查，伊波早就被埃梅里逮捕了。因为伊波杀死被天军勾走的人，顺便除掉继承人瓦勒雷，让姐姐目睹的场景成为现实。

伊波此时心平气和，抖着丽娜的花衬衫，她胸部的形象瞬间进入亚当斯贝格的眼帘。

"她天天换衬衫，都来不及洗。"

"今晚我们要监视你们的屋子，伊波。我来就是告诉您这件事。假如看到外面有两个人，您别朝他们开枪。晚上十点到凌晨两点是我和维朗克，然后由埃梅里、福歇接班，他们一直守到天亮。"

"为什么?"伊波耸了耸肩问。

"现在已经死了三个人。您母亲替你们担心,她没错。来这儿的路上,我看见仓库的墙上有一条刚写上去的标语:杀死 V。"

"杀死奶牛(vache)。"伊波微笑着说。

"也许是'杀死温德莫特(Vendermot)'。杀死那些惹起风暴的人。"

"杀了我们有什么意义?"

"打破诅咒啊。"

"笑话。我跟您说过,没有人敢靠近我们。什么监视,我根本不信。莫尔坦博不是死了吗?我不想伤您的心,警长,您没有起到任何作用。您绕着他的房子转悠,像个傻瓜似的,可是他在您鼻子底下被杀了。愿意帮个忙吗?"

伊波利特孩子般地把床单一边的两个角交到亚当斯贝格手里,两人冒着暑气把床单抖平。

"那个凶手,"伊波递给警长两个晾衣夹子,接着说,"静静地坐在他的折叠矮凳上,事后肯定觉得好笑。警察从来阻止不了别人行凶。一个人如果决定杀人,他就像一匹脱缰的野马,管它什么障碍物,跳过去就完了。而这个家伙铁了心。把一个人扔在铁轨上,必须十分镇定才行。您知道他为什么动您的副手吗?"

"还是不知道。"亚当斯贝格警惕地回答,"凶手好像搞错了,把他当成了我。"

"笑话。"伊波重复道,"像他这样的人是不会搞错目标的。您今天晚上执勤的话,要当心啊。"

"杀警察有什么用?从来就无济于事,因为就像割蓟草一样,割了会重新长出来。"

"是的，但这个家伙很血腥。斧头、弓箭、火车，太恶心。开枪干净一点，不是吗？"

"强不了多少。埃尔比耶的脑袋被打爆了，而且枪声会很响。"

"没错，"伊波挠着脖子说，"而他呢，像个幽灵，神不知鬼不觉的。"

"梅兰也这么说。"

"这次算让他说对了。您觉得有必要，您就监视吧，警长。至少可以让我母亲安心一点。她现在魂不守舍。而且她还得照顾丽娜。"

"丽娜病了？"

"这儿。"伊波指着额头说，"丽娜看到天军之后，几个星期都没有缓过来。发作了好几次。"

将近九点的时候，当格拉尔拨通了"奔跑野猪"的电话。亚当斯贝格忐忑地站起来，慢慢地朝着电话走过去，心想怎么用暗语跟当格拉尔通话。他最不擅长玩文字游戏。

"您可以告诉寄件人，让他放心。"当格拉尔说，"我在寄存处找到两个包裹了。钥匙没有错。"

那就好，亚当斯贝格松了一口气，心想当格拉尔找到泽尔克和穆穆了，他们果然在卡萨雷斯。

"包裹没摔得太厉害吧？"

"外面的纸包装有点褶，绳子磨损，但是外观还很不错。"

那就好，亚当斯贝格在心里重复。两个小伙子累了，但是状况良好。

"我怎么处理？"当格拉尔问，"发还给寄件人吗？"

"如果不太碍事,您就先留在身边吧。我还没有收到分拣中心的消息。"

"可是很碍事,警长。放在哪儿好呢?"

"那不是我的问题。你们正在吃晚饭?"

"还没呢。"

"该喝开胃酒了?您喝杯波尔图酒,祝我健康。"

"我从来不喝波尔图酒。"

"可我喜欢波尔图酒,您就喝吧。"

好吧,当格拉尔思忖道。这个想法相当傻,但不蠢。亚当斯贝格要他把孩子们带到波尔图,也就是朝着他们当前路线的反方向走。而且雷坦库尔的调查没有任何消息。所以说带他们返回边境,还为时过早。

"奥尔德贝克那边有动静吗?"

"死气沉沉。也许今天晚上有动静。"

亚当斯贝格回到维朗克身边落座,把快凉的肉吃了。忽然一声震雷,餐厅的墙壁猛地一震。

"西边的乌云。"亚当斯贝格举起叉子啜嚅道。

两人在电闪雷鸣瓢泼大雨中开始夜间监视。亚当斯贝格冒着倾盆大雨抬起头。风雨大作,只有此时此刻,他才感到自己跟天上爆发的巨大能量有点联系,它是无缘无故的,没有什么目标,除了释放一种巨大而毫无用处的力量之外,没有别的驱动力。这是他这几天感到奇缺的力量,是完全被敌人所掌控的力量。而今天晚上,这股力量终于愿意在他身上尽情流淌。

47

早晨的地面还是湿漉漉的。亚当斯贝格坐在早餐的苹果树下,糖罐放在背后,他感觉自己的裤子已被潮气浸透。他赤着脚,用脚趾头夹着草,把它们拔起。气温至少下降了10度,天空雾蒙蒙的,可是清晨的黄蜂无所畏惧,又来寻他了。埃勒博在门外四米的地方啄食,进步显然很大了。但是幽灵杀手踪迹全无,一夜无事。

布莱里奥摆动着胖胖的身躯,疾步向他走来。

"语音信箱满了。"他走到亚当斯贝格跟前,气喘吁吁地说。

"您说什么?"

"您的语音信箱满了。我没办法联系您。"

眼圈又黑又大,脸上没刮过胡须。

"怎么回事儿,下士?"

"德尼·德·瓦勒雷昨天晚上不可能杀温德莫特家的人。他死了,警长。您快点,城堡那边都在等您过去。"

"怎么死的?"亚当斯贝格大喊着赤脚朝房间奔去。

"跳窗自尽。"布莱里奥跟着吼道,他很尴尬,因为这种事儿一般不宜扯开嗓门昭告天下。

亚当斯贝格来不及换一条干净的裤子,他抓起手机,一脚套上可以穿的鞋子，跑过去叫醒维朗克。四分钟后，他跳进布莱里奥的破车。

"您说吧，布莱里奥，我听着。怎么回事啊？"

"早上八点零五分，伯爵发现了德尼的尸体，给埃梅里打电话。队长联系不到您，就一个人去了。他派我来接您。"

亚当斯贝格咬住嘴唇。他和维朗克结束监视后回来，准备把两个孩子出逃的情况捋一捋，为了不受干扰，他们卸了手机电池。结果他忘记把电池装回去就睡觉了。他老是觉得手机跟自己过不去，此话确实不假，久而久之，他就不太留意手机了。

"他说了什么？"

"他说德尼·德·瓦勒雷自杀身亡，这一点用不着怀疑。身上有一股冲鼻的威士忌味。埃梅里说子爵拼命给自己灌酒壮胆。我不太相信他的说法。因为子爵在生病，他把头探出窗外呕吐。他住在三楼，楼下院子是石砌的。"

"有可能是不慎从窗口跌落的吗？"

"没错。城堡窗户的栏杆很低。可是看到他两盒镇静药几乎空了，安眠药的盒子也开着，队长就觉得他企图自杀。"

"大概几点钟？"

"半夜十二点，或者凌晨一点。法医这次倒是马上就来了，还有技术人员。跟子爵有关，他们动作就快多了。"

"他吃了好多药？"

"您一会儿就会看到，床头柜上全是药。"

"他酒喝得多吗？"

"有人这么说。不过从来不会到酒醉或者伤身的程度。问题在于，"布莱里奥苦笑道，"埃梅里一口咬定，如果不是您对他的射箭俱乐部展开调查，德尼是不会自杀的。"

"他说是我的错？"

"有点这意思。因为昨天晚上，俱乐部秘书来城堡喝开胃酒。"

"他们行动迅速。"

"但是听伯爵说，吃晚饭的时候看不出德尼有什么心事。不过说实话，这家人谁都不太在意别人。桌子那么大，每个人自顾自吃饭，席间说不了三句话。除此之外，没有别的证词了，他妻子在德国，带着孩子。"

"埃梅里应该也在想，子爵之所以自杀，是因为他确实有罪。"

"他是这么说的。队长这个人，您也有所了解，他自以为是，说话很冲，十足的元帅子孙，不过说完就没事了。他只是说您其实可以换种做法，慎重一些，悄悄地搜集证据，然后再拘留德尼。那样的话，他今天不会死的。"

"但会是终身监禁，杀人事实暴露在大庭广众之下。正是他不想要的。伯爵的情况怎么样？"

"受了惊吓，把自己关在书房里，但是不伤心。他们俩真的受够了彼此。"

离城堡还有两公里时，亚当斯贝格接到埃梅里的电话。

"我拿到了文件。"队长说话的声音刺耳。

"什么文件？"

"就是你要的那份臭遗嘱啊。没错，温德莫特的两个孩子可以继承遗产，每人继承三分之一。对德尼的唯一优待是城堡归他。"

"这件事你跟伯爵说了吗？"

"从他那里问不出任何东西,他变得像燧石一样尖刻。我觉得他不知道如何把握局面。"

"德尼犯下的命案他怎么说?"

"他拒绝接受。他承认继子不喜欢他,他也不喜欢继子。可是他咬定德尼不可能杀了三个人,也不会野蛮袭击莱奥,或者把当格拉尔警督推下站台,扔在铁轨上。"

"理由呢?"

"因为他从小,从他三岁起就认识他。他会坚持自己的版本。他怕出丑,你懂的。"

"他的版本是什么呢?"

"出于某种我们不知道的个人原因,德尼喝过了头,觉得难受,便跑到窗口呕吐。当时窗开着,趁着雷雨的清凉通风。他一阵眩晕,摔了下去。"

"是你出的主意?"

"你也有错。"埃梅里嘟囔道,"俱乐部秘书的来访拉响了警报。他把药片与酒精搅在一起,喝了下去,死在这上面。但没有按照他自己选的方式,不是在床上昏迷后死的。他踉踉跄跄地走到窗前,俯身呕吐,结果摔了下去。"

"行了。"亚当斯贝格没有反驳队长的责备,"那份遗嘱,你怎么从伯爵那里拿到的?"

"施加压力啊,跟他说我知道遗嘱的内容。他没辙了。我的做法很烂,亚当斯贝格,令人不齿,毫无纯洁与高尚可言。"

亚当斯贝格仔细看着子爵摔破的脑袋,窗户的高度,低矮的栏杆，身体的位置，溅到地上的呕吐物。子爵的确是从他的房间摔下去的。他的房间宽敞，铺地毯，一个威士忌酒瓶在地毯上滚动过，床边有三盒打开的药。

"一盒安定药，一盒抗焦虑药，还有一盒安眠药。"埃梅里依次指着药说道，"他在床上服了药。"

"我看到了。"亚当斯贝格看着呕吐的痕迹，"第一口吐在床单上，第二口在地板上，离窗户二十厘米，最后一口吐在窗户栏杆上。他觉得不舒服，本能地朝窗口冲过去。尊严要紧。"

两名技术人员走进房间，亚当斯贝格找了把椅子，远远坐下。是啊，他对射箭俱乐部的搜索导致瓦勒雷自杀。是啊，子爵在三次谋杀、两次谋杀未遂之后选择自我了断。亚当斯贝格眼前又浮现出他光秃秃的脑袋撞在院子地上的情形。不，德尼·德·瓦勒雷既没有疯狂杀手的体魄，也没有狂妄的表现，浑身看不到丝毫野性或震慑力，反而给人不合群而且小心翼翼的感觉，充其量有点刻板。但是他动手了。用上了长枪、斧头、弩弓。他这时才意识到奥尔德贝克的案子结束了，凌乱无章、令人一筹莫展的事件忽然理顺了，就像一个大口袋被一把收紧，像西边的乌云散去那样。他会去最后看一回莱奥，再给她念一段新的爱情故事，或者母马怀孕的片段。再去看一下温德莫特全家、梅兰、伯爵、弗莱姆，最后见一次丽娜、中间凹陷的羊毛床垫、他在歪苹果树下的座位。想到即将离别和忘却的这一切，他感到一丝令人不悦的缺憾，就像泽尔克在鸽子羽毛上的轻轻一拂那样轻微。明天他会把埃勒博带回城，明天他会驱车回巴黎。狂怒天军消失了，领主重新遁入阴间。不管怎么说，他终于完成了自己的全部使命，尽管心有不甘。埃勒甘领主是打不败的。所有人都预言过、说过，果然如此。今年将被载入奥尔德贝克阴森可怖的传奇史册。四人被勾走，四人丧命。他只是尽力阻止了人为的杀戮，至少从长柄叉下救出了伊波和丽娜。

女法医毫不客气地摇了摇他的胳膊，跟他说话。

"对不起，"亚当斯贝格说，"我没看见您进来。"

"这不是一起意外事故，"她说，"检验结果会证实这一点。初步检查表明，他服用了致死剂量的苯二氮䓬类镇静药，尤其是精神安定药。就算不从窗口摔下去，他多半也会死的。是自杀。"

"可以确认。"一个技术人员走过来说，"我只提取到一组指纹，乍看是他的指纹。"

"发生了什么事儿？"女法医问道，"我知道他妻子决定去德国跟儿子一起住，不过他们的夫妻关系名存实亡已经好多年了。"

"他当时刚得知自己败露了。"亚当斯贝格没精打采地说。

"亏钱？破产了？"

"不，是因为警方调查。他杀了三个人，差点杀死第四个和莱奥老太太，准备再杀两个人，或者四个，甚至五个。"

"他？"法医将目光转向窗口问道。

"您觉得意外吗？"

"何止是意外。他是个小打小闹放不开手脚的人。"

"此话怎讲？"

"我大约每个月去一次多维尔的赌场碰运气，经常在那儿遇见他。虽然没有正儿八经地跟他聊过，但是观察某人在赌桌上的表现，其实能看出很多东西。他下注时犹豫不决，征求别人意见，磨磨蹭蹭，弄得整桌的玩家都恼火，而最后下的注却又那么少。他不是个有胆量的人，没有赢家的心态，只是一个胆小怕事、指望别人帮忙的赌客。很难想象他会形成自己的想法。赌博尚且如此，更别谈拿主意血腥杀人啦。他靠着自己的地位、声望和人脉关系的支持安身立命。那是他的安全所系，他的网兜。您知道，就像杂技里高空飞人的保护网。"

"要是保护网就快破了呢？"

"遇到这种情况，当然啦，什么事都有可能发生。"法医边说边往外走，"生死警报拉响，人的反应是无法预测、猝不及防的。"

亚当斯贝格记下这句话，他永远说不出这样的话。他可以用来安抚伯爵。猝不及防的凶杀，无法预测的自杀，千万别把人逼得走投无路，无论他多么绅士，多么彬彬有礼。大道理我们都懂，只是说法不同，我们说不好。他沿着宽敞锃亮的打蜡橡木楼梯往下走，不停地念叨这句话，手机在后裤兜里振动起来，他伸手掏手机。碰到裤子上沾的干泥巴，不禁想起自己当时没想到要换一条干净的裤子。他在书房门前站住，琢磨雷坦库尔发来的短信："左前座靠枕上有六小段剃下的碎发，晚礼服外套上有两段。女佣确认剃发和带有车库气味的糖"。亚当斯贝格瞬间攥住手机，昨天下暴雨时感受到的那种幼稚而令人不安的力量感贯注全身。那是一种原始、强烈、野蛮的喜悦，一场打败巨人的胜仗。他缓缓地深吸了两口气，抬手抹去脸上的笑容，敲了敲门。等到伯爵用手杖敲着地面怒气冲冲地回应时，法医的那句话已经无影无踪，淹没在他一片浑浊的脑海中。

48

他去看望了莱奥,读完专讲母马生双胎的一章,亲吻老妇人的脸颊说:"我会回来的。"然后向梅兰医生告辞。他来到温德莫特家,拦住正在院子里忙着装吊床的三兄弟,三言两语说了事情的结局,没有提瓦勒雷伯爵与丽娜、伊波的血缘关系。他把这个重大问题留给莱奥来做,或者由伯爵自己来说,如果他有胆量的话。瓦勒雷心情逐渐平复,不再那么冲动,但经过这场震撼城堡的冲击之后,他还会坚持当时的大胆决定,依然娶莱奥为妻吗?亚当斯贝格不禁有些怀疑。从明天开始,国内的各家媒体会详细披露子爵的罪行,会千方百计地逼近那道直达城堡的血迹。

新闻发布会大约在上午九点举行,亚当斯贝格把出风头的机会留给埃梅里队长,报答他还算友好的合作。埃梅里热情洋溢地感谢亚当斯贝格。埃梅里喜欢高谈阔论,有点做作的炫耀,他也许没有想到亚当斯贝格乐得避开。埃梅里执意庆祝案子告破,把亚当斯贝格请到他的帝国饭厅,跟维朗克、布莱奥里和福歇一起喝开胃酒。布莱里奥切好了香肠,福歇调出难以下咽的基尔酒,埃梅里举起酒杯,庆贺歼灭敌人的胜利,趁机历数了他的祖先在乌尔姆、奥斯特里茨、奥尔施塔特、埃格穆尔,尤其在他最喜欢的埃劳战役所取得的赫赫战功。达武军队的右翼受到攻击，内伊元帅率军火速增援。为了鞭策手下人，皇帝曾冲着缪拉喊道："你难道让这些人吞噬我们吗？"说到这儿，队长他眉飞色舞，一只手不停地抚摸肚子，似乎酒足饭饱那样，他显然摆脱了一切烦心事儿。

他去了丽娜工作的事务所，最后看一眼他贪恋渴望的对象。他已经跟维朗克一起把莱奥的房子理好了，犹豫着是否往苹果烧酒里加点儿水，把液面恢复到原先的水平。维朗克断然拒绝：那是无知少年的亵渎之举，千万使不得，这么好的苹果烧酒怎么能兑水呢？亚当斯贝格刮去左脚鞋子里的鸽粪，扫掉散落的鸽食，拍打床垫，让中央塌陷的部分稍微蓬松一点。他加满了油，收拾完行李，然后爬到奥尔德贝克老镇的山顶。太阳尚未下山，他坐在温热的矮墙上，打量草场和山丘的每个细节，同时偷偷地瞅着不动声色的牛群。他要等到在蓝野猪餐馆吃完饭再走，也就是等当格拉尔的电话，请他把两个小伙子接回来。警督要把泽尔克送往意大利，把穆穆带到一个同伙的家里，同伙的父亲将扮演告密者的角色。他不必再用暗语传递指令，当格拉尔离开前，他们已经商量好了，只要发出信号就行。母牛都不肯动弹，希望落空了，亚当斯贝格又一次感到与早上同样的缺憾。同样淡淡的却十分清晰的失落感。

这其实跟邻居老卢西奥不停跟他唠叨的小时候在西班牙内战中失去手臂的事儿差不多。卢西奥解释说，问题不在于失去手臂，而是手臂被蜘蛛咬过一口，失去手臂的时候，他还在挠痒。七十年过去了，卢西奥还在下意识地挠痒。没做完的事儿总是会回来烦你。他在奥尔德贝克有什么事没做完呢？母牛走动？莱奥彻底痊愈？鸽子飞上天？或者，说得更靠谱点儿，没有征服丽娜？他碰都没碰她一下。不管怎样，这一切让他觉得浑身不自在，也参不透其中原因，只能全神贯注地看着田间那些凝然不动的牛。

维朗克和他天黑后分头行动。维朗克先走了，亚当斯贝格负责关门。他不紧不慢地将鸟笼放进汽车后备箱，把埃勒博装进鞋里，拿来放在前座上，他觉得这个鸽子已经很有教养，也就是说它的天性变了，一路上不会折腾。雷雨渗入了驾驶室，也许还流到发动机里边，他试了好几次才发动起来。这说明队里的车况不比布莱里奥的车况好多少，更不能跟克莱蒙-布拉瑟的梅赛德斯车比。他瞥了一眼若无其事稳坐前排的埃勒博，不由想起放心地坐在前排等待的克莱蒙老头，完全没想到他两个儿子正在准备放火烧死他。

两个半小时后，他穿过自家门前黑黢黢的小花园，留意老卢西奥的到来。这位邻居肯定听见他回来了，必然会假装在树下撒尿，拿着啤酒出现，然后跟他攀谈。亚当斯贝格刚把行李和埃勒博拿进厨房，把后者连同鞋子一起搁在桌子上，就看到卢西奥从黑暗中显现，手里拿着两瓶啤酒。

"情况好点了，老兄。"卢西奥判断说。
"我想是的。"
"探子回来过两次。后来就不见了。你的事情办妥了吗？"
"差不多。"
"在你的乡下？事情整好了？"
"了结了，但是了结得不好。死了三个，一个自杀。"

"畏罪自杀？"

"是的。"

卢西奥点点头，似乎很欣赏这个令人毛骨悚然的结局，然后顶住树枝，撬开啤酒的瓶盖。

"你往树上撒尿的时候，已经破坏树根了，现在还要剥树皮。"亚当斯贝格抗议道。

"没有啊，"卢西奥不服气，"尿里有大量的氮，再好不过的堆肥啊。你以为我没事在树下撒尿？氮肥。"卢西奥重复道，细细品味这个词，"这个你不懂？"

"我懂的东西不多，卢西奥。"

"你请坐，老兄。"西班牙人指着木箱子说，"这儿天热，把我们折磨苦了。"边说边对着瓶嘴喝了一大口。

"那边也热，乌云在西边聚集，可就是不下雨。昨天终于爆发了，天气和案子一起爆发。那边还有一个女人，我真想一口把她的胸脯吞下去。你想象不出来。我觉得我该这么做，我现在有事情没办完的感觉。"

"觉得浑身不自在？"

"是啊，所以想和你谈谈。不是手臂不自在，而是脑子里觉得烦。就像一扇门，我没有把门关上。"

"那你得回去，老兄，否则你会一生不得安宁。道理你明白。"

"案子查完了，卢西奥，那边没我的事儿了。或者是因为没看到母牛走动。这在比利牛斯山说得通，可是在那儿没门。"

"与其监视母牛，你不能去找那个女人吗？"

"我不想找她，卢西奥。"

"啊。"

卢西奥咕咚咕咚喝下半瓶啤酒,然后打起嗝来,一边寻思怎么破解亚当斯贝格给他出的难题。他对人们难以释怀的事情非常敏感。那是他的领域,他是专家。

"你想她的时候,会不会跟某种食物联系起来?"

"想到杏仁蜂蜜库格洛夫。"

"什么?"

"一种特色奶油圆蛋糕。"

"很精确。"卢西奥以行家的口吻说道,"不过哪儿被扎疼了,总是一清二楚的。你最好从库格洛夫入手,把它找到,应该行的。"

"巴黎找不到正宗的库格洛夫。那是东欧特色食品。"

"我可以让玛丽亚试试,给你做一个。食谱应该能找到吧?"

49

总结会定于八月十五日上午九点半在警署召开,十四名在岗队员参加会议。亚当斯贝格左等右等,雷坦库尔总算到了,他情不自禁地抱住她的肩膀,以示感谢和钦佩,动作虽然生硬,有些愣头愣脑,不过埃梅里一定会欣赏这个举动。他就是这样拥抱手下最优秀的士兵的。雷坦库尔是个遇到情感流露便无所适从的人,只见她像离家出走、闷闷不乐的孩子那样使劲摇头,把那份满足感留到以后,也就是以后自己独享。

警员们围着大桌子坐下,梅卡代和莫尔登负责会议记录。亚当斯贝格不太喜欢开大会,因为一开大会,他就得归纳、解释、部署、做小结。他特别容易走神,一丁点的事儿就会让他忘记眼前该做什么,当格拉尔总是坐在他边上,必要时提醒他。可是此时当格拉尔正在波尔图,跟短绺穆穆在一起,他已经把泽尔克疏散到罗马,可能正在准备回巴黎。亚当斯贝格希望他们今天天黑前回到巴黎,再煞有介事地等几天,再找人向警署告密。穆穆将被押解归案,像战利品那样送到警长手中。亚当斯贝格稍稍收回思绪,弗瓦西警司正在介绍这几天执勤情况,一家保险公司两个同事之间的流血冲突,一人骂对方"月下基佬",结果脾脏被裁纸刀捅破,经抢救才死里逃生。

"问题显然不在'基佬'二字，而是'月下'。"一贯严谨的贾斯汀补充道。

"什么是'月下基佬'啊？"亚当斯贝格问。

"谁都不知道是什么意思，连说的人自己也不知道。我们问过。"

"好吧。"亚当斯贝格说罢拿出小本子摊在膝头，开始画画，"沙鼠小姑娘呢？"

"法院同意住在旺代的同父异母的姐姐收留她。法官要求对女孩进行精神疾病护理。姐姐也同意收留沙鼠。沙鼠也是女孩，听医生说。"

"这个女人心肠真好。"莫尔登评价道，快速抽动了一下他瘦长的脖子，每当发表意见，他都会这样做，好像是为了加重语气。莫尔登的外表让人想到羽毛脱落的老鹭鸶，他的动作总是让亚当斯贝格想起鹭鸶吞下一条好鱼的咯咯声，假如可以这么比较的话。

"她的大伯呢？"

"被拘留了。法官指控他犯有绑架、暴力和虐待罪。至少没有强奸。问题在于大伯不愿意把她留给其他任何人。"

"好吧。"亚当斯贝格重复道，手里画着这几天早餐时那棵歪斜的苹果树。

女法医的话他不出几秒钟就忘了，可是苹果树的每根枝杈都记得一清二楚。

"图伊洛·朱利安。"诺埃尔警司宣布道。

"面包心杀人案。"

"没错。"

"独一无二的武器,"亚当斯贝格说着翻到下一页,"跟弓弩一样厉害而且静音,但是距离必须绝对地近。"

"两者有什么联系?"雷坦库尔问。亚当斯贝格示意稍后会跟她解释,开始画梅兰医生的脸。

"审判前羁押。"诺埃尔说,"有个表妹准备出钱请律师为他辩护,理由是妻子霸道,毁了他的生活。"

"图伊洛·卢塞特。"

"没错,这个表妹给他送填字游戏,他入狱不到十天,已经组织过一场初学者比赛,囚犯们自愿参加。"

"这么说他的状态很好。"

"从来没有这么棒过,听他表妹说。"

此时一阵沉默,大家的目光一齐投向雷坦库尔,她在克莱蒙-布拉瑟案子中的关键作用大家都知道,但是细节不清楚。亚当斯贝格示意埃斯塔雷给大伙上一圈咖啡。

"我们还在找短绉穆穆,"亚当斯贝格先开腔了,"不过梅赛德斯不是他烧的。"

雷坦库尔的叙述相当冗长,把第一套衣服、第二套衣服、头发、女佣、拉布拉多犬、汽油味儿等说了个遍,埃斯塔雷借此机会给大伙递上咖啡,然后围着桌子问谁要加牛奶或糖,一副和颜悦色、格外体贴的样子。梅卡代警司默默地抬起手拒绝,埃斯塔雷好难过,因为他以为警司喝咖啡总是放糖的。

"现在不放了,"梅卡代低声解释道,"我在减肥。"说着把手放在肚子上。

埃斯塔雷恢复平静,继续服务众人。亚当斯贝格却不知怎的,一下愣住，直至莫雷尔的问题把他唤回现实，他意识到雷坦库尔进入尾声，自己漏听了一部分内容。

"当格拉尔在哪里？"莫雷尔重复了一遍。

"在休息。"亚当斯贝格马上应道，"他掉到火车底下。没有受伤，但是恢复起来不那么容易。"

"掉到火车底下？"弗瓦西跟梅兰医生一样，以十分惊讶和钦佩的表情问道。

"维朗克手疾眼快，立刻让他趴在铁轨之间。"

"身体距离车厢底部只有二十厘米。"维朗克解释说，"他啥都没察觉。"

亚当斯贝格笨拙地站起来，笔记本扔在桌上。

"接下来由维朗克通报奥尔德贝克的情况。"他说，"我会回来的。"

"我会回来的"，他总是这么说，仿佛某一日他极有可能一去不返。他一反常态，从会议室匆匆出来，来到街上。他知道自己突然停滞了，像奥尔德贝克的母牛那样，知道自己错过了五六分钟的会议内容。为什么会这样？他说不清楚，这正是他沿着人行道边走边琢磨的问题。他倒不担心突然离开会议，因为已经习惯了。他虽然不知道自己中途离场的理由，但知道它的起因。有个东西像弩箭一样闪过他的脑际，速度太快，他来不及理解。但是这足以使他发愣。就像他在马赛看到港口的波光闪烁，在巴黎的墙上看到那张海报，在巴黎到威尼斯的火车上失眠那样。那一闪而过的图景耗尽了他的脑汁，其他不易察觉的影像紧随其后，像一串互相吸引的磁铁，望不见头，也看不到尾，但是奥尔德贝克又浮现在他眼前，确切地说是一扇门，就是布莱里奥那辆旧车的门，他原先没有特别注意，这扇门开着。他昨天跟卢西奥说过，有一扇门没关紧，还在晃动，像一个还没挠完的被虫咬的伤口。

他慢慢穿过街道，小心翼翼地朝塞纳河走去。每当内心不平静，他总是不由自主地往那儿走。在这种时候，他几乎绝缘于焦虑或任何其他强烈情绪，他像绳子那样绷紧，攥紧拳头，努力理解未曾看透的东西，或者思考未曾想过问题。他没有办法拨开纷乱的思绪，从中取出那颗珍珠。他只知道行动要快，因为他的思绪混乱，一切都沉入其中。有时候他一动不动，等着那脆弱的图景摇曳着浮上表面，有时候走路时在混乱的记忆中寻找，有时睡觉时任由万有引力起作用，他担心如果提前选择了策略就会错过猎物。

走了一个多小时，他在树荫下一张长凳上坐下，两只手托着下巴。雷坦库尔发言过程中，他走神了，对她的话充耳不闻。发生了什么？什么都没有发生。警员们谁也没动，聚精会神地听着雷坦库尔警司的汇报。梅卡代强忍瞌睡，艰难地做着笔记。只有埃斯塔雷一个人在走动。那是情理之中的事儿，因为他给大伙端咖啡，一如既往地讲究完美。梅卡代没有要平时常放的糖，让埃斯塔雷有点失望，但梅卡代指了指自己的肚子。亚当斯贝格把手从脸上拿开，抱住膝盖。梅卡代还做了一个动作，他举手拒绝。就在此时，弩箭穿过他的脑袋。糖，那该死的糖，从一开始就有问题。警长模仿梅卡代的手势，把手抬到眼前。他反复模仿了十几次，又看到那扇开着的车门，布莱里奥站在他抛锚的汽车前。布莱里奥。埃梅里问他是否要在咖啡里放糖的时候，布莱里奥也拒绝了。他默默地举起手，跟梅卡代的动作一模一样。那天是在宪兵队，正说到德尼·德·瓦勒雷。布莱里奥，衬衫口袋里塞满了糖块，可是他喝咖啡不放糖。这个布莱里奥。

亚当斯贝格的动作突然僵住。看到珍珠了，在岩石缝隙中闪闪发光。他没有关上的那扇门。十五分钟后，他缓缓起身，以免吓跑自己那尚未成形、没有弄明白的感觉。他走回家里，前一天的旅行包还没有打开，他抓起包，把埃勒博塞进鞋子，然后全部放进车里，尽量不出声，因为他生怕大声说话会打乱好不容易衔接起来的思路。他用雷坦库尔给的手机，给当格拉尔发了一条短信："我回那儿去。如有需要，同一地点，同一时间。"他发现自己写不出"需要"这个词，于是改成"必要"："如有必要，同一地点，同一时间。"然后给维朗克警司发了一条信息："晚上八点半来莱奥客栈。一定要带上雷坦库尔。别被人看见，通过林间小路到达。随身带一卷绳子和吃的东西。"

50

亚当斯贝格悄悄回到奥尔德贝克是下午两点,时间正好,因为周日的这个时候,街上空无一人。他沿着林间小道来到莱奥客栈,打开被他视作自己房间的小屋的房门,把自己扔进中间凹陷的羊毛床垫显然是当务之急。他把温顺的埃勒博放在窗台上,懒懒地窝进床里,却并未入睡,听着鸽子的咕咕声,鸽子似乎很高兴找回自己的位置。脑中思绪缠绕,他也不整理。最近看到的一张照片让他印象深刻,照片上的画面形象地呈现出他对自己脑子的看法。那是一大堆网获物,倒在大船甲板上,高过渔民的个头,杂乱无章,难以辨认。银色的鱼,褐色的海藻,灰白的虾蟹——海洋甲壳动物,而不是像该死的潮虫那样的陆地甲壳类,蓝色的龙虾,白色的贝壳,混杂在一起,分不清彼此。他就是一直在与此搏斗,与一团混沌的、起伏不定、千变万化、随时会变质或者崩塌,乃至回归大海的东西搏斗。渔民忙着在里面挑选,把太小的鱼儿、海藻团、没用的东西扔进水里,只留下有用和熟悉的东西。亚当斯贝格自觉正好反其道而行,把合理的元素扔掉,然后仔细审查来自他个人矿体的毫无生气的碎片。

他又从头开始,从布莱里奥举手拒绝往咖啡里放糖开始,让奥尔德贝克的图像和声音任意浮现。埃勒甘领主英俊残破的脸,在林中等他的莱奥,埃梅里餐桌上帝国风格的糖果盒,甩干姐姐湿裙子的伊波,他抚摸过鼻子的母马,穆穆和他的彩色铅笔,安托南黏土部位上涂的药膏,格莱约圣母草图上的血迹,倒在月台的维朗克,奶牛和潮虫,放电魔球,埃梅里跟他说了三遍的埃劳战役,伯爵敲打老式镶木地板的手杖,温德莫特家里的蟋蟀声,博纳瓦勒小道上的野猪群。他转过身,双手枕着脖子,看着天花板的横梁。糖块。整天困扰着他、让他异常烦恼的糖块,以至于他现在喝咖啡不再放糖。

亚当斯贝格过了两个小时才起来,脸颊热乎乎的。他只需要见一个人,见伊波利特。他会等到晚上七点,那时候奥尔德贝克的居民都挤在厨房或咖啡馆里喝开胃酒。他可以走小镇外面的路,绕到温德莫特家,不会被人撞见。他们也会喝开胃酒,也许正在喝完那瓶为款待他而买来的蹩脚的波尔图酒。慢慢地把伊波引入自己的视野,把他准确地带到他预定的地方,不偏不倚地引导他。"我们是好人"。对于一个被砍掉手指、多年来一直恫吓同学的孩子来说,这样的定义未免有点仓促。"我们是好人"。他看了看手表。他要打三个电话进行确认。一个给瓦勒雷伯爵,一个给当格拉尔,最后一个打给梅兰医生。他过两个半小时后出门。

他溜出房间来到地窖,爬上一个酒桶,眼前是一个布满灰尘的小角窗,只有这儿可以看见草场的一角。他有时间,就在这儿等。

晚祷钟声回荡,他避开耳目靠近温德莫特家的房子,感到很满足。三头牛,至少三头牛挪了位置。而且动了好几米,一直在埋头吃草。他觉得对奥尔德贝克的未来而言,这是个非常好的兆头。

51

"没地方购物,店铺都关门了。"维朗克把购物袋里的东西一股脑倒在桌子上,"只好洗劫了弗瓦西的食品柜,得赶紧给她补上。"

雷坦库尔背靠着熄灭的壁炉,金发女比石头炉台整整高出一个脑袋。亚当斯贝格不知道让她睡哪儿才好,客栈里的床都是旧的,对她的个头来说都太短。她看着维朗克和亚当斯贝格忙着准备平菇野兔肉酱三明治,脸上的表情相当欢快。大家都不知道雷坦库尔为什么时而不苟言笑,时而和颜悦色,谁也没有问过。即便是微笑着,大块头警司的神态中总有些粗鲁、瘆人的东西,让人不敢倾诉或者轻松提问。就像我们不会拍打千年的红杉以示友好,那其实有失敬意。无论她表情如何,雷坦库尔都让人肃然起敬,有时甚至是仰慕。

吃完简餐——弗瓦西囤的野兔肉酱当然美味极了——亚当斯贝格给他们画了一张地形图。从莱奥客栈出发,走东南方向的小路,然后穿过田野,斜穿贝松尼耶尔土路,到达老井。

"徒步六公里。没有比这口老井更合适的了。瓦松井,是我沿着图克走的时候看到的。"

"图克是什么?"雷坦库尔问道,一如既往地精确。

"这儿的一条河。那口井位于隔壁的镇子,废弃了四十年,有十几米深。扔一个人下去很容易,怪诱人的。"

"如果这个人往井里探头的话。"维朗克说。

"我就指望这一点。因为杀手已经这么做了,把德尼从窗口推下去。熟门熟路。"

"所以德尼不是自杀。"维朗克指出。

"是他杀。他是第四位受害者。"

"而且不是最后一个。"

"对。"

亚当斯贝格放下铅笔,陈述自己最后的推理——如果能这样说的话。雷坦库尔皱了皱鼻子,似乎对警长实现目标的方式还不称心。但他的目标,她不得不承认,已经达到了。

"怪不得他没有留下丝毫痕迹。"听到这些新情况,维朗克不禁思忖起来。

雷坦库尔则很务实,开始追问行动细节。

"宽吗?井口的石头围栏?"

"不宽,大约三十厘米。关键是它很矮。"

"这正合适。"雷坦库尔表示认可,"井口直径多少?"

"直径足够大。"

"咱们如何行动?"

"离井二十五米有栋旧农舍,是个库房,两扇破旧的大木门,一直关着。我们守在那边,这是最近的埋伏点了。咱们要当心,伊波不是好惹的。风险很大。"

"很危险的。"维朗克说,"我们在拿人命当赌注。"

"咱们别无选择,除了几张孤零零的糖纸,没有确凿证据。"

"糖纸你保存了吗?"

"放在地窖的酒桶里。"

"上面可能有指纹。好几周没下雨了。"

"可是这不构成证据。坐在树干上吃糖又不犯法。"

"咱们有莱奥的陈述。"

"那是一个处在震惊状态的老太太的话,只有我一个人听过。"

"当格拉尔也在。"

"他没仔细听。"

"这些都站不住脚的。"雷坦库尔附和道,"除了抓现行,没有别的办法。"

"很危险。"维朗克重复道。

"雷坦库尔就是为此而来的,路易。她出手更快、更可靠。要是有人坠井,她可以把他拉住。我们把绳子交给她,必要的时候能派上用场。"

维朗克点起一支烟,摇了摇头,没有表现出任何不悦。大伙觉得雷坦库尔比他强,那是明摆着的事实。她要是在场的话,也许能把当格拉尔举到站台上。

"如果我们失手,那人就死定了,"他说,"我们也跟着倒霉。"

"不会失手的。"雷坦库尔平静地应道,"如果事情走到那一步的话。"

"事情会走到那一步的。"亚当斯贝格断言,"那个家伙没有别的选择。而且他很乐意杀掉这个人。"

"您说了算。"雷坦库尔说着伸出酒杯,示意倒酒。

"维奥莱特,"亚当斯贝格慢慢地斟酒,轻声道,"第三杯了。咱们需要您的全部力量。"

雷坦库尔耸了耸肩,仿佛警长说了句不着调的傻话。

52

雷坦库尔躲在库房左边木门的后面,两个男人躲在右边。不能有任何东西妨碍警司冲向那口老井。

亚当斯贝格在昏暗中向助手们举起手,伸出十根手指。还有十分钟。维朗克扔掉香烟,一脚踩灭,眼睛贴在木隔板的一条大缝上,身材魁梧的警司绷紧肌肉准备行动。雷坦库尔倚在门框上,尽管身上绕了十五米绳子,给人感觉却是完全放松。她毕竟喝了三杯酒,亚当斯贝格对此很是担心。

伊波利特先到,坐在井口石栏边缘上,双手插在口袋里。

"结实,自信。"维朗克喃喃地说。

"你注意观察鸽舍那边。埃梅里会从那边过来。"

三分钟后,队长朝这儿走来,身体挺直,制服上的纽扣扣得规规矩矩,但是步伐有些犹豫。

"问题在这儿,"亚当斯贝格低声说,"他有点儿胆怯。"

"这对他有利。"

两人开始说话,库房这边听不见。他们站在那儿,相距不到一米,各不相让,咄咄逼人的样子。伊波利特说得比埃梅里多,说得快,语气很冲。亚当斯贝格担心地看了一眼雷坦库尔,她仍然稳靠着门框,纹丝不动。他不放心,因为雷坦库尔可以像马一样一动不动地站着睡觉。

黑夜中忽然响起伊波利特的笑声,那么刺耳、邪恶。他拍一下埃梅里的背,动作一点不友好,然后他俯身靠向石栏,伸出一条胳膊,好像要指什么东西。埃梅里抬高嗓门,似乎吼了声"混蛋",也跟着俯下身子。

"注意。"亚当斯贝格喃喃地说。

只见埃梅里的胳膊从伊波的胯下穿过,把他两条腿同时抬起来,亚当斯贝格没料到他的动作会那么熟练和敏捷,而自己的反应比预想的慢,晚了一秒钟才冲上去,比猛扑过去的维朗克慢了半拍。他离井还有三米的时候,雷坦库尔已经到了井口。她以独有的手法,掀翻埃梅里,顺势骑上去,将他的胳膊按在地上,死死卡住他的胸腔,压得他只有呻吟的份儿。伊波利特气喘吁吁站起来,他的手指刚才被石栏擦破了皮。

"好悬啊。"他说。

"你不会有事儿的。"亚当斯贝格指着雷坦库尔说。

他抓住队长的手腕,反铐在背后,维朗克绑住他的腿。

"你老实点,埃梅里。维奥莱特可以把你碾碎,像只潮虫那样,明白吗?像踩死一只陆虾。"

亚当斯贝格脸上沁出汗珠,心怦怦直跳,拨通布莱里奥的电话。雷坦库尔直起身子,轻松地坐在井边,像刚从菜场回来一样平静地点燃一支烟。维朗克摆动手臂,来回走动,释放着紧张的情绪。远远望去,他的身影模糊起来,只看见红色发绺闪亮。

"布莱里奥,您赶快到瓦松老井来,跟我们会合,"亚当斯贝格说,"我们抓住了那个人。"

"哪个人啊?"布莱里奥有气无力地问道,电话铃声响了十来下他才接听。

"奥尔德贝克的杀手。"

"瓦勒雷不是已经死了?"

"不是瓦勒雷。您快过来,下士。"

"我去哪儿?巴黎?"

"瓦松井不在巴黎,布莱里奥。快点。"

"哪个人啊?"布莱里奥清了清嗓子,又问道。

"是埃梅里。很遗憾,下士。"

亚当斯贝格确实很遗憾。他和这个家伙一起干活,一起散步、喝酒、吃饭,在他家里为胜利干杯。亚当斯贝格记得那天——其实就是昨天——埃梅里还乐呵呵的,谈锋甚健,和蔼可亲。他杀了四个人,把当格拉尔抛到铁轨上,揪住莱奥的脑袋往地上猛撞,要知道他小时候掉在结冰的池塘里,是莱奥救了他。昨天,埃梅里举起装满基尔酒的杯子,信心满满地向祖先致敬。找到了一个替罪羊,虽然不是他设计的那个人。活儿还没干完,再死两个人才能了结,要是莱奥恢复言语能力,那就还得死三个人。不过一切看来都十分顺利。四起谋杀成功,两次行凶未遂,另外三次即将展开——他已经想好了计划。总共杀七个人,足以令士兵引以为豪的出色战绩。亚当斯贝格会把德尼·德·瓦勒雷当杀手结案,然后回到他在巴黎的刑警队,给他留出彻底施展的空间。

亚当斯贝格盘腿坐在埃梅里旁边的草地上。埃梅里抬眼望着天空,一副面对敌人镇定自若的军人气概。

"埃劳，"亚当斯贝格说，"是你祖先打的一场胜仗，你最喜欢这场战役，对战役的策略了如指掌，你逢人便说，不管对方是不是愿意听。因为莱奥说的是'埃劳'而不是'哈罗'。'埃劳''弗莱姆''糖'，她指的是你。"

"你在犯一生中最大的错误，亚当斯贝格。"埃梅里语气阴沉地说。

"我们三个人都是证人，看见你试图把伊波扔下井。"

"因为他是凶手，魔鬼。我一直跟你这么说的。他威胁我，我是正当防卫。"

"他没有威胁你，他告诉你，说他知道你有罪。"

"不对。"

"他是这么说的，埃梅里。他的角色是我安排的。告诉你他在井底看到一具尸体，让你过来见证。你心里没底，琢磨着为什么夜里约见？井里这具尸体，伊波会说些什么呢？所以你来了。"

"那又怎样？发现尸体，赶到现场是我的职责，不管什么时候。"

"问题是井里没有死尸，只有伊波在谴责你。"

"你说话没证据。"埃梅里说。

"没错，从一开始就没有任何证据，没有一丝线索。无论是埃尔比耶，还是格莱约、莱奥、莫尔坦博、当格拉尔、瓦勒雷，都没有证据。六个受害者，四人丧命，没有留下丝毫痕迹。杀手幽灵般地神出鬼没，这样的情况很少见。又或者杀手是警察。因为抹去全部痕迹，还有比警察更好的人选吗？你负责技侦部分，我拿到的结果都是你给的。于是我们什么都没有，没有指纹，也没有线索。"

"本来就没有线索，亚当斯贝格。"

"都被你毁掉了,这方面我对你充满信心。不过现在有糖。"

布莱里奥把汽车停在鸽舍边上,手里拿着手电筒,晃着鼓起的肚子跑过来。他看到队长倒在地上动弹不得,向亚当斯贝格投去慌乱而愤怒的目光,不过他忍住了,不知道该不该插手,该不该说话,他分不清谁是朋友,谁是敌人。

"下士,给我松绑,这帮白痴。"埃梅里下令,"伊波谎称井里发现一具尸体,把我约到这里,他威胁我,我正当防卫。"

"他想把我扔进去。"伊波说。

"我没有武器。"埃梅里说,"我本来打算先报警,然后把你拉上来,尽管你这样的恶魔就得这样死,都给我滚回到地底下去。"

布莱里奥看看埃梅里,又看看亚当斯贝格,左右为难。

"下士,"亚当斯贝格抬起头说,"您喝咖啡不放糖。所以您身上带的糖不是自己用的,是给队长的,是不是?"

"我身上总是带着糖。"布莱里奥小声答道。

"他发病的时候给他?他两腿发软、全身发抖出虚汗的时候?"

"我们无权说这些。"

"为什么这些糖要您带呢?因为那会使他的口袋走样?因为他觉得丢脸?"

"两个因素都有,警长。我们无权说这些。"

"这些糖块,都是带包装的吧?"

"那是为了卫生,警长。它们放在我的口袋里,可能一连几周用不上。"

"您的糖纸,布莱里奥,我在博纳瓦勒小道上那段倒地的树干前捡到的糖纸，跟您的一模一样。埃梅里在那儿忽然发病。他在那儿坐下来，吃了六块糖，在那儿留下了糖纸，被莱奥发现。就在埃尔比耶被杀之后。因为十天前那儿没有糖纸。莱奥什么都知道，莱奥把细节串起来，蝴蝶的翅膀，莱奥知道埃梅里有时候需要一下子吃几块糖才能恢复过来。埃梅里去博纳瓦勒小道干什么？这就是她提的问题。他过来解答，也就是把她杀了。"

"那不可能。队长身上从来不带糖，总是跟我要的。"

"但是那天晚上，布莱里奥，他单独去小教堂，带了一些糖。他知道自己的问题。情绪太强烈、能量急剧消耗会引起低血糖发作。他不打算冒杀死埃尔比耶之后自己晕倒的风险。他是怎样撕糖纸的？从边上撕？从中间撕？然后呢？揉成一团？把纸弄皱？照原样扔下？是否折叠？我们都有自己的习惯。比如您，您把纸搓成小团，非常紧，然后放在前面的口袋里。"

"我不想弄脏地面。"

"他呢？"

"他从中间打开，开到四分之三的地方。"

"然后呢？"

"他就这样扔掉了。"

"说得对，布莱里奥。莱奥肯定知道这一点。我不要求您逮捕队长。我和维朗克带他坐在汽车后排。您坐前排负责开车。我只希望您把我们送回宪兵队。"

53

进入审讯室,亚当斯贝格给埃梅里松了绑,取下手铐。他通知了利西厄的布尔朗队长。布莱里奥被派去莱奥的酒窖把糖纸拿来。

"解开手铐是不明智的。"雷坦库尔尽可能平静地指出,"您别忘了穆穆是怎么跑掉的。稍不留神,嫌疑人就会逃走。"

亚当斯贝格看到雷坦库尔的目光,其中分明流露着一丝故意挑衅的讥讽。雷坦库尔像当格拉尔一样,对穆穆的逃跑心知肚明,但是没有声张。然而,她最讨厌这种不一定奏效的方法了。

"不过这次有您在场,雷坦库尔,"亚当斯贝格笑着回答,"因此我们不冒任何风险。我们等布尔朗过来。"他说着转向埃梅里,"你目前还是宪兵队长,我没有在你的宪兵队里审讯你的权限。布尔朗会把你押到利西厄,这个岗位没主官了。"

"那敢情好,亚当斯贝格。布尔朗至少尊重以事实为准绳的原则。而你呢,大家都知道,而且都在说你云里飘,你说的话,在治安部队,无论是宪兵还是警方,根本就没有人相信。你不会不知道吧?"

"所以你坚持要把我弄到奥尔德贝克来?或者你以为我比你的同事好说话,他不会让你插手案子的调查?"

"因为你啥都不是,亚当斯贝格。成天瞎咋呼,窝囊废,文盲,没有半点推理能力。"

"你消息很灵通。"

"那当然。这是我的案子,我不打算让一个能干的警察抢走。一看到你,我就知道别人说你的那些话都是真的,就知道我能随心所欲地行动,你会陷入迷雾,越走越远。你甚至不知道该去哪儿,亚当斯贝格,你什么都没做,这一点大家都可以作证,包括媒体。妨碍我逮捕伊波这个人渣,就是你所做的一切。你为什么要保护他?总不至于你自己也不清楚吧?为的是不许别人碰他的姐姐。你无能而且死脑筋。你在奥尔德贝克,除了瞄她的胸脯,伺候那该死的鸽子,啥都没干。不然内政部的督察组怎么会突击搜查奥尔德贝克一带。你以为我不知道?你在这儿搞什么名堂,亚当斯贝格?"

"我在捡糖纸。"

埃梅里张开嘴,然后倒吸一口气,沉默了。亚当斯贝格觉得猜到了他没说出口的话:"白痴,糖纸对你有屁用。"

好吧,他找不到指纹。空空如也的纸头,仅此而已。

"你打算用这些纸头说服陪审团?"

"有件事你忘了,埃梅里。谋杀当格拉尔未遂的那个人还杀了其他几个人。"

"那当然。"

"此人体格强壮,善于奔跑。你我都说过,这些谋杀是德尼·德·瓦勒雷犯的,把当格拉尔约到塞雷内的也是他。你的第一份报告里面有记录。"

"那当然。"

"俱乐部秘书告诉他警方着手侦办之后,他自杀了。"

"不是'俱乐部',是'前进协会'。"

"随你怎么说,休想吓住我。我的祖先在你津津乐道的拿破仑战争期间入伍,二十岁死在战场上,如果你想知道的话。他死在埃劳,如果你想弄明白我为什么记住这个地名的话。你的祖先为胜利而前进的时候,我的祖先双腿陷在污泥里动弹不了。"

"家族宿命啊。"埃梅里微笑道,他腰杆益发挺直,一条手臂稳稳地搁在椅背上,"论运气,你连你的老祖宗都不如,亚当斯贝格。污泥没到你的大腿根了。"

"德尼自杀,你写道,因为他知道自己受到谋杀罪名指控,杀害埃尔彼耶、格莱耶、莫尔坦布,以及谋杀莱奥和当格拉尔未遂。"

"那当然。你不知道检验室报告的后续内容。大剂量的抗焦虑、安定药,血液酒精含量几乎达到五克。"

"这有什么奇怪呢?把这些东西灌进一个不省人事的家伙的喉咙里,很容易啊。你抬起他的头,就能触发吞咽反射。不过,埃梅里:德尼为什么要杀当格拉尔呢?"

"你自己跟我说的,云里飘。因为当格拉尔知道温德莫特几个孩子的底细。他们身上有昆虫状的胎记。"

"甲壳动物状。"

"我管你那么多。"埃梅里火气上来了。

"这个我跟你说过,但我搞错了。因为,你说说看,德尼·德·瓦勒雷怎么会那么快就知道当格拉尔见过甲壳动物而且明白甲壳动物的含义呢?连我自己都是在他离开的那天晚上才知道的。"

"有传闻呗。"

"我当时也这么想。可是我跟当格拉尔通了电话,除了维朗克,他没有跟任何人说过这件事。伯爵在医院里身体突然不舒服,不出片刻,那个人就把纸条塞进当格拉尔的口袋。唯一能看到当格拉尔把披肩搭在丽娜的肩上,看到当格拉尔目睹伯爵赤裸的后背,看到当格拉尔盯着这块紫斑很惊讶的,只有老瓦勒雷、梅兰医生、那些护士、狱警、埃勒博医生、丽娜,还有你。狱警、埃勒博可以排除,因为这件事与他们无关。护士们没有看见过温德莫特孩子们身上的胎记,也可以排除。包括丽娜,她从没看到过伯爵的背。"

"她那天看到了。"

"没有,她站在走廊里,离开很远,当格拉尔向我确认了。所以德尼·德·瓦勒雷不知道当格拉尔发现了他有弟弟、妹妹,他没有任何理由把当格拉尔推到卡昂—巴黎特快的轮子底下。而你看到了。还有别人吗?"

"梅兰。伊波小时候,他给伊波做过手指手术。"

"梅兰不在格莱约家对面的那群人里面,而且瓦勒雷的后代跟他没有任何关系。"

"丽娜可以看见的,无论你的警督怎么说。"

"她也不在格莱约家外面的人群里。"

"可是她的黏土弟弟安托南在那儿。谁能保证她没有给他通风报信?"

"梅兰可以证明。丽娜在医院的前台跟朋友聊天,很晚才离开。你可以排除她。"

"还有伯爵,亚当斯贝格,"埃梅里抬高嗓门说道,"他不希望别人知道他们是他的孩子。至少在他活着的时候。"

"他也不在格莱约家门口啊,他在医院接受观察。你是唯一看见并且看明白的人,只有你有可能把字条塞进当格拉尔的口袋。很可能是趁他走进格莱约家房子的时候。"

"伯爵生了这帮小魔鬼,跟我有哪门子关系?我又不是瓦勒雷的儿子。你要不要看一下我的背?我跟这些家伙的死有什么关系,你至少得拿个证据出来啊。"

"很简单,埃梅里。那就是恐惧,必须铲除造成恐惧的原因。你没有祖先那股气魄,一直提心吊胆,自尊心受不了。你还取了他的名字,算你倒霉。"

"恐惧?"埃梅里摊开双手说,"恐惧什么,天啊?我怕莫尔坦博?怕那个临死连裤子都没拉上的窝囊废?"

"你怕伊波利特·温德莫特。在你看来,你软弱无能是他一手造成的,而且持续了三十二年。你生怕自己的下场跟雷吉斯一样,你惶惶不可终日,非灭掉那个让你从小交上厄运的人不可。你对这种'诅咒'确信无疑。因为被诅咒之后,你从自行车上摔下来,差点摔死。但是你没跟我说过,对不对?"

"我凭什么要跟你说小时候的事儿?小孩子骑车都摔过,摔得鼻青脸肿。你没有摔过吗?"

"我摔过。但不是在被恶魔小伊波'诅咒'之后摔的,也不是在得知雷吉斯惨烈的车祸之后摔的。不像你从此每况愈下,学习成绩一塌糊涂,瓦朗斯、里昂职场受挫,没有生育能力,妻子离开。你恐惧、怯懦、晕头转向。父亲希望你成为元帅,你非但做不到,连士兵都称不上。你觉得接二连三的惨败是一场悲剧,一场愈演愈烈的悲剧。但不是你的错,埃梅里,是伊波的'诅咒'造成的。他断绝你的血脉传承，阻挠你过上幸福或荣耀的生活——对你来说是一回事。伊波是你的痛苦、你的厄运的来源，你现在还在怕他。"

"你理智一点，亚当斯贝格。谁会怕这个说话颠倒的痴呆？"

"你以为只要是痴呆就会有颠倒说话的能力吗？大错特错。需要具备一种特殊的天赋。魔鬼般的天赋。这个你知道，就像你知道必须除掉伊波才能保住自己那样。你只有四十二岁，可以开始新的生活。自从妻子离开你，自从雷吉斯三年前自杀，吓得你惊恐万状以来，那就成了你的执念。因为你是一个有执念的人。比如你的帝国风格饭厅。"

"表示敬意而已，你不懂的。"

"不，那是狂妄自大。你的制服笔挺，口袋不放糖，不能让衣服走样。你要显示军人的傲气。你认为有一个人必须对你蒙受不公，对你人生那无法忍受、不光彩、格外危险的溃败承担责任，此人就是伊波利特·温德莫特。只有他死了，他施于你的诅咒才会消失。假如你没有杀其他四个人，你的案子倒可以归入神经质正当防卫的范畴。"

"既然如此，"埃梅里又仰靠在椅背上问，"为什么不干脆杀了伊波呢？"

"因为你最担心别人指控你杀了他。这可以理解。因为这儿的人都了解你们的童年，知道你十岁时受到诅咒，那年骑车出过车祸，知道你恨温德莫特一家人。你需要一个不在场证明，让自己彻底安全。炮制不在场证明和一个罪犯，你需要一套巧妙的战略，就像在埃劳之战那样。深思熟虑的战略是打败强敌的唯一法宝，拿破仑皇帝当年以此击败两倍于己的敌军。伊波利特·温德莫特比你强十倍。

可你是元帅的后代啊，你能够把他碾碎。'你难道让这些人吞噬你吗？'皇帝会这么问的。当然不会啦。但前提是精心部署筹划。你需要一个内伊元帅，当达武部队的右翼受到威胁时，他会火速增援。于是你去找德尼。"

"我找过他吗？"

"一年前，你在伯爵家里跟名流们晚餐，同席的有梅兰医生，当然还有埃夫勒的拍卖师德尼子爵等。伯爵席间有些不舒服，梅兰医生帮你把他扶到房间。这是梅兰告诉我的。我觉得你在那天晚上获悉伯爵立了遗嘱。"

埃梅里很快笑起来，笑得很自然。

"你在场吗，亚当斯贝格？"

"算是吧。伯爵向我确认了。他当时以为自己快死了，情急之下拿出保险柜钥匙，让你去取遗嘱。他想在临死前把温德莫特的两个孩子——他的亲骨肉——写进去。所以他挣扎着在遗嘱上添了几行字，并请你在遗嘱上签字见证。他相信你会守口如瓶，因为你是宪兵队队长，你讲信誉。不过你当然看到了他写的这几行字。伯爵生出伊波和丽娜这样的恶魔，你不觉得奇怪。可是你在梅兰给他就诊的时候，看到伯爵背上的胎记。你在丽娜身上见过，因为她的披肩常常滑落。在你的眼里，这不是一只长着触角的潮虫，而是一张头上长角的红色魔鬼的脸。所有这些都证实了你的想法，即这些孩子是一群被诅咒的杂种。你苦苦寻找多年的铲除温德莫特儿女的机会——因为丽娜也是你眼中的恶魔——在那天晚上出现了。几乎出现了。你胆子特别小，想了很久，仔细权衡各种因素，不久之后，你跟小瓦勒雷说了这件事。"

"我跟子爵从来没有交往，大家都知道。"

"但是你可以去拜访他，埃梅里，你是宪兵队的队长。你把真相告诉德尼，让他知道父亲在遗嘱里加了那几行字。你让他看到面临的深渊。他性格软弱，你是知道的。子爵这样的人不会当机立断。你让他自己去想，翻来覆去地想。你又去找他，催促他，说服他，提出建议说，你可以替他除掉那几个杂种，但条件是他要为你提供一个不在场证明。德尼不知如何是好，也许又陷入沉思。不出你所料，他最后同意了。既然动手杀人的是你，而他只要发誓你跟他在一起就够了，不用再干别的事儿，那他付出的代价不算高。你们俩达成交易。你伺机行动。"

"你依然没有回答我的问题。伯爵生了这些杂种，跟我有哪门子关系？当格拉尔知道又怎么啦？"

"一点关系都没有。跟你利害相关的是私生子女本身。不过他们的身世一旦泄露，你就会失去同谋德尼的支持，替你打掩护变得无利可图。你会失去不在场证明。因此你谋害当格拉尔，将他抛在铁轨上。"

布尔朗队长这时候走进审讯室，跟亚当斯贝格警长草草打个招呼，他瞧不起亚当斯贝格。

"主要罪状是什么？"他问道。

"四起谋杀，两起谋杀未遂，两起谋杀图谋。"

"图谋不作数。您有佐证吗？"

"您明天早上十点会收到我的报告。您决定是否提交法官。"

"我觉得这样说得过去。请跟我走吧，埃梅里队长。您别怪我，我对这个案子一无所知。不过亚当斯贝格是本案负责人，我只能服从。"

"我俩一起待不了几个小时的,布尔朗队长,"埃梅里慢慢站起来,"他拿不出证据,他在胡说八道。"

"您是单独来的吗,队长?"亚当斯贝格问。

"是的,警长。今天是八月十五日。"

"维朗克,雷坦库尔,你们陪队长一起去。我这就动手写报告,等你们回来。"

"众所周知你写不了三行字。"埃梅里挖苦道。

"这个就不用你担心了。最后一句话,埃梅里:丽娜看到天军发怒,发现奥尔德贝克全镇人都得知此事后,无意中给你提供了绝佳的机会。她自己在给你指路,天赐良机啊。接下来实现她的预言就行了,杀掉被抓的三个人,让全镇老百姓与温德莫特一家人为敌。'杀死V'。然后杀掉丽娜和她该死的弟弟。那还不容易?大伙肯定要在城里找一个被天军吓破胆、一心要铲除天军'摆渡人'的疯子。就像1775年数十人叉死弗朗索瓦-本杰明那样。嫌疑人多得是。"

"1777。"维朗克见当格拉尔不在场,便纠正道。

"也许没那么多,但至少有两百个人。"

"我没说嫌疑犯的人数,而是处死弗朗索瓦-本杰明的年份:1777年。"

"哦,很好。"亚当斯贝格从善如流。

"傻帽。"埃梅里咬牙说道。

"德尼的罪过跟你半斤八两。"亚当斯贝格继续平静地说,"他因为胆怯懦弱而答应你、饶恕你这样做。但是当你获悉斧头协会……"

"前进协会，"埃梅里打断他的话。

"随便你怎么说。你知道该协会会把警方调查这件事透露给子爵，你知道他撑不了几个小时就会崩溃。他会和盘托出，把你咬出来。他知道你杀了那几个被天军勾去的人为杀害温德莫特姐弟做准备。于是你找到他，打消他的恐惧。你猛击他的颈动脉，手法娴熟，差点要了他的命，然后给他灌酒吃药。不料，德尼突然起身冲到敞开的窗户前呕吐。窗外风雨大作，电闪雷鸣，还记得吗？你只需搬起他的腿，他就从窗口摔了下去。德尼畏罪自杀，被指控为杀人凶手。太完美了。他的死打乱了你的计划，其实影响不太严重。闹出四条人命之后，即使现在有了合理的解释，大部分奥尔德贝克人依然会认为根本原因在于狂怒天军，认为埃勒甘在领兵追杀那四个人，子爵只是他的左膀右臂，被他利用，伊波和丽娜与领主沆瀣一气，一再促成领主的到来。于是大伙可以顺理成章地说，一个疯子随后杀了埃勒甘的这两个心腹，而我们永远找不到这个代表民意的疯子。"

"血流成河，只为了除掉一个家伙。"埃梅里捋着外套说。

"的确是血流成河，埃梅里。不过你得加上一句，你最喜欢这样的血流成河。格莱约、莫尔坦博，他们俩都冒犯、羞辱过你，逃过了你的手掌心。所以你仇恨他们。埃尔比耶也是如此，你一直没本事抓他。这都是些坏人，而你就要扫除坏人，伊波是最后一个。但最重要的是，埃梅里，你对狂怒天军深信不疑。埃勒甘领主、他的仆人伊波和丽娜、他的牺牲品雷吉斯，这一切对你来说是有意义的。你杀死被勾走的那号人，以此赢得领主的恩宠。这可不是一件小事。因为你怕自己成为第四个牺牲品。你不喜欢提这第四个人，不愿意说这个无名无姓的人。所以我推测，你像格莱约、莫尔坦博一样，早就杀过人。但是你对此守口如瓶。"

"够了，警长，"布尔朗说道，"您在这里所说的一切没有任何价值。"

"这我知道，队长。"亚当斯贝格微微一笑，一边推着维朗克、雷坦库尔，让他们赶紧跟着利西厄粗鲁的队长离开。

"高傲的雄鹰之子，"维朗克喃喃自语，"砸在地上，/梦想升入万神殿的痴狂。"

亚当斯贝格瞥了维朗克一眼，示意现在不是吟诗的时候，当格拉尔讲狮心王理查往事的时候，他也这样示意过。

54

丽娜没有去上班,埃梅里队长——治安力量的化身——被捕的消息,打乱了温德莫特一家的生活节奏,仿佛奥尔德贝克教堂被翻了个底朝天。看罢亚当斯贝格的报告——大部分出自维朗克的笔下,布尔朗队长决定通知法官,法官签发了临时拘捕令。路易·尼古拉·埃梅里被关进利西厄牢房的消息传遍了奥尔德贝克。

但尤其是伯爵给温德莫特家发了一封正式信函,告诉他们自己是伊波利特和丽娜的生父。他对亚当斯贝格解释道,自己先把实情告诉两个孩子,总比他们以后从谣言中得知要好,谣言总是不胫而走,而且不讲方法。他认为这样做不那么丢脸。

亚当斯贝格中午时分从城堡回来,看到他们在饭厅里丢了魂儿似的来回转悠,像台球在坑坑洼洼的球台上相互撞击,他们站着说话,背后大桌子上的餐具没有收掉。

亚当斯贝格走进屋子,似乎没有人注意到他。马丁用杵子轻轻捶捣着空空的石臼,平时以主人自居的伊波则沿着墙壁绕圈子,边走边把食指按在墙上,好像要画一条看不见的线。小孩子游戏,亚当斯贝格心想。伊波在重建自己的生活,需要花很长的时间。安东南忧心忡忡地注视着快步疾走的哥哥,不断挪动身子,以免被他撞到。丽娜埋头用指甲刮一把椅子上碎鳞般的油漆,她如此全神贯注,不禁给人整个人生都取决于这项新工作之感。只有老母亲一动不动地蜷缩在扶手椅里,低着头,细瘦的双腿并拢,胳膊围抱着身体,整个姿态尽显着令她无地自容、不知如何摆脱的耻辱。如今全镇都知道了她跟伯爵上过床,骗了丈夫,会无休止地评论这件事。

亚当斯贝格没跟他们任何一个打招呼,因为觉得他们不会听见。他先走到老太太身边,把一束花放到她的膝盖上。这似乎让她更加觉得难堪。她不配别人给她送花。亚当斯贝格执意要送,抓住她的两只手,一一放在花束上,然后扭头看向马丁。

"你愿意给我们煮点咖啡吗?"

这句以"你"相称的话,似乎扭转了一家人关注的重心。马丁放下石臼,挠着头发走到灶台跟前。亚当斯贝格动手从碗橱里取出几个碗,放在脏兮兮的桌上,把摊在桌上的餐具推到一边,然后一个个请他们坐下。丽娜到最后才勉强同意,刚坐下又开始用指甲抠椅子腿上斑驳的油漆。亚当斯贝格觉得自己没有心理学家的天赋,一时间有了逃走的冲动。他从马丁手中接过咖啡壶,给每个碗倒满,端了一碗到老太太跟前,老太太拒绝了,她的手还紧紧地握着花束。亚当斯贝格感觉从没像今天这样喝了那么多咖啡。伊波也把碗推开,打开一瓶啤酒。

"你们的母亲替你们担惊受怕。"亚当斯贝格开腔道,"她担心得有道理,十分有道理。"

他看到姐弟们的目光慢慢下垂。他们都低着头,仿佛收敛心神,作弥撒前的默想。

"如果你们中间没有一个人能保护她,那谁来保护呢?"

马丁看着石臼，伸手想拿，但忍住了。

"伯爵救了她，她才没发疯。"亚当斯贝格信口说道，"她过着地狱般的生活，你们谁都不能想象。瓦勒雷保护了你们所有人，你们应该感谢他。他保护了伊波，伊波才没有像狗那样挨枪子儿。这也是你们欠他的恩情。她跟他一起保护了你们。她一个人是做不到的。总而言之，她尽了母亲的义务。"

亚当斯贝格说着这番话，其实心里没底，他吃不准这位母亲是否真的会发疯，父亲是否真会朝伊波利特开枪，不过当务之急不是追究细节。

"咱爹死在伯爵手里？"伊波问道。一家之主打破沉默是个好兆头。亚当斯贝格吸了口气，后悔手头没有泽尔克或维朗克的香烟。

"不是。谁杀了你们的父亲，我们永远都不会知道。也许是埃尔比耶。"

"是的，"丽娜立刻抢着说，"可能是他干的。前一周他们吵了一架，吵得很厉害。埃尔比耶找我爹要钱。吵得很响。"

"那当然啦。"安托南终于睁开眼睛说道，"埃尔比耶肯定知道伊波和丽娜的事，他勒索温德莫特。咱爹绝对受不了这件事让全镇知道。"

"这种情况下，"伊波反驳道，"应该是咱爹杀死埃尔比耶。"

"对啊，"丽娜说，"所以凶器才是他的斧头。咱爹企图杀掉埃尔比耶，但是反而被埃尔比耶反杀了。"

"不管怎么说，"马丁断言，"丽娜在狂怒天军里面看见埃尔比耶，那就说明他的确杀过人。我们知道莫尔坦博和格莱约的罪行，但是不知道埃尔比耶的。"

"没错,"伊波总结道,"埃尔比耶劈开了咱爹的脑袋。"

"肯定是这样,"亚当斯贝格随声附和,"一切都对上号了,尤其重要的是,一切都将结束了。"

"您为什么说我妈有理由担惊受怕?"安托南问,"埃梅里并没有杀我们啊。"

"他在准备杀你们。他的最终目标就是杀掉伊波和丽娜,然后嫁祸于奥尔德贝克的某个居民,某个被死在狂怒天军手下的那些人吓疯了的居民。"

"就像1777年那样。"

"没错。但是子爵的死耽误了他的时间。子爵也是被埃梅里推到窗外的。不过一切都结束了。"他说着朝老太太看去,她的脸似乎抬起来了,好像自己的行为被讲述出来,而且说得有理有据,她可以稍稍摆脱那种惊愕状态。"不用再害怕了。"亚当斯贝格特意说,"温德莫特家的诅咒结束了。这场杀戮至少会产生这样的效果:那就是大家会知道,你们家里没有一个肇事者,你们是受害者。"

"这样一来,我们吓唬不了任何人啦。"伊波苦笑着说,有点失望。

"也许有点可惜,"亚当斯贝格说,"你成了长着五根手指的正常人。"

"幸亏咱妈没有把断指扔掉。"安托南舒了口气。

亚当斯贝格又待了一个小时,然后才告辞,最后看了一眼丽娜。临走前,他搂住老太太的肩膀,请她陪自己走到路边。瘦小的妇人有点害怕,她放下花束,抓起一个洗衣盆,解释说顺便把晾晒的衣服收回来。

亚当斯贝格帮着老太太，沿着系在两棵苹果树间的绳子，取下晾晒的衣服，叠好放进洗衣盆。他想不出有什么法子来提这个棘手的问题。

"您丈夫可能是埃尔比耶杀的，"他低声说，"这件事您怎么看？"

"干得好。"小老太太嗫嚅道。

"但这不是事实。他是您杀的。"

老太太一下松开衣夹，抓住绳子。

"这件事只有咱们俩知道，温德莫特夫人。罪行过了追溯时限，不会有人再提它。您当时别无选择。不是您死就是两个孩子死。我指的是瓦勒雷的两个孩子。他想除掉他们。您以唯一可能的方式救了他们。"

"您怎么会知道的？"

"因为这件事其实有三个人知道。您，我，还有伯爵。这件案子之所以被捂住，是因为他插了手。今天早上他亲口跟我说的。"

"温德莫特想杀死小家伙们。他知道了。"

"谁告诉他的呢？"

"没有人告诉。他给城堡运送屋架木料，瓦勒雷帮他卸货。挖掘机爪子钩住了伯爵的衣服，把他的衬衫一路撕开。于是温德莫特看见伯爵背脊上的印记。"

"不过还有个人知道，只知道一半。"

老太太转脸瞅着亚当斯贝格，大惊失色。

"是丽娜，"亚当斯贝格接着说，"她看见您杀人，那时候她还小，所以她擦了斧头柄。后来她想抹去一切，把一切都忘记。于是紧接着她就第一次发作了。"

"发作什么?"

"她初次目睹狂怒天军。她看见被勾走的温德莫特。于是埃勒甘领主成为杀人凶手,而不再是您。她一直散布这种离奇的说法。"

"故意的吗?"

"不是,为了保护自己。但应该帮她摆脱这场噩梦。"

"我们无能为力。这种事儿不受控制。"

"您把真相告诉她,也许就能行。"

"绝对不可能。"小老太太又紧紧抓住晾衣绳。

"丽娜心底里已经有所觉察了。如果丽娜有所觉察,三个弟弟也一样。告诉他们这件事是您干的,以及为何这么干,对他们是有帮助的。"

"绝对不可能。"

"您自己决定吧,温德莫特夫人。您好好想想。安托南身上的黏土会变得坚固,马丁将不再吞吃小虫子,丽娜会得到解脱。请您再想想,您是母亲啊。"

"这个黏土尤其麻烦。"她弱弱地说。

声音如此微弱,让亚当斯贝格觉得,一股风此时可以把她像蒲公英毛茸茸的小伞般吹散。这个脆弱无助的瘦小女人,竟然两斧头把丈夫劈成了两爿。蒲公英是一种其貌不扬但非常顽强的小花。

"不过有两件事会依然如旧,"亚当斯贝格又说道,"伊波会一直倒着说话,埃勒甘的天军将继续从奥尔德贝克经过。"

"不过可以肯定,"母亲坚定起来,"那完全是两码事。"

55

维朗克和当格拉尔将穆穆拽进亚当斯贝格的办公室，戴着手铐，按住他坐下。亚当斯贝格真的很高兴又见到他，想到自己将他从火刑柱上救下，其实颇有些自豪的满足感。

维朗克和当格拉尔站在穆穆两侧，脸色凝重，充满警惕，完美地扮演着他们的角色。亚当斯贝格向穆穆悄悄使了个眼色。

"你看见没有，这就是逃跑的结局，穆穆。"

"你们是怎么找到我的?"年轻人的语气不够冲。

"你早晚会落网的。你的通讯录在我们手里。"

"我不在乎，"穆穆说，"逃跑是我的权利，我不得不跑。我没有放火烧这辆车。"

"这个我知道。"亚当斯贝格说。

穆穆脸上拙劣地露出惊讶的表情。

"那是克莱蒙-布拉瑟的两个儿子干的。此时此刻，他们被指控预谋杀人。"

亚当斯贝格三天前离开奥尔德贝克，临走之前，他要求伯爵答应向承办法官说明情况。伯爵二话不说就答应了，因为兄弟俩如此残忍，使他大为震惊。他在奥尔德贝克已经吃够了苦头，不愿意再宽容了，对自己也不例外。

"他的儿子干的？"穆穆故作愤怒地问道，"亲生儿子放的火？"

"他们设法嫁祸于你。你的球鞋，你的手法。谁知克里斯蒂安·克莱蒙不会系鞋带，而且刘海被火苗烧到了。"

"差不多每次都这样。"

穆穆转动脑袋，左顾右盼，仿佛忽然意识到事态有了新变化。

"这么说我可以走了？"

"你觉得可以走了？"亚当斯贝格严厉地说，"你是怎么离开这儿的，你不记得了吗？持枪威胁警察、施用暴力、逃逸罪。"

"可我是被逼无奈。"穆穆重复道。

"也许吧，伙计，但法律就是法律。你将被临时羁押，大约一个月后受审。"

"我甚至没有弄疼你，"穆穆抗议说，"只不过轻轻打了一拳。"

"轻轻一拳把你送到法官跟前了。反正你熟门熟路。法官会判的。"

"判几年啊？"

"两年，"亚当斯贝格估计道，"鉴于情况特殊及其造成的伤害。你可以在八个月后因表现良好而获释。"

"八个月，倒霉。"穆穆这次说的倒基本是实话。

"我找到纵火犯，你得感谢我才是啊。可是我真不该为你着想。一个警长让被告逃走，你知道我冒多大的风险吗？"

"我才不在乎呢。"

"不出我的所料。"亚当斯贝格说着站起来，"把他带走。"

亚当斯贝格对穆穆打个手势，意思是"我之前告诉过你，关八个月，没办法"。

"倒也是，警长。"穆穆突然伸出被铐住的手，"我得感谢您。"

趁握手的当口，穆穆把一个纸团悄悄塞进亚当斯贝格手里，比糖纸的小团大一点。穆穆离开后，亚当斯贝格关上门，抵住门背，以免被人撞见。他展开纸团，上面字体很小，记录了穆穆对鸽子埃勒博腿上那根绑绳的详细推理。纸条末尾，穆穆写下了那个小混蛋的名字和地址。亚当斯贝格笑了笑，小心翼翼地把纸条塞进口袋。

56

按照同样的程序，瓦勒雷伯爵在约定的日子，又把整骨医生接到莱奥的床边。医生已经在病房里忙了二十分钟，只有不愿意错过任何细节的梅兰医生和看守勒内陪着他。走廊上几乎重复着同样的场景，在外面等候的人走来走去，亚当斯贝格、丽娜、护士、伯爵坐在那儿，手杖不停地跺着地毯，弗勒里的看守们守在门口。同样的沉默，同样的紧张。但是对亚当斯贝格而言，这种焦虑的性质变了。关键已经不再是抢救莱奥，而是医生能不能恢复她的说话能力。能否说出奥尔德贝克凶手的名字。如果没有她的证言，亚当斯贝格担心法官不会继续起诉埃梅里队长。单凭六张糖纸，法官不会兴师动众，而且上面没有任何指纹，队长在井边攻击伊波利特也不足采信，因为不能证明与其他谋杀案有任何关系。

对伯爵来说，问题在于他的老莱奥究竟会恢复失去的活力，还是将继续停留在她那种别无所求的沉默状态。至于他们的婚事，他不再提了。经历过震动、恐惧和丑闻之后，奥尔德贝克镇好像也精疲力竭，苹果树更加佝偻，牛群越发如同泥塑木雕。

接踵而至的阵雨和冷空气让诺曼底恢复到正常状态。丽娜没有再穿那件领口很低的花衬衫，套了一件把脖子遮得严严实实的毛衣。

正当亚当斯贝格专心研究这个问题，埃勒博医生终于走出病房，高兴得蹦蹦跳跳。像上次一样，护士办公室里为他摆了一张饭桌。大伙陪着他，沉默不语，医生搓着手，过了好一阵子，才向他们保证，莱奥明天开始可以像往常一样说话了。她已经恢复了足够的心理耐受力来面对这种局面，所以他可以解除禁令。梅兰单手托腮，望着他吃饭，那姿势有点老情人的味道。

"有件事情——"整骨医生咽下一口食物，"——我想弄明白。一个人朝你猛扑过来，要杀你，谁遇上都会感到震惊。如果是朋友干的，造成的创伤会更加严重。但莱奥身上出现某种更加强大的东西，使得她完全拒绝面对事实。我们可以在某种情况下观察到这种现象，比如说袭击者是她自己的儿子。肯定可以观察到。所以说我现在也不明白。不过我坚持认为，袭击者不仅仅是个熟人，还有别的什么。"

"说得对。"亚当斯贝格若有所思地说，"此人她不常见，但她十分熟悉，在特殊情况下。"

"哦？"医生紧紧盯着亚当斯贝格，眼睛里闪着非常专注的光芒。

"这个人三岁的时候掉进池塘，莱奥跳进冰冷的池塘，救了他的命。"

医生久久点头。

"对我来说足够了。"他说。

"我什么时候可以见她？"

"现在就可以见。但盘问的话，要等到明天早上才行。这些稀奇古怪的书，荒唐的爱情故事，马医学教材，谁给她送来的？脑子不开窍啊。"

"我倒挺喜欢那个爱情故事的。"女护士说。

亚当斯贝格把博纳瓦勒小道、圣安东尼小教堂、瓦松老井小道重走了一遍,有点疲惫地来到野猪餐馆吃晚饭,不管这野猪是蓝的还是奔跑的。泽尔克已经从意大利的感伤之旅回来了。他吃饭的时候,接到泽尔克从巴黎打来的电话,告诉他埃勒博会飞了,真的飞走了。一个极好的消息,不过亚当斯贝格从儿子的声音中听出一丝惶恐。

早上七点刚过,他就开始在苹果树下吃最后一顿早餐。他不愿意错过开始探望病人的时间,不想落在布尔朗队长后面看到莱奥。于是跟梅兰医生和女护士暗中串通,让院方同意提前半小时为他开门。已经对糖恢复好感的他,往咖啡里扔了两块方糖,然后仔细地盖上盒盖,再用橡皮筋扣紧。

上午八点半,女护士悄悄为他开了医院的门。莱奥穿得干干净净的,坐在椅子上等着他。梅兰医生批准她今天可以出院。布莱里奥下士说好中午来接她,弗莱姆也会来。

"您来这儿,不只是喜欢见我,对吗,警长?我是个坏人。"她不等亚当斯贝格回答立即接着说,"您把我送进医院,您守在我身边,叫来那个医生。他在哪儿行医?"

"在弗勒里。"

"梅兰告诉我,您给我梳过头。您是个好人。"

"我们是好人",亚当斯贝格想起这句话,温德莫特家孩子们的脸在眼前一一浮现,两个金发,两个棕发,这句话基本没错。亚当斯贝格吩咐过梅兰医生，千万别跟莱奥提埃梅里被捕的事儿。他想在不施加任何影响的情况下收集她的证言。

"是的，莱奥。我想把事情搞清楚。"

"路易，"莱奥小声说道，"是我的小路易干的。"

"埃梅里？"

"对。"

"您还行吗，莱奥？"

"还行。"

"当时发生了什么？跟糖有关系吗？因为是您跟我说的，莱奥：埃劳——埃劳战役的埃劳，弗莱姆，还有糖。"

"我不记得了。我什么时候说的？"

"您遇袭后的第二天。"

"不，我没有一点印象。哦，对了，的确有糖的问题。十天前，我去过圣安东尼小教堂，什么都没注意到。"

"那就是在埃尔比耶失踪之前。"

"是的。那天我在等弗莱姆的时候遇到您，我看到树干前的地上散落着这些白色小纸片。看上去不干净，所以我用树叶把它们遮住，我数了一下，至少有六张。第二天早上我又想起这件事。博纳瓦勒小道上几乎没什么人，您是知道的。我觉得奇怪的是，埃尔比耶遇害的时候，居然有人在那里闲逛。而我只认识一个人会一口气吃六块糖，而且不把糖纸搓成团。那就是路易。您知道，他有时候会低血糖发作，必须赶快补充。第二天，我就在想，路易是不是去过那里，是不是在树林里找过尸体，如果找过，他为什么没有说，尤其是为什么没有找到。我心里好奇，就给他打电话。您不会碰巧有雪茄吧，警长？我好几天没抽烟了。"

"我有支抽了半截的烟。"

"那也行。"

亚当斯贝格打开窗户，把烟递给莱奥，然后点燃。

"谢谢，"莱奥吐了口烟说，"路易回答说他马上到。他一进门就朝我猛扑过来。不知道为什么，我不明白。"

"他是奥尔德贝克的杀人凶手，莱奥。"

"埃尔比耶是他杀的？"

"不仅杀了埃尔比耶，还杀了其他人。"

莱奥长长地吸了一口香烟，香烟有点颤抖。

"凶手是路易？我的小路易？"

"是的。如果您留我吃晚饭，那么今天晚上我们有的是时间，慢慢说这件事儿。我来做饭。"

"最好做个浓汤，多放点胡椒。医院里没有胡椒。"

"放心吧，交给我了。不过请告诉我：您为什么叫他'埃劳'而不是路易呢？"

"那是他小时候的小名，"莱奥的目光随着往事的涌现而变化，"是父亲给他买了一个小鼓之后开的玩笑，目的肯定是打算培养他以后从军。一直叫到五岁：埃劳的小鼓手，小埃劳。我是这么叫他的吗？"

与此同时，克莱蒙-布拉瑟事件在媒体曝光，引发轩然大波。人们很想知道案发后兄弟俩是否受到庇护，不过没有刨根问底，也没有纠结于小穆罕默德被捕一事。这一切的动荡不会持续太久。不出几天，案子就会大事化小，被人们抛到脑后，就像伊波差点坠入瓦松井一样。

亚当斯贝格感到气愤，心灰意懒，漫不经心地听着莱奥那台落满灰尘的小收音机里的新闻。他买了菜，做好一款蔬菜泥，晚饭很清淡，适合给出院病人吃。尽管他觉得莱奥更喜欢吃硬菜，甚至喜欢吃油水足的菜。不出所料的话，晚餐将在苹果烧酒和雪茄中结束。亚当斯贝格离开收音机，点上炉火等她回来。杀手之旅就此终结，酷暑也告一段落，让人瑟瑟发抖的天气，开始重返受尽折磨的奥尔德贝克。

57

一个多月后,那天周三,当格拉尔在警署收到一个箱子,箱子很牢固,有两个把手,封得很仔细,专人送来的。他拿着探测器扫了一遍,里面有一个长方形物体夹在两块木板中间,并且用木刨花塞紧。他小心翼翼地把箱子抬起来,轻轻放在亚当斯贝格的桌子上。当格拉尔没有忘记。他急切地看着那件东西,摸着箱子粗糙的顶部,犹豫着要不要打开盖子。一想到克鲁埃画派的画静静地躺在离他几厘米远的地方,他不由得亢奋起来。他守在亚当斯贝格的必经之路上。

"您办公室有个包裹,寄给您的。"

"好的,当格拉尔。"

"我觉得是克鲁埃。"

"您说什么?"

"伯爵的那幅画。克鲁埃画派。男人的首饰、珠宝、慰藉。"

"好的,当格拉尔。"亚当斯贝格重复道,他发现警督的脸忽然涨得通红,被汗珠异样地浸湿了。

很显然,当格拉尔已经迫不及待地等了他一段时间。而他呢,自从在伯爵书房里见过之后,他已经不记得这幅画了。

"包裹什么时候到的？"

"大约两个小时前。"

"我刚才去看了图伊洛·朱利安。他们在参加二级填字游戏比赛。"

亚当斯贝格打开箱子，动作有点粗，光着手直接往外掏刨花，看得当格拉尔心惊肉颤。

"您别把东西给搞坏了，该死的。您小心点。"

果然是那幅画。亚当斯贝格把画放在当格拉尔本能伸出的双手中，冲着他微微一笑，警督脸上洋溢着由衷的幸福。自从被亚当斯贝格拖进抗击狂怒天军的战斗之后，他头一回这么幸福。

"我把画交给您了，当格拉尔。"

"不是吧！"当格拉尔被吓得几乎叫起来。

"您一定要收下。埃梅里说我是个粗人，山里人，云里飘，甚至是个傻帽。他说得没错。您替我保存吧，它跟您在一起会更加快乐，有更好的呵护。它必须和您在一起，您看，已经跳进您的怀抱了。"

当格拉尔低头看着画，不知如何回答是好，亚当斯贝格猜想他快要哭了。由此可见当格拉尔是个感情丰富、容易冲动的人，这使他走向亚当斯贝格所陌生的辉煌，也能导致其蒙受塞雷内火车站的那种羞辱。

除了这幅画，亚当斯贝格知道这是一份无比珍贵的礼物，瓦勒雷伯爵还邀请他五周后参加自己与莱奥娜·玛丽·波梅罗小姐的婚礼，婚礼将在奥尔德贝克教堂举行。亚当斯贝格看着墙上的工作日程表，用蓝色记号笔重重地划了一个圆圈，把结婚日子圈起来，向他的老莱奥献了一个飞吻。他一定会通知"弗勒里大宅"的那位医生。但是，即使瓦勒雷伯爵有权有势，想让他获准出席这位被他救活的女士的婚礼，仍然是一件难上加难的事儿。这种无所不能的力量，只有在克莱蒙家族的城堡里才能找到，他在那儿挖的老鼠洞被一一堵住，成千上万双虔诚的手，日复一日，不可逆转地抹去那些罪恶行径、暗中勾结和火药的痕迹。

又过了三周零五天，那天早上，鸽子埃勒博再次出现在厨房窗台上。热情的问候，非常激动的拜访。鸽子啄着泽尔克和亚当斯贝格的手，在桌子上转了好几圈，咕噜咕噜地讲着自己的故事。一个小时后，在亚当斯贝格父子凝滞而出神的目光中，它又起飞离去了。

说　明

十二世纪历史学家奥尔德里克·维塔尔（Orderic Vital）讲述的博纳瓦勒的神甫戈舍兰遇见狂怒天军的故事相当有名，在网上可以找到很多资料。小说中引用的古代文本转引自克劳德·勒库特（Claude Lecouteux）《中世纪幽灵与鬼魂》（*Fantômes et revenants au Moyen Âge*，Paris, éd. Imago, 1986）一书。

图书在版编目（CIP）数据

狂怒天军 / (法) 弗雷德·瓦尔加斯著；钱培鑫译
. -- 上海：上海文艺出版社，2024
ISBN 978-7-5321-8893-2

Ⅰ.①狂… Ⅱ.①弗…②钱… Ⅲ.①长篇小说－法国－现代 Ⅳ.①I565.45

中国国家版本馆CIP数据核字(2024)第048825号

FRED VARGAS

L'Armée furieuse

Copyright © Fred Vargas and Flammarion, Paris, 2018

Simplified Chinese edition copyright © 2024 SHANGHAI LITERATURE & ART PUBLISHING HOUSE

All rights reserved.

著作权合同登记图字：09-2020-455

发 行 人：毕　胜
责任编辑：赵一凡
封面设计：朱云雁

书　　名：狂怒天军
作　　者：[法] 弗雷德·瓦尔加斯
译　　者：钱培鑫
出　　版：上海世纪出版集团　上海文艺出版社
地　　址：上海市闵行区号景路159弄A座2楼 201101
发　　行：上海文艺出版社发行中心发行
　　　　　上海市闵行区号景路159弄A座2楼206室 201101 www.ewen.co
印　　刷：启东市人民印刷有限公司
开　　本：890×1240　1/32
印　　张：12.75
插　　页：2
字　　数：200,000
印　　次：2024年7月第1版 2024年7月第1次印刷
Ｉ Ｓ Ｂ Ｎ：978-7-5321-8893-2/I·7007
定　　价：72.00元

告 读 者：如发现本书有质量问题请与印刷厂质量科联系　T:0513-83349365